말로 말을 버린다

말로
말을
버린다

이민용의 세상 읽기

이민용 지음 한국종교문화연구소 기획

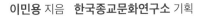

재미(在美) 원로 불교학자의 종교론, 인생론!

도서출판 모시는사람들

말로 말을 버린다

등록 1994.7.1 제1-1071
1쇄 발행 2023년 5월 31일

지은이   이민용
기   획   한국종교문화연구소
펴낸이   박길수
편집장   소경희
편   집   조영준
관   리   위현정
디자인   이주향
펴낸곳   도서출판 모시는사람들
          03147 서울시 종로구 삼일대로 457(경운동 수운회관) 1207호
전   화   02-735-7173, 02-737-7173 / 팩스 02-730-7173

인   쇄   피오디북(031-955-8100)
배   본   문화유통북스(031-937-6100)
홈페이지 http://www.mosinsaram.com/

값은 뒤표지에 있습니다.
ISBN 979-11-6629-160-9   03810

'미친 자 널뛰듯 한다'는 전래의 말이 생각난다. 돌이켜 생각해 보니 지난 80년을 말 그대로 천방지축 널뛰듯 산 느낌이 든다. 백면서생적 학자의 삶을 인생의 목표로 세웠으나 여의치 못했고, 엉뚱하게 미국으로 이민을 떠났다. 한국 학자들의 패턴인 외국 유학을 계기로 외국에서 산 것이 아니고 인생 설계가 좌초된 신분의 변화였다. 내 땅에서 진로를 바꾼 것이 아니라 아예 한국을 잊기 위해 떠나 버린 것이다.

이민자들의 사연은 구체적이고 절실하다. 이들의 구구한 변(辯)은 다채로워 이민자의 수만큼이나 다양하고 천차만별의 사연이 깃들어 있다. 나에게도 이민의 변이 있다. 이민자의 다채로운 사연을 하나로 묶을 수 있는 말을 생각해 보니 '다르다'는 말이 이들이 겪는 공통의 체험이지 않을까 싶다. 나 역시 '다름'이란 의식을 지니고 미국 이민 생활을 시작했다. 우선 떠나기 전과는 다른 생활을 선택해야 했기에 직업은 물론 종전의 모든 것을 바꿀 수밖에 없었다. 내가 새롭게 처한 일상의 환경은 물론 시시각각으로 달리 느껴지는 나의 의식의 차이를 뼈저리게 각인시키며 살아왔다. 이민자들은 어쩌다 귀국하여 "그곳과는 달라, 뭐 이래, 아직도 똑같아!"라는 말로 시작하여 "한국의 발전은 놀라워," "그러나 돌아와 살기는 힘들어"라는 세 가지 상반된 말을 쉽게 내뱉곤 한다. 이 모든 언표가 "다름"을 전제로 한 촌평이자 의식의 차이를 전제로 한 발설이다. 나는 이민자로서 "차이"를 느끼고 "다름의 의식"을 지니고 살았다.

물건이 눈앞에 너무 가까우면 잘 보이지 않는다. 일정한 거리를 두어야 사물이 잘 드러나고 분명해진다. 나는 한국(인)이란 나의 실존, 그리고 문화적 정신적으로 한국과는 너무 친숙하고 가까운 불교학·종교학이란 전문 분야에 몸담고 있었다. 그러나 다행히(?) 이민자란 간격과 거리감은 이런 나의 가까움을 떼어 놓을 수가 있었다. 비로소 나는 사물을 분명히 알 수 있는 거리감을 얻은 셈이다. 이 차이와 다름을 고백한 것이 이 수필집에 실린 글들이라 생각한다. 글 쓸 당시만 해도 미주 이민자의 전달 매체 수준이 요즘만큼 높지 않았다. (요즘에는 IT매체의 등장으로 상황이 달라졌다) 마감이 임박한 한인회보의 빈 칸 메우기나, 약속한 글이 제 시간에 들어오지 않을 경우에 대필을 하기도 하였다. 소위 즉설적 현장의 촌평이다. 현장 리포트이니 전후 사정을 연결하지 않으면 이해가 힘든 글이 많다. 나 자신은 한국의 사회문화적 맥락에서도 벗어나 있었다. 그래서 나 자신의 문화적 맥락과 격리된 또 다른 현장에 대한 설명이 어떻게 가능할 것인가를 고심했다. V.S. 나이폴에 관한 글이며 자신의 뿌리 뽑힌 정황들, 한국과도 다르고 이주한 땅과도 밀착될 수 없는, 그 어떤 정황과도 비슷하지 않은, 이 모순에 가득 찬 이민 생활 리포트는 그렇게 작성되었다.

　다시 때늦게 복귀한 학문의 입지를 설명하려고도 했다. 그래서 내 스승인 이기영 교수가 설립했던 한국불교연구원을 책임지며 과거와는 달리 불교 현장에 대한 비판적 관점을 시도하고 싶었다. 그러나 공연히 말로만 내뱉는 느낌이 들어 대승기신론(大乘起信論)의 '인언견언'(因言遣言), 말을 발설하지만 없던 일로 해달라고 변명하는 불교 현장 비판의 글을 썼다. 무엇보다도 미주 생활을 하며 기독교 천국인 한인사회에서 불자인 것이 곤혹스러웠고, 오히려 서양 불자 혹은 불교학자들과 가깝게 지냈다. 그들의 불교 신행 행태는 새롭게 비췄고 한국 불자/학자들에게도 참고할 만한 불자상(佛子像)이 될 것 같아 '재가 불자'(Lay Buddhist)의 입장에서 종교 논평을 썼다. 불교를 달리 접근하고 싶어 소개한 글이다. 새로운 서양 불교에 대한 관찰기인 셈이다. 그렇지만 애매하게 '거리를 둔 관찰자'의 주장으로 그치고 말았다. 아마 그것이 종교학적 입장에서 서술된 불교론이 될는지는 모를 일이다. 종교학적 관점이란 고유한 영역의 설정이기보다 "종교학자의 상상에서 창안되는 창안물"(조너선 스미스)임을 공감하며 나는 종교학과 불교학을 함께 추구했다.

　그리고 미주 생활과 학문적 추구를 병행한 내 입지를 친구들에게 이렇게 농담했는데, 그것이 결국 나에 대한 적확한 매김이 되고 말았다. "내 인생을 금강경(金剛經)을 천착하는 것으로 보내려 했으나 결국 금강석(金剛石) 다루는 일로 끝마치게 됐다. (I tried to study the Diamond

Sutra in my academic career but I ended up the diamond business for my living.)"라는 말이다.

아직도 한국과 미국을 오가며 사업과 학문적 태도를 견지하려 노력한다. 그러나 모두(冒頭)에서 말한 "미친 자 널뛰듯 한다"는 표현밖에는 요약할 수 없는 나 자신을 돌아보게 된다. 요즘 유행어처럼 되어 있는 "찾아 헤매는 사람, Seeker(추구자)"라는 말이 합당할지도 모르겠다. 이 일기체의 글을 읽으며 독자들이 그런 느낌을 받는다면 나로서는 더없는 성취감을 느낄 것이다.

2023년 4월

차례

말로 말을 버린다

종교가 정감적으로 조용히 나에게 다가온 것은 엉뚱하게도 연구실 구석에 앉아 있는 선배 조교 때문이었다. 그분이 바로 정진홍(鄭鎭弘, 1937-현재) 교수다. 그는 기독교란 '바위를 깨려고 계란을 던졌는데, 실제로 바위가 깨어졌다는 것'이라는 말을 조용히 나에게 건네 주었다. 한참 반(反)신사훈=반기독교=반권위주의에 몰입되어 갖가지 데모에 참가하며 거리에서 살던 나에게 이분이 던진 말은 내 머릿속을 화두처럼 계속 맴돌았다.

1부

회상

재수하는 학문과 삶

신상 세탁의 삶―생(生)의 시작

나에게 1976년은 특별한 해였고, 인생 전환의 시기였다. 그때의
내 나이는 동양 유교 전통의 인생 설계에 의하면 입지(立志)와 불혹
(不惑)의 사이에 걸친 36세였다. 엄밀하게 말하면 세상 살아갈 방향이
정해졌고, 험난하기는 해도 앞으로 그대로 밀고 나가기만 하면 되는
시기였다. 그런데 이때에 오히려 내 인생 궤적을 바꾸는 사건이 돌
발했다. 꿈에도 상상치 못할 미주 이민의 길에 들어선 것이다. 한 가
족이 모든 것을 뒤로 남긴 채 생존을 위해 고향을 떠나 남부여대(男
負女戴)하여 피난길에 올랐다. 남들은 이민을 새로운 삶을 찾는 재활
의 기회로 여긴다. 그러나 나로서는 전생 업(業)을 들추어서야 이민
의 설명이 가능할까 외형상으로 내가 이민을 가야 할 구실을 설명
할 수가 없다. 그때까지 내가 시도해 온 일이며 그나마 이룩한 결실
에 비추어 보면 전혀 상관없는 엉뚱한 방향 전환이었다.

소위 젊은 시절, 대학 초년의 철날 때 내 미래의 꿈은 백면서생(白面
書生)의 대학교수가 되는 것이었다. 입신출세라는 일, 문명(文名)을 날

리기 위한 일, 또는 기상천외한 새로운 것을 만들어 내는 일과는 거리가 먼, 문헌을 뒤적이며 선현들의 생각을 더듬는 일이 나에게 알맞은 직업이라 생각했고, 내 취향에도 맞을 것이라 여겼다. 지금 돌이켜보니 실제로는 허황된 생각이었고, 내 능력이나 생각을 감추기 위한 일종의 '자기 감춤'의 인생 설계였다. 어쨌든 그 해에 나는 교수 지망의 인생 목표를 내던지고 엉뚱하게 이민을 떠난 것이다. 미국의 조지아주 애틀랜타에서 전혀 다른 삶, '매직 마켓'(Majik Market, 남부의 세븐일레븐과 같은 체인 상점)의 매니저로 전혀 다른 생활을 시작했다.

이민 전의 나의 삶이 온통 학문과 연관된 작업인 것을 생각하면 완벽한 신분 세탁이고 변신이었다. 그래서 1976년을 나의 인생 전환기로 삼고 그 이전과 이후의 삶을 되짚어 생각해 본다. 따라서 의식이 작동하는 삶, 앞과 뒤를 가름하는 내 나름의 역사가 끼어든 삶은 이때 시작되니, 생로병사의 첫 단계인 생(生)의 시작이 될지도 모를 터이다.

의식이 깨어 있는 삶이라 하지만 한 개인의 활동은 스스로의 의지나 선택에 의해 방향을 잡는 경우는 드물다. 새로운 이야기도 아니지만, 자신의 선택이나 의지와는 상관없이 자신의 행로가 정해질 때 새삼 진부한 이 말이 몸에 와닿는 것은 어쩔 수 없다. 전혀 다른 무엇이 나에게 작용하는 것이다. 무엇이 나를 이렇게 변신시킨 것일까? 잘 되어 가는 경우, 모든 것을 자기 의지와 능력으로 돌려 자신의 성공 사유를 석명하게 풀이하지만, 그때의 나처럼 엉뚱해질 때는 자신의 내면이나 자기의식만으로는 설명이 불가능해진다. 자연히 이유를 밖에서 찾을 수밖에 없게 된다. 또 내면의 세계란 그렇게 쉽게 겉으로 표출시킬 수도 없다. 흔히 잘못 짚은 자기주장이거나 자기 환상의 생각, 또는 자기 기망(欺妄)에 빠진다. 결국 자신에게서 일어난 변화는 설명 불가능한 자기 주관적 독백이게 된다. 외부의 사건, 밖에서 일어난 일과 결부시키는 것이 훨씬 설득력이 있다. 그리고 어차피 모든 일은 인(因)과 연(緣)의 결합일 터이니 결국 밖의 연결고리를 찾게 된다.

한국의 당시의 정황은 박정희가 유신을 선포한 암울한 시기였고, 미국은 월남에서 패퇴하여 소위 도미노 현상이 한국까지 미칠 것이라는 정치적 해석이 설득력을 얻는 시기였다. 그러나 이 외부의 요인들이 어떻게 나 개인에게 결부되어 작동되었는지는 가늠할 길이 없다. 단지 나 자신의 미숙함, 세상살이에 현명치 못했던 나의 처신이 나를 이민의 길로 들어서게 한 것은 아닌가? 하나의 숙명으로 받아들이는 미덕에 익숙해 있었고, 더욱 그것이 사적인 정신적 영역에 미쳤을 때는 나를 탓하는 것이 더욱 용이하다.

나는 다시 생각해 보았다. 내가 종교를 학문의 대상으로 선택했을 때 나의 의도, 혹은 나의 의식은 무엇이었던가? 혹 그것은 내 자신을 감추는 작업은 아니었을까? 나는 이 '감춤'이란 내면의 세계가 훗날 다른 형태로 발현되기를 원했던 것 같다. 나의 내면의 것은 그 누구도 건드릴 수 없다는 '자기 위장'인 셈이다. 나중에 터득했지만 '감추어진 신'(God in disguise)이거나 남이 모르는 '보살(菩薩)의 모습'같이 훗날 다른 무엇으로 나타날, 그러나 아직은 씨앗으로 감추어져 있고 자기 정체성을 확정 지을 필요도 없는 자기 '감춤과 위장'의 의도가 내재해 있었던 것은 아닌가? 왜 나는 나를 감추기를 원했던가? 왜 나는 아직 성숙하지 못한 미숙한 청소년들의 기피와 부끄러움의 일반형이었던가?

나는 대학 입시를 앞두고 담임교사를 놀라게 했고 화나게 만들었다. 제1지망에 '종교학', 제2지망에 '정치학', 제3지망에 '사회학'으로 대학 지망 순위를 써넣었다. 1960년도의 대학 입시 제도에서는 3지망까지 가능했기 때문이다. 당장 부모님을 모시고 출두하라고 명령이 떨어졌고, 나는 "우리 집에서는 제가 제일 낫습니다."라는 변명으로 버티었다. 어머님은 "한글도 못 깨치고, 두 누님은 국졸과 중졸입니다." 월북한 두 형님에 대해서는 입속으로 씹어 삼켰다. 결국 나는 종교학을 대학 전공으로 택했는데, 지금도 가끔 추고해 본다. 왜 나는 종교학을 내 장래를 이끌 전공으로 선택했을까?

근처에 경동교회가 있었고, 그때 갓 귀국한 강원용 목사는 기독교적 설교이기보다는 사상 강좌에 가까운 설교를 하였다. 그리고 젊은 층을 위한 그룹을 만들어 젊은이들을 위한 회합을 주도하였다. 당시 유행하던 실존철학이며, 카뮈를 이야기했다. 우리는 스펀지처럼 그의 설교를 빨아들였다. 가끔 일간신문에 신사훈(申四勳, 1911-1998) 교수의 글도 실렸다. 나는 그의 박학과 서양 고전어의 지식에 놀라며 경도되었다. 그리고 기독교는 새로운 것, 멋있는 것, 근대적인 것이니 기독교를 통해 지적으로 만족하고 현실과 어울리는 생활을 할 수 있으리라 생각했다. 주변의 이런 기독교적인 분위기가 나를 종교에 관한 학문으로 이끌었나? 아니면 내 주변의 가난함과 암울함, 무엇이든지 감추지 않으면 안 되었던 월북 이산가족이라는 사실 때문에 호적등본까지 새로 작성해야 했던 집안의 족보 때문이었을까? 아직도 경찰관이나 관(官)에서 나온 사람을 접하면 기피하며 가슴이 후들거리는 내 성벽은 이미 이때 확실히 자리 잡고 있었다. 종교에 대한 나의 오리엔테이션은 오히려 현실에서 나를 은폐시키고 다른 세계를 열어 줄 내밀한 공간이었던 듯하다. 나는 주변에서 보는 나, 나 자신의 나이기를 거부한 정체성의 감춤과 혼란을 지니고 세상을 출발한 셈이다. 그래서 나의 암울한 현실의 처지와는 달리 상당히 유쾌하고 밝은 성격을 지닌 사람임을 자처했고 그렇게 행동했다. 나는 누구와도 잘 어울렸다. 4.19의 무엇인가 바뀐다는 분위기는 이런 나에게 밝은 앞날을 예시하는 듯했다.

일탈과 성숙─학문의 횡보(橫步)

내 자신을 던져 갈등을 빚으며 어렵게 선택한 종교에 대한 학문적 관심은 나의 은폐된 내면의 질문이나 갈등을 해결해 주지 못했다. 문제를 해결해 주기는커녕 더욱 혼란스럽게 만들었다. 정작 서울대학교 종교학과 주임교수인 신사훈 교수에게 낙담하고 말았다. 기독교의 교조성과 배타성, 그리고 독선성을 몸으로 체현한 듯한 이분을 기독교와 동일시하며 나는 기독교에서 멀어져 갔다. 그러나 한 가닥 기독교의 다른 가치와 세계를 달리 보는 관점을 접하게 됐다. 오히려 강사로 출강 중이던 지명관(池明觀, 1924-2022) 교수를 통해 종교는 세상을 달리 접근할 수 있는 소재임을 알았다. 그에게서 슈바이처(Albert Schweitzer, 1875-1965)의 '비관적 낙관주의'라는 모순적인 세계관의 메시지를 들었다. 현실은 비관적이지만 그렇다고 미래를 비관적으로 삼을 필요는 없다는 말로, 선택은 나에게 있고 그 결단의 틀이 기독교이며 곧 종교라는 것이다. 비로소 종교가 지적 이해를 통해 내 몸 속에 뿌리내리는 것을 느꼈다. 훨씬 후에 이 말이 불교와도 상통된다는 것을 실감했지만 말이다. 그리고 라인홀드 니버(Reinhold Niebuhr, 1892-1971)를 통해 기독교는 현실을 개조하는 종교이고, 심지어 종교적 참여가 정치적 참여와도 동일하다는 강력한 메시지를 접하며 지명관 선생에게 경도되었다. 더욱이 4.19 이후의 사회 분위기는 니버의 종교적 사회참여 의식과 빈민층에 대한 종교의 관여를 촉구하는 주장에 공감하도록 만들었다.

그러나 종교가 정감적으로 조용히 나에게 다가온 것은 엉뚱하게도 연구실 구석에 앉아 있는 선배 조교 때문이었다. 그분이 바로 정진홍(鄭鎭弘, 1937-현재) 교수다. 그는 기독교란 '바위를 깨려고 계란을 던졌는데, 실제로 바위가 깨어졌다는 것'이라는 말을 조용히 나에게 건네 주었다. 한참 반(反)신사훈=반기독교=반권위주의에 몰입되어 갖가지 데모에 참가하며 거리에서 살던 나에게 이분이 던진 말은 내 머릿속을 화두처럼 계속 맴돌았다. 소위 4.19 세대에 속한 나는 반대하는 일을 좌우명으로 삼으며 공부에는 별로 몰두할 수가 없었다. 나는 종교학이란 기독교학의 또 다른 이름일 뿐이고 기독교를 인문적 내용으로 표백시킨 것이라고 단정했다. 학계에서는 종교학의 학문적 정향이 계속 표류하는 듯이 보였고, 동양 전통으로 간혹 유교, 도교와 불교 강의가 개설되었다. 그 누구도 종교학이란 이런 것이라고 적극적으로 주장하지 않았다. '무엇, 무엇이 아닌 것'으로서의 종교학이 주장될 뿐이었다. 유승국(柳承國, 1923-2011) 교수는 유교 개론이나 주역(周易) 강의를 했고, 이기영(李箕永, 1922-1996) 교수는 불교 개론을 강의했다. 기독교 강좌를 제외하고는 그나마 흥미를 갖고 들을 수 있는 강의들이었다. 그런데 이기영 교수의 불교 강의는 나에게 충격으로 다가왔다. 실제로 동양적 전통에 대해 교감을 불러일으키는 불교의 역사이거나 불교의 교설이기 때문은 아니었다. 불교의 내용을 미르체아 엘리아데(Mircea Eliade, 1907-1986)의 인문적 해석으로 이끈 종교학적 오리엔테이션 때문이었다. 이기영 교수는 불교 강의를 하는 사이사이에 엘리아데의 이야기를 삽입했다.『영겁회귀의 신화(Le Myth du Retour eternelle)』나『성(聖)과 속(俗)(The Sacred and the Profane)』 또는『이미지와 상징(L'Images et Symboles)』을 통해 전통적인 교리들이 어떻게 교조적인 종교의 고식적 틀을 벗어나 인문적 이해로 탈바꿈되는지를 강의하였다. 나는 불교에 대한 엘리아데의 인문학적 해석에 매료되었고 엘리아데적 해석을 따라 불교를 이해하기 시작했다.

불교 경전의 첫머리에는 항시 '일시(一時)에 부처님이 운운'이라는 구절이 나온다. 그 경전이 발설된 장소와 시간을 말하는 것이다. 그러나 엘리아데는 일시(一時)를 'In Illo Tempore(그때)'로 풀이하며 역사적 시간을 초월시켰다. 그는 어느 때, 어느 시간에 일어난 구체적 사건들이 너무 엄청난 일을 만든 것에 착안했다. 곧 신성한 사건이 일어난 초세속적 시간으로 해석한 것이다. 따라서 부처님의 행적과 말씀을 구원(救援)의 사건으로 처리했다. 성서의 사건들이 그렇듯 불교의 사건들도 역사적인 것만은 아니다. 나중에 알았지만, 불교사를 다루는 시각은 불교의 사건을 역사적으로 확인하려 하고 유물, 유적으로 환원시킨다. 마침, 우리의 고고 미술사가 이 틀에 빠져 있고 실증 사학이 그런 방향을 주도하지만 말이다. 그 배경에는 물론 근대 서구의 언어 문헌학적 불교 연구가 자리 잡고 있다. 엘리아데는 이런 실증적 역사주의를 극복하며 불교 해석을 의미론적인 종교적 사건으로 성화(聖化)시켰다. 곧 성(聖)과 속(俗)의 변증법적 현현(顯現, epiphany)의 세계를 제시한 것이다.

1960년대 후반에 미르체아 엘리아데를 한국에 처음 소개한 사람은 연세대학교 신학부의 어느 교수로 알려져 있다. 이분이 시카고대학원에서 공부를 했는데 이 시기에 엘리아데가 시카고대학과 소르본대학(Ecole des Hautes Etudes du Sorbonne)에서 교수직을 겸임하고 있어 미국과 프랑스를 왕복하며 강의를 하고 있었다. 그런데 실제로 한국에서 엘리아데를 처음 소개한 사람은 이기영 교수다. 그것도 적당한 소개가 아니라 본격적인 해석이었다. 영어본이 아닌 엘리아데의 원저인 불어본을 사용하였으며, 인도 사상과 불교와의 연관 아래 해설했다. 잘 알려져 있지만, 엘리아데의 종교학은 인도 사상 전반에 대한 이해를 전제로 한다. 실제로 그의 주저 가운데 하나는 인도 종교 전반을 일관하는 『요가에 관한 것(*Yoga,: Immortalité et Liberté*)』이고, 그는 또한 인도를 배경으로 한 소설까지 썼다. 그의 종교론은 추상적 상징성을 내세운 이차적 자료에 의한 재해석이 아니었다. 요즈음 엘리아데에 대한 결정적 비판의 하나가 그의 글이 고대 원전을 무시한 채 이차적 자료에 근거하고 있다는 것이지만, 인도 종교에 관한 한 그는 철저하게 문헌과 자료에 근거해 해석하였고, 그런 시도는 결국 문헌주의를 벗어나 종교의 의미론까지 추적했다. 결국 종교의 고유한 '자생의 영역'(Sui Generis)까지 설정하여 종교학의 독립적 영역을 확보했다. 이렇게 종교학에서 결정적 영향력을 지닌 엘리아데를 이기영 교수는 불교 이해의 도구로 삼았던 것이다. 연세대 신학부 교수는 신학을 확대하기 위해 엘리아데를 활용했겠지만, 이기영 교수는 불교를 확대하기 위해 엘리아데를 활용한 꼴이 됐다. 그만큼 엘리아데는 폭과 깊이가 있었고 불교와 기독교를 넘나들며 일반 종교현상으로까지 해석을 확대했다. 그래서 나는 아직도 불교 연구에서 이런 엘리아데적 해석은 유효하다고 생각한다.

여하간 그는 저작을 통해, 특히나 『종교사론(Traité d'histoire des religions, 영역본 Patterns in Comparative religion)』을 통해 나에게 개별 종교사와 종교현상이 어떻게 보편적 인간의 역사로 이해되는지를 보여주었다. 그런 면에서 당시 기독교 신학과 교리에 식상한 나를 지식의 영역으로 흡인시키는 결정적 역할을 했다. 곧 불교를 기독교와 닮은 또 하나의 교리 체계로 대체시키는 것이 아니라, 불교라는 채널을 통해 보편적 인문적 지식의 영역으로 나를 이끌었다.

만난 사람들과 헤어진 사람들 — 원증회고(怨憎會苦)

불교는 무엇보다도 문화적으로 우리에게 친숙해 있고 한문으로 쓰인 텍스트는 우리 일상의 언어 사용과도 밀착되어 있다. 우선 표현 가능성이 히브리어나 라틴어의 서구적 성서 언어와는 다른 것이 마음에 와 닿았다. 그리고 우리 전통의 사상가들과 원효(元曉)를 비롯한 고승 성현들을 직접 다룰 수 있다는 친숙함과, 나도 무엇인가를 할 수 있다는 확신감 같은 것을 얻었다. 나는 한문 불전에 친숙해지려고 노력했다. 이기영 교수의 불전 강독을 통해 원효의『대승기신론소(大乘起信論疏)』며 그의 박사학위논문인「참회(懺悔)에 관한 연구 (Aux Origines du Tch'an Houei-Aspects Bouddhiques de la Pratique Penitentielle)」에서 한문 구절을 독해하기 시작했다. 그리고 종교의 교설과 의례를 담고 있는 텍스트를 읽는 것이 종교에 관한 연구에서 일차적인 선결 요건이라는 것을 깨달았다.

그렇게 해서 나는 종교학에서 불교학으로 방향을 전환하기 시작했다. 기독교에 식상했으니 종교를 바꿔 불교에로 전향한다는 도식은 아니었다. 그리고 대개는 개별 종교 연구에서 종교학으로 옮겨 가는 것이 상례인데 거꾸로 접근한 꼴이 됐다. 종교학이란 일반론적 관점에서 불교라는 개별 종교로 옮겨 앉은 것이다. 그것마저 엘리아데적 해석을 통해 불교의 상징성에 교감한 다음 단계적으로 불교의 역사적 전개를 이해해 가는, 또 한 번 거꾸로 가기 식의 접근이었다.

나는 서울대학교 대학원으로 진학하지 않고 곧바로 동국대학교 불교대학원의 인도 사상 전공으로 학교와 전공을 바꾸었다. 고등학교에서 대학 전공을 엉뚱하게 선택하며 주변을 놀래켰듯이, 또 한 번 주변을 놀라게 했다. 당연히 지도교수는 이기영 교수였다. 나는 그의 밑에서 불교 고전어를 익히기 시작했다. 산스크리트어, 팔리어, 티베트어를 하나씩 연마했다. 그러나 이기영 교수마저도 이 고전어들 가운데 어느 하나에 숙달되지 않아, 평생을 두고 그 전적(典籍)을 다루는 소위 서구의 문헌학적 불교학자들의 수준은 아니었다. 그러나 그는 고전어를 숙지해야 하며 적어도 한문 경전과의 대조적 판독은 꼭 필요하다고 주장하는 입장이었다. 동국대 대학원에서 나는 서경수(徐景洙, 1925-1986) 교수도 만났다. 긴 수염에 짧은 키, 거의 도사 풍의 풍모를 지니고 있었으며, 불교를 공부하러 동국대학교까지 온 나를 아주 색다르게 환영해 주었다. 환영이라 했지만 내가 제자뻘의 후배인 것을 알고 의식구조를 뜯어고칠 듯이 나를 밀어붙였다. 이 분은 종교학과 선배로 기독교와 불교를 넘나들며 내가 겪은 기독교 혐오증을 미리 겪고 기독교는 물론 불교까지 포함해서 모든 종교전통을 거침없이 비판하는 선배였다. 나중에 알았지만, 부친은 기독교 목사였고 모든 기존의 '틀'을 조소하며 비틀어 말했다. 이때 해학의 수사법이 얼마나 함의적인 전달 방식인지를 터득하게 됐다. 이후 그에게서 전수받은 불교적 사고와 행위는 평생 나를 긴장하게 만들었고, 일면 선가(禪家)적 언행이란 일상에서 그렇게 표출되는 것이라고 터득하게 하였다. 그는 거의 선가적 삶을 살았고 그의 파격적 언행은 주변 사람들에게 화두처럼 다가왔다. 결국 후에 나는 그의 평전을 쓸 수밖에 없었다(『서경수 전집―기상의 질문과 천외의 답변』 3권 활불교문화단, 2015-

2017).

　뉴욕주립대학교(스토니브룩)의 교수가 된 박성배(朴性焙, 1933-현재) 선배도 동국대 캠퍼스에서 만났다. 이분을 통해 나는 불교적 신행이 어떤 것인지를 의아심을 지니고 바라보게 되었다. 그는 돈오(頓悟)와 점수(漸修)의 논리적 구조와 수행에 천착하고 있었으며, 성철(性徹, 1912-1993) 스님의 삼천 배 신행의 의미를 대학생 수도회를 중심으로 펼쳤다. 결국 이 돈오점수의 이슈는 한국 불교의 핵심으로 떠올랐으며, 박 교수는 이를 평생의 불교학의 주제로 삼아 미국학계에서 적극적으로 활동하며 소개하였다. 그의 책 『깨침과 깨달음(Buddhist Faith and Sudden Enlightenment)』(SUNY Press, 1983)은 그의 평생 학적의 결실이라 할 만큼 특징을 지니고 있다. 곧 불교 신행을 서구적 틀이나 철학적 개념으로 환원하지 않으면서도 기독교의 '오직 믿음'(Sola Fidei)과도 비교할 수 있는 내용으로 풀이했다. 그는 돈오점수를 실증하기 위해 교수직을 버리고 해인사 성철 스님의 문하에 들어가 몇 년간 승려 생활도 했고, 어느 날 그것마저 던져 버리고 갑자기 미 남부의 감리교 대학(Southern Methodist University)의 신학부로 가서 신학까지 공부했다. 결국은 버클리대학에서 원효를 주제로 박사학위논문을 썼다(「Wonhyo's Commentaries on the Awakening of Faith in Mahayana」, Univ. of California, Berkley, 1979). 그의 이러한 작업은 동아시아의 돈오/점수의 틀이 '학문과 실천', '이론과 수행'(theory and practice)이란 서양적인 틀과도 항시 대척적으로 검토될 수 있는 소재라는 것을 제시한 것이었다.

　내가 불교에서 영향을 받은 이 세 분, 이기영·서경수·박성배는 한결같이 불교학자이면서도 기독교를 배경으로 하고 있었다. 따라서 기독교와 불교를 넘나드는 혼성적인 자세를 취하기 쉬운 일인데, 철저하게 불교적인 입장에서 기독교를 수용하려는 태도를 취했다. 그러나 기독교적 틀로써 불교적 개념을 해석해 갔다. 따라서 기독교를 배척하거나 비교론적인 객관성만을 표방하는 것도 아니었다. 박성배 교수의 치열한 불교적 신행이나 이기영 교수, 서경수 교수의 불교적 합리성 추구를 바라볼 때, 나는 종교 간의 갈등이나 논리적 상충보다는 오히려 종교 간의 넘나듦을 체감했다. 혹은 흔히 말하듯 동양적/한국적 융화(融和)이거나 합일적 화해(和解)의 체현은 아닐까 생각했다.

나의 종교학적·불교학적 시각도 알게 모르게 이분들의 그런 자세에 공감하며 동화되어 갔다. 따라서 내가 불교학계에 들어와서 불교의 학문적 오리엔테이션을 받았다면 주로 이때 만난 사람들의 태도에 감화된 것이다. 유일한 기독교적인 감화는 안병무(安炳茂, 1922-1996) 교수를 통해서였다. 이분을 통해 어느 종교에 귀속되어 있으며 무슨 공부를 하고 있느냐보다는 어떤 태도로 사물을 접하느냐가 중요하다는 것을 깨달았다. 대학원에서 유일하게 청강한 신학 강의인 안병무 교수의 '불트만(Rudolf Bultmann, 1884-1976) 강독'을 들으며 신학의 개방성에 대해서 배운 것이다. 동양 전통, 곧 유교, 불교의 '말씀'과 그리스도교의 '말씀'이 달라야 할 이유가 없다고 안병무 교수는 주장했다. 나는 이 '말씀'의 다양한 표출과 다의적 의미는 계속 천착될 수밖에 없고 그것이 불교학과 종교학의 존재 이유라고 생각하게 되었다.

한편 스님들의 행태 역시 나의 최대의 관심사였다. 더욱 기행과 전설이 뒤따르는 '큰스님'들의 행위는 관건일 수밖에 없었다. 성철 스님을 찾아 수업료로 삼천 배를 지불해야 했고, 일타(日陀, 1919-1999) 스님을 만나 불교의 자비(慈悲)행이란 남을 기억해 주는 일, 그리고 평범한 일상생활을 통해 남을 접해야 하는 일이지 유별난 행위의 과시가 아님을 배웠다. 기왕에 접했던 신부님이나 목사님들과는 전혀 다른 자세로 스님들을 접하게 되었으니, 성직자들 가운데 마지막으로 스님들을 만난 것이다. 가장 전통적이어서 우리와 가까웠어야 할 스님들을 가장 뒤늦게 접하게 되었다. 먼저 책과 이론을 통해 불교를 접했고 불교 현장인 사찰과 승려를 나중에 접했다니 아이러니일 수밖에 없다. 그리고 내 불교학의 학문적 오리엔테이션마저 이기영 교수의 영향 때문에 전형적인 서구의 언어 문헌학적 접근이 될 수밖에 없었고 그것이 우선이었다. 또 그것이 오늘날 불교학 접근의 표준이 되니 모순이기도 하며, 역설적으로 나는 이 표준에 합당한 학문의 길을 걸었다고 자부해야 하는 것일까? 나중에 결국 이 학문 위주의 불교학이 지닌 모순을 비판하는 글을 쓸 수밖에 없었다. 「학문의 이종교배―왜 불교신학인가?」(『종교문화비평』 3호, 2003)는 그렇게 해서 배태된 것이다.

얻을 수 없는 고통―구부득고(求不得苦)

불교를 시작하던 그 당시 나는 불교의 모든 표준과 가치는 책(경전)에 있고 책을 떠난 현장의 불교는 무엇인가 '잘못된 것, 어긋난 것,

타락된 것'으로 생각했다. 현장에서 우리 불교를 접할 때마다 '무엇이 얼마나 달라졌고 변형되었는가'만을 찾았고, 경전에 서술된 것과 다른 것을 '틀린 것'으로 여겨 비판의 대상으로 삼았다. 대표적인 것이 우리 사찰 경내에 빠지지 않고 자리 잡은 산신각(山神閣), 삼성각(三聖閣)의 철폐 운동이다. 텍스트의 원형 불교에서는 일탈된 것이라고 생각했다. 지금 생각하니 소위 책 중심으로 불교를 이해한 결정적 결함이었다. 나중에 쇼펜의 글을 읽고(Gregory Schopen, *Archeology and Protestant Presuppositions in the Study of Indian Buddhism*, Honolulu: Univ. of Hawaii Press, 1997) 그런 태도는 서구의 문헌 중심, 기독교적 접근을 빼닮은 편견의 소산이었다는 점을 자각할 수밖에 없었다.

어쨌든 대학원에 들어간 나는 불어나 영어로 된 불교 관계 서적들을 읽을 수 있었고, 이기영 교수는 자신의 개인 서가를 무제한 개방해 주었다. 제자들 가운데 유일하게 불어를 읽을 수 있는 제자였기 때문일까? 대학원 강의로 김동화 교수의 유식학, 김잉석 교수의 중론학, 우정상 교수의 한국불교사 또는 장원규 교수의 중국 불교사 강의를 들었으나 당시의 내 능력과 지식으로는 도저히 이해할 수 없었고, 또 전통적 학문을 따라가기도 힘들었다. 불어로 된『불교의 현재(*Présence du Bouddhisme, France-Asie, Saigon*)』(1959)와『인도 고전(*L'Inde Classique, Manuel des Études indiennes I, II*, Louis Renou et Jean Filliozat 편찬, École Française d'Extrême-Orient, Hanoi)』(1953)을 사전을 찾아 가며 부분 부분 뜯어 읽는 것이 오히려 이해를 도왔다. 그리고 불교를 인도 사상 전체에서 조망하는 서구적 방법은 사상사, 종교사의 객관적 흐름 속에서 불교를 파악하게끔 했다. 결국 이 두 책은 아직도 돌려주지 못했고 지금도 내 서가에 꽂혀 있다. 낡고 헌 책 표지와 유학 시절의 메모와 밑줄 친 흔적으로 보아 아마도 이 책들이 이기영 교수가 역사학에서 불교학으로 넘어가는 교과서 역할과 불교 입문서 역할을 했던 듯하다. 집필자들로는 장 필리오자(Jean Filliozat, 1906-1982), 루이 르누(Louis Renou, 1896-1966), 폴 드미에빌(Paul Demieville, 1894-1979), 올리비에 라콩브(Olivier Lacombe, 1904-2001), 주세페 투치(Giuseppe Tucci, 1894-1984), 라모트(Etienne Lamotte, 1903-1983) 등 서구 불교학 연구의 제2세대 대가들이 총망라되어 있었다. 이들은 앞서 언급한 엘리아데와는 프랑스에서 동양학을 같이 연구한 동료들로서 서로 활발하게 논쟁을 벌이고 있었던 사실을 엘리아데의 전기에서 발견했다.

이들의 학적 결실은 아직도 유효하며 동양학 논문들에서 끊임없이 참고 사항으로 인용되고 있다. 라모트의 경우 서구의 제3세대 불교학자들에게 '대체가 불가능한'(Irreplaceable) 학자로까지 칭송되고 있다. 이기영 교수가 그 밑에서 전공을 바꾸기까지 하며 불교학을 공부했으니 자신의 학문적 입지에 자부심을 느낄 만도 했다. 이 시기 나는 거의 프랑코파일(Francophile, 프랑스적인 것은 모두 좋아하는 사람)이 되었다. 고등학교 때 읽은 앙드레 말로(Andre Malraux, 1901-1976)의 『인간 조건』과 『왕성(王城)의 길』이란 작품의 영향 때문이었다. 그에게 매료된 나는 결국 그의 정치적 행로와 예술론에까지 사로잡혀 말로의 『침묵의 소리(La voie de silence)』를 불교적 예술과도 상관시키겠다며 만용을 부렸다.

그것은 결국 서구적 언어 문헌학적 불교 연구방법론에 대한 내 자신의 일방적 몰입을 말해 주는 증표이기도 했다. 의도적으로 접근했건 그런 기회가 우연히 주어졌건 나는 본의 아니게 불교를 이 서구 문헌학의 분석 대상으로 삼고 그 전통을 충직하게 따른 셈이다. 그리고 지도교수인 이기영은 자신의 스승인 라모트의 신간 『유마(維摩)의 교설(L'Enseignement de Vimalakīrti)』 (1962)의 첫 해설 부분을 번역하는 과제를 나에게 주었다. 그것은 동국대학교 불교대학 학술지 『불교학보』에 실렸다. 그러나 번역자의 이름은 이기영으로 나왔다. 대학원생의 글은 학술지에 실을 수 없다는 규정 때문이었다. 이 번역을 통해 소위 서구의 불교학 연구가 어느 단계에 이르렀으며 무엇을 시도하는지를 뼈저리게 느꼈다. 심지어 번역된 한문 경전 구절을 이미 일실된 원전을 추적하여 산스크리트어, 팔리어 혹은 티베트어로의 복원을 시도하고 있었다. 그러나 나는 어느 것 하나 제대로 다룰 수 있는 능력이 못 되었고 기껏 『번역명의대집(翻譯名義大集)』에서 해당 어구를 찾으며 즐거워하고 있었다.

지도교수인 이기영 교수는 자신의 이름으로 내 글이 실린 사실을 민망하게 여겨 이번에는 내 이름으로 출판시키겠다며 또다른 과제를 주었다. 역시 라모트의 『수릉엄경(首楞嚴經) 연구 (Ramgamasamadhisutra, La Concentration de la marche heroique)』 서론의 해설 부분이었다. 이 당시 라모트의 저작들이 속속 출간되었다. 대표적인 것으로, 중관 사상의 발전과 용수(龍樹, Nagarjuna) 사상을 이해하기 위해서는 빼놓을 수 없으며, 당시까지 서양 불교학계의 최대 업적으로 치는 『대지도론(大智度論) 연구(Le Traité de la Grand Vertu de Sagesse, Mahāprajñāpāramitāsāstra)』(1944년 1권 초간 이후, 1958년, 1970년, 1976년 재판과 속간으로 1981년 제10권까지 간행)가 출간되었다. 얼마 후 서구어로 된 최대, 최고의 불교의 역사서인 『인도불교사 개론(Histoire du Bouddhisme Indien, Louvain)』(1976)이 출간되었다. 이 책은 서구 불교학 연구의 효시를 이루었으며 소위 불교를 전체적으로 조망할 수 있는 '개론' 혹은 '입문'이란 저술의 최초의 틀을 마련한 외젠 뷔르누프(Eugene Burnouf, 1801-1852)의 『인도불교사 개론(L'introduction a l'histoire du Bouddhisme indien)』(1845)의 학통을 그대로 잇는 저술이었다. 이기영 교수는 서양 불교학 연구의 결실과 그 현장을 한국 학계에 알리고 싶었던 것 같다. 나에게 라모트의 저술을 번역하게 한 의도도 그 일환임에 틀림없었다. 어쨌든 이 불어본 수릉엄경 해제는 곧 『불교학보』에 실릴 것으로 기대되었다. 그러나 번역이 끝난 지 30년도 더 지난 지금도 출간되지 않고 있다. 이기영 교수가 작고한(1996) 후 그분의 아들인 이주형(현 서울대 고고미술사학과) 교수가 선친의 유고를 정리하던 가운데 책상 서랍에서 이 해묵은 원고 뭉치를 찾아내어 필자에게 송달해 주었다.

지금도 옛 200자 원고지에 옮겨 놓은 이 번역을 들춰볼 때마다 문헌학이 얼마나 중요한 것이며 불교를 학문의 대상으로 삼는다는 것이 얼마나 긴 시간과 막대한 양의 지식과 노력을 필요로 하는 것인지 감회가 새롭다. 당시 나는 불교학의 방대성을 접하고서 학자가 되기를 서원한 사람이라면 일생을 바칠 만한 가치가 있는 학문이라고 생각했다. 결국 이런 연구 문헌을 번역하고 나서 그 생각을 확신

할 수 있었으며 그때의 흥분이 아직도 가시지 않는다. 내가 라모트의 연구논문 몇 편을 번역할 기회를 가졌다는 것은 분명 젊은 시절 나의 행운이었다.

바로 이 점, 오랜 시간을 요구하는 문헌을 뒤적이는 작업, 그리고 옛 흔적을 나 스스로 색출한다는 나만의 비밀, 그리고 이런 작업 가운데 자신을 망실할 수 있는 처지, 곧 나를 잊고 문화유산에 몰입되는 나의 부재, 그런 것들이 바로 내가 원했던 직업의 특성이 아니었던가? 나 자신을 은폐하고 현실에서 탈출할 수 있는 작업이 바로 내가 희망한 것이었다. 불교를 공부할 때 나는 무척 행복했고 그러한 가운데 얼른 경제적 안정과 사회적 신분이 보장되는 전임교수 직을 취득하기만을 희구했다. 이산가족이라는 나의 멍에를 잊거나 벗어날 수 있는 좋은 기회였다. 가족의 이산이나 형제들의 월북은 나의 의지나 정치적 정체성과는 아무런 상관이 없었다. 나는 집안의 막내였다. 나에게는 집안의 내력이나 전승에 대해 책임질 아무런 이유도 없었다. 누구에게도 집안 사정을 말하지 않았다. 집안이 가난했다는 사실 이외에는 명랑한 나를 달리 생각할 아무런 이유도 없었다. 그러나 나는 원죄처럼 이산가족의 흠을 지니고 살아야만 했다. 겉으로는 유쾌했고 누구보다 열심이었으므로 주변의 도움도 적지 않았다. 그러나 감추어진 이 흠결, 요즈음 말하는 극우적 시각에서 평가하면 좌파적 친북의 가계는 나의 최초의 해외여행에서 그대로 노출되고 말았다. 인도 정부 산하기관인 인도교류위원회(Indian Council for Cultural Relations) 초청으로 인도 학술탐방 프로그램에 참가하기 위해 여권 발급을 신청했는데, 신원 조사에서 부적격으로 판정되어 해외여행 불가 판정이 나왔다. 6.25의 혼란을 겪으며 호적등본은 세탁이 가능했지만, 경찰청(당시 내무부 치안국)에는 집안의 내력이 고스란히 남아 있었던 모양이다. 동문인 황선명 교수의 부친(이승만 대통령 비서관인 황규면 씨)의 힘으로 간신히 여권과 비자를 발급받아 인도를 여행했다. 나는 언제 내가 좌파였거나 공산주의자였던가를 자문하며 신분의 정체성을 곱씹을 수밖에 없었다. 또 이런 곤혹스런 과정을 겪으며 좌파는 우파에 의해 만들어지는 것이 아닌가 하며 실소할 수밖에 없었다.

1974년의 인도 여행은 나에게 종교 세계의 현존, 현실과 나란히 존재하는 또 다른 세계가 있음을 알려 주었다. 특히 자이나교(Jaina)의 현장을 접하면서 고대 기록의 정확성과 함께 그 기록에 일치하는 세계가 아직도 현존함을 어떻게 받아들여야 할지 당황했다. 두 개의 세계가 동시에 존재한다는 것이 즐거워해야 하는 일인지…. 불전 기록에 나오는 나형외도(裸形外道, Digambara 空衣派와 Svetambara 白衣派 가운데 전자에 속한다)의 성직자가 여신도들 앞에서 벌거벗고 설법을 하고 있었다. 인도에서 자이나교도는 상류층에 속한다. 자이나교도들은 부처님 당시의 불교처럼 불살생(신도의 계율)과 무소유(성직자의 계율)를 철저히 지키면서 일찍이 상업에 종사했고 따라서 많은 기업가를 배출했다. 야외 설법 장소 옆에는 인도 국산차 타타(Tata, 지금은 현대자동차와 합작을 했다)가 주차되어 있었고, 비포장도로에서는 인도 조각에 나오는 우마차가 3000년의 시간을 소급해 천천히 움직이고 있었다. 고대와 현대, 그리고 초월의 벌거벗은 종교의 세계와 타타 자가용을 소유한 부유한 신도들의 현장이 공존하는 것을 목도한 것이다. 내가 은연중 탈출을 시도하며 엉뚱하게 종교학을 선택한 것이 나 혼자만의 상상적 결단이 아니었음을 깨닫고 미소 지었다. 화씨 100도(섭씨 37.7도)를 오르내리는 인도 열하의 땅에서 나는 오히려 한기를 느꼈다. 그것이 당시 나의 불교학과 종교학의 현실감이었다.

어쨌든 서구적 불교학 오리엔테이션은 내가 피해 갈 수 없는 유일한 방법이었다. 다행일 수도 있지만, 다른 한편 내 전통에 관한 것을 직접 접할 수 있는 기회는 드물었다. 이때 이기영은 원효 사상에 관한 연구 이외에 새로운 프로젝트를 따내어 동아시아 전통에 관한 것을 수립하려 했다. 그것은 오늘날 동아시아 불교를 운위할 때 꼭 거칠 수밖에 없는 한문 대장경의 집대성이라 할 『대정신수대장경(大正新修大藏經)』에 대한 검토였다. 『대정신수대장경』의 목록과 우리 『고려대장경(高麗大藏經)』에 수록된 경전을 대조하는 작업을 시도했다. 곧 『고려대장경』에 수록된 경전과 『대정신수대장경』에 수록된 경전을 일치시키는 작업이었다. 그렇게 함으로써 서사(書寫) 공덕과 경전 숭배라는 신앙에 머물렀던 『고려대장경』을 학문적으로 활용하는 작업을 시도했다. 나는 목록 하나하나를 대조하며 우리 『고려대장경』을 K(Koryo, 고려)로 표시하고 경전에 일련번호를 부여하여 그것을 『대정신수대장경』의 목록에 삽입 기록했다. 결국 이 작업은 후에 버클리대학의 루이스 랭카스터(Lewis Lancaster, 1932-현재) 교수와 박성배 교수의 합작(박 교수의 학위논문의 부작업이기도 했다)인 『통합 고려/신수대장경 목록』으로 출판되었다. 『한국불교경전 목록(*The Korean Buddhist*

Canon: Descriptive Catalogue)』은 그렇게 국제 학술자료로 진화되었다. 랭카스터 교수는 한 걸음 더 나아가 모든 한문 대장경뿐 아니라 팔리어로 된『남전대장경(南傳大藏經)』, 산스크리트 경전까지 망라된 종합 대장경 편찬 사업에 몰입해, 그것들을 전산화하여 동서를 막론하고 누구나 대장경에 접근할 수 있게 했다. 오늘날 불교 자료가 인터넷에 그대로 노출되어 누구나 손쉽게 접근할 수 있게 된 사연의 배후에는 랭카스터의 이 발원이 큰 역할을 했다. 이 사이에 이기영과 랭카스터는 둘도 없는 친구가 되었고, 이기영 10주기 학술대회에서(2006) 〈이기영의 학문과 인간(Reflections on the Life and Work of Prof. Yi Ki-young: A 20th C. Pioneer in Korean Buddhist Studies)〉을 말하는 동안 몇 번을 말을 끊고 눈물을 지었다. 이기영이 벨기에에서 귀국한 후 최초의 제자였던 나는 사회와 통역을 담당하였기 때문에, 랭카스터 교수 옆에 앉아 이기영 교수에 대한 그의 진실한 우정을 확인할 수 있었다.

  어쨌든 고려대장경 목록화 작업은 나에게 동아시아 불교 전적의 구성이 무엇인지를 알게 하는 절호의 기회였고, 막대한 규모의 한문 불전에 대해 눈을 뜨게 했다. 이 당시에 접한 불전들의 목록에 익숙해진 경험, 그리고 한역 불전 번역자들에 대한 지식이 이후 나의 불교학 연구의 초석이 되었다. 그러나 불전 자체의 전반적 내용을 파악했다거나 그것들에 대한 체계적 지식에 미치지 못함은 물론이다. 한문 불전들의 막대한 내용은 아직도 빙산처럼 바다 표면에 약간 솟은 일각일 뿐, 그 방대함은 바다 속에 감추어져 있다. 옛 성현들이 고전을 말할 때 쓰는 이 표현은 아직도 유효하며 또 그만큼 우리의 고전에 대한 지식 수준은 미약하고 이제 겨우 시작했다고 느껴지는 것이다. 동아시아가 집대성한 한문 문헌 속의 지식 체계는 막대하다. 이 지식 체계를 이해하기 위해서 불교는 피해 갈 수 없는 소재이다. 유교마저 성리학 형성 이후는 불교를 참조하지 않고는 이해가 불가능한 것으로 되어 있지 않은가? 또 불교 언어는 인도 유러피언 언어의 틀을 통해 서구의 사유의 틀과도 연결되는 체계이다. 내가 근자에 한국종교문화연구소에 불교 자료 연구 분과를 상설하자고 주장한 것도 이런 이유에서였다. 기독교에 관한 연구가 있고 우리 전통의 뼈대가 되는 유교에 관한 연구가 있으니, 불교라는 종교에 관한 연구도 있어야 된다는 종교 나열식의 종교 다원주의는 아니다.

학문에서의 일탈—애별리고(愛別離苦)

지금 생각하니 어떤 계기에서였건 나로서는 서구의 불교와 동아시아 문헌 자료를 동시에 접할 수 있는 절호의 기회를 가졌던 셈이다. 그러나 그 기회를 얼마나 활용하여 내 학문을 성취시킬 수 있느냐는 전혀 별개의 문제였다. 눈앞에 뻔히 보이지만 나의 능력이 따를 수 없음은 물론 하루하루의 힘든 생활, 대학원 박사과정으로의 진입과 시간강사를 지속해야 했던 나는 불교학/종교학에로의 단계적 과정에 본격적으로 천착하지 못했다. 항상 겉핥기식이었다. 눈앞에 펼쳐진 종교학과 불교학의 소재가 파노라마와 같이 전개되었지만, 어느 한 분야에서도 전문적 수련에 진입할 수 없었다. 몸과 마음은 초조했고 내가 설정한 목표에 이를 수 없으니 기진맥진했다. 피곤과 초조감이 본의 아니게 옆에서 벌어지는 캠퍼스 정치에 연루되고 말았다. 불교계의 대처와 비구가 대치하는 상황에서 불교학계는 기존의 불교학자들인 일본 학통의 대처승을 지지하는 교수들과 이기영·서경수·박성배 교수처럼 비구 승단에 새로운 기대를 걸고 비구 승단을 지지하는 학풍으로 갈렸고, 나는 선택의 여지 없이 이분들 편으로 분류되었다.

1976년 강사 생활 10년째에 모처럼 신분 상승의 기회가 생겼다. 그 사이 동국대, 서강대, 가톨릭대 신학부 등을 전전하며 나는 인도 사상, 불교학 또는 종교학을 강의하고 있었다. 동국대학교 불교대학은 오랫동안 적체되었던 강사들을 대거 전임교수로 임명했다. 박정희 정부에서 문교부 장관을 지낸 이선근을 총장으로 맞아들인 동국대학교는 불교의 활성화를 목표로 했다. 당시의 박정희 정부는 민족 중흥이라는 표제 아래 우리 문화를 재흥하는 시책을 폈고, 이에 걸맞게 이선근 총장이 부임한 동국대에서도 젊은 층을 포용하며 불교학 중흥에 힘썼다. 약 10명의 강사들이 대거 전임교수로 발탁 임명되었다. 나에게도 결정적 순간이었다. 그러나 나만이 탈락되었다. 나는 할 말을 잃었다. 그리고 나에게 돌아온 것은 불교국제학술회의 (Buddhhism and Modern World, 1976 동국대 개교 70주년 기념)를 조직하는 간사직의 소임이었다. 나의 외국 학계에 대한 지식과 외국어에 대한 감각 때문이었다. 적지 않은 준비비와 외국 학자를 초청하는 권한(?)이 나에게 주어졌다. 12개국에서 200명의 학자를 초청해 놓았다. 그러나 나는 말 그대로 지쳐 있었다. 집사람은 세 명의 아이를 돌보느라 자신의 희망을 접고 중고등학교 양호교사로 전업하여 생활을 도맡았다. 계속된 나의 좌절과 어느 곳에서도 도움을 받을 수 없는 처지를 지켜본 집사람은 해외 이민 수속을 밟았다. 이 시기 전후에 나는 동문인 오강남 교수(당시 캐나다 McMaster대학 소속)에게 편지를 썼고 그는 나에게 선배의 학문적 수련은 자신이 잘 아니 "그대로 오기만 하면 된다."는 호의적인 편지를 보내 주었다. 사회와 인생에 대한 회의뿐 아니라 학문 자체에 대한 좌절감이 엄습했다. 결국 나는 간질로 몇 차례 쓰러지고 통원을 해야 하는 처지가 되었다. 간질은 일정한 느낌을 앞세워 수시로 찾아왔다. 강의도 제대로 할 수 없었다. 항시 주머니에 비상약으로 안정제를 지니고 다녔다. 그리고 오래전에 읽었던 도스토예프스키의 간질에 대한 이야기를 상기했다. 낭만적으로 들릴지 모르나 간질 환자에게 발작의 순간은 매번 죽음의 순간으로 다가왔다. 언제 어떻게 올지 모르는 발작의 순간은 아득한 심연 속으로 빨려드는 것 같은 절명의 순간이었다. 깨어났을 때에야 살아 있는 것이 확인되는 나날이 되풀이됐다. 가톨릭 의대 간호학과 조교를 했던 집사람은 나의 주치의였다. 집사람은 나에게 울며 권유하며 일종의 최후 통고를 했다; "그 학문이란 직업을 버리고 떠나 살자."

나는 떠나기로 작정했다. 이 떠남은 단순히 미주로 옮겨 가는 일이 아니라 이제까지의 삶의 방식과 생활을 떠나는 일이었다. 6.25로 파괴된 이산가족사의 은폐와 사회에서의 기피, 종교라는 학문의 세계로 신분을 감추고 또 다른 승화된 세계를 꿈꾸며 나만의 현장을 삼으려 했던 꿈을 접어야만 했다. 그러나 마지막까지 주변을 유쾌하게 만들려고 했던지 나는 떠나면서 "캐나다의 오강남 학형이 있는 맥매스터대학으로 간다"고 공표하였다. 그래서 아직도 나를 캐나다에서 공부한 것으로 아는 동학이 적지 않다. 정작 내가 간 곳은 미국 남부 조지아주의 애틀란타였다. 내 이민 가방에는 책이라고는 한 권도 들어 있지 않았고 금생에 다시는 공부를 하지 않으리라 예감했다. 그래서 나의 종교학/불교학은 대단원의 막을 내리고 마감을 했다. 그때가 1976년 8월이었고 내 나이 36세의 늦은 여름이었다.

다른 삶 살기

학문에서 일탈된 나는 이민 생활에서는 비교적 안정된 상태를 영위할 수 있었다. 경제적 안정이 이루어지자 집안에 화평도 돌아온 것 같았다. 그래서인지 나에게는 사업하는 일이 공부하는 것보다 쉽게 느껴졌다. 부지런히 정직하게 일만 하면 생활이 되었고, 규모를 키우면 돈이 모이는 것이었다. 그래서 아직도 나만이 되뇌는 말이 있다. "사업은 학문하는 일보다 어렵다고 하지만 나는 그 반대로 생각한다."라고. 그러나 이민 생활의 큰 성과는 정작 다른 곳에서 나타났고, 그때 비로소 내 삶을 다시 돌아보는 시각을 얻었다. 결정적인 계기가 된 것은 첫 작업장인 마켓 편의점의 긴 밤시간 근무 때의 경험이다. 알렉스 헤일리(Alex Haily, 1921-1992)의 『뿌리(Root)』란 작품을 읽었다. 편의점 한 부분에 판매용 포켓판 단행본 수십 권이 진열되어 있었다. 이 가운데 헤일리의 책이 끼어 있어 우연히 읽기 시작했다.

기막힌 흑인 노예 이민사를 다룬 소설이었다. '킨타 쿤테'란 흑인 노예의 삶의 역정이 적나라하게 그려져 있었다. 헤일리는 자신의 소이처(所以處)이며 흑인들의 고향인 아프리카의 현지 추적을 통해 미주 흑인의 노예사를 재구성했다. 이후 영화화되어 공전절후의 인기리에 상연되었고, 텔레비전에서 연속극으로도 방영되었다. 나는 충격을 받았다. 동시에 나의 이민을 다른 각도에서 반추하는 계기가 됐다. 옮겨 산다는 것이 단순하지 않다는 것을 깨달았다. 옮겨 삶에 얽힌 사연들은 훌륭한 인생론임을 터득했다. 미주에로의 이민과 타지에서의 생활은 개인적인 사건이기만 한 것인가? 나의 입지에 대해 돌이켜볼 수밖에 없었다. 속된 말로 "이민을 잘 왔고, 잘살게 되어 축복이 된다."라는 미주 이민자들의 스테레오 타입은 외형으로 나타난 모습일 뿐이다. 한국의 삶보다 낫다는 이런 비교우위론적인 시각은 이민자들의 천박성을 그대로 표출하는 발언이다. 잘 먹고 잘사는 일은 생리적인 현상, 극단적으로 표현하면 돼지의 삶일 뿐이다. 돼지가 실제로 그런지 돼지에게는 미안한 일이지만 먹고 자는 일로 인생을 단순화시킬 때 우리는 그렇게 표현해 왔다. 한국을 보는 나의 시각과 정서도 '실향'이나 '망향'은 아니었다. 곧 제자리에서 자라지 못한, 뿌리 뽑힌 처지로만 생각되지 않았다. 그리고 한국을 '평가'하는 나만의 다른 시각도 가능한 것은 아닌가 하는 의문도 들었다.

이때 우연히 읽은 글이 있다. 나이폴(V. S. Naipaul, 1932-2018)의 글이었다. 아마 『모사인(模寫人, The Mimic Men)』이거나 『엘비라의 선거권(The Suffrage of Elvira)』이라는 소설이었던 듯하다. 카리브해 자그마한 섬의 이민자들로 구성된 작은 사회에서 생긴 에피소드를 소설화한 작품이었다. 그 모습들이 나의 이민 생활의 단면을 여실히 그려 내는 듯싶었다. 자신의 생활을 객관화하는 일은 쉽지 않다. 그러나 이민자의 삶은 희화화되어 객관화되는 것이다. 예컨대 미주 한인 이민자는 한결같이 개신교 신자가 된다. 아니 이민 초기 일정 기간은 교회를 다녀야 한다. 그래야 실생활에 필요한 정보나 도움을 받을 수 있다. 자신의 집안 전통이나 생활 습관은 상관이 없다. 종교가 바뀌는 일은 하나도 심각하지 않다.

이런 경험을 겪는 나에게 나이폴의 작품은 나를 소재로 한 작품으로 생각되었다. 그의 다른 글들을 읽기 시작했다. 그는 자신이 인도 출신으로서, 그리고 중앙아메리카 트리니다드 섬의 이민 3세대로서 정체성의 혼란을 겪으며 다른 문화에서 성장하는 것이 무엇을 의미하는지를 적나라하게 그렸다. 더욱이 탈식민화하는 과정에서 제3세계로 전화되거나 민주화되는 과정은 희화적으로 비쳤다. 민주주의와는 하나도 닮지 않은 이민자들의 모습과 제3세계의 정치적 행태들이 만화처럼 기술되었는데, 그것이 현실이었고 현장이었다. 나는 그의 시각에 완전히 공감하며 빠져들었지만 그의 사회관이나 문화 의식에 공감한 것은 아니었다. 그의 단순화된 만화경 같은 현장 서술은 나의 모습과 이민자들의 모습을 그대로 가감 없이 발가벗겨 드러내는 것이었다.

또한 나이폴은 자신의 최초 인도 기행을 썼다. 그의 책 『어둠의 영역: 인도의 경험(*An Area of Darkness: An Experience of India*)』(1964)과 『상처

받은 문명: 인도(*An Wounded Civilization: India*)』는 나에게 또 하나의 계기로 다가왔다. 인도 출신인 그가 쓴 인도 기행은 내가 알고 있는 인도에 대한 지식과도 좋은 비교의 대상이었다. 더욱이 그때는 내가 나의 최초 해외 여행지인 인도를 다녀온 지 4~5년밖에 되지 않은 시점이었다. 이민 2세대인 나이폴은 자신의 혈통과 밀착된 땅인 할아버지의 고국 인도를 자신의 뿌리에 대해 성찰하면서 애정과 경탄을 지니고 바라보고자 했으나, 그러한 그의 시각이 그를 혼란에 빠지게 했다. 결국 보고 느낀 대로 가감 없이 쓴 기행문이 인도에서 판금까지 당하게 됐다. 소위 비판적 기행으로 일종의 문명 비교론의 이슈까지 제기하는 글이었다. 나는 그의 관찰에 경탄하며 내가 한국을 바라보는 시각에 문제가 있음을 알았다. 나는 다른 것은 틀린 것이 아니라는 시각을 유지하려 노력했다. 나이폴도 부지런히 이 차이를 부각시키고 있었다.

그러나 나처럼 쉽게 한국은 "이게 틀리고, 저게 잘못이다."라는 판단적 평가를 내리지 않았다. 그는 현장을 관찰하고 사건과 사실의 추이를 끈질기게 추적했다. 결국 그런 현상, 그런 사실이 큰 모순이라는 것을 드러나게 했으며, 결국 자신의 뿌리인 인도의 미래를 위해서도 바람직한 일이 아님을 적나라하게 보여주었다. 그러나 그런 현상, 사실의 차이는 문화의 차이, 문명의 차이로 귀속되었다. 신생 인도의 탈식민지화 과정에서 드러나는 전통, 그리고 서민들이 근대적 삶에 적응하지 못하는 현상, 떠나온 내 조국은 달랐던가? 그의 인도 비평은 뼈아프게 받아들여야만 하는 나의 한국관이기도 했다. 그러나 그의 증언적 기행문은 인도에 대해 지나치게 부정적인 시각과 논평을 했다고 하여, 당시 민족주의의 부흥을 표방하던 인도 정부는 달갑게 여기지 않았다. 훨씬 후에 사이드(Edward W. Said, 1935-2003)를 읽으며 그의 관점이 또 한 번 비판받고 부정되는 것을 보고 놀랐다. 사이드는 나이폴의 인도 비판은 서구에서 빌려 온 시각을 그대로 자기 조국에 적용한 '영국의 개' 같은 시각이라고 혹평을 했다. 어쨌든 나는 한국에서 한국을 보는 시각, 외국(미국)에서 한국을 보는 시각 이외에 미주 한국인으로서 한국을 보는 제3의 시각도 존재한다는 것을 확인했다.

사이드의 비판이 어떤 입장을 지녔건 나는 나이폴에 전적으로 공감했고, 흔히 그렇듯 나와 흡사한 유명인의 등에 업힌 고국관을 지니게 됐다. 이 제3의 입장, 한국에 공감할 수도 없고 그렇다고 미국 입장에서 한국을 비판하는 입장도 아닌, 면도칼 위를 걷는 입장으로 변신했다. 그런 태도 때문인지 후에 보스턴 한인회에서 발간하는 주간 신문에 정기적 칼럼을 써 한 권의 수필집(『우물가』)이 엮어졌다. 워싱턴 D.C. 지역에 사는 고등학교 동문이 나 모르게 읽고 책으로 엮어 준 것이다. 어쨌든 나의 새로운 이민 인생은 이렇게 다시 깨어난 생로병사의 첫 과정으로 시작되었다. 그리고 나의 종교학적 입지인 불교에서의 오리엔탈리즘의 숙명은 이런 내 인생 역정을 배경으로 계속 표류하는 것이었다. 제자리를 찾지 못하고 계속 입장을 바꾸어 가는 갈팡질팡의 연속이었다.

애틀랜타에서의 10년간의 이민 생활은 내 생애를 통해 가장 즐거운 시간이었다. 맥주를 가장 많이 마셨고, 야구 시합과 미식축구를 즐겼고, 등산과 여행을 했으며, 이 열하(熱河)의 지역에서 스키를 배웠다. 애틀랜타는 미국 남부 조지아주의 주도이며 목화 재배의 본고장이니 더운 지역이다. 애틀랜타(Atlanta)는 핫틀랜타(Hot-Atlanta)로도 불리며 3계절이 있는 곳, 즉 덥고(Hot), 무척 덥고(Hotter), 아주 더운(Hottest) 계절이 있는 지역이라는 농담이 있는 곳이다. 더운 지역에서 사람은 늘어질 수밖에 없다. 생활도 안정되고 '공부'라는 미명 아래 지적 학대를 당하는 일마저 없어서 즐거우니, 이때 비로소 '공부' 없는 인생도 훌륭한 인생일 수 있다는 생각을 하게 됐다. 때늦게 깨달은 인생론이었다. 그러나 모국어가 아닌 영어를 사용하는 일은 항시 목의 가시와 같았다. 교회가 운영하는 영어 수업에도 참석했고 시립대의 ESL(English as Second Language) 과정에도 등록했다. 말이란 쉽게 숙련되는 것이 아니었다. 결국 앞으로의 인생을 말과 더불어 영어권에서 마칠 터이니 이들의 문화생활과 지적 활동에도 적극 참여하고 싶었다. 경제적 안정과 남아도는 시간, 이민 10년 차의 나는 미국 대학에서 1년간 영어 문화에 젖고 싶었다. 동시에 나의 호기심도 발동되었다.

미국 대학에서의 동양학, 특히 한국의 불교와 유교는 어떻게 전개되는지 궁금했다. 남부의 하버드라고 불리는 에모리대학의 신학부 강의 중 동양종교 강의를 청강했다. 강의 내용이 나의 이해 범위를 벗어나는 것은 아니었지만 그것이 어떤 맥락에서 전개되는지는 알 길이 없었다. 답답해진 나는 철학과의 현상학, 해석학 강의를 교수들의 허락을 받고 무료로 청강했다. 이때 해석학을 발달시킨 사람으로 슐라이어마허(F. D. E. Schleiermacher, 1768-1834)가 강조되며 그의 텍스트를 읽는 것을 보고 놀랐다. 슐라이어마허는 내가 아는 한 종교학과 연관된 신학자이고 대학 때 지명관 교수를 통해 알게 된 학자가 아니었던가? 학문의 내용은 맥락을 따라 이렇게 다변화하는 것이구나 하고 절감했다. 집사람에게 1년간 허락을 얻어 본격적으로 동양학 강의를 청강하기로 했다. 1년간만 강의를 들으면 내 영어 활용 실력도 키워질 테고 서구에서의 동양학의 귀추도 얼마간 알 수 있을 터이니, 평생 이와 관계된 독서를 즐기며 사업을 할 것이라 예상했다. 이때 일을 두고 집사람은 허락하지 말았어야 했다고 아직도 후회한다. 그것이 나의 하버드에서의 학문 복귀의 시작점이 되었다.

일반 대학원 학생으로 지원하는 시기를 놓친 12월 초에 '특별학생지위'(Special Student Program)로 청강이 허락되었다. 하버드의 불교학 담당 교수인 일본계 나가토미 마사토시(正敏長富, 1926-2000) 교수가 나를 면접하며 무척 호의적으로 대해 주었다. 게다가 내가 한국에서 이기영 교수를 통해 프랑스 학통의 불교학 오리엔테이션을 받은 것을 무척 흥미로워했다. 그리고 이기영 교수의 지도교수인 라모트의 논문들을 읽고 번역한 것을 말하자 신기하게 여기고 달리 대우하며 일체의 서론적인 것을 감해 주었다. 후에 본과 입학 경쟁에서 나를 적극 추천해 주기도 했다. 그러나 이 1년 2학기 동안에 나를 격발시키는 결정적인 사건이 벌어졌다. 하버드 신학대학이나 문리대에서 개설된 불교학, 동양학 관계 강좌를 부지런히 참석했는데 어느 강의에서도 한국 불교나 한국 유학에 대해서는 일절 언급이 없었다. 간혹 텍스트의 한 부분에서 지엽적으로 언급될 뿐이었다. 그때까지 한국의 불교와 유교는 동양의 빼놓을 수 없는 전통을 지녔고 고유한 독창적 내용을 갖춘 것으로 생각해 왔는데 말이다. 그런데 불교학의 개설적 강의 내용에 일반화되어 그대로 용해되어 버린, 나름의 특징을 찾을 수 없는 것으로 나타났다. 이때 종교학을 시작하며 인간적으로나 학문적으로도 가까운 윤이흠(尹以欽, 1940-2013) 교수에게 편지를 썼다. 하지만 그 편지는 보내지 못하고 아직도 간직하고 있다. 내용은 "중국 불교의 전통과 일본 불교의 특징 사이에서 흔적 없이 사라져 버린 한국 불교를 어떻게 해야 좋을지 모르겠다."라는 실토였다.

나는 동아시아 언어문화학과(East Asian Languages and Civilizations)의 한국학 과목도 청강했다. 이때 와그너(Edward Wagner, 1924-2001) 교수를 만났다. 와그너 교수에게도 그와 비슷한 불평을 늘어놓았다. 그는 웃으면서 한국학의 일천함을 강조하며 한 사람이라도 한국학 전공자가 많아지기를 기대한다고 했다. 후에 본과 입학 면접에서 그는 나를 따로 불러 면담하며 앞으로 어느 학과에서 무엇을 전공하려 하는지 물었다. 나는 학위를 따서 귀국하여 교수 하려는 생각은 별로 없고, 한국의 불교가 현장에서 사라진 것이 몹시 속상할 뿐이며, 세 곳에 지원했는데 어느 곳이건 나에게는 별 상관이 없다고 말했다. 한국의 불교를 더 큰 맥락에서 연구할 수 있다면 그것 이상 가는 소망은 없다고 말했다. 아마 선발 위원의 한 사람인 와그너 교수에게 내 속에 감추어진 계획을 미리 노출시킬 필요는 없었을지도 모를 일이다. 결과적으로는 그때 말한 계획대로 내 재수의 학문적 진로는 그대로 진행된 셈이다.

또 다시 전업의 전업

미주 생활은 나에게 무엇보다도 생활 현장이었다. 남들처럼 유학을 오거나 연구원이거나 방문 교수로 미주로 옮겨 와 대학 캠퍼스에 머문 것이 아니었으니 말이다. 나는 다시 가족을 위해 생업을 유지해야 했다. 하버드가 소재한 북부 보스턴 케임브리지의 분위기는 남부 애틀랜타의 분위기와 전혀 달랐다. 영어의 악센트부터 달라 모처럼 익힌 남부의 영어가 이곳에서는 혼란을 일으키기 일쑤였다. 사람들의 태도 역시 달랐다. 이민 생활이 벌써 10년을 넘기고 있었지만 한마디로 새로 이민 온 느낌이었다. 그리고 생활의 틀을 마련해야 했다. 그간 남쪽에서 운영했던 비즈니스를 이곳으로 옮기는 것이 가장 합리적인 선택이었다. 애틀랜타의 비즈니스는 일종의 달러 스토어와 월마트의 중간 형태였다. 동업자와 소형 백화점을 운영할 계획으로 시작한 도소매 잡화상이었다. 나의 모토는 '머리끝에서 발끝까지의 상품'을 파는 백화점이었다. 그러다 이 소규모 백화점을 동업자에게 넘겨주고 낯선 보스턴으로 다시 이주하니 사업 환경이 전혀 달랐다. 자그마한 장소를 구해 애틀랜타 비즈니스의 한 섹션인 금은 귀금속 부분을 이곳에 개점했다. 워낙 전통적인 도시라 이미 모든 것이 잘 정착된 이곳에 내가 끼어들 부분은 없었다. 결국 마이너리티를 상대로 한 비즈니스로 옮겨 갔고 다행히 미리 정착한 한국인, 유대인, 흑인 들이 운영하는 잡화상이 눈에 띄었다. 일일이 찾아가 금은 귀금속을 공급하는 도매업을 시작했다. 금은의 속성은 변하지 않지만 스타일은 유행 따라 변한다. 잡화상에서의 금은 섹션은 유행과 때 지난 디자인의 귀금속들이 먼지를 쓰고 앉아 있기 마련이다. 나는 그들에게 다가가 한 달에 한 번씩 새 디자인의 귀금속을 무게대로 교환해 줄 것을 약속했다. 한편 뉴욕의 주얼리 생산업자들에게는 한 달에 한 번씩 대량 구매와 함께 이전에 구매한 것을 맞교환해 줄 것을 약속받았다. 금은은 무게를 따라 가격이 정해지지 디자인을 따라 값이 정해지는 것이 아니라는 점을 이용한 것이다. 한 달에 한 번씩 뉴욕에서 보스턴으로 올라오며 새 디자인의 상품을 전달하고, 뉴욕으로 내려가며 수금하는 일과 낡은 상품을 수거하는 일을 반복했다.

나는 이미 한국의 동국대에서 박사과정을 끝마쳤으나, 당시 구제(舊制) 박사학위와 신제 학위 과정 사이에 끼어 있었다. 심지어 학위논문 제출도 문제이고 심사위원 교수들의 태반이 학위 소지자가 아닌 전통적 학위 제도에 묶여 있었다. 어쨌건 나로서는 나의 멘토인 이기영 교수, 서양 중세철학 담당인 김규영 교수, 불교 유식학의 김동화 교수, 중국 중관불교의 김인석 교수 그리고 신학 사상의 안병무 교수에게서 학점을 따 놓은 상태였다. 그때는 오로지 공부만 해서 그런지 별 어려움을 느끼지 못하고 오히려 즐기며 공부를 했다. 그러나 미국에서의 박사과정 이수(履修) 과목들은 엄청난 시간과 노력을 요구하는 과정이었다. 생활을 안정시켜야 하고 동시에 박사과정의 이수 과목을 충족시켜야 하는 나로서는 이중의 고행이었다. 당시 나의 지도교수였던 한 분은 새 학기가 되면 웃으며 나에게 농담을 건넸다; "How was your business last semester?(지난번 학기 자네의 사업은 어땠지?)" 내 두꺼운 가방의 앞 칸은 책과 논문 페이퍼가 있었고 뒷부분에는 항시 청구서(invoice)와 상품 카탈로그가 들어 있었다. 일주일 중 2~3일은 5시에 사업을 마치고 다시 6시에 도서관으로 출근을 했다. 다행히 도서관은 새벽 2시까지 여는 곳이 있었다.

캠퍼스 내의 학창 생활 같은 것은 꿈도 꿀 수 없었다. 강의가 끝나면 직장인 내 업소로 달려가야만 했다. 업소 주변 가까운 곳의 책방 구석이 내 연구실이었다. 그때 캠퍼스에서 만난 신학대학원 박사과정의 배국원 선생과 나와 같은 동아시아학과에서 중국사상사를 전공하던 나성 선생은 가끔 나에게 강의실 밖 교수들의 행태와 대학원생들의 학문적 경향 혹은 캠퍼스 내에서 벌어지는 사건들을 전해주었다. 소위 장터와 캠퍼스를 오락가락하는 나에게 이 두 사람은 둘도 없는 학문적 가이드였다. 나는 대부분의 시간 동안 사업에 몰입하여 있었고, 내 주머니의 용돈은 넉넉했다. 응당 저녁 식사와 술값은 내 몫일 수밖에 없었다.

이렇게 지내며 경제적 안정을 꾀하다 보니, 초기의 소규모 귀금속 도매업이 나도 모르게 다이아몬드 거래로 옮겨 앉게 되었다. 전혀 예상치 못한 일이었다. 결혼 때 금반지 한쌍을 해 준 기억밖에 없는 내가 다이아몬드 딜러가 되다니. 유태인과 중근동에서 이민 온 그룹으로 이루어진 뉴욕의 다이아몬드 딜러들과의 신용이 확립되면서 나는 보스턴 중심가의 보스턴 주얼리 빌딩 한 모서리에 옮겨 앉게 되었다. 어엿한 다이아몬드 딜러가 된 것이다. 유태인을 위시한 각국의 딜러들이 내 상점에 들러 다이아몬드를 위시한 귀금속을 넘겨주었다. 나에게 그 귀금속 값을 지불할 충분한 자금이 있을 턱이 없었다. 그러나 그들은 대대로 장사에 이골이 났고 닳고 닳아 사람을 보면 즉각 됨됨이를 알아보는 장삿속이 밝았다.

나의 집사람과 내 모습을 보고는 충직한 '가족 비즈니스'임을 알고는 서슴지 않고 '외상'으로 물건을 대주었다. 나중에 알았지만, 이 비즈니스는 '가족 비즈니스'가 기본 단위이고, 몇 세대에 걸친 가족의 계보가 다이아몬드 딜러를 만든다는 것을 알았다. 여하간 겉보기가 백면서생 같은 내 모습과 거짓말은 아예 상상도 못하고 말을 잘할 줄도 몰라 아예 침묵으로 일관하는 집사람을 본 그들은 우리의 이런 자세를 신용이 있는 것으로 여겼던 것 같다. 첫 거래에 약 20만 불어치 귀금속을 맡겨 놓는 것이었다. 또 나중에 알았지만 결국 그것이 트랩인 것을 깨달았을 때, 나는 그 거래에서 빠져나올 수 없이 깊이 연루되어 있었다. 그들의 카르텔 요원으로 다이아몬드 거래에서 일종의 에이전트 역할을 하고 있었다. 매주 혹은 격주에 한 번씩 수금하였고, 약속을 지키지 못할 때의 압력은 이루 말할 수가 없었다. 그 압력과 고통은 대부분 집사람이 감당했다. 나는 공부를 핑계 삼거나 다른 거래처와의 상담을 위해 밖으로 떠돌았으니 말이다. 그런 가운데 사업은 확대되고 안정되어 갔다. 그 대가로 나의 학위논문은 실종되고 말았다.

박사과정 진입 후 거의 5년 만에 종합시험을 치르고 학위논문 계획서를 제출하였다. 주제로 '원측 사상'을 잡았다. 중국에 거주하며 그곳에서 학덕을 남긴 고승으로 내 처지와도 비교하고 싶은 마음이 배어 있었다. 무엇보다도 원측(圓測, 613-696) 스님은 중국의 종파불교에서 법상종(法相宗)의 계보로부터 밀려나 이파(異派)로 분류되었다. 일본 학계의 종파불교적 평가를 따르면, 그는 소속 불명의 사상가이며 법상종에서 이탈된 사상적 이단자였다. 그러나 내 생각으로 그는 오히려 중관불교와 유식불교를 극복·종합한 창의적인 이론을 제시한 것으로 비쳤다. 더 나아가 중국 불교를 화엄 사상으로 회통시킨 법장의 이론의 발단을 튼 사상가로도 보였다. 원측은 중관/유식의 회통 이론을 최초로 발설한 학승이었다. 그 점은 원효에게도 공통점이 있지만, 원효는 이미 모든 불교인의 아이돌이어서 많은 학자들이 원효에 관해 이미 언급하고 있었다. 나는 오히려 그보다 시대적으로나 사상적 계기에서 한 걸음 앞섰던 원측을 주제로 삼았다. 불교학 담당 교수인 나가토미에게 논제를 제시하니 단번에 "좋다(Good, Excellent.)"고 승낙하고는 빨리 쓰라고 했다.

이때에는 이미 이기영이 미주를 순회하며 보스턴까지 와서 나가토미를 심방하여 나의 처지와 미래를 이야기한 듯했다. 두 사람의 유창한 일본어 대담은 불교학을 하면서도 일본어를 모르는 나에게는 전혀 이질적으로 보였다. 나가토미는 내가 학위를 끝내면 한국으로 귀국하여 교수가 되리라 짐작했을 것이다. 그러나 나의 생각은 전혀 달랐다. 대학 캠퍼스의 정치와 전임교수 임명 절차의 파행성을 떠올리지 않을 수 없었고, 이미 나는 오십을 넘어선 비즈니스맨이었다. 나에게는 벌써 많은 후배들이 있었고, 제자뻘의 젊은 층들이 내가 겪은 고통스런 과정을 밟고 있는 모습이 뻔히 보였다. 그리고 무엇보다 이미 나에게 교수직이란 정신적으로도 재정적으로도 아무 의미가 없었다. 그리고 한참 진행되고 있는 사업을 접고 교수직으로 나간다는 일은 불가능했다. 무엇보다 매 학기시험이며 종합시험까지는 짧은 시간 집사람에게 양해를 얻어 고비를 잘 넘겼지만, 학위논문을 작성하는 작업은 아무리 짧게 잡아도 일 년의 시간이 필요했다. 현실적으로 그것은 나에게 불가능했다. 학위논문 제출과 취득은 희망 사항일 뿐이었다. 더욱 학위 취득 후에 벌어질 일들을 생각하면 나는 과거로 되돌아가 그 참담한 시간을 되풀이하고 싶지 않았다. 전임교수직이며 경제적 안전은 보장될 터이지만 학문을 미끼로 한 그 악순환적 캠퍼스 정치에 다시 함몰될 것이 뻔했다.

이때 집사람과 의논하여 비로소 집을 구매했다. 나중에 알았지만, 이 집은 과거 이승만 대통령이 하버드에서 석사과정을 할 때 머물며 공부한 가옥이었다. 케임브리지의 가톨릭 예수회 신학대학(Catholic School of Theology) 학장 관사를 겸한 신학부 학생들의 기숙사였다. 빅토리아 식 전통 가옥인 낡은 3층 목조건물이었는데, 케임브리지의 보존 건물로 등록되어 있었다. 이 건물은 그 소유주들에게는 목의 가시처럼 되어 있는 렌트 컨트롤(월세 규제법)에 걸려 있었다. 그러나 하버드스퀘어의 하버드대학 구내에 위치해 있어 나에게는 더 이를 데 없이 편리한 집이었다. 옆집은 중국사 겸 사회학 교수인 보겔

(Ezra Vogel, 1930-2020)의 집이었다. 한국에서 보스턴 총영사가 부임하면 항시 들러 신임 인사를 하는 아시아/한국통의 교수이기도 했다. 더욱이 아이들이 학교를 걸어 다닐 거리에 있었고, 옌칭 도서관도 한 블록 거리에 있었다. 내가 학생 신분과 사업가 신분을 병행하기로는 최적의 장소였다. 그리고 크리스마스나 추수감사절 같은 짧은 휴가 때 귀국할 수 없는 한국인 대학원 학생들 또는 하버드 방문 교수들을 위해 절기를 따라 한국 음식 파티를 자주 열기에도 맞춤이었다. 한인 유학생들과 연구원들 사이에 일종의 연결 장소 역할을 했다. 그러다 보니 아는 사람들이 많아졌다. 이 모든 일이 내가 사업을 하기 때문에 벌어진 재정적 여유 때문이었다. 이때 여러 종교학 학자, 불교학 선후배와 불교 학승(學僧), 그리고 나중에 인연을 맺게 되는 영남대의 이장우, 최재목 선생도 머물게 되었다.

환귀본처(還歸本處)

공부는 하지만 박사학위나 직책을 얻기 위한 쫓기는 공부가 아니었기에 나는 무척 자유스러웠다. 황필호(1937-2016) 선배와는 평생을 무척 가깝게 지냈다. 그는 분방(奔放)한 활동을 하였고, 자주 미국을 방문하였다. 방미할 때마다 잊지 않고 나를 찾아 주었다. 자신이 사업과 학문의 두 세계를 오락가락한 경력을 지니고 있어 누구보다 내 처지를 잘 이해하고 있었다. 바쁜 일정에도 불구하고 나를 위해 연필로 쓴 편지를 두 번이나 보내 귀국할 것을 강력히 권유했다. 이때 나는 사업을 더 확장해야만 하는 시기였다. 그러나 앞서 이야기하였듯 가족이 참여하지 않으면 안 되는 이 사업의 속성 때문에 식구들과 의논을 하였다. 그러나 이미 대학 졸업을 앞둔 세 자식은 한결같이 이 사업을 승계할 의사가 없다고 선언⑦하는 것이었다. 이미 자신들의 앞날에 대한 계획이 서 있고, 그것은 부모와는 상관이 없는 것처럼 보였다. 그리고 그동안 "재정적 어려움 없이 좋은 교육을 받은 것만으로도 충분하다"고 하였다. 이때쯤 나의 재정 상태는 무척 좋았다. 사업을 위해 대출한 은행빚을 모두 갚은 상태였고, 미국인이면 평생 끌고 다녀야 하는 집 모기지(가옥 융자금)에서도 벗어나 있었다. 얼마간의 저축마저 있어 여유가 있었다. 이미 나는 환갑을 앞둔 60세였고 은퇴를 하거나 사업을 더 확장할 최적의 시기였다. 집사람과 은퇴하기로 결정하였다. 그러나 실제로 잔무를 처리하기 위해 집사람은 이후로도 몇 년 동안 계속 사업을 축소 운영하였고, 나 홀로 한국과 미국을 오락가락하였다. 흔히 말하듯 사업은 시작하기보다 폐업할 때가 더 어렵다는 말이 실감 났다.

어쨌든 황필호 선배의 강력한 권유에 이끌려 아무 예정 없이 귀국하였다. 그는 당시 강남대 교수였고 무엇보다 인기 교수로 방송과 신문에 자주 등장하며 종교학회 회장까지 맡고 있었다. 이후 나는 이 황필호 선배의 가이드를 따라 종교학회에서 발표도 하고 몇몇 대학에서 강의를 했다. 그것이 귀국 후 처음으로 발표한 「불교학 연구의 문화 배경에 대한 성찰-구미 불교학 연구 동향」이란 논문이었고 한국종교학회 2000년 춘계학술대회에서 발표하였다. 내가 이민 간 후 틈틈이 공부한 소회를 그대로 기술한 일종의 미주 불교학 유학기인 셈이었다. 사업에서 은퇴하면서 이렇게 다시 학계로 복귀한 나는 널뛰기의 또 다른 진자(振子) 운동의 한쪽으로 옮겨 앉게 되었다. 이후 동국대와 영남대의 초빙/방문 교수로, 또는 한국불교연구원이나 종교문화연구소의 연구원·원장·이사·이사장의 역할을 하였다. 흔히 말하듯 나이와 경력을 따라 자리를 바꾸어 간 그런 소임들은 아니었다. 그간 비웠던 내 나름의 위치, 또는 주변과의 얽힘에서 응당 봉헌했어야 할 학문 활동을 그렇게 진행했을 뿐이다.

언제인가 내 삶의 우여곡절을 말하다 내 이웃 친구에게 이렇게 농담을 했다; "I was supposed to study the Diamond Sutra but through the twist of fate I ended up in the diamond business for a living.(나는 금강경 읽는 일을 전공으로 시작해서 금강석 다루는 일로 전공을 끝마쳤다.)" 이 농담이 결국 내 이중적 삶의 단면을 적중하여 나타낼 줄은 미처 알지 못했다.

나의 학문, 나의 부러진 인생

　요즈음 주변에서 나를 '할아버지'라고 부른다. 집에서 손주들이 나를 부르는 호칭일 뿐만 아니라 밖에서도 자주 그렇게 불린다. 나이가 들었다는 이야기다. 나도 남 따라 '나이는 숫자'일 뿐이라고 주장해 보지만 세상이 나를 보는 시각은 나이대로다. 이 글을 청탁받은 순간 다시 나이라는 것을 절감했다. 드디어 나도 인생을 뒤돌아볼 시간에 이른 것이다. 내가 이제껏 추구해 온 일이 있다면 이제 그것을 후학들을 위해 고백하라는 것이다. '아, 이제 피할 길 없이 내 인생을 고백하지 않으면 안 되는구나.' 공부한 사람들이 실토하는 공통어, "백면서생(白面書生)으로 살았습니다." 그것이 나의 일생이라고, 그렇게 주장하고 싶다. 그러나 불행하게도 나는 학자로서의 정형화된 삶을 살지 못했다. 그런 면에서 '백면서생'이란 명예로운 칭호가 나에게는 해당되지 않는다. 나는 학문한다는 내 입지를 두고 종종 부끄럽게 생각한다. 그래서 '나이는 숫자'일 뿐이며, '나는 학자이기보다 추구자(Seeker)'라고 엉뚱한 주장을 해 본다. 그걸 근거로 아직도 나는 나름대로 학문 현장에서 뛰고 있다고 생각한다. 물론 내 주장과는 상관없이 사회 통념은 통념대로 갈 터이고, 나의 주장은 그냥 한 개인의 공허한 주장으로 남을 테지 말이다.

4.19세대의 공통점이랄까? 대학 초년 시절, 나는 우리의 것, 우리 문화가 중요하다는 생각에 사로잡혀 있었다. 그래서 종교학에서 불교학으로 방향을 틀었고, 그로 인해 나의 학문 유전이 시작되었다. 처음에는 나도 서구의 것을 멋있게 바라보았고, 기독교에도 흥미를 느껴 교회에도 들락거렸다. 강원용 목사님의 교회였다. 다행히(!) 극단적 보수 신학의 태도를 지닌 주임교수에 질려서 곧 기독교에 식상하고 말았다. 마침 벨기에 루뱅대학에서 불교학을 공부한 이기영 교수를 만나 스승으로 모시게 되었다. 나는 그분 강의를 스펀지처럼 빨아들였다. 곧잘 읽던 독일어 서적도 제쳐 두고 불어를 다시 배워 그분 서가의 책들을 섭렵하기 시작했다. '아, 프랑스의 동양학은 영국과 함께 쌍벽을 이루고 오히려 오늘의 동양학의 중요한 계기를 이루는구나.' 하고 깨닫게 되었다. 에티엔 라모트의 『인도불교사 (Histoire du buddhisme indien)』(1958)와 외젠 뷔르누프의 『인도불교학 입문 (L'Introduction du Bouddhhisme indienne)』(1844)이 내가 처음 접한 불교학 개론서들이다. 이후 서구 불교학은 내 불교학 연구의 오리엔테이션이 되고 나의 학문적 정향이 되었다. 그러나 모순이 아닌가? 불교는 동양의 현장에서 움직이고 있는 종교인데, 그 학문적 근거는 서양이 되어야 한다니! 내가 심각하게 생각해야 할 학문상의 화두를 얻은 셈이었다. 그러나 재미가 있었고, 근대 학문을 공부한다는 서구 취향의 경향도 만족시켜 주었다. 불교학을 공부하기 위해 내가 훈련받

아야 했던 분야는 한두 가지가 아니었다. 산스크리트어·팔리어·티베트어는 원전을 이해하기 위해 습득해야 했고, 한문·중국어·일본어는 한문 주석의 전통과 후대의 다양한 불교 사상 발전을 위해 익혀야만 했다. 또한 현대의 발전된 해석과 서구 사상과 소통하기 위해서는 영어는 물론 불어와 독어를 돌파해야만 했다. 그래서 이 모든 언어를 내가 습득했다는 말은 아니다. 그러나 적어도 각 그룹에서 한두 개씩은 사전을 찾으며 이해할 수 있도록 훈련을 받았다. 그밖에도 섭렵해야 했던 철학적, 역사학적, 민속학적, 종교학적, 인류학적, 사회학적 접근들…. 결국 인문·사회 과학의 거의 모든 영역을 커버하는 작업이 얼마나 불가능한 일인지 자각했을 때는 이미 기회가 지나가 버리고 말았다. 더욱이 나의 스승마저 자신이 소속된 동국대학이 제공하는 불교학의 한계와 거기에 배어 있는 캠퍼스 정치에 식상하여 밖에다 '한국불교연구원'을 개설하였다. 그곳이 40년이 지난 지금 내가 학문적 활동을 펼칠 장소가 될 줄이야! 서양 속담에 '예술을 위한 예술'(Art for Art's Sake)이란 말이 있지만 동양에서는 그 표어가 그대로 작동되지 않는다는 사실도 터득했다. 학문은 학문 자체의 계기만으로는 발전하지 못한다. 정치 현장, 경제 여건에 의해 굴절되기 마련이기 때문이다. 제도의 문제뿐 아니라 자연인으로서 학자가 현장의 여건을 따라 변질되는 것을 어느 누가 막을 수 있으랴. 1970년대 박정희의 유신과 월남 파병, 언론 탄압과 같은 강압 정치와 경직된 사회 분위기 속에서 동급생 김지하는 투옥되었고, 영향력 있던 잡지인 『사상계』는 폐간되었다. 이런 일련의 사건들은 당시의 정황이 어떠했는지 잘 보여준다. 당시 나에게는 스승도 이미 기 댈 언덕이 못 되었다. 스승과 제자가 모두 지쳐서 힘을 잃었고, 나의 건강을 걱정하면서 미국 이민을 주장하는 아내의 뜻을 거스를 힘도 없었다.

아, 이렇게 해서 나는 미국으로 이민을 떠났고, 학문의 길에서 일 탈했다. 그리고 사십 대 후반에 내 가족만을 생각하며 생활전선에 뛰어들었다. 젊은 시절, 인문학을 통째 삼키려 한 학문의 열정은 접 어야만 했다. 세븐일레븐 마트의 매니저로 시작된 나의 미주 생활은 다이아몬드 딜러로 이어지며 사업을 확장했다. 지금 생각해도 신기 한 일이다. 전생의 업을 생각할 수밖에 없는 변화였다.

미주 생활 30년 동안 나는 사업가였다. 한편 여가 시간을 이용해 책을 다시 붙들었다. 그리고 내가 전공한 것이 불교학이었기에 복학 할 수 있었다. 가령 자연과학이거나 사회과학이었다면 불가능했을 것이다. 학계를 떠난 지 십수 년, 이미 세속적 삶이 몸에 배어 버린 상태였다. 설혹 취미로 공부할 수는 있어도 다시 전문적 학자로서 학계로 되돌아가지는 못한다. 그리고 무엇보다도 불교학은 서구가 규정하는 학문 체계가 아니다. 불교학은 분명히 서구적 의미의 분류 방식을 따른 학문은 아니다. 아직도 불교학의 객관성을 내세우며 문 헌학적 접근, 언어학적 분석, 철학적 사변을 표방하며 다양한 방식 으로 불교학에 접근할 수 있다고 주장한다. 따라서 역사학자가 접근 하듯 타 종교인이나 다른 전공자도 불교에 접근할 수 있다고 주장 한다. 그것이 오히려 불교학의 장점이나 되는 양 말이다. 그래서 불교는 철학이고, 종교이고, 철학적 종교이며, 종교적 철학이며, 철학/종교 모두라고 정의한다. 그러나 다행히(!) 그 어떤 서구적 학문 분류 체계에도 해당되지 않는다. 그러니 이런 정의는 자기 분야의 속 좁은 틀을 주장하는 것일 뿐이다. 학문이란 이름 아래 말이다. 오죽하면 세계불교학회장을 지낸 어떤 양심적인 분은 불교를 결국 '삶의 양식'(A Way of Life)이라고 실토하고 만다. 불교학 발생의 계기부터가 잘못된 오리엔탈리즘에 빠져 있는 것이다(이민용, 「서구불교학의 형성과 오리엔탈리즘」, 『종교문화비평』제8집).

이렇게 쉽게 이해해 보자. 베토벤의 음악을 즐기지도 않고 공감하지 못해도 베토벤을 연주할 수 있다. 연주야 하겠지만 연주의 깊이와 내용은 어떨 것인가! 근자에 학술원에서 불교 담당 학술회원에 불교학을 전문으로 하는 기독교인을 선정했다는 말을 듣고 아연실색했다. 그분의 학적 수준과 인격을 두고 하는 말이 아니다. 마치 이슬람교도가 기독교의 전문성을 대변하는 위원으로 선정되거나 불교인이 기독교 문화를 대변하는 학술회원이 된 것이나 마찬가지 아닌가. 어떻든 나는 학문의 객관성을 이런 식으로 표방하는 것을 반대해 왔다. 그 반대의 끝자락에서는 "너는 불교로 개종했으니 네 종교를 그렇게 호교론적으로 변호할 수밖에 없다."라고 말할 것이다.

그러나 불교는 그런 서구적 틀의 개종이나 기독교적 변신론, 혹은 학문 분류 방식에는 해당되지 않으니 더 답변할 가치도 없다. 유대교인이자 심리학 교수이고 의사인 부어스틴(Sylvia Boorstein, 1936-현재)이란 여성은 자신이 불자라고 떳떳이 자부한다. 그녀는 『어, 이상한데,

너는 불자같이 보이지 않는데(*It's Funny, You Don't Look Buddhist*)』라는 책을 썼다. 내 스승인 이기영 선생은 초기에 서구적인 것이 몸에 흠뻑 배어 있었음에도 불구하고, 불교학 방법론(methodology)을 내세우는 서양 학자들에게 씹어 뱉듯이 답변하곤 했다. "내용을 드러내기 위해 방법이 필요하지, 방법을 위해 내용이 굴곡을 짓는다는 것은 모순"이라고…. 나 역시 서구적 학문 정향에 젖어 있지만 서구 방법론의 도입 운운하는 말을 들을 때마다 내 스승의 말과 내 자신이 서구에서 경험한 한계를 절감한다. 근자에 서양 중견 학자들이 '불교 신학'(Buddhist Theology)이란 희한한 전문어를 발주시켰다. 학문의 이종교배처럼 들린다. 신학은 기독교를 학문적으로 다루는 것일 터인데 그것을 불교에다 접(接)을 붙이다니!

결국 불교를 제대로 공부하자면 신심을 바쳐 자기 내면화를 하지 않으면 안 되겠다는 소리다. 마치 신학이 기독교 신앙을 전제로 연구하듯 말이다. 그래야 문헌이나 글자 따지기를 불교학의 전형으로 생각하는 상태를 극복할 수 있을 것이다. 불교는 학자의 책상 위나 책갈피에 존재하고, 박물관에 전시된 박제화(剝製化)된 진열품으로서 존재하는 것에서 벗어나는 작업이 되어야 한다는 것이다. 내 스승이 본래 가톨릭 신자였다가 이런 과정을 겪으며 불교로 들어서고 연구원 산하에 구도회를 설치하자, 사람들은 그를 불교계에 파견된 기독교 스파이 정도로 간주하기도 했다. 그는 매도당했고 불교대 학장직에서 쫓겨났다. 학문의 온당한 자기반성과 개척 정신은 이렇게 난파당한다. 그러나 어쩌랴! 기존의 틀은 계속 깨어져야 한다. 모든 학문은 그때까지의 사상(事象)을 주워 담고 분류하는 작업일 터이다. 더 이상 우리의 현실과 현장을 설명할 수 없다면 확장되어야 하고 심지어 껍질을 벗겨 내야 하기도 한다. 하버드대학교에서 뚜웨이밍(杜維明, 1940-현재) 교수 지도 아래 10년 만에 유교 전공으로 학위를 받은 후배가 실토한 말이 아직 귓가에 울린다. "지난 10년간 공부한 것이 결국 내가 한국에서 배우고 내가 고집한 것을 벗겨 내는 시간이었군요. 그걸 털어 버리니 논문이 일 년 만에 작성이 되더군요."

나의 인생은 분명 갈팡질팡이다. 아직도 생업으로 사업을 하고 있다. 일 년에 한두 차례 미국을 오간다. 그리고 나의 학문, 나의 불교학은 이런 와중에서 다시 재조립되고 있다. 적어도 내 인생과 내 생활이 그 가운데서 작동하며, 기존의 틀을 와해시키고 자꾸 바뀔 수 있기를 바란다. 그래야 계속 어긋나는 내 생활과 걸맞을 수 있고 내가 주장하는 추구자(Seeker)의 정체성을 확보할 수 있을 터이니 말이다.

〈나의 인생, 나의 학문〉, 《불교신문》, 2012.2.16.

떠도는 삶들을 생각한다

나이폴(Vidiadhar Surajprasad Naipaul, 1932-2018)은 노벨문학상 수상 작가로서 2018년 8월 11일에 작고했다. 그는 우리에게 별로 낯익은 이름도 아니고 뚜렷한 인상도 남기지 않은 것 같다. 그러나 적어도 나에게는 각별한 영향을 끼쳤다. 영국 국적의 작가로 알려져 있지만, 그의 뿌리는 인도에 있다. 그는 중남미의 트리니다드 토바고 섬 출신의 인도 이민자의 후손이다. 할아버지가 사탕수수밭 노동자로 트리니다드에 이주해 왔다. 구한말 하와이 사탕수수밭 노동자로 이주한 우리의 선대와 다름이 없다. 아버지는 트리니다드 섬의 신문기자 노릇을 했고, 나이폴은 그곳 현지 대학교를 졸업하고 영국에 발을 디디게 되었다. 작가로 등단하기 전, 그의 배경과 이력은 이것이 모두다. 이민자의 자식으로 간신히 영국 옥스퍼드대학의 연구 장학생으로 선발된 그는 무엇 하나 확신을 지니고 미래를 설계할 수 없었다. 이민자의 미래란 늘 불안정하고 자신에 대한 확신이 결여되기 쉽기 때문이다. 그러나 자신의 처지를 생각하며 그것을 일기처럼 기록하는 일은 그가 유일하게 확신을 지니고 진행한 작업이었다. 그것은 자신을 은폐하며 동시에 자신을 표출시킬 수 있는 방법이기도 했다. 특히 자신의 눈에 비친 사물을 표현함으로써 자기 세계를 구축할 수 있었고, 자기 삶의 의미를 객체화할 수 있었다. 그의 서술은 뛰어났다. 그래서 소설을 썼고 작가가 되었다.

그의 소설의 소재는 트리니다드 이민자들의 우스꽝스런 행태였다. 그는 주변에 널려 있던 이민자들의 삶의 모습을 하나씩 포착했다. 양복점의 옷 수선공, 가구 수리공 겸 대장장이, 의사 지망생이었으나 위생관리인 시험에 세 번이나 낙방하여 거리의 청소부가 된 젊은이들이 모두 그가 매일매일 접한 주변 사람들이다. 주인공들의 이름마저 〈카사블랑카〉의 주역을 맡은 미국 영화배우 '보가트'나 영국의 유명한 시인 '워즈워드'처럼 자신들이 되고 싶어 한 인물 이름이다. 그의 출세작이라 할 『미구엘 거리(Miguel Street)』는 그렇게 태어났다. 그는 소년기의 추억과 이민 온 땅에서의 소외감, 그리고 구질구질한 과거를 되살리는 기억술 같은 작품을 썼다. 그 속에 나오는 이들은 우스꽝스럽고 한심하기 짝이 없는 이민자의 모습을 보여주는데, '유머 감각과 미소 없이는' 달리 어떻게 평가할 수 없는 존재들이다.

나이폴은 이런 제3세계 주변인에 대한 관찰과 기록을 통해 작가로 성공했다. 그의 세밀한 관찰력은 적확했기에, 소설보다는 오히려 논픽션적 문명 기행의 글에서 더 뛰어났다. 그래서 그의 문명론적 기행은 높은 평가를 받았다. 특히 그의 문화비평은 소설을 닮아 구체적이고 상황적이고 직설적이었다. 그의 가계의 뿌리인 인도 문화에 대한 서술, 그리고 자신의 출생지인 서인도제도에 대한 기록은 잔인할 정도로 사실적으로 현장을 꼬집었다. 예컨대『인도: 상처받은 문명(India, A Wounded Civilization)』,『믿는 자들 가운데서: 이슬람 여행(Among the Believers, An Islamic Journey)』,『에바 페론의 귀환: 트리니다드의 살생(The Return of Eva Peron with the Killings in Trinidad)』에서는 종교에 갇힌 전통 문명에 대해 적나라하게 까발리고, 현장에 대해 혹독하게 비판했다.

자신을 배출한 문명, 자신의 모태를 바라보는 나이폴의 시각에 나는 완전히 매료되었다. 자신이 저버리고 떠난 고향에 대한 나이폴의 감회는 '오, 나의 고향'이거나, '내 민족이여'라는 표제 아래 향토적인 것에 코를 박거나, 떠나 버린 내 조국을 '한심한 문명'으로 저주하는 배설의 형태로 나타나지 않았다. 나는 나이폴을 통해 오히려 내 문화와 내 삶의 모습을 마주 보게 되었다. 미주 이민 초기의 나는 오직 가족의 생계만을 위해 몰두해야 했다. 그러나 어느 시점부터인가 나는 그동안 접어 두었던 내 자신을 자각하고 나의 한심한 모습을 돌이켜보게 되었다. 나이폴의 관점은 나를 일깨웠다. 미주 이민자인 나는 그에게 동류의식을 느꼈고 그의 작품은 나의 거울과 같았다. 자기가 살고 있는 현장의 모순은 쉽게 눈에 띈다. 그러나 그걸 함부로 내뱉으면 독이 되어 돌아온다. 그것이 미주 동포들이 내뱉는 배설물 같은 한국 비판론, '미국/서양은 그렇지 않은데'로 말문을 열고 자신이 떠나 버린 한국을 씹어 뱉는 화법이다. 나도 그런 현장에 있었다. 누군가 한국에 대해 부정적인 평가나 촌평을 발설하게 되면, 어쩔 수 없이 듣고 있다가, 스스로 우스꽝스러운 느낌이 들었다. 한인의 이런 이민 생활 태도는 나이폴이 꼬집었던 자기 주변의 이민자들의 태도와 별로 다르지 않다.

고국의 일류고와 명문 대학 출신이어도 이 이민자들의 하이테크는 세탁업일 뿐이다. 한인 무역의 대종은 식료품상과 잡화 가게일 터이고, 한인 사회의 유지가 이 업종의 길드 조직 책임자가 된다. 그들 대부분은 한인회장이고, 평통 위원으로 선임되며, 그중에는 한국과의 정치적 연계를 자랑하는 이들도 적지 않다. 또한 기독교는 언필칭 한인 이민자에게 정신적 위안과 삶의 보람을 주는 종교로 알려져 있다. 어느 지역을 가도 교회는 그 지역의 어느 단일한 한인 업종의 수보다 압도적으로 많다. 교회라는 업종이 이민 사회에 범람해 있고 목사직은 과잉 상태다. 이렇게 보면 한인 이민 사회에 『미구엘 거리』와 같은 나이폴의 소설이나, 종교에 대한 그의 문명비평론을 능가할 소재는 널려 있는 셈이다. 내가 그의 소설과 기행문에 매료된 충분한 이유 가운데 하나이기도 하다.

그러나 내가 그에게 매혹된 또 다른 이유가 있다. 우리가 속한 제3세계의 모순을 지적하거나 특히 서구적 시각에서 낙후된 지역의 모순을 지적하는 일은 쉽다. 예컨대 서구와 비슷한 민주주의를 한다고 하면서 드러내는 모순 덩어리의 정치를 희화화하는 일은 어렵지 않다. 이런 측면에 대해 나이폴이 퍼붓는 매서운 지적은 서구적 입장에 서서 제3세계를 까발리는 것으로 오해되기도 했다. 비서구 지식인 가운데 그런 사람이 많기 때문이다. 자신을 세련된 서구 문명과 일체화하고 비서구 지역의 어리석음을 비웃고 비판하는 자들,

곧 '서구 따르기'의 자리에서 비서구 지역의 '결핍'을 질타하는 분들이 바로 그런 사람들이다. 한참 비판의 대상으로 떠오른 지만원 씨는 미디어에 돌출되었을 뿐, 실제로 이런 이들이 도처에 존재한다. 그러나 내 자신이 바로 그런 비서구 지역 출신이고 그 문명의 소출일 경우, 그런 나의 고국과 문명을 비판하면 '배신자'나 '매국노'로 매도된다. 나이폴 역시 이 트랩에 걸려 있다. 그가 영국의 기사 작위를 받고, 서머싯몸 상, 우리에게 익히 알려진 맨부커 상 등 수많은 상을 타자 그에게 비판의 화살이 날아왔다. 역시 맨부커 상을 수상한 살만 루슈디(Salman Rushdie, 1947-현재)의 비판이 가장 혹독했는데 그를 한마디로 '서양의 개'라고 비판했다. 두 사람 모두 인도에 뿌리를 두고 이슬람 문명을 비판한 점에서는 같은 처지에 서 있다. 하지만 살만 루슈디는 파트와(Fatwa), 즉 살해의 표적이 되면서도 이슬람을 거침없이 비판했다. 자기 문명에 대해 똑같이 비판했지만 그들의 방식이 전혀 다른 것을 어떻게 이해할 것인가? 『오리엔탈리즘』의 저자이자 팔레스타인의 변호자로 자처한 에드워드 사이드(Edward W. Said, 1935-2003)도 나이폴을 '대단히 의도적으로 스스로를 서구적 증인'임을 자처한 작가로 몰아세웠다. 그러나 이런 험악한 비판에도 불구하고, 나는 나이폴의 편을 선택하였다. 나는 그의 사물을 보는 시각과 그의 자세에 공감했다. 그가 손쉽게 수용할 수 있었던 이념들은 서구의 오리엔탈리즘이거나, 아니면 제3세계에 대한 변호, 또는 핍박받는 소수인의 입장을 변호하고 나서는 노엄 촘스키(Noam Chomsky, 1928-현재)적 변호론 같은 것이었을 것이다. 그러나 나이폴은 이런 이념들을 외면하면서, 무엇보다 자신의 눈에 띄는 주변을 세밀히 관찰하고 그것들을 담백하게 서술하려 했다. 그리고 사물과 사건에서 일어나는 모순과 충돌을 예각적으로 표현했다. 그는 사물을 '있는 그대로 본다'는 방식을 택했다. 하지만 사이드와 루슈디는 그런 프레임마저 또 한 번 '너의 이념의 표백'이 아닌가 하고 힐난했다. 또 다른 어느 평자는 나이폴에게 "당신은 허공에서 글을 쓰는 것은 아니지 않는가?" 하며 혹독한 비판을 날렸다. 사물의 표출은 보는 사람의 특정한 입장 없이는 표현이 불가능하다는 이유 때문이었다. 나이폴은 타자를 무시하고 타인을 향해 분노를 터뜨린 다음 되돌아오게 마련인 후유증을 앓는 대신, 오히려 자신을 무시하고 자조하는 방식을 택했다. 그렇게 자기를 웃기게 만들고 웃을 도리밖에 없는 자신의 문명을 노출시켰다. 자기가 자기 문화와 자기 자신을 희화화한 것이다.

그렇게 세밀히 관찰하고 뼈아프게 서술하고 허탈하게 희화화할 수 있는 것은 나 자신일 수밖에 없다. 이렇게 되면 '나의 입지'는 박탈되고 나 자신이 그런 대상이 되고 만다. 나를 웃기게 만든 일을 다시 되돌려 생각하게 하는 작업과, 모순을 느끼며 웃을 수밖에 없는 상황을 만든 것은 누구를 향한 것인가? 나 자신에 대한 모멸감인가? 소위 오리엔탈리즘에 대한 역행인가? 서구적 비판의 부당성을 지적하며 반격으로 나선다면 사이드 혹은 루슈디의 주장에 동조할 수밖에 없다. 그러나 나이폴이 적나라하게 노출시킨 제3세계의 낙후성과 모순에 대한 비판은 타자가 아니라 자기를 향하고 있다. 나의 현실의 아픔을 노출한 것이다. 그것이 오늘의 제3세계 지식인의 현주소이기도 하고 우리 자의식의 틀이기도 하다. 그것이 우리의 현장이고 나이폴의 현실이었다고 생각한다. 뒤틀린 심정에서 반격을 가하고 자기변호를 강화한다면 아마 손쉽게 또 다른 사이드와 루슈디를 만들지 모른다. 현장 의식의 처절함은 오히려 자기 안에서 극복의 가능성을 마련할 수 있는 동력이 되지 않을까? 자기모멸을 받아들이는 일이 식민지 근대성의 갖가지 이유를 만들었다면 과연 나이폴의 글과 자세는 어느 곳에 위치시킬 수 있을까? 나이폴처럼 '나를 우습게 만드는 일'이 과연 자기모멸일까? 아니면 자기를 극복하기 위해 필요한 몸짓일까? 내가 곰곰이 생각하고 있는 나의 화두이다.

《한종연 뉴스레터》 581호, 2019.7.2. / 한국종교문화연구소, 『종교문화의 안과 밖』, 모시는사람들, 2021에 재수록

현재 미주의 불교는 섬과 같다. 그러나 앞으로 그
것은 피자와 같은 것이 되어야 할 것이다. … 불교
는 철학적 어휘로 구성된 개념적인 철학 사상이
아니다. 불교는 무엇보다 종교이다. 그것은 하루
하루의 생활, 나의 일거수일투족과 관계되는 변
화하는 생활양식(way of life)이다. 미주 속에 거주
하는 우리 이민자들의 일거수일투족을 통해 불교
는 변해 갈 것이다. 그리고 변해야 존속할 수 있
다. 미주 한국 불교는 섬처럼 외롭게 떠서 모든 것
을 차단하고 소외시키면서, 배타적으로 존재할
수는 없다.

2부

불교리뷰

불교는 배반했는가?

　이 시대의 특징이 폭력과 살상뿐이라고 단순화한다 해도 부정할
길이 없게 됐다. 지나친 폭력과 살상이 우리 주변에서 난무하고 있
기 때문이다. 한 개인이 자행하는 살상은 물론 국가 간의 대량 살상
을 전제로 한 발언들도 마구 쏟아져 나온다. 일촉즉발 공포 분위기
의 발언은 이미 정치적 수사(修辭)의 정도를 넘어섰다. "두고 보면 알
것이다." 혹은 "폭풍 전야로 생각하라." 등의 발언은 이미 정치 지도
자의 언행일 수 없다. 내가 이번 여름에 여행했던 지역의 인근인 라
스베이거스에서는 60명 가까운 사람들이 무차별 총격의 희생물이
됐다. 그 흔한 살상의 명분이나 자신의 정당성을 내세우는 매니페
스토 한 장이 없다. 일찍이 이런 사태를 경험한 적이 있었던가? 실로
공전절후의 사태 속에서 우리가 살고 있다. 우리를 유지하게 만들던
삶의 표준들이 더 이상 아무런 의거처가 되지 못한다. 우리가 위로
받을 수 있는 윤리적·종교적 명분들이 과연 아직도 유효한 것일까?
폭력과 공포가 휩쓸고 있는 이 시기에 종교의 사랑과 자비, 인내와
용서는 도대체 어떻게 작동하는 것일까? 실로 곤혹스러운 난제를

우리는 떠안고 있다. 사랑과 용서가 작동하지 않는다면 아예 포기해야 할 것인가? 그런데 내가 더욱 곤혹스러웠던 것은 종교를 표방하면서 다른 인종을 말살한다는 기사를 읽었을 때였다.

그 기사에 따르면 미얀마에서 소수민족 집단인 로힝야족에 대해 '인종 청소' 수준의 말살이 자행되고 있다. 그 배후에는 노벨평화상을 수상한 아웅산 수치(1945-현재)가 있다. 미얀마 정부의 실권자인 수치는 침묵 일관으로 사실상 로힝야족 탄압을 묵인하고 있다는 보도가 뒤따른다. 이 기사를 읽는 불자는 당혹감을 지울 수 없을 것이다. 미얀마는 전형적인 불교 국가가 아닌가? 1950년대 우누 정권은 불교사회주의를 표방하며 자본주의 병폐를 극복하려 했다. 불교적 공동체의 삶을 위해 공산주의/사회주의마저 수용하려 했다. 그래서 당시 공산주의, 마르크시즘에 본능적인 의구심을 지닌 우리를 놀라게 한 기억이 있다. 본래 버마(당시 호칭)는 영국의 전형적인 식민 통치 지역 가운데 하나였다. 영국 식민 정부는 로힝야족을 인도 대륙으로부터 대거 버마로 이주시켰다. 제2차 세계대전이 벌어지자 일본은 영국을 패퇴시켰고 이 지역을 장악했다. 그 유명한 '콰이강의 다리'는 바로 이때 버마와 태국을 연결하기 위해 세워졌다. 버마는 종전과 함께 독립을 얻어 불교적 사회주의 체제를 표방했다. 버마는 민족국가 재흥을 시도했으나 우리의 경우처럼 군부독재에 의해 석권되었다. 얼마 전까지 군부의 네 윈(1911-2002) 잔존 세력은 탄압적으로 버마를 지배해 왔다. 그에 대항한 아웅산 수치는 결국 미얀마에 자유를 가져왔고, 군부와 타협한 새 정부가 탄생되었다. 식민 통치의 결과로 버마에 남겨진 로힝야족에게는 주변 미얀마인과 공생하는 것이 문제가 되었다. 로힝야족에 대한 미얀마인의 시선은 달가울 수 없었다. 미얀마에서 로힝야족이 겪는 비극적 처지는 그렇게 만들어졌다.

이런 역사를 지닌 로힝야족에 대해 미얀마인이 인종 차별과 탄압을 하는 것을 보고 특히 불자들은 실망감을 가질 수밖에 없다. 나도 개인적 실망감을 감출 수 없다. 수치 여사의 남편인 마이클 아리스(Michael Aries, 1946-1999)는 티베트 불교 전공자로서 수치가 연금당하고 있을 때, 하버드대학교에 와서 불교 강의를 한 인연으로 나와 개인적인 친분도 있었다. 한마디로 모든 면이 불교와 연관된 아웅산 수치의 정권에서 이런 인종 말살의 폭력이 자행된다는 일을 상상할 수가 없다. 자비와 관용을 표방하는 불교에서 이런 폭력이 일어나는 일을 도대체 어떻게 이해할 것인가? 모든 뉴스미디어는 폭력화된 미얀마 불교의 현장을 생생하게 보여주고 있다. 불자들이 그토록 귀중하게 여기는 비폭력과 관용은 사라져 버린 것인가? 과연 "불교는 배반했는가?" 하고 묻지 않을 수 없다. 그래서 불교 역시 기독교나 이슬람처럼 폭력에 동참한 것은 아닌가 하고 개탄하게 된다. 사랑과 형제애를 주창하지만 가톨릭과 프로테스탄트는 북아일랜드에서 살상을 주저하지 않았고, 간디의 비폭력 주장에도 불구하고 인도에서 힌두교와 이슬람 간의 빈번한 살상은 그치지 않았다. 그렇다고 불교의 폭력이 합리화될 수는 없다. 불교와 폭력의 상관관계는 무엇으로 설명될 수 있는가?

우리는 군사적 폭력이 자비로 전환되는 전형적인 예로 아쇼카 왕의 선정(善政)을 떠올린다. 칼링가 전쟁의 무참한 살육전 이후, 아쇼카 왕은 폭악 군주에서 정의와 자비의 제왕으로 변신하였다. 아쇼카 왕의 비명(碑銘)은 그가 종교 간의 갈등을 포용과 공생의 관계로 바꾸고, 종교와 현실 정치의 상관관계를 잘 매듭지은 것을 보여준다. 그는 힘과 살육으로만 제패하려던 현실을 달리 보기 시작한 것이다. 그는 불교적 '달리 보기'로 정치 현장을 풀어 갔다. 곧 현실에 참여하는 불교를 표방하였다. 그에게 문제는 불교 교설을 정당화하는 것이 아니라 삶의 현장에 어떻게 적응시키느냐 하는 것이었다. 우리의 경우, 서산대사와 사명대사는 임진왜란 당시 청정 수행하는 선승으로서 살생이 자행되는 전장터로 뛰어들어갔다. 우리는 이분들의 위대함에 환호한다. 그러나 불승으로서 적을 무찔렀기에 위대한 것이 아니라, 인간성을 말살하는 전쟁을 종식시키고자 했기에 그 위대한 가치를 현양하는 것이다. 동족을 구한 국가주의, 민족주의 때문에만 그분들의 정신이 고귀한 것은 아니다. 제2차 세계대전 동안 일본의 선불교도 정치 현장에 개입했다. 그러나 일본 선불교의 경우에는 침략 정책을 합리화했기 때문에 그 잘못을 지적당하고 있으며, '전쟁하는 일본 선(Zen at war)'이란 비판을 받고 있다.

살생과 폭력을 용납하지 않는 것이 선승의 도리이고 불자들의 확고한 신념이다. 그러나 보편적 사랑과 자비의 이념은 현장에 따라 다른 모습을 띨 수 있다. 불교 이념은 구체적 현장에 적용되고, 이에 따라 현장은 변화되고 현실은 개혁된다. 아쇼카 왕이 그랬고 서산대사와 사명대사가 그랬으며, 정반대의 방향이지만 일본의 선불교가 그랬던 것처럼 말이다. 현장의 평가는 각기 다를 수밖에 없다. 참여된 불교의 현장만이 우리에게 종교의 구체적인 자비와 사랑의 메시지를 전한다. 불교가 배반을 한 것이 아니라 불교를 담지하는 우리가 배반을 하는 것이다.

외신을 통해 전달되는 곤혹스러운 정치 현장들이 우리 앞에 있다. 그것을 어떻게 돌파하느냐는 우리들(불자들)의 결단에 달려 있다. 곧 아쇼카 왕이나 서산대사와 사명대사 같은 불법의 담지자들이 했던 것처럼 우리가 구체적으로 참여하는 데 달린 것이다. 미얀마의 잔인한 인종 청소 행위는 즉각 중단되어야 한다. 종교의 다름, 종족의 차이를 부추기며 그것을 폭력의 원인으로 확대시키는 행위도 중단되어야 한다. 또 그런 차이를 마치 적대적인 세력의 길항 관계로 보도하거나 이끌어 가는 의도 역시 중단되어야 한다.

아웅산 수치가 받은 노벨평화상을 박탈하라는 주장이 제기되고 있다. 그렇게 한들 노벨상의 이념을 깨끗하게 할지는 모르나, 이미 더럽혀진 학살의 현장이 청정해질 수는 없다. 깨끗함을 표방한 또 하나의 비난과 저주의 악순환이 되풀이될 뿐이다. 외신이 전하는 미얀마 사태를 바라보며 불교의 이념이 얼마나 공허해질 수 있는지를 절감한다. 하지만 불자 한 사람의 참여가 불교의 배반을 역전시킬 수도 있다는 희망을 품고 곰곰이 반추해 본다.

《한종연 뉴스레터》, 493호, 2017.10.24.

불교는 종교이어야만 하는가?

불교는 종교이다. 그리고 불교는 부처님의 가르침이다. 지극히 당연한 이야기이고 불교에 대한 가장 간단한 자리매김이다. 그러나 "부처님의 가르침이 종교이어야만 하는가?" 하고 되물어 보자. 당연한 이야기를 되짚어 질문하면 오히려 전혀 새로운 답변도 가능하지 않을까? 적어도 질문의 형태가 잘못되지 않았다면 말이다. 우리가 '종교'라고 할 때 생각하는 것은 무엇인가? 기독교가 종교이고, 이슬람이 종교이고 도교가 그렇고, 심지어 동양인의 일상생활과 삶의 지표를 마련해 준 유교마저 종교로 여긴다. 그러니까 종교란 이 모든 개별 종교들이 담길 수 있는 큰 바구니와 같은 역할을 한다. 그러나 실제의 모습은 어떤가?

흔히 어떤 것은 종교에 속하고, 또 어떤 현상은 그렇지 못하다고 한다. 언필칭 사이비 종교라거나, 혹은 신흥종교, 혼성 종교라고 말할 때 이미 종교라는 말에는 그 가운데 담길 수 있는 것과 담길 수 없는 것, 또는 반쯤 걸쳐 있는 것도 포함하고 있다는 이야기가 된다. 곧 우리에게는 알게 모르게 종교라는 확고한 틀이 있으며, 우리는 그것에 의해 종교란 가치판단을 내리고 있다. 많은 이들이 불교가 종교라는 규범 안에 있는 것을 당연하게 여긴다. 그러면서도 한편으로 불교는 '신 없는' 종교, '초월 없는' 종교라고 하여 불교의 독특한 특징을 부각시킨다. 그래서 '특수한 종교'로서의 불교라는 주제로 학술발표회나 국제학술대회도 열린 적이 있다. 말하자면 불교에 특별한 지위를 부여하려는 시도를 하는 것이다. 왜 불교는 특수한 종교라고 주장하는가? 결국 이 '특수'라는 주장은 혹시 불교가 무엇인가 표준에서 벗어난 것은 아닌가 하는 자기 불안 의식을 표출하는 것은 아닐까? 왜 불교는 다른 종교와 달라야 하고 특수한 것이어야 하고, 그 이면에 불안 의식까지 지녀야 하는가?

오늘날 종교라는 용어와 개념이 기독교적인 틀에 의해 '만들어졌다'는 점은 학계가 공인하고 있다. 그동안 이 틀이 규정하는 범주 내에 들어가기 위해 여타의 종교들은 기독교를 기준으로 자체 정비하고 재단해 왔다. 불교의 경우, 무상(無常)과 공(空)을 기독교적인 절대자와 동일시하거나 열반(涅槃)을 그렇게 생각하기도 하고, 심지어 천국으로까지 비약시켰다. 이런 비교·대조가 정당한지는 계속 학자들의 연구에 맡겨 둘 수밖에 없다. 그러나 불교가 과연 숙명처럼 기독교라는 틀을 따라 재단되고 그 규격을 따라야만 하는가? 불교 교설을 이해하고 불교 신행을 한다는 일이 기독교와 같은 다른 무엇에 따라 해석되고 이해되어야만 하는 것인가?

이렇게 서구적인 기준에 의해 불교를 단순히 종교라고 정의할 때 나타나는 문제는 불교가 지닌 다른 요인들을 담아 낼 수가 없다는 점이다. 얼마 전 중론학의 대가이고, 세계불교학회장을 지낸 뤼에그 (David Seyfort Ruegg, 1931-2021)는 자신의 취임 연설에서 불교는 종교이기만 한 것도 아니고, 철학이기만 한 것도 아니고, 철학이자 종교인 것만도 아니고, '삶의 양식'으로 표현될 수밖에 없는 그렇게 광범위하게 열려 있는 영역이라고 말했다. 곧 불교는 미래적 비전을 제시할 수 있는 무한 잠재력을 지니고 있다는 말이다. 이런 점을 염두에 둔다면, 우리가 불교를 종교라는 좁다란 곳에 가두어 놓을 하등의 이유가 없다.

불교는 더 이상 종교나 철학이라는 서구 중심의 틀에 갇혀 있을 필요가 없으며, 서구를 포용하며 넘어서는 영역 그리고 종교를 벗어난 새 시대의 새 세계관을 요구하는 또 다른 영역일 수 있는 것이다.

《금강신문》, 2017.12.27.

종교가 담기는 그릇

내가 좋아하는 신앙적 시구(詩句) 한 수가 있다. 불교 경전의 구절은 아니다. 서양의 한 시인의 시구이다. 나에게는 일종의 신앙고백과 같은 글귀로 들렸다. 신앙고백이라 하면 초월적인 분에게 의지하며 지극정성으로 무엇인가를 희구하고 발원하는 일로 시작된다. "나는 죄인입니다."라거나 혹은 "나는 참회합니다."라고 고백한다. 그러나 기도를 드리고 소망을 비는 방향이 이 시인에게서는 거꾸로 되어 있다. "하나님, 당신은 제가 죽고 없으면 어떻게 하시겠습니까?"이다. 요즈음 말하듯 윗사람에게 불손하게 공갈(?)하듯 발설하는 것으로 이 시의 첫 구절은 시작된다. 미약한 죄인으로 자신을 고백하거나 참회를 하는 것이 아니라 절대적인 그분에게 항변하듯 말한다.

그러나 기실 이 시인은 남처럼 자신의 신앙을 드러낼 줄도 모르고 그런 세속적 용기마저 없다. 오히려 무엇을 해 주십사고 비는 일은 자기 자신을 주장하는 일이 된다. 그럴 용기도 없는 것이다. 감히 절대적인 분에게 무엇을 요구하지 못하고 아예 나 자신을 부정하고 지고한 절대자는 어떻게 나에게 관여하실지를 조심스럽게 묻고 있는 것이다. 그래서 시인은 '나는 당신(신)의 목마름을 축여 줄 물그릇'이고 '당신을 꾸밀 장식일 뿐이라는' 것이다. 그래서 '나는 당신이 이 세상에 담기게 할 의미'라는 것이다. 절대자를 이 지상에 있게끔 하는 것, 이 세상에 나타날 통로가 이 미천한 자기를 통해서라는 것이다. 자기 없이 드러나는 하나님(종교)은 이미 하나님(종교)이 아닌 것이다. 독일의 라이너 마리아 릴케(Rainer Maria Rilke, 1875-1926)의 신앙시 한 구절이다.

그는 분명 서양 기독교적 시를 읊고 있지만, 그 내용은 기독교가 되었건 불교나 혹은 어떤 형태의 다른 종교가 되었건 세속에 존재하는 모든 신앙의 내용을 여실히 그려 주고 있다. 신앙은 초월의 존재, 세속의 영역을 넘어선 것을 희구하고 높은 이상을 설정한다. 그러나 실제로 신앙이 담기고 드러나는 곳은 바로 지금 우리가 거처하는 이곳일 뿐이다. 그리고 구체적인 사실들과 낱낱의 사건들을 통해 드러난다. 바로 우리를 통해서이다. 성스러운 모습일 수가 없다. 차라리 그 성스러움마저 내가 없으면 어떻게 나타나겠는가 하고 항변하는 릴케의 말이 더 솔직하다.

그런데 그 말은 이미 부처님이 말씀하지 않았는가. 부처님께서 살아 계실 때 우리의 일거수일투족에 대해 낱낱이 잘못을 말씀해 주셨다. 대부분은 수행과는 어긋나는 인간적 한계, 세속의 궂은일, 모순에 찬 사건들이었다. 이렇게 빚어진 세속의 궂은일들이란 성스러운 고매한 일들이 아니었다. 그래서 일정한 규율을 지키는 승단이 존재하게 되었다. 임종에 즈음하여 제자들은 묻지 않을 수 없었다.

"우리는 어찌하오리까?" 그 물음에 부처님은 "법을 등불[法燈明]로 삼고 자기를 등불[自燈明]로 삼으라"고 하셨다. 우선 있는 사실들, 원인과 결과의 세속 연결 고리를 그대로 보라고 한 말씀이 법등명이다. 자등명은 그걸 보고 터득해야 할 수행자의 경지이다. 높은 경지일 수도 있지만 낮은 단계에 머물러 있을 수도 있다.

그러니 어쩌랴. 파승(破僧)도 생기고 분파도 발생했다. 승가를 파괴하는 행위가 일어나면 승단에서 나가게 했다. 파계를 행한 순간 이미 그는 승단과는 상관없는 세속인이다. 종교 화합의 상징인 아쇼카 소칙에서도 이 파승에 대한 언명은 명확히 드러나 있다. 곧 "백의를 입혀 승단의 주거처 이외의 곳에서 살게 하라."라고 공포했다. 세속적인 벌을 주고 매도하고 파멸시키라는 말이 아니다. 백의란 일반 세속인이 입는 옷이다. 그리고 절을 떠나 다른 곳에서 살게 하면 된다. 승단과의 관계를 단절시키면 되는 것이다. 그 행위가 세속법마저도 저해하는 일이라면 세속의 기준에 따른 또 다른 규준이 적용되면 그만이다. 불교는 성스러운 영역이 아니다. 철저한 세속 사업이다. 세속에 존재하는 모든 종교가 그렇듯 말이다. 그러나 종교를 담는 우리를 통해 불교는 드러난다. 파행적 불교 집안의 일이 정화되는 것도, 깨달음에 이르는 일도 이 미천한 불자들을 통해서이다. "그래도 부처님, 제가 없으면 당신의 불법은 어떻게 펼쳐지겠습니까?"

〈법보시론〉, 《법보신문》, 2012.5.30.

달마가 서쪽에서 온 또 다른 까닭

불자라면 좋아하는 스님이 한두 분 있기 마련이다. 직접 알아 가깝게 모시기도 하지만 멀리서 혼자 짝사랑하는 경우도 많다. 나에게도 역시 그런 스님이 계시다. 이미 입적하셨지만, 일타(日陀) 스님이 바로 그렇다.

우리들은 언제부터인가 스님의 별칭을 만들었다. 지난 세기의 음악 지휘자였던 '부르노 왈터'의 이름을 본따서 '왈타'(日陀) 스님이라고 붙여 드린 것이다. 스님은 선수행과 지계(持戒)에 각별하였지만, 세속의 일에도 관심 있어 하셨다. 두루두루 아시는 것도 많고 누구에게나 친절했다. 모두 받아들이고 내치는 법이 없었다. 성철 스님의 엄격하고 정형화된 분위기와는 조금도 닮지 않은 모습이었다. 일타 스님의 주 거처가 바로 성철 스님의 코앞 암자여서 더욱 대조적이었다. 외국 여행도 좋아하셨다. 지식도 풍부하고, 다변이며, 여행도 즐기시고, 누구나 받아들이는 스님의 별명으로 우리는 널찍하고 넉넉한 왈(曰) 자가 제격이라고 생각했다.

한때 내 주 거처인 보스턴 지역의 문수사에 일타 스님이 들르셨다. 나로서는 신바람 나는 일이었다. 미주에서 불자로 행세하기가 그리 편치 않다는 것을 아는 사람은 다 안다. 그런 판에 내가 좋아하는 스님이 바로 옆에 한 철을 상주하셨으니 번질나게 스님 주변을 맴돈 것이다. 그런데 한번은 스님이 나를 찬찬히 보더니 "이 선생, 체질하고 행태가 서양 사람 다 됐어!"라고 하는 것이 아닌가! 그리고는 "나도 내생에는 서양에서 태어날까 봐."라고 말을 이었다. 나는 얼른 스님의 방랑벽(!)을 기억해 냈지만, 무심한 척하며 "왜 그러시지요?" 하고 까닭을 되물었다. 혹 외로운 이민 불자들을 위로하며, 내생에도 불자로 태어나라는 격려(!)로 한 말씀은 아닐까 하면서. "이 서양 사람들, 아무리 봐도 불제자 될 성품과 소양이 제격이야, 우리보다 훨씬 나아." 이미 하와이의 한국 사찰에서도 오랫동안 주석하셨고 세계 곳곳을 다닌 후의 술회이니 그냥 던진 말씀은 아니었다. 하지만 그에 관해 더 이상의 말씀은 끝내 듣지 못했다. 그 후 스님은 하와이에서 입적하셨다. 나는 스님이 서양에서 다시 태어나 서양 스님이 되실 것이라고 굳게 믿고 있다.

그 후 나는 서양인들이 왜 불교에 관심을 갖게 되는지, 그리고 그들이 자신도 모르게 불자가 되어 있는 까닭이 무엇인지를 관심 있게 살펴보았다. 우리 주변에도 인기 있는 현각(玄覺, 1964-현재) 스님이며 무송 스님 등 적지 않은 서양 스님들이 계신다. 그들이 불교를 믿는 방식은 우리와 똑같지 않다. 다시 자신들의 땅에 돌아가서 우리와는 다른 방식으로 불교를 생활화한다. 비승비속(非僧非俗, Anagariaka)의 생활, 즉 스님도 아니고 세속인도 아닌 모습으로 살아가는 경우가 많다. 직장도 다니고 결혼을 하기도 한다. 그런가 하면 아침과 저녁 예불을 지키고, 수련 혹은 계절에 따른 입제 결제를 준수한다. 나름대로의 사찰도 갖고 있다. 자신의 집이 절인 경우가 많다. 그리고 혹 이전에 집안에서 따르던 종교가 있더라도 구태여 그것을 버리려고 하지도 않는다. 미국의 어느 불자는 이런 분위기를 자신의 책, 『어, 이상한데, 너는 불자같이 보이지 않는데(It's Funny, You Don't Look Buddhist)』에서 잘 보여주었다. 이 저자는 유대인이며, 심리학 교수이고, 집안 전래의 유대교 의식을 따르며 살고 있는 여성 불자이다. 전통적인 불자의 생활 방식과는 다르나 '나는 당당한 불교도'라는 주장을 읽을 수 있다.

우리는 스스로 불자인 것을 어떤 방식으로 주장하는가? 어느 사찰 소속 신도이므로? 나처럼 어느 스님을 좋아해서? 어느 것 하나 불자성을 확인하기에는 석연치 못한 것이 우리의 현실이다. 재가에 있으면서 불자 노릇을 한다는 일이 이렇게 어렵고, 자기 정체성을 찾기 힘들다면 승보에 위기가 온 것이 분명하다. 적어도 불교 현장에서는 말이다. 이제 현대적 불교와 불자의 모델을 서양에서 찾아야 하는 것일까? 환생하실 일타 스님을 생각하며 달마는 또다시 서쪽에서 오는 것이 아닌가 하면서 혼자 짚어 본다.

〈법보시론〉, 《법보신문》, 2012.4.25.

종교가 문제다

세속의 얽힌 문제가 풀리지 않을 때, 사람들은 종교로 눈길을 돌린다. 정치적인 난국, 사회적인 파행이 생길 때마다 종교적인 해법이 있지 않을까 궁금해한다. 종교를 현실 문제의 마지막 돌파구로 생각하는 것이다. 이럴 때면 '화쟁적인 태도', '상생적인 접근', '마음 비우기', "하늘의 뜻에 따라야 한다."라는 말이 들린다. 어느 특정 종교에서 제시한 해법이라도 그렇게만 될 수 있으면 좋은 일이다. 그러나 종교의 이념이 오히려 전쟁의 명분으로 그대로 이용되는 것을 보았다. 부시 대통령이 악은 반드시 제거되어야 하고 정의로운 선이 기필코 승리하는 사회를 만들어야 한다면서 전쟁을 선언한 것은 바로 종교의 이념이 전쟁의 명분으로 이용된 예다. 오히려 동양 전통의 용어인 파사현정(破邪顯正)이란 말을 붙였으면 더 간단했을 것 같다. 이 말은 역사적으로 반대편을 제거하는 명분으로 무수하게 사용됐으니 말이다.

종교적인 이념은 보는 각도에 따라 또는 사용되는 현장에 따라 다르게 나타난다. 아마 종교는 현실 문제의 해법이 아닐지도 모른다.

오히려 현실의 문제에 덧붙여 또 다른 문제를 야기하고 있기 때문이다. 우선 우리 주변에서 일어나는 종교적 문제를 보라. 종교가 저지르고 있는 온갖 파행들 말이다. 종교가 갈등을 해결해 주는 것이 아니라 오히려 갈등의 중심에 위치해 있으며, 문명의 충돌을 부추기고 혼란과 전쟁을 유발하고 있다.

그래서 심지어 『종교가 사악해질 때』(찰스 킴볼)라 책까지 나왔다. 이 책에서 주장하는 주제는 종교가 변질될 경우, 폭력과 사악함을 증대하는 결정적 요인으로 작동한다는 것이다. 절대적 진리의 주장, 맹목적 복종, 이상(理想) 세계의 도래, 목적이 수단을 정당화시키는 태도, 성전(聖戰)을 선포하는 일 등이 바로 종교가 부패하고 사악하게 되는 결정적인 징후라는 것이다. 그래서 자신이 믿는 종교의 진리를 주장하는 일, 거룩한 직분(職分)을 충직히 이행하는 일, 완벽한 세계가 오리라고 기대하고, 오직 성스러운 목적만 바라보며 감행하는 일들이 자칫하면 종교가 변질되는 발단이 될 수 있다는 것이다. 우리가 빠질 수 있는 종교 폭력과 종교적 사악함의 구렁텅이는 생각보다 크고, 그것들은 바로 내 종교에서 시작된다. 서구 기독교와 이 땅의 기독교 현장일 뿐만 아니라 다른 종교도 마찬가지다. 부정할 길 없는 우리의 현실이고 우리 종교의 현장이다.

기독교가 자신만이 진리를 가지고 있다는 주장을 강조하면, 한국의 다른 종교들은 위화감을 느끼고 기독교와 상대하지 않으려고 한다. 기독교과 맞서 봤자 소용없다는 것을 잘 알기 때문이다. 더욱이 한국의 개신교는 정치권력과 결탁하고 있으며 공권력에도 강한 영향력을 행사하고 있다. 오죽하면 불교가 '아쇼카 선언'을 하면서 개신교와 함께 이 땅에서 공존·공생할 수 있는지를 다른 종교에 묻겠다는 모습을 연출하고 있겠는가?

불교와 기독교는 엄연히 다르고 차이도 많다. 닮은 점을 찾는 작업이 학문의 새 영역을 열고 있다. 그동안 서양은 불교를 이해하기 위해 부단히 노력을 했고 불교학까지도 발주시켰다. 그러나 아직도 서양은 불교를 제대로 모르고 있다. 그런데 서양만이 아니다. 우리도 마찬가지다. 우리는 서양을 얼마나 이해하는가? 아니 기독교의 무엇을 안다는 말인가? 갈등을 원만하게 해결하기 위해 화쟁을 내세운다. 그러나 화쟁이란 이념은 자칫하면 서로의 입장을 호도시킬 수 있다. 종교 간 갈등이 등장하면 만병통치약처럼 내세우는 '종교 간의 대화' 역시 냉철하게 살펴봐야 한다. 종교의 역사 속에서 대화의 주장이 타 지역으로 기독교를 선교하기 위한 틀일 수 있다는 것을 너무 흔히 보아 왔다.

종교의 이념을 앞세워 현실을 마구 질타하고 당장 해법을 찾은 듯 착각하는 것은 금물이다. 종교가 현장에서 어떻게 펼쳐지는 것인지 깊이 들여다보아야 한다. 종교는 문제를 해결하지 못한다. 종교는 문제의 핵에 떠올라 있는 것이다. 종교는 해법이 아니라 현장을 보는 시각일 뿐이다.

〈법보시론〉,《법보신문》, 2012.3.28.

한국의 불교는 지금 어디 있는가?

  세계불교도우의회(World Fellowship of Buddhists: WFB)라는 국제회의가 조계종단 주관으로 올(2012년/편집자주) 6월에 열릴 예정이다. 요즈음 개최되는 수많은 국제회의 중 하나로서, 여수 세계박람회와 연계되어 개최될 것이란 소식이다. 아직 열리지도 않은 이 국제회의에 대해 이야기를 하려는 것은 여기에 남다른 소회가 있기 때문이다.

  적지 않은 불자들이 세계불교도우의회를 생소하게 여기지 않을 것이다. 지난날, 우리 불교가 우리나라 밖의 국제사회와 별로 교류가 없었을 때, 그 회의는 거의 유일무이하게 외국과 교류하는 통로 구실을 했다. 그 회의에 참석하기 위해 청담(靑潭, 1902-1971) 스님을 위시하여 몇몇 고승을 모시고 고 이기영 교수가 태국과 인도를 다녀온 것을 나는 기억한다. 벌써 반세기 전의 일이다. 이번 회의는 우리 불교의 또 다른 국제적 위상을 알리는 좋은 기회이다. 그러나 내가 주목하는 것은 불교 자체만의 의미에 그치지 않는다. 중요한 점은 여수 세계박람회라는 국가의 행사와 불교 회의가 같이 진행됨으로써, 산업과 문화가 서로 연관되어 있다는 사실이다.

이와 똑같은 상황이 1893년 미국 시카고에서 있었다. 시카고 만국 박람회인 콜럼버스 전시회가 열리는 것과 동시에 문화적인 행사로 세계종교의회가 개최된 것이다. 이 회의에서 세계의 각 종교는 한 군데 모여 사상 최초로 동등한 입장에서 각각의 교리와 특징을 드러냈다. 동양을 식민지화하는 그 첨단에 기독교가 있었던 점에 대해 반성이 이루어졌고, 모든 종교가 차이만 있을 뿐 우열은 있을 수 없다는 주제가 제기되었다. 오늘날 동서 종교 간의 대화와 종교학 발전에 중요한 계기를 마련해 주었다. 특히 이 회의에서 처음으로 동아시아의 불교인 대승의 선불교가 서구에 소개되었다.

이미 잘 알려진 점이지만, D. T. 스즈키(鈴木大拙, 1870-1966)는 이 회의를 통해 서양에 진출하는 계기를 마련했다. 그는 샤쿠 쇼엔(釋宗然, 1859-1919)의 제자로 회의에서 스님의 통역사 역할을 했다. 실제로 불교는 훨씬 이전에 서구에 소개되었으나, 그것은 주로 남방불교인 테라와다의 팔리불교였다. 따라서 당시에 중국 불교나 티베트의 대승불교는 본격적으로 알려져 있지 않았다. 오히려 동아시아 불교(Eastern Buddhism)는 토착적인 것과 혼성된 지역적 불교일 뿐이라는 인식이 강했다. 당시 서구에서는 초기 부처님의 불교만이 순수한 원형의 불교라는 생각이 지배적이었다. 그래서 서구인에게 동아시아 대승불교는 세계 불교의 주류로 여겨지지 않았다.

그런 인식을 바꿀 절실한 필요를 느낀 것이 동아시아 근대화의 선발 주자였던 일본이었다. 일본은 동아시아의 대변인을 자처하면서 아시아는 야만이거나 '이상한' 나라가 아니라고 주장하였고, 아시아의 세련되고 오랜 전통을 보여주려고 노력했다. 동아시아 문화가 결코 서구에 뒤떨어지지 않는다고 강조한 것까지는 좋았다. 그러나 문제는 일본이 자신의 문화가 중국이나 한국보다 우월하다고 주장하면서 오만해진 것이다. 일본은 대승 선불교를 선양하며 서구의 우월성을 논박하고자 하는 한편, 다른 아시아 문화에 대해서는 자신의 우월성을 주장하며 자기모순에 빠졌다. 결국 그런 태도가 제2차 세계대전을 불러왔다. 어쨌든 일본을 통해 서구에 대승 선불교가 알려졌고, 젠(Zen)불교가 대승불교를 대변하다시피 하게 되어 세계로 퍼져 나갔다. 시카고 만국박람회와 세계종교의회가 연계된 전시회라는 계기가 없었다면, 동아시아 대승불교나 선불교가 서구에서 유행하는 것은 상상할 수 없었을 것이다.

이제 곧 세계불교도우의회가 여수 세계박람회와 연계되어 개최될 것이다. 우리 불교계는 '아시아 불교가 세계에 미친 영향'이란 주제로 학술회의를 준비 중이다. 한국 불교가 어떻게 세계적으로 기여할 것인지를 논의하는 적절한 주제이다. 우리 불교의 성장과 세계의 변화 그리고 대승불교가 더는 동아시아 불교에 그치는 것이 아님을 보여주는 훌륭한 계기가 될 것 같다.

〈법보시론〉,《법보신문》, 2012.2.29.

어떤 티베트를 말하고 있는가?

미국 영화배우 리처드 기어(Richard Tiffany Gere, 1949-현재)는 손목에 항시 염주를 걸고 있다. 그는 여기저기를 다니며 자신이 열렬한 티베트 불교 신자임을 자처한다. 달라이 라마는 세계 각지를 누비며 설법을 계속하고, 이 분이 나타나는 곳마다 각양각색의 사람들이 그의 주변에 들끓는다. 간화선에 식상한 한국의 불자들이 이분의 법석에서 큰 몫을 차지하는 것은 물론이다.

많은 사람들이 등짐을 지고 불적지를 순례한 후 라다크나 네팔을 거쳐 티베트 망명정부가 소재한 다람살라를 찾는다. 달라이 라마를 친견하고 그분에게서 정신적(종교적) 활력을 받을 수 있는 최적의 기회로 여기는 것이다. 그리고 이런 여행을 끝낸 다음 적지 않은 순례기와 여행담을 쏟아 내고 있다. 모든 면에서 편할 대로 편해진 한국인에게 인도·네팔·티베트의 자연은 친절치 못하며 거칠고 험난하다. 그러나 헐벗고 가난하고 병든 사람들이 도처에 있는 제3지대인 그곳에 자연의 아름다움이 깃들어 있다. 그곳에서는 거지와 도인을 류시화류의 영성에 도달한 사람이나 식별할 수 있을까, 모두 다 도인이라는 경지를 체험하고 돌아온다. 소위 우리와는 다르다는 철저한 차별을 의식한다. 그래서 그곳을 다녀온 후 심지어는 '거듭났다'는 인생 변혁의 간증적 고백까지 늘어놓는다.

신장 고속열차를 타고 라싸를 다녀오면 지구의 마지막 불적지를 탐험한 것이 아니라 타임머신을 타고 과거를 여행한 꼴이 된다. 21세기의 나는, 8세기 티송데첸(742-797)이 받아들인 이래 시간의 침식을 받지 않은 그대로 과거를 간직하고 있는 불교를 직접 보고, 체험하고 돌아오는 것이다.

티베트는 붐이다. 그리고 이 티베트 열풍의 표출물들은 단일한 것이 아니다. 세속적인 이슈와 종교적인 차원이 뒤얽혀 있고, 과거와 현재가 혼재해 있다. 얼마 전 시청 앞에서 벌어진 'Free Tibet'의 표어와 'One China'의 홍기(紅旗)의 충돌은 이런 얽힘의 한 모습이다.

티베트 붐은 요즈음만의 현상이 아니다. 그리고 그 열풍의 책임을 묻는다면 초마 드 코로스(Alexander Csoma de Koros, 1784-1842)를 들 수밖에 없다. 그는 종교적 열정 때문에 또는 리처드 기어처럼 불교에 심취되어 티베트에 빠진 것이 아니었다. 불교가 본격적으로 서구에 알려지기 이전이었으니, 오히려 서구 불교 광신자(?)를 배출시킨 책임을 물을 당사자가 이 사람이다. 18세기의 팽배해지는 민족주의가 그를 충동질했다. 언어와 민족의 기원에 대한 시원성 찾기가 당시의 유행이었고 그것이 헝가리인인 초마 드 코로스를 자극했다. 그 당시 트란실바니아인인 그는 자신의 뿌리를 찾아 동방을 향했다. 그는 서구에 황화론(黃禍論)의 씨앗을 뿌린 흉노(凶奴, Huns)족의 침입과 터키와의 갈등 관계를 소급하며 동방을 바라보았다. 그래서 헝가리의 조상은 신장성 타림분지의 위구르(Uighurs, 回紇), 곧 당시로서는 실크로드의 한 지점인 보카라(Bokhara)라고 지명했다. 실크로드를 서양을 기점으로 거꾸로 소급해 올라갔다. 민족적 시원에 대한 열의 하나만 갖고 아무 도움 없이 거의 맨발로 헝가리에서 라다크까지 걸어왔다면 그냥 넘겨 버릴 일이 아니다. 계속되었다면 라싸까지 걸어가 위구르에 도착했을 것이다. 그러나 결국 가난과 피로 때문에 인도 북부 다질링에서 말라리아에 걸려 죽고 말았다. 그는 그 긴 여정 사이에 영국 식민지 관료인 윌리엄 무어크로프트(William Moorecroft)의 도움으로 라다크에서 티베트 어를 연구하게 된다. 그는 최초의『티베트어 문법』,『티베트 영어사전』,『번역명의대집(飜譯名義大集)』을 편찬하여 공전절후의 티베트 연구 도구들을 발주시켰다.

이것이 오늘날 그가 '티베트학의 아버지'로 추대되는 계기가 되었다. 그러나 거기에는 꼬리표가 붙는다. 무어크로프트는 그에게 재정 지원을 하면서 이런 말을 덧붙이는 것도 잊지 않았다. "한 언어에 대한 지식을 습득할 때 일종의 상업적인 가치를 배제할 수 없다. 아마도 정치적인 가치까지도 지니는 것일 수 있다."

초마 드 코로스는 민족주의적 자각과 제국주의의 정치적 가치를 합성시킨 의도 아래 오늘의 티베트학 연구의 발단을 열었다. 얼마 후 일본에서는 티베트 불교 발전에 대한 공로로 그에게 '헝가리 보살(菩薩)'이란 희한한 칭호를 부여했다. 결국 '티베트의 발견'이나 '티베트의 각성'에는 제국주의와 민족주의, 그리고 종교성이라는 삼원적 요소가 그물처럼 얽혀 있다. 신기하게도 동양의 모든 나라가 서양 제국주의의 희생물이 되었지만 유독 티베트만이 벗어난 듯 보인다. 그래서 지난 세기에 외부의 영향을 받지 않고 아직도 오염되지 않은 것으로 생각한다. 그러나 현대에 와서 중국의 침략으로 또 다른 오리엔탈리즘의 제물이 되고 있다.

샹그릴라의 전설은 아직도 살아 작동하고 있다. 그래서 동양학자나 불자들은 티베트를 현실 속에 위치시키려 하지 않고 이루지 못한 이상상으로 삼으려 한다. 티베트는 살아 있는 현장이다. 달라이 라마는 생불이기만 한 것이 아니고 분명히 정치 지도자이다. 중국의 정치적 페인팅에 걸맞지는 않지만 또 다른 정치인임에 틀림없다. 비폭력의 정치력도 지난 세기의 이상적 이념이 아니고, 이 현장에서 어떻게 구현되고 있느냐 하는 구체적인 정치적 어젠다(Agenda)이다. 그리고 그 속에는 다양한 종교 행위의 구체적 표현이 들어 있다.

티베트를 타자화시켜 문화관광, 종교체험, 영성체험을 하기 위해 잠시 다녀가는 것이 새로운 샹그릴라는 아닌 것 같다. 그리고 민주화·자유화라는 서구적 가치를 그대로 티베트의 현장에 적용시킬 수 있는 것도 아니다. 오히려 'Free Tibet'는 우리가 타자화시킨 종교적 이상향을 벗겨내고 티베트를 그대로 보라는 구호로 들어야 할 것 같다.

《한종연 뉴스레터》 3호, 2008.5.20.

수입 불교, 수출 불교, 수하물 불교

　한국 불교 전법 40주년을 맞아 미주에서의 한국 불교의 방향을 가늠해 보라는 것이 나에게 주어진 제목이다. 이 제목의 의도는 해외 진출 40주년을 자축하는 마당에서 한국 불교 현장의 허(虛)와 실(實)을 짚어 보려는 것이라고 생각한다. 마땅히 있어야 할 위치를 벗어나 있고 잘못된 방향을 택했고 따라서 그에 따른 방향 전환의 개선점을 제시하라는 것이라고 여겨진다. 쓴소리도 마다하지 않으며, 잔치 마당에 찬물을 끼얹는 역할이 오늘 나에게 주어진 악역이라 생각된다.

　19세기 말까지 한국 불교는 내 조국 내 땅에 있으면서 도성마저 출입할 수 없었다. 그러나 100년이 안 되는 기간 동안 우리의 불교는 장족의 발전을 했다. 도성은 물론 이곳 미주까지 진출하게 되었다. 그리고 이제 미주 전법 40주년을 기념할 만큼 발전했다. 그래서 한편으로 칭찬하고 서로 축하하는 것이 당연하지만, 다른 한편으로 자기반성을 하는 계기도 필요하게 되었다.

　기독교 본산의 하나인 미주에서, 보기에 따라 동일한 정신적 배경에서 성장한 기독교마저 미주 한인 교회로 성장하고 정착될 때까지 예기치 않은 수많은 문제점을 겪어 왔다. 그리고 한국에서의 기독교와는 또 다르게 변형된 기독교의 모습을 드러내어 학문의 소재로도 부각되고 있다. 마찬가지로 불교가 미주에 정착하는 과정 역시 단순하지 않았고 평탄할 수가 없었다. 미주 한국 불교는 미주의 한인 기독교가 지닌 것보다 더 많은 문제점을 노출하고 있다. 성장과 확대에는 항상 부조리와 모순점이 드러나도록 되어 있다. 그래서 우리 미주 한국 불교가 이 성장의 아픔을 겪는 일면을 당연한 것으로 여길 수도 있다. 어떤 면에서는 이식과 성장에 따른 고통을 자위적으로 생각하며 자기도취에 빠질 수도 있다. 하지만 자기만족은 반드시 경계해야 한다. 그렇다고 현상적으로 당장 눈에 띄는 일들을 낱낱이 지적할 수는 없다. 그런 하나하나가 무엇이 잘못되어 있는지를 우리는 너무 잘 알고 있으며, 이미 지적하며 비판할 단계를 넘어서 있는 상태이다.

우리는 자기 자신을 그대로 볼 수 없을 때가 많다. 우리는 한결같이 자기 현실 속에, 자기 현장 속에 빠져 있기 때문이다. 마치 거울에 비추지 않고는 자신을 전체적으로 보기가 힘든 것과 같다. 곧 자신을 객관화하고 대상화하여 볼 수 있는 근거가 결여되어 있기 때문이다. 나는 무엇보다 불교인이다. 어떤 면에서는 불교인이면서 불교를 비판하는 것이 자기모순일 수 있다. 그 비판이 어떤 형태가 되든 불교에 대한 비판은 삼보에 대한 비판의 일단이라고 볼 수 있다. 오죽하면 예불 때마다 올리는 천수경의 첫 구절이 정구업(淨口業) 진언으로 시작하겠는가? 불전의 좋은 구절만 뽑아 놓은 예불문의 첫 구절이 '말로 짓는 일'을 정화시켜 달라는 구절로 시작되는 것은 도무지 심상치 않다. 그래서 불교인이 불교에 대한 일을 평가하는 것은 전혀 단순치 않다. 손쉽게 비평하는 일은 물론이고, 객관화한다는 자세마저 자칫 불교인의 입장을 포기하는 말로 들릴 수 있다. 더욱이 불교의 현실이 앞으로 어떻게 전개될지를 전망한다는 것은 거의 불가능에 가깝다. 이 모든 사항을 고려하면서 미주 불교의 현장을 짚어 보는 일은 정말 쉽지 않은 일이다. 그러나 한 가지, 지나온 과거를 돌이켜 보는 일은 충분히 가능할 것이다. 또 할 수 있는 또 하나의 일은 다른 사람들이 나를, 우리를 어떻게 객관화하여 바라보고 있는지를 알아보는 일이다. 곧 이 땅의 미국인들이 우리를 어떻게 보고 평가하느냐 하는 것이다. 미주의 한국 불교는 이런 근거에서 관찰과 평가의 대상이 될 수 있다고 생각한다.

이 자리에 있는 우리 대부분은 이곳에서 태어나지 않았고, '이민 보따리'와 함께 이곳에 왔다. 한국 불교 또한 한국으로부터 '이민 보따리'처럼 수입된 것이다. 흔히 합중국이라고 하는 미국에서 한국 불교는 다인종 사회와 여러 다른 종교 전통이 존재하는 가운데 또하나의 종교로서 합류하였다. 곧 미국에서 불교라는 종교는 객관화되고 대상화된 관심의 대상으로 인식되면서 수입된 것이다. 어느 미국의 불교학자는 미주 속의 불교의 양태를 세 가지로 나누어 살펴보았다. 첫째는 수입 불교, 둘째는 수출 불교, 셋째는 수하물 불교가 그것이다.

'수입 불교'는 말 그대로 실수요자의 요청과 필요에 따른 것이다. 수요자의 취향에 따라 받아들인 불교를 말한다. 이 수입 불교는 또 '엘리트 불교'(Elite Buddhism)라고도 일컬어지는 것으로, 대개 미국 중상류층의 고등교육을 받은 계층이 수요자의 대종을 이룬다. 예컨대 다음과 같이 이 계층의 분위기를 구체화하여 생각해 볼 수 있다. 1960년대 미국 중서부에 거주하는 고등교육을 받은 사람이, 어느 날 동네 도서관에 가서 선(禪)에 관한 책을 읽는다. 그리고 '불교에는 일찍 들어 보지 못한 굉장한 것이 있구나' 하고 생각한다. 몇 년쯤 관심을 두고 책방에 갈 때마다 선이나 불교에 관한 책을 기웃거린다. 그리고 선과 관계된 강연이나 모임에도 참석해 본다. 그러다 어느 날 비행기표를 사 들고 일본의 교토나 태국의 방콕으로 날아가 참선 수행에 참여한다. 몇 년 후, 돌아올 때쯤 해서 선 센터(Zen Center)를 설립한다. 때로는 자신의 스승을 미국으로 초빙한다. 이 모든 일을 미국인 자신이 주선하고, 자기의 필요에 따라 불교를 수입하는 것이다. 이렇게 불교를 수입할 여유가 있기 위해서, 그는 주로 사회의 중상류층에 속하고, 고등교육을 받았으며, 돈과 시간이 있어야 한다. 아마 한국에서 유명해진 현각 스님도 전형적으로 이 부류에 속할 것이다. 그는 예일대 학부와 하버드대학원 출신이고, 중상류 가정에서 성장했으며, 사회정의를 위한 데모에도 참여했다. 불교를 알기 위해 대학원 강의를 수강한 것은 물론이고, 한국에 나와 참선 수행을 많이 했다. 현각 스님은 미국 불교 신자의 전형인 셈이다. 이런 수입 불교의 성격이 미국 불교의 대종을 이룬다. 따라서 현각 스님은 하나만 있는 것이 아니고, 수백 수천의 현각 스님이 있는 셈이다. 이런 '엘리트 불교'의 특징 가운데 하나는 항상 참선 수행에만 관심을 두고 있다는 점이다. 엘리트 불교는 남방불교의 관법수행(觀法修行, Vipassana)이나 동북아시아의 참선 수행에 초점을 두고 있어서 참선 명상을 강조하는 한편, 사원 제도나 윤리적 계율 실천에는 별로 관심이 없고, 있어도 미약할 뿐이다.

또 다른 예를 들어 보자. 이곳 맨해튼 주식시장인 월(Wall)가에 근무하는 30대 초반의 여성이 있다. 그녀는 퇴근한 후 곧바로 맨해튼 업타운에 소재한 자신의 콘도로 향한다. 샤워를 끝내고 품이 넉넉하고 편한 옷으로 갈아입은 다음, 침실과 연결된 내밀한 작은 방으로 들어간다. 그곳에는 불단(佛壇)이 마련되어 있거나 혹은 아무 장식 없는 하얀 벽만이 있다. 그러나 쿠션이 좋은 방석은 필수품이다. 그녀는 이곳에서 30분 내지 1시간가량 참선을 한다. 그리고 나서 부엌으로 들어가 간단한 건강식 저녁을 마련한다. 아니면 인근의 깔끔한 동양 식료품상에서 조리가 잘된 채식 식단을 사 들고 올 수도 있다. 저녁 식사 후 그녀는 전날 읽던 달라이 라마의 책이나 틱낫한의 명상 수행서를 펴 들고 독서에 집중한다. 이런 경우는 하나의 예를 든 것이지만, 수입 불교, 곧 엘리트 불교의 공통된 특징을 집약해 놓은 것이다. 여성을 남성으로 바꿀 수 있고, 월가에서 일하는 직장인에서 컴퓨터회사 중역으로 대체시킬 수 있으며, 뉴욕이 보스턴이나 샌프란시스코의 하이테크 지역으로 바뀔 수 있는 등 세부적인 사항의 차이가 있을 뿐, 기본 틀은 대체로 같다. 이런 불교 신행의 내용을 좀 더 자세히 들여다보면 흥미로운 요인들이 나타난다.

이런 불자들은 보통 취침 전에 명상 수행서를 읽고, 면벽(面壁)해서 몇십 분 동안 명상을 하기 때문에, '침실조명등 불교도'(Nightstand Buddhist)라고 일컬어지기도 한다. 또 불교 단체에는 관여하지 않고 불교 수행과 신앙에 대한 책만 읽고 불교의 영향을 받는다고 하여 '책방 불교도'(Bookstore Buddhist)라고도 한다. 또는 불교라는 대상물을 놓고 그것이 나에게 필요한 것인지, 어떻게 소용이 되는 것인지 끊임없이 따져 보는, 상품 품목을 고르는 듯한 입장에 있다고 하여 '구매자 불교도'(Shopper Buddhist)라고도 한다. 또는 이런저런 법회나 수행 명상회를 따라다닌다고 하여 '메뚜기 불교도'(Grasshopper Buddhist)라고도 한다. 그러나 이런 부류의 불교도들은 한결같이 자신을 불교도라고 못을 박고 있지 않다는 공통점이 있다. 자신의 입장을 편하게 '아직은-아닌-불교 신자'(Not-Just-Buddhist)로 자처한다. 불교 전문 잡지인 『트리사이클(Tricycle: 三輪)』의 정기 구독자 6만 명 가운데 절반은 자신을 불교 신자라고 생각하지 않는다고 편집장인 헬렌 튀르코브(Helen Tworkov)는 말한다. 또 평균 9년 반 이상 불교 단체에 관여한 사람 가운데 1/3이 아직도 자신이 불교 신자라고 정체성을 밝히고 있지 않다. 오계도 받고, 참선 수행을 정기적으로 실천하며, 일정한 불교 단체를 9년 반 이상이나 다닌 사람이 자신이 아직은 불교 신자가 아니라고 말하고 있는 것이다. 불교도가 아닌 듯한 불교도인 셈이다. 유대인이며 불교도인 어느 여류 심리학자는 이런 책을 썼다;『어, 이상한데, 너는 불자같이 보이지 않는데(It's Funny, You Don't Look Buddhist)』

이런 점이 바로 수입 불교의 주요한 특징이다.

두 번째는 '수출 불교'이다. 기독교가 선교한 것처럼, 똑같이 미국 땅에서 포교를 통해 불교로의 개종 운동을 전개하는 경우이다. 서양에서 기독교가 한국 땅에 들어와 개종을 시켰지만, 이번에는 한국의 불교를 미국 땅에 수출하고, 미국인을 불교로 끌어들이는 것을 말한다. 기독교의 경우처럼 이것을 '복음주의적 불교'(Evangelical Buddhism)라고 명명할 수 있으며, 일본의 창가학회는 그 대표적인 예가 될 것이다. 공급 위주의 불교이며, 모체가 되는 교단으로부터 현실적·물질적 보조를 제공받는다. 앞서 말한 수입 불교가 여유 있는 백인 상류층을 중심으로 구성된 것이 특징이라면, 수출 불교는 하류층 중심이다. 그래서 신자층은 주로 아프로-아메리칸, 라틴계의 중남미인들 혹은 동양계 미국인들로 구성되어 있으며, 교육 수준과 생활 수준이 떨어지는 유색인종이 대부분을 차지한다는 점이 통계로 밝혀져 있다. 그러나 흑인들 전체가 한결같이 이 부류에 속하는 것은 아니다. 예컨대 교수이자 시인인 벨 훅스(Bell Hooks, 1952-2021)는 아프로-아메리칸 불교도로 유명한 인사이다.

마지막으로 '수하물 불교'가 있다. 쉽게 짐작하겠지만, 나의 불교도 이 부류에 속한다. 이민 보따리 속에 불교라는 집안 전래의 종교를 그대로 싸 갖고 들어온 경우이다. 오늘날 미주 각지에 산재한 한국의 절과 법당은 대개 이러한 이민자들로 채워져 있다. 다른 말로 하면 '이민 불교'(Immigrated Buddhism)라고 불릴 수 있는 이 부류는 실제로는 종교적인 것과는 별로 상관이 없다. 대부분의 미국 이민 그룹은 초기의 청교도의 경우를 제외하고는 신천지에 발을 디딘 이유가 종교적인 것은 아니었던 것이다. 세속적인 이유들, 곧 경제적 기회, 정치적 박해로부터의 해방, 개인 혹은 가정의 안정을 위한 것이 일차적이고, 종교는 부수적으로 첨가되어 따라왔을 뿐이다. 곧 이민 보따리의 내용물 가운데, 우연히 불교라는 것이 들어 있었던 것이다. 그리고 이민 불교의 승단은 우리 불교 교리에서 말하는 말 그대로 '피난처', 곧 삼귀의례의 원문인 불·법·승 삼보에로의 귀의처나 피난처를 구한다고 서원하는 바로 그 피난처의 성격을 지니고 있다. 이 이민 불교 조직은 앞서 말한 백인 엘리트 불교이거나 복음주의적 선교 대상의 불교와는 달리, 광범위한 기능과 목적을 지니고 있다.

마치 미주 한인 교회들이 초기 이민자들을 위해 '생존의 출발점' 역할을 했듯이, 이민 불교의 조직은 베트남, 태국 등 동남아시아 이민자들이 살아남을 수 있도록 중요한 거점 역할을 하였다. 그렇게 초기에는 생존을 위해 모인 것이다. 그리고 또 다른 기능은 문화적인 충족을 얻기 위한 것이다. 같은 언어를 사용하고, 같은 행동 양식과 고국의 문화적 유산을 함께 나눌 수 있는 적합한 장소가 바로 이민 불교 모임이다. 하지만 이런 좋은 면이 있는 반면, 부정적인 측면도 없지 않다. 이민 불교는 피난처이기도 하지만, 섬과 같은 기능도 한다. 거대한 땅에서 동떨어진, 홀로 바다 가운데 떠 있는 섬과 같은 역할을 하는 것이다. 이 경우, 주류사회에 동화되거나 서로 교섭을 하지 못하고, 자신의 고유한 것만을 유지하는 배타성을 지니게 되어 주류 사회에서 소외되는 경향이 있다.

짐작건대, 한국 불교가 해외로 확대되는 가장 좋은 예로 들고 있는 것이 적산법화원일 것이다. 신라 시대 당나라 땅에 신라방이 형성되고, 그곳에 거주하는 신라인들이 다니던 절이 바로 적산법화원이다. 당토(唐土)에 신라 절이 있는 것까지는 좋지만, 그것이 당 불교에 어떤 영향을 준 것인지, 아니면 거꾸로 그곳 불교의 영향을 받은 것인지 그 내용은 지금 알 길이 없다. 신라 불교가 신라 땅을 넘어서 당나라까지 진출한 것은 대단한 일이지만, 미상불 그것은 거대한 당토에 하나의 섬처럼 떠 있었던 것은 아닌가 생각한다. 마찬가지로 미주 속의 이민 불교가 혹시 이런 섬과 같은 양태로 존재하는 것은 아닌가 하는 생각을 하게 된다.

여기서 또 하나의 의문이 떠오른다. 이민 불교가 마련한 불교 행사에 과연 엘리트 불교도가 참석하는가 하는 것이다. 그동안 관찰한 바에 따르면, 거의 없다고 말할 수밖에 없다. 그러나 1.5세대, 2세대들의 사회 활동이 두드러지면서 양상은 새로운 방향으로 전개될 가능성이 있다. 좋은 교육과 좋은 직업의 배경을 지닌 각종 전문인들이 배출되면서 동화의 속도가 빨라지고 있으며 이민 불교의 성격도 다변화될 조짐을 보이고 있다. 미국 불교교회(Buddhist church of America)는 이러한 변화에 적응하는 전형적인 불교교회로서, 거기에서는 이민적인 성격보다 오히려 엘리트 불교적인 성격이 강하게 드러난다. 이 불교교회의 뿌리는 우리보다 이민의 역사가 긴 일본 이민이 만들어 낸 불교 전통이다.

이제 우리 한국 이민 불교의 경우를 돌이켜보면서, "이민 1세대의 노년 계층이 사라지면 다음 세대가 얼마나 이 이민 사찰에 참석할 것인가?" 하는 질문을 하게 된다. 영어는 물론 미국 문화, 사회 변화와는 차단된 이 '피난처'를 즐겨 찾을 2세대, 3세대는 드물 것이다. 그래서 미주 전법 40주년을 맞는 지금, 한국 불교가 미주에 진출한 사실 하나만 가지고 '세계화'의 명분으로 즐거워할 일만은 아닌 듯하다.

현재 미주의 불교는 섬과 같다. 그러나 앞으로 그것은 피자와 같은 것이 되어야 할 것이다. 원래 이탈리아의 음식인 피자는 미국으로 건너와 대중 음식이 되면서 그 질과 맛이 크게 바뀌었다. 이 바뀌고 개선된 피자가 이탈리아의 원조 피자보다 더 널리 알려진 피자가 되었다. 불교는 철학적 어휘로 구성된 개념적인 철학 사상이 아니다. 불교는 무엇보다 종교이다. 그것은 하루하루의 생활, 나의 일거수일투족과 관계되는 변화하는 생활양식(way of life)이다. 미주 속에 거주하는 우리 이민자들의 일거수일투족을 통해 불교는 변해 갈 것이다. 그리고 변해야 존속할 수 있다. 미주 한국 불교는 섬처럼 외롭게 떠서 모든 것을 차단하고 소외시키면서, 배타적으로 존재할 수는 없다. 우리는 도안(1937-2006) 스님의 경우를 잘 알고 있다. 도안 스님은 이른바 격의불교(格義佛敎)의 대표적인 스님이다. 도안 스님에게 제자가 "불교의 공(空)이니 연기(緣起)니 하는 교설을 왜 자꾸 도교의 무(無) 사상이나 유교의 인륜(人倫)과 같은 것으로 설명을 합니까?" 하고 묻는다. 스님은 "공·연기의 개념을 모르는 사람에게 백날 모르는 것으로 설명하면 이해가 되겠느냐. 기왕 알려진 것을 통해 우리 주변의 것을 들어 설명하면 비슷하게 이해는 하지 않겠느냐."라고 답변한다. 그렇다. 이 현실, 이 현장을 배제하고는 불교는 이해되지도 않고 생존할 수도 없다. 시간이 경과하면서 2·3세대가 참석하지 않으면 미주 한국 불교는 사라질 수밖에 없을 것이다. 불교의 역사는 동화의 역사이다. 티베트로 가면 티베트 불교 또는 라마불교가 되고, 중국으로 건너가면, 중국 불교가 되었다. 이런 점에 대해 하버드의 라이샤워 교수는 다음과 같이 말했다. "중국이 불교를 변화시킨 것만큼, 불교가 중국을 변화시켰다."라고 말이다.

한국 불교 미주 전법 40주년을 회고하면서 미국 속의 한국 불교의 위상이 어느 단계에 있는지를 대강 짚어 보았다. 그간 숭산(1927-2004) 스님, 삼우(1941-2022) 스님과 같은 분들이 다분히 수입 불교적 경향을 띤 활동을 하였다면, 법안 스님을 위시한 도안 스님, 도범 스님 등 이곳 미주에서 활동하시는 수많은 스님들은 이민 불교를 선도하고 있다. 원불교는 이미 수출 불교를 시작했다고 생각하지만, 조계종은 아직 일정한 계획을 가지고 주도적으로 수출 불교를 지향하고 있지 않은 듯하다.

여기까지가 우리가 걸어온 발자취이다. 이제 우리는 우리 스스로를 바라보면서 인연 소생의 업을 평가할 위치에 와 있다. 실로 많은 과제가 산적해 있다. 그것을 여기서 일일이 지적할 수는 없다. 다시 되풀이하지만 한국 기독교가 이곳에서 정착하는 데 얼마나 많은 실수를 저질러 왔는지 우리는 잘 알고 있다. 앞에서 지적했듯이 아마 불교는 더 큰 실수와 시행착오를 겪고 있는지도 모른다. 이곳의 문화, 사상, 사회 배경이 불교의 그것과는 너무 다르기 때문이다. 그러나 지금 우리 한 개인 개인은 미국화의 변모를 겪고 있다. 미국 속에 불교가 들어와 있고 그것은 다시 '우리 속'에 들어와 있다. 그리고 그것은 우리 자신을 통해 미국화되어 가고 있다.

다시 한번 중국이 불교를 변화시킨 것처럼 불교가 중국을 변화시켰다는 라이샤워의 말을 곰곰이 생각한다. 이 예지적인 발언이 한국 불교의 경우에도 적용될 수 있을까? "미국이 한국 불교를 변화시킨 것처럼, 한국 불교가 미국을 변화시켰다."고 말이다. 그렇게 될지 안 될지에 대해 나는 미주 불교인의 한 사람으로서 관심을 집중하고 있다.

『참여불교』, 2002년 11-12월 합간호

한국 불교의 성공적 수출을 위한 조언

 상품을 수출한다면 그 반대로 수입을 생각하게 된다. 상품이야 수입, 수출 과정을 통해 교류되겠지만 불교를 수출하고 수입한다면 불교를 물품처럼 취급하는 꼴이 된다. 실제로 불교가 서구로 전파되는 과정을 물량 이동으로 파악한 글이 심심치 않게 눈에 띈다. 1970년대 전후 공전절후의 인기를 끌며 불교가 서구로 전파되는 과정을 서구의 불교학자들은 그렇게 묘사하고 있다. '수입 불교'(Import Buddhism), '수출 불교'(Export Buddhism) 또는 '보따리 불교'(Package Buddhism)로 불교의 세계적인 흐름을 특징짓고 있다.

 기독교는 선교라는 주도면밀한 계획하에 비서구 지역으로 전파되어 결국 우리나라의 경우 전통 종교인 불교를 제치고 제일의 종교로까지 떠오르게 되었다. 그러나 불교는 어떤가? 불교는 선교에 의해서가 아니라 서구인들이 스스로의 필요에 따라 수입하였다. 헤르만 헤세(Hermann Hesse, 1877-1962)의 『싯타르타』나 에드윈 아놀드(Edwin Arnold, 1832-1904)의 『아시아의 빛』의 아름다운 시구들이 서구 지성인들의 심금을 울렸다. 혹은 달라이 라마나 틱낫한(1926-2022)의 인생에 대한 깊은 통찰력과 난마같이 얽힌 정치 현실을 헤쳐 가는 불교의 지혜가 담긴 저술을 읽고 불교에 공감한 것이다.

이 모든 일이 책을 통해 이루어졌다. 그래서 서구의 불교인을 '책방 불교 신자'(Bookstore Buddhist)라고도 한다. 이들은 책을 통해 불교에 공감한 다음 방학이나 휴가철을 이용해 아시아 지역에서 참선 수행을 하다 집으로 돌아온다. 자신이 따르는 스님이나 지도법사를 자기 나라로 초청하며 자신의 집을 수도처로 만들기도 한다. 이렇게 자신의 필요에 따라 불교를 수용한 행태를 '수입 불교'라고 정의하는 것이다. 우리의 인기 스타였던 현각 스님이 그런 불자이고, 우리 독자층에게도 잘 알려진 참선 수행서를 쓴 스티븐 배철러(Stephen Batchelor, 1953-현재)도 그런 '수입 불교'의 대표적 수행자이다. '수출 불교'란 기독교 선교를 모방하여 불교를 서양에 조직적으로 전파하는 형태이다. 주로 서양의 중하류 계층을 상대로 하며 선교하려는 종단에서 현실적 도움과 경제적 혜택을 베풀며 신도를 이끄는 경우이다. 기독교가 한국에 전파되던 초기의 모습을 정확히 닮아 있다. 아마 일본의 창가학회는 대표적인 예에 속할 것이다.

한편 '보따리 불교'란 동양 이민자들의 불교 신행 형태를 두고 한 말이다. 한국의 미주 이민자들을 비롯한 동남아시아의 이민자들이 서구에서 불교를 믿고 수행하는 모습이다. 좀처럼 현지인들과 섞이지 못하고, 그들과의 언어 소통에 불편을 겪고 있으며, 현지 문화와도 차단되어 있다. 미국을 위시한 서구에 산재해 있는 한국 불교의 모습이다. 우리는 서구에서 불교가 유행하고 또 서구인들이 열광하며 불교를 받아들이는 겉모습을 보고 불교의 위대성이나 보편성을 무척 자랑하고 싶어 한다. 그러나 실제의 현장을 접해 보면 불교가 정착되는 과정의 층위는 이렇게 다양하다.

한 발 더 나아가 어떤 미국 불자는 이렇게 말한다. "미국의 불교는 더 이상 아시아인을 위한 불교로만 생각해서는 안 된다. 미국 불자들은 어떻게 '미국적 불교'(American Buddhism)의 틀을 짜야 하는지에 관심이 있다."라고 실토한다. 서양의 신행 형태가 동양과는 차이가 크다는 말이다. 이제 해외 포교라는 관점에서 불교를 수출하는 일은 전면적으로 재검토되어야 한다. 절을 세우고 스님과 포교사를 파견하거나 뉴욕과 LA에 우리식 불교대학을 설립한다고 해서 한국 불교를 성공적으로 수출하는 것은 아니다.

《금강신문》 2017.1.24.

한국 불교의 국제회의 울렁증

영어 울렁증이란 말이 꽤 널리 알려져 있다. 능숙하지 못한 영어로 말을 할 때 드러나는 증세를 두고 하는 말이다. 외국어 실력 때문에 나타난 증세처럼 말하지만, 대중 앞에 서면 누구나 겪을 수 있는 현상이다. 스스럼없이 말을 잘한다는 서구인들도 대중 앞에서 말하는 일을 제일 두려워하는 것으로 알려져 있다. 울렁증은 말에만 국한된 일은 아닌 듯싶다.

이번 세계불교도우의회(World Fellowship of Buddhists) 한국 대회에서 한국 불교계의 외국어 울렁증은 도가 지나쳤다. 이제 한국 불교계도 각종 국제 행사나 교류 속에서 우리 자신을 드러내는 일이 잦아졌다. 그리고 외국어 특히 영어로 우리의 입장과 모습을 표출시키는 일이 잦아졌다. 외국인들이 우리를 인지하고 그들이 우리와 같은 생각과 똑같은 수행을 공유할 때 불교의 세계성과 보편성은 확대된다. 그런 의사소통 과정에는 영어에 능숙한 스님과 불자들이 끼어 있었다. 뿌듯한 일이다.

그러나 정작 불교인들이 모이는 각종 국제 행사와 학술회의에서는 이런 뿌듯한 일은커녕 이 행사와 회의의 내용이 어떻게 전달되고 교류되는지를 의심할 수밖에 없는 사태가 벌어진다. 여수에서 진행한 세계불교도우의회(WFB) 행사 현장은 이런 사태를 또 한 번 보여줬다.

단순히 영어 표현의 미숙성을 지적하는 것이 아니다. 이번 세계불교도우의회 한국 대회에는 한국의 불교, 한국의 스님, 한국의 불자들이 완전히 실종되었다. 무엇보다 회의 어젠다 설정부터 회의의 중심인 학술회의까지 파행을 면치 못했다. 학술회의에 초청된 저명한 학자들의 논문 발표가 취소되고, 논평자로 나선 한국의 불교학자들은 우두커니 앉아 있기만 했다. 그럼에도 회의 주최 측은 이 문제의 심각성을 인지하지 못했다. 적어도 이 회의가 한국에 유치될 때까지는 짧지 않은 준비 기간과 적지 않은 사람들이 관여되었을 것이다. 그럼에도 간과된 부분이 너무 많았다.

외부 관찰자로서 나는 글을 통해 이 회의가 얼마나 중요한 의의를 지니고 있는지를 역설한 바 있다. 여수 세계박람회와 세계불교도우의회의 연동은 1893년 한국이 최초로 참가한 미국 시카고 만국박람회와 연계해 개최된 세계종교의회와 닮은꼴이라며 그 의의를 찬양했다. 그래서인지 학술회의도 환경문제, 동서 교류에서 한국 불교의 적극적 기여를 표방하고 있었다. 그러나 이 모든 것이 실종되었다. 세계불교도우회 본부의 지시에 의해 학술회의는 취소 직전까지 갔다. 그것도 단순한 영어 울렁증 때문이었다.

그리고 티베트 불교와 중국 불교가 충돌을 일으키리라는 것은 미리 예견되었다. 이번 세계불교도우의회는 불교를 통해 현실 문제를 승화시키는 계기가 되었어야 했다. 전 티베트 정부 수반이었던 삼동 린포체까지 참석하였으니 더 좋은 기회였다. 그러나 중국 대표단이 현장에서 참석을 거부하는 사태까지 벌어졌을 때에도 울렁증을 극복한 한국의 스님, 불자, 전문 요원은 없었다. 장소만 한국이었지 한국이 배제된 불교 국제 행사였다. 정부의 적지 않은 행정·재정 지원과 호남 지역 불자들의 헌신적 봉사와 정성어린 기금으로 마련된 이 호화판 불교 행사가 외국어 울렁증 때문에 회의 효과에 손상을 입었다. 그 폐해는 너무 크다. 우리 주변에는 이미 외국에서 연구를 하고, 수행을 하고, 국제적 감각을 몸에 익힌 스님들이 많다. 그리고 외국에서 불교를 연구하고 가르친 재가 불교학자들도 많다. 왜 이런 이들이 계속 배제되는지 정말 모를 일이다. 조계종단의 개혁 혁신안에는 외국어 울렁증에 대한 본격적인 검토와 척결도 포함돼야 한다.

《금강신문》 2012.6.18.

스님과 절만이 불교는 아니다

한마디로 조계종단이 이전투구식 야단법석의 혼란에 빠져 있다. 불교적 참회와 화쟁의 태도는 실종되었다. 어느 곳을 보아도 믿을 만한 구석은 아무 데도 없다. 재속 불교 신행자로서는 난감하다. 내 눈앞에 펼쳐진 잘못들을 지적하는 승보 비방의 파계를 저질러야 할지, 아니면 입 다물고 방관해야 할지 곤혹스럽다. 가히 승보의 위기라 할 사태가 벌어지고 있다. 불자가 설 땅이 없다. 그래서 다시 묻는다. 승보란 무엇이고 그것은 어떻게 유지되어야 하는 것일까?

원론적인 해석은 제쳐 두자. 존경으로 떠받들어야 하는 스님들의 위상은 무엇이었나? 혼자 수행하는 것은 힘들고 함께 수행하는 것이 현실적이기 때문에 만든 것이 원래의 승단이었다. 그것은 공동체적 삶의 틀이었다. 한 개인의 결함은 서로를 지켜 주는 집단생활 속에서 극복된다. 부처님께서 계율로 제시한 항목들은 이 공동체 의식의 현양과 수행을 위하는 것이었지 출가한 승려들의 성스러움의 표지는 아니었다. 그리고 공동체에는 재가 신행자도 들어 있었다.

이번 개혁안 속에는 재가자들의 참여가 포함되었다고 한다. 그것을 다행이라고 하며 승단의 안정을 기하고 재가 불자의 입지를 굳히면 될까? 지금 재가 신행자가 느끼는 곤혹스러움은 깊고, 승단 행정에 참여시켰다 하더라도 의구심 역시 깊다. 또 언제 돌출할지 모를 파행들은 뿌리가 깊고, 재가 신행자를 동참시켰다고 해서 극복될 문제도 아닌 듯하다. 다시 전면적으로 승가 공동체의 현장을 보자. 그리고 기대에 찬 시선으로 스님들만 쳐다보거나 장엄된 절을 들락거리며 신앙심을 만족시키는 일을 유보하자. 무엇보다 재가 신행자인 우리 자신을 돌이켜볼 필요가 있다.

불교를 담고 있는 것은 스님과 사찰만이 아니다. 우리 신행자들 자신이 불법을 담고 있으며 신행 현장은 자신에게서 일어난다. 내가 믿고 따르지 않으면 불법은 없다. 불법은 나에게서 이루어진다. 불성이니, 깨달음이니 하는 문제는 잠시 접어 두자. 내 손에서 이루어질 자그만 선행, 간단한 수행 하나마저도 절에 계신 스님들께 달려가야만 이뤄지는가? 재가 불교 공동체 설립도 생각해 보자. 이미 여러 형태의 재가 불교 공동체가 형성되어 있다. 우리는 재속 신행인의 입지를 너무 무시해 온 것 같다. 그리고 자신을 사찰의 종속물로 간주하고 일정한 스님을 따라야만 불교를 믿는 것으로 여겼다. 이토록 전통에 얽매일 필요가 있을까?

근래 외국인들 중에는 우리 큰스님들에게서 수행을 받고 자신의 나라에 돌아가 새로운 형태의 승가를 운영하는 사례가 속출하고 있다. 우리는 과거를 살고 있는 것이 아니고 현재를 살고 있다. 우리는 그들과도 공존하고 있다. 서양 도반들의 증언적인 말을 경청할 필요가 있다. 스티븐 배철러는 이렇게 말한다; "전통적인 수련이 그 사람에게 잘 맞는 것이라면 그 방법을 지속하라고 권할 것이다. 그러나 나의 경우, 그리고 대다수의 경우 전통적 수행이 제대로 작동하지 못하는 것이 현실이다. 불법을 자신의 언어, 시대의 틀 속에서 활용하고 자신의 목소리를 찾게 할 필요를 느낀다. 나는 더 이상 전통적 스승의 발밑을 찾아 앉을 이유를 크게 느끼지 않는다."

잭 콘필드(Jack Kornfield, 1945-현재)는 이렇게 증언한다; "우리는 어떻게 오늘의 (미국적) 삶 속에서 수행을 실천할 것인가? 실천 수행은 세속에서 물러나는 것이 아니라 조화를 마련하는 일이다. 일상생활 속에서 지혜를 찾는 일이다. 한 가장으로서 수행하는 삶을 살고, 직장인으로 불법의 깊은 경지에 이르기를 원한다. 동굴(사찰) 속으로 달려가는 것이 아니라 매일의 삶 속에서 실천하고 수행하는 것이다." 수행을 좇는다는 면에서 승려이기도 하고 동시에 재가 신자이기도 한 것이다. 기왕의 승가 변혁도 불러올 수 있다.

이제 자신에게 솔직할 필요가 있고 삶의 양태에 충직할 필요가 있다. 부처님 말씀이 융통성 있고 시대와 지역을 초월해 적용될 수 있는 것이라면, 불법은 이런 모습으로도 수용되고 변모될 수 있다. 사찰과 승려만이 불교의 담지자는 아니다.

《법보신문》 2012.7.2.

불교계의 인기 스타

　현각 스님은 한국 불교계의 스타이다. 아마 한국 최대 종단인 조계종의 종정 스님이나 행정 수반인 총무원장 스님의 법명은 몰라도 현각 스님 하면 한국의 불자들은 물론 일반인들도 잘 안다. 종교계의 인기 스타이다. 따라서 그가 불러일으킨 이슈는 종교적인 것이지만 듣는 우리는 철저하게 세속적으로 이해한다. 성(聖)과 속(俗)이 둘이 아니라는 것이 이런 형태로도 맞물려 있다. 그런 그가 이제 조계종단을 떠난다고 발설한 것이다. 더욱이 자신이 소속된 조계종단의 모순과 비리, 그리고 자신과 같은 처지의 외국인 불교 수행자들이 겪는 힘든 여건을 더 이상 감내하기 힘들다는 이유를 내세웠다. 그것도 세속으로의 퇴속이 아닌 또 다른 수련처인 독일의 불교 공동체로 옮겨 간다고 했고, 승려 생활은 계속한다고 선언했다. 파장을 일으킬 수밖에 없다. 그리고 이 파장은 세속적으로 번지고 있다. 먼저 거대 종단인 조계종단의 파행적 운영이며 행정 승려들의 일탈된 행동이며 재가 신도를 도외시한 승단 중심의 관료적 운영 방식이 도마에 오를 수밖에 없다. 따라서 '거 보란 듯'이 현각 스님이 지적한 비판에 초점을 맞추어 여기저기에서 거대 종단에 대해 비판의 날을 세운다. 주로 재가 모임의 여러 단체에서 이 외국인 승려의 지적에 대해 공감의 메시지를 보낸다.

특히 주목된 사항은 사찰의 신도들이 시주(施主)의 리소스로 생각된다는 것이다. 불교 신행=복 빌기=시주금으로 치환되는 단순 구조로 이루어진 것이 지적되었다. 복잡하게 변형된 오늘의 삶을 이끌 불교적 신행과 방안이 모색되는 것이 아니라, 재력 불리기와 힘의 집중과 자기를 과시하는 일들이 조계종단 신행의 모든 것으로 비치게 되었다. 이런 파행적 행태는 어제오늘의 일이 아니다. 오랫동안 계속 비판되었고 상당수의 신행자들은 더 이상 할 말을 잃고 등을 돌리고 있다. 그것이 세속 사회에 비친 조계종단의 현장이다. 여기에 현각 스님의 발설이 돌출된 것이다. 그 파장을 의식해서인지 교육, 문화 부문을 담당했던 종단의 한 스님은 즉각 반론을 제기하며 현각 스님에 대해 인신공격에 가까운 비판을 했다. 외국인이라는 신분으로 우리의 승려들과는 전혀 다른 대접을 받는 입장에서 이런 발설을 서슴지 않는 그의 행태는 소위 '외국' 우월주의의 산물같이 생각된다는 것이다. 이렇게 되면 현각 스님의 발언의 세속적 파급은 끝장까지 왔다고 생각된다.

실제로 나는 현각 스님이나 외국 출신의 불자들을 오랫동안 관찰하며 몇 편의 글까지 썼다. 이분들의 위상을 현대적인 삶의 형태와 연관시킬 필요가 있었기 때문이었다. 생소한 땅, 현대적인 삶 속에 불교가 어떤 형태로 다시 피어날 수 있는지의 시금석과도 같은 케이스이기 때문이었다. 우리의 저간의 변화도 거의 '외국=타 지역'이나 다른 시대에 살고 있는 느낌이다. '서양마저 불교를 이렇게 좋아하지 않는가' 하는 값싼 내 것 우월주의의 동기는 아니었다. 현각 스님의 종단 탈퇴가 하나의 문제라면 이 사태를 보는 한국 불교의 시각이 또 하나의 문제인 것이다. 현각 스님의 지적 중 하나인 한국 불교의 민족 중심, 내 것 중심의 우월적 사고방식이 다시 핵으로 떠오른 것이다.

어느 곳, 어느 시대이건 승단의 현장 행태는 항시 비판과 비난의 대상일 수밖에 없다. 이상적인 교단이란 존재해 본 적이 없다. 종단의 파행성을 두고 오직 조계종단만이 죄의식에 사로잡혀 있을 이유도 없다. 심지어 부처님 당시의 '파승'(破僧, Sanghabheda)이란 가장 무거운 계율마저 역설적으로 승단의 파행성에 대한 부처님의 처방전이었다. 왜 조계종단은 잘못과 비리를 인정하며 개선하려는 노력을 않는지가 문제일 뿐이다. 그리고 이 외국인 승려의 뼈아픈 현장 지적을 받아들일 여유마저 없어 그를 거짓말쟁이라고 매도하거나 전혀 우리 현장을 보지 못하는 외국의 피상적 관찰자로 전락시키는가. 더욱이 외국인 승려를 수용하는 우리의 태도는 과연 적절하며 행정적인 배려는 합당했는지를 문제시하여야 한다.

우리는 아직도 한국 불교의 국제화와 세계화를 표방한다. 더 이상 종교의 국제화, 세계화가 무엇을 의미하는지 따지지 않겠다. 그러나 이 국제화와 세계화를 기독교 선교 활동을 표준으로 삼고 오히려 그 말단적 행태를 표방하는 모습을 보이는 것이 분명하다. 그래서 상품이 수출되듯 한국 불교도 팔리기를 원한다. 한국 불교도 티베트 불교나 남방 위빠사나 불교처럼 서양인들이 선호하는 불교이기를 원했고 그때 현각 스님이 들어왔다. 그러나 정작 그를 출가시킨 숭산 스님은 조계종단이 이들 외국인 수행자들을 수용할 제도적 장치와 수행의 기준이 없음을 알고 고민했다. 관음종이란 새 종단까지 발주시켜 이 외국인 수행자들을 받아들였다. 이 관음종은 지금 세계 각지에서 훌륭한 한국 불교 수행 단체의 역할을 한다. 소위 한국 스님이 시작한 세계화의 한 부분이다.

또 다른 경우도 있다. 외국인으로 한국 불교를 겪으며 참선 수행과 불교를 공부하다 본국으로 귀환하여 그 경험을 바탕으로 대학 교수가 되거나 재가 불자로 환속하여 명상 수행에 관하여 저술과 강연을 하고, 수행 단체를 이끈 경우도 있다. 로버트 버스웰(Robert Buswell, 1953-현재)과 스티븐 배철러(Stephen Batcheler, 1953-현재)는 이런 경우에 해당되는 대표적 외국인 불자다. 버스웰 교수는 한국불교학을 대변하는 학자로 근자에는 보통 불교학자로서는 꿈도 꿀 수 없는 동국대학 불교학술원 원장으로까지 추대되었다. 그것도 스님 위주의 이사회에서 선발되었다. 배철러는 우리 사찰에서의 참선 수행 경험은 물론 남방불교 수련에 심취하여 부처님 초기의 수행을 일상생활 속에 재현하려고 여러 형태의 이론과 경험을 실험하고 있다. 그들은 우리와는 다르게 생각한다. 그런데 우리는 이 '다른 것'을 받아들이기를 거부하는 것이다. 그런 '다름'이 나와 '같음'으로 전이되어야 한다는 고정적인 입장을 고수한다. 어떤 '다름'도 나에게 와서 수용될 수 있어야 한다. 조계종단은 다른 것만 지적하고 나와 같음만을 주 장해서는 안 된다. 확대되어야 하고 바뀌어야 한다. 우리 선가의 기 본적 화두인 '없음[無]' 하나로도 이 다름을 수용하기에 충분하다. 종 단의 유연한 정체성이 확인되고 어떤 고정적 틀도 무화(無化)시킬 수 있는 터에 무엇을 꺼릴 것인지….

오히려 이 파란 눈의 불자들은 이번 사건을 훨씬 넘어선, 조계종 단을 뒤흔들 만한 발설도 서슴지 않고 있다.

> 승직을 맡고 있는 불교 엘리트들은 재가 수행자들에 대해 권위를 증대시키고 있다. 우리는 이 특정 전문 집단을 공경하고 의존하며 무엇인가를 바치는 그런 문화를 지니고 있다. 곧 고승(高僧), 노사(老 師), 라마승이나 아잔(Ajahn)에게 말이다. 그러나 불법을 자신의 언 어와 우리 자신의 시대적 맥락에서 활용한다면 승직에 연계된 교리 적 권위로부터 벗어나 자신의 본래 목소리를 찾을 필요를 느끼게 된다. … 나는 더 이상 전통적인 동양의 스승들 발밑을 찾아 앉을 필 요를 크게 느끼지 않는다. (『Tricycle』, 2010년 봄 호의 인터뷰 기사)

이것이 서양에서 이루어지는 불교 승단 유형의 하나이다. 현각 스 님의 발언도 이러한 서양의 새로운 승가의 한 형태로 받아들일 여 유를 우리 조계종단은 지니지 못하는가? 우리와 훨씬 앞선 세대에 거의 비슷한 경험을 거친 서양의 선 전도사인 일본 선승은 이렇게 실토했다.

미국 불제자들은 승려도 아니지만, 또 재가자들인 것만도 아니다. 아마 이들은 알맞은 적절한 방법을 찾아가고 있는 중인 것 같다. 우리(동양)가 재가/출가라고 하는 이분법적 분류로 차별화하는 것과는 또 다른 양태를 감지하게 한다.(스즈키 슌류, 『*Zen Mind, Beginner's Mind*』)

　현각의 파장은 이미 파장일 수 없는, 새 시대가 요구하는 새로운 신행 형태일 뿐이다. 그 와중에 조계종단의 해묵은 파행이 끼어 있을 뿐이다. 그것을 민족 중심, 내 것 중심, 조계종단 중심에서 문제시하는 우리 한국 불교는 문제일 수밖에 없다.

《한종연 뉴스레터》 430호, 2016.8.9.

원효에 대한 금기

주변에서 누가 '원효'라고 말하면 나는 기피한다. 더 나아가 그의 사상적 위대성이며, 다면불같이 얽힌 일화 중 어느 한 단면이라도 발설될라 치면 나는 일종의 공포감에 사로잡힌다. 공포감으로 그치는 것이 아니라 원효를 두고 무엇이라고 말하는 사람에게마저 위화감을 느낀다. 내가 앓고 있는 병이다.

이제는 고인이 되신 이기영 교수가 원효 사상에 관한 저술을 출간한 지도 어느덧 반세기가 지났다. 원효를 가장 가깝게 이해할 수 있는 저술로 만든 것이 이분이다. 『원효사상 Ⅰ : 세계관』이 쉬운 해설과 함께 서점가에 출현했을 때(1967) 세간의 반응은 대단했다. 당시 이 책은 민주 의식과 민족적 자긍심에 부푼 4.19세대에게 '우리 것 찾기'에 불붙이는 기폭제의 역할을 했다. 대학가와 문화계 이곳저곳의 강연회나 독서 클럽의 주제가 되었다. 원효는 일약 사상계의 스타가 되었다. 나도 어느덧 원효 하면 '죽고 못 사는' 꼴이 되었다. 더욱이 나의 은사이기도 했던 이기영 교수는 내 이름을 서문 속에 넣어 주었다. 이분의 조교로서 책의 교정을 맡아 수고했다는 후학에 대한 통속적인 감사였다. 그러나 이 말이 나의 인생을 바꾸는 전환점이 될 줄이야. 누구보다 앞서 나는 원효의 글을 스승의 지도를 따라 읽어 가며 교정을 보았다. 그리고 한 구절 한 구절 읽어 갈수록 원효에 대한 감탄이 커져 갔다. 그리고 또 모르는 구절에 대한 의문도 깊어 갔다. 즐거워하며 수렁에 빠지는 어린아이와 같았다. 그러나 원효 연구를 선도적으로 이끌고 있는 스승이 항시 내 앞에 오연히 서 계셨다. 그러기를 30여 년이 지났다. 그동안 결국 나는 원효에 대한 글을 한 편도 쓰지 못했다. 워낙 태작인데다 쓴 글도 많지 않지만, 그사이 직업마저 몇 차례 바꾸었다. 이제는 미국까지 건너온 이민 불자가 되었다.

그만큼 나는 변했다. 내 신변의 변화를 생각하면 원효에 대해 내가 쓴 글이 없다고 책망 받을 아무런 이유도 없다. 겉으로는 우선 그렇다. 그러나 내심으로 원효에 대한 관심은 여전하다. 엉뚱하게 원효에 대해 누구 못지않은 식견을 지녔다고 자부까지 한다. 이런 내가 아직도 원효에 대해 한 편의 글도 쓰지 못했다는 것은 문제일 수밖에 없다. 그 중요한 이유를 스승의 커다란 그림자로 돌릴 수만도 없다. 이분이 가신 지도 벌써 5년이 지났다. 그리고 원효에 대한 얼마간의 이해만 있어도 논문 한 편은 물론 책을 한 권씩 써 내고 있는 것이 오늘의 학계이다. 이런 현상은 출판의 용이함 때문만은 아닌 듯하다. 그만큼 원효는 우리에게 친숙해져 있고 그의 역사적, 사상적 측면들이 잘 노출되어 있으며 따라서 접근이 용이하다. 이제 너 나 할 것 없이 원효를 써 내고 있다. 이곳 미국에 앉아서 수집한 원효 관계 논문과 저술이 내 책장의 선반 하나를 넘칠 지경이다. 이렇게 되면 날이 갈수록 내가 원효에 관한 글을 써 내는 일은 점점 더 요원해질 수밖에 없다.

곰곰이 생각해 보았다. 왜 나는 남처럼 쉽게 원효를 쓰지 못하는가? 왜 원효 기피증을 앓고 있으며 원효 공포증에까지 사로잡혀 있는 것일까? 혹시 처음 『대승기신론(大乘起信論)』을 읽다 마주친 '인언견언'(因言遣言)이란 말이 나를 원효 기피증으로 이끈 것은 아닐까? 이 말은 "말로 인하여 말을 버리게 된다."라는 뜻이다. 말을 하게 되면 그 말이 지시하는 대상이나 주장이 있기 마련이다. 그런데 거꾸로 그 말 자체를 버리기 위해 말을 한다는 것이다. 그런 말이 어떻게 가능하겠는가? 말을 하면서 그 말을 버리라니. 말을 하지 않으면 애당초 그 말은 없는 것이다. 그러나 일단 말을 발설하면 그 말과 말이 지시하는 내용이 존재하게 된다. 그런데 그것들을 없애 버리라는 것이다. 곧 말을 한다는 것 자체가 그 말한 내용이며 말이 지시하는 것, 나아가 지금 막 발설하는 말 자체를 없애기 위해서라는 것이다.

달리 이렇게 이해해 볼 수도 있다. 세상 살다 실망한 사람이 "이 세상 믿을 것은 아무것도 없다."라고 한탄한다. 그러면 이 한탄하는 사람은 자신이 발설한 내용마저 믿지 말라는 것인가? 왜냐하면 믿을 것이 아무것도 없다고 주장했기 때문이다. 그러나 실제의 내용은 자신이 한 말은 빼놓고 주장하는 것이다. 자신의 한탄 섞인 말만은 그대로 인정하고 믿으라는 것이다. 그것은 논리적인 모순이다. 그러나 그것이 또 현실이다.

믿지 말라고 주장하는 자신의 말을 뺀 수많은 말들, 남의 시비곡직을 지적한 말, 글을 쓰면서도 다른 글은 모두 틀렸고 그것을 지적한 자신의 말과 글은 예외라고 주장하는 것이다. 아버지가 자식을 질책할 때, 시어머니가 며느리를 탓할 때, 부인이 남편의 잘못을 지적할 때, 아니 어떤 형태로 지적된 대상이건 일단 비판의 대상이 되면 비판하는 사람의 입장은 현장에서 사라지고 비판받는 대상만이 우리 눈앞에 오롯이 떠오른다.

원효 역시 이런 현실을 지적한 것은 아닐까? 자신이 논평을 가하고 있는 『대승기신론』이라고 하는 불전(佛典)의 정당성만을 주장하고 여타의 것은 부정해 버리는 모순을 어떻게 극복할 것인가? 원효는 "이것만이 옳다. 이것을 믿으라, 다른 것은 그르다."라고 말할 필요가 있었을 것이다. 특히 논(論)이나 주석(註釋), 소(疏) 같은 논술의 성격은 자신의 이해의 정당성을 표방하는 것이니 시비를 따질 수밖에 없다. 누구 못지않은 다작(多作)의 저술가인 원효는 한 편의 글을 쓸 때마다 그 정당성을 주장하였을 터이다. 그는 수많은 주장과 수없이 많은 시비를 따졌다. 그래도 괜찮은 것인가? 단지 저술가라는 직책을 이유로 무수한 시비곡직을 펼치는 일은 허용되는 것인가?

원효는 오늘날의 상업적인 전문가는 아니었다. 문필가나 대학교수 같은 자신의 전문성으로 밥을 먹고 세상의 명예와 직위를 유지한 사람이 아니었다. 무엇보다도 종교인이었다. 그리고 불승(佛僧)이라는 종교인의 직책마저 부담스러워 의도적(?)으로 파계하고 요석공주와의 스캔들을 만들었다. 그리고 그 사이에서 설총이 태어났다고 역사 기록은 말한다. 원효 파계의 일화가 역사적 사실인지, 신화를 만들어 이야깃거리를 즐기는 민중의 창안인지의 여부는 접어 두자. 일반 민중의 의식은 분명히 그를 딱딱한 규율을 지켜 가는 불승의 테두리에서 벗겨 내고 싶어 했을 것 같다. 그래서 그를 파계시키고 소성(小性, 혹은 卜性) 거사라는 재가 불자의 신분으로 격하(?)시켰으나, 원효는 오히려 훨씬 자유스러운 자연인으로 격상(?)된 것이다. 『삼국유사』의 기록은 신화 같은 이 점을 재미있게 말해 준다.

원효가 자신의 생애를 자신의 의도대로 창작해 간 것이라면 지금까지 말한 그의 생애는 전후가 그대로 맞아떨어진 이야기가 된다. 곧 그는 불교 교설이 말해 주는 대로 자신이 주장하는 말까지 부정하는 세상을 살았다. 뛰어난 학승이며 다작의 논술가인 원효는 자신의 주장과 불법(佛法)의 주장이 옳다고 주장하였다. 그러나 그 많은 진리 주장이 결국 자기모순을 초래한 사실을 직면했다. "모든 것은 덧없고 허무하다."라는 진리 주장 속에 방금 발설한 자기의 말이 포함된 것을 깨달은 것이다. 그 모순을 깨닫는 순간 원효는 승복을 벗어 던질 수밖에 없었을 것이다. 요석 공주가 아니더라도 세속의 삶 속으로 뛰어들 수밖에 없었다. 그것만이 불법의 진리의 내용을 그대로 실천하는 방식이었다. 원효의 드라마는 이야기를 좋아하는 민중만의 창안은 아니었다. 불법의 진리 이야기를 현실로 드라마화한 것이다. 그런데 실제로 원효는 이 모순에 찬 구절인 '인언견언'을 지금의 언어분석적 논리 구조를 따라 해석했다. 이 말의 의미를 당시의 불교의 모순율(矛盾律)을 따라 지적한 것이다. 기신론의 이 구절은 자교상위(自敎相違)와 자어상위(自語相違)의 모순에 빠져 있다는 것이다. 그때까지 아니 그 이후로도 아무도 이 논리적 모순을 지적하지 못했다. 곧 "이치는 말을 떠난 것이다."라고 주장할 때 실제로 "말을 떠난 이치를 말로 설명한다."라는 모순에 빠진다는 것이 자교상위이다. 한편 자어상위는 "나의 어머니는 석녀(石女)이다."라는 경우에 해당되는 모순을 극복할 길이 없게 된다. 여기서 원효는 '아니기도 하며[非], 그렇기도 한[不非]' 현실을 내세웠다. 이것도 옳고 그것도 옳은 새로운 입장을 제시한 것이다. 두루뭉수리로 모든 것을 인정하겠다는 타협론이 아니다.

원효가 자신의 생애를 스스로 어떻게 창작하겠는가. 그는 그대로 자신의 삶을 살아갔을 뿐이다. 성실하게 자신이 느낀 진리를 몸으로 구현하면서 말이다. 그리고 그것이 불교적인 생활이라고 생각했을 것이다. 그러나 불교적인 생활이 문제를 해결해 주는 것은 아니었다. 오히려 평범하게 넘겨 버릴 일도 더 심각하게 문제시한 것이다. 불교는 문제를 해결하는 것이 아니고 문제를 부각시킨다. 오히려 문제를 일으키는 장본인이다. 혹 화두가 그런 것이 아닐지 모른다. 그냥 넘겨 버릴 일을 긁어 부스럼 내듯 문제시한다. 그리고 그것에 자신의 온몸과 생각을 부어 넣어 다시 또 심각하게 생각하고 가늠하게 한다.

"불교를 믿습니다."라는 단순한 신앙고백을 했기 때문에 내가 깨끗해지고 서방정토에 태어나는 일이 보장될 것 같지는 않다. 그렇게 간단하다면 그 신앙은 정말 값싼 상품과 같아진다. 물건값을 몇 푼의 현찰로 지불하듯 "믿습니다."라는 간단한 말로 모든 것을 해결하려 하니 말이다. 나만 깨끗하고 세상의 규범과 윤리 조목을 잘 지키면 복락이 떨어지리라 생각하는 것은 혹시 또 하나의 탐욕스런 자본주의 품목을 쌓아 가는 것은 아닐까?

원효의 신행의 심각성은 그 많은 논·소를 지으면서 더욱 확대되었다고 생각된다. 그리고 결국 그는 '인언견언'(因言遣言)이란 말의 중요성을 확인하지 않았을까? 글을 쓴다는 일, 남에게 무엇인가를 말한다는 일이 결국 말로 인해 그 말을 버리게 하는 작업이 되어야 한다고 생각했을 것이다. 그것이 우리에게도 가능한지 어떤지는 모를 다른 차원의 경지일 터이다. 원효보다 후대에 형성된 선가(禪家)에서 '개구즉착'(開口即錯, 입을 벌려 무엇이라고 말하는 순간 그 말은 이미 틀렸다)이라고 하는 것이나 '언어도단'(言語道斷)의 경지와 그대로 일맥상통할 수도 있다. 붓을 던져 버리고 박을 두드리며 저잣거리를 헤매는 원효를 생각하면 나는 두려워진다. 글을 쓴다는 일도 두려워진다. 그것을 몸으로 때운 원효에 대해 무엇을 말하고 써 내야 할 때 공포감에 사로잡히는 것은 오히려 다행한 일이 아닐까? 어쨌든 원효에 대한 나의 기피증이 오히려 정당한 근거를 지니기를 바랄 뿐이다.

* 이 글은 보스턴 소재 문수사의 월간 『풍경소리』에 이민용 칼럼으로 연재되던 글 〈동쪽 부처님〉 속의 한 편을 수정한 글이다. 동양고전연구회 카페, 2016.4.19.

조사(弔辭)

불연 이기영 선생님.

육신이 사대(四大)로 흩어지려는 이 순간, 선생님의 첫 제자인 저는 억장이 무너지는 슬픔이 북받쳐 울음을 터뜨려야 할지, 아니면 선생님이 평시 몸으로 가르치고 행동으로 실증하신 그 말씀들을 묵묵히 상기하며 초연(超然)히 서 있어야 할지, 통한과 경건함 사이에서 갈피를 잡을 수 없습니다.

선생님. 가톨릭의 장학금으로 당시 우리 학계로서는 개화기에 해당되는 그 시기에 유럽에서 근대적인 불교학을 배우시고, 귀국하시어서는 당신의 종교의 소이처(所以處)와는 상관없이 과감히 불교 집안으로 들어오셨습니다. 그 누구 하나 주목의 대상으로 삼지 않았으며, 더욱 숙지하는 학자들이 손꼽을 정도인 원효(元曉)를 감히 우리의 '일상(日常)의 화제'로 삼으셨습니다. 한 걸음 더 나아가 원효 사상을 우리 '고유 사상'의 원천으로까지 삼으려 하셨습니다.

개명한 서양 땅, '불란서'에서 박사학위를 받으셨다니 저희 젊은 세대들의 기대는 컸고, 새로운 '서구의 무엇'을 가져다주기를 바랐습니다. 그러나 선생님은 놀랍게도 우리에게 '본래 있던 것'을 다시 닦아 낼 뿐이었습니다. '받아들이는 것'만이 새롭고, 창의적으로 보이던 그 시기에 때 묻은 우리 '본래의 것'을 주장하다니, 우리는 또 한 번 놀라며 우리의 천박함을 부끄러워해야 했습니다.

그러나 그러한 개척적인 안목과 활동이 선생님에게 가져다준 일은 무엇이었습니까? 기독교는 기독교대로, 불교는 불교대로 뿔뿔이 자기주장을 하며 선생님에게 선택을 강요하지는 않았습니까? 원효는 서양 사상의 원효로 환원되어 해석되거나, 불교는 재래적인 것 이외에는 한국 고유의 불교가 아니라는, 서구 추종과 폐쇄적 자기주장을 드러낸 것이 당시 학계와 교계의 실정이 아니었습니까?

선생님의 정체성을 요구하며 이것 아니면 저것이라는 종교적 사상적 택일을 강요하지 않았습니까? 아마 손쉬운 방법은 변신과 값싼 개종으로 그들을 만족시키는 것이었겠지요. 실제로 이런 자세를 요구한 것이 불교계이며 기독교계이며 팽창을 거듭하는 한국의 종교들이 아니었습니까? 너무나도 괴로우실 때 선생님은 조용히 말씀하셨습니다.

"나 개인이 어느 종교로 귀의하는 것은 간단하다. 그래서 이 곤경을 벗어나는 일이 얼마나 가벼운지, 또 거기서 오는 여러 혜택과 편리한 점은 이루 다 말할 수 없다. 그러나 그것이 학자적인 도리는 물론 종교를 실천해야 하는 사람들의 자세는 아니다."

너무 보채며 강박할 때

"아! 나는 범종교인이오, 기독교도 불교도 다 믿고 있소. 그런 마음에 무슨 잘못된 일이라도 있나요?"

양쪽으로 찢기듯 요구하는 그 추궁을 감당할 사람이 어디 있겠습니까? 그때 저는 속으로 울었습니다.

선생님은 이미 종교의 광범한 세계와 그 깊은 경지(종교학)를 터득하셨고, 하나의 종교가 역사 속에서 어떤 역할을 하며 의미를 주는지를 공부하신 후였습니다. 그리고 아직도 한국 종교학의 주된 흐름으로 되어 있는 미르체아 엘리아데(Mircea Eliade, 1907-1986)를 한국에 최초로 소개한 터였습니다.

서구에서 훈련받은 지성들은 이런 양분적인 정체성의 질문을 받을 때, 소위 학문의 객관성을 들어 자신의 개인적 입지는 슬그머니 빼고 객관화된 진리가 따로 있는 양하면서 곤경을 모면하는 경우를 자주 목도합니다. 그런 서구 학문 '수입상'이기를 철저히 거부하고 또 기존의 고착된 제도를 묵과하는 위선을 용납하지 않으셨습니다. 이 중간에서 선생님은 당신이 대신 희생되고자 하셨습니다.

기독교와 불교, 서양과 동양, 기존 제도와 그것의 개혁이 선택의 대상이 아님이 분명한데, 그것을 선생님의 이중성이나 되는 듯 몰아치는 것이었습니다. 그것은 선생님의 순수함과 고매함을 받아들일수 없는 우리의 그릇과 생각의 크기의 문제이며 우리의 모순이었지 당신의 이중성은 아니었습니다. 우리는 이제껏 선생님의 폭과 뜻을 담을 그릇을 마련하지 못했던 듯합니다. 우리가 마련한 유일한 그릇은 불교대학장과 불교연구원이었습니다. 선생님의 포부, 그리고 그것을 뒷받침할 학문 기준의 엄격성은 오히려 당신을 단명의 학장으로 끝나게 했습니다. 그것이 자비와 순수를 표방하는 우리의 종교계이고 학계였습니다. 모든 잘못을 당신의 실수로 감싸고 돌팔매를 그대로 맞았습니다. 저는 그때 또 울었습니다.

'한국불교연구원'은 선생님의 마지막 의지처였습니다. 저는 그곳의 간사장이었습니다. 작은 규모에 비해 뜻은 크셨습니다. 대학의 기능과 사명이 한국의 민주주의만큼이나 파행을 거듭하고, 제자를 기른다는 일마저 괴롭게 느껴질 때, 아무것도 없이 시작한 것이 이 연구원이었습니다. 이미 중견 학자로 성장해 함께 애통해하며 이 자리에 계신 송석구 총장, 이영자 학장, 그리고 정병조·장충식·김상현 교수, 이분들은 선생님이 키운 대표적 제자들이십니다. 아니 이분들 말고도 오늘날 한국에서 불교를 하나의 학문(Science)으로 혹은 타 종교, 타 사상과의 '대화'와 '비교의 장'으로 이끌고 인도한 분이 누구이셨습니까? 알게 모르게 무수한 학자와 종교인 들에게 선생님은 신선한 충격을 주었으며 그분들이 불교로 접근하게끔 개척적인 흔적을 남기셨습니다.

연구원은 그러나 선생님이 익히신 근대적 불교학 연구와 학문으로서의 불교만을 표방하는 것은 아니었습니다. 오히려 보수적·전통적이라고나 할까? 신행(信行)을 강조하며, 우리의 전통 불교, 우리의 사찰, 고승이 가지고 있는 특징을 그대로 드러내고 그 의의를 표출시키려 하였습니다. 한때, 아니 지금도 사정은 마찬가지겠으나 서구의 '방법론'에 지나치게 경도된 때는 이런 말씀도 들려주셨습니다.

"내용을 드러내기 위해 방법이 있는 것이지 방법의 틀에 맞추기 위해 내용이 굴곡을 갖는다는 것은 본말전도(本末顚倒)이다."

이 너무 당연한 이야기는 서구 학문의 홍수 앞에 우리 학문의 내용과 종교 실천이 보잘것없는 건축 원자재 같은 취급을 받을 때 토하신 말씀이었습니다. 선생님의 연구원과 선생님의 원효 연구는 서구 종교나 사상과 비교하기 위한 그런 연구원, 그런 원효는 아니었습니다.

끊임없는 수입에 의존하거나 아니면 주어진 틀에 의해 명맥을 유지해야 하는 그런 원효 사상은 아니었습니다. 선생님은 환원(還源)/환귀본처(還歸本處)를 강조하셨습니다. 본래 있는 자리, 너무 이리저리 끌려 다니지 말고 조용히 나에게 있는 것에 천착할 것을 권유했습니다. 그리고 그것을 원효 스님의 말씀뿐만 아니라 당신의 말씀으로까지 삼았습니다. 원천으로의 복귀는 교조적으로 지키고 살라는 원리가 아니라, 이제 그것으로부터 우리의 사유와 경험이 가능한 그러한 '앞으로 열려진 장'(場, 門, open ended)과 같은 것이라고 했습니다. 그러나 간혹 우리는 그것을 선생님의 보수적 성향으로 오해하려고 했습니다.

이곳으로 오는 비행기 안에서 저는 선생님이 마지막으로 발표하신 글을 일반 주간지 안에서 목도했습니다. 기막힌 인연입니다. 스승의 장례에 참석하러 오는 길에 그 스승의 글을 또 접하다니!

그러나 이 글에는 '모든 종교는 불교의 가르침을 배워라'라는 표제가 달려 있었습니다. 이 무슨 역설적인 발언입니까? 또 다른 불교 교주라도 됐다는 말씀입니까? 이제 당신이 그토록 천박하게 여기던 개종을 권유하는 발언입니까? 그러나 말씀의 내용은 결코 도그마와 선교와 전향을 강조하며, 그래서 내 것만이 최상이라는 그런 것은 아니었습니다. 불교의 현양과 찬양이라는 값싼 독선은 아니었습니다. 오히려 불교는 더 큰 것에서 연원하며 자기를 실현할 수밖에 없는 불가피한 방편일 수밖에 없다는 너무 당연한 평시의 지론이었습니다. 그러나 마지막 발표마저 이 잡지의 표제에는 이렇게 자극적으로 표현되어 양극화시키는 것이었습니다.

끝내 우리는 선생님을 받아들여 그 뜻을 펼 수 있는 틀을 마련하지 못했습니다. 그리고 항상 선생님을 두 끝에 놓고 가늠질했습니다. 그것이 선생님의 잘못이나 되는 양 말입니다.

선생님은 이제 가셨습니다. 그러니 선생님은 환귀본처하신 겁니다. 이제 그 환원 속에서 우리는 선생님의 말씀을 다시 이해하고 해석할 겁니다. 당신은 돌아가서 그치신 것이 아니고 환원의 '시점'과 '원점'이 되신 겁니다. 이제부터 이 '시점/원점'에서 우리의 말과 행동이 시작될 것입니다. 불법이 있고, 원효 스님이 있으면 한국 불교에서 이기영 선생님은 항상 계시는 겁니다. 이제 우리들 낱낱에게, 언제, 어디에서나, 조용히 당신의 말씀과 뜻을 전해 주실 겁니다. 선생님, 이제 다시는 그렇게 찢기지 않으실 겁니다. 빨리 지수화풍(地水火風)으로 흩어지셔서 우리 속에 나투어 주소서.

선생님!

제자 이민용 합장. 1996. 11.

기상의 질문과 천외의 답변*

근시안적 허상

혜안(慧眼) 서경수(徐景洙, 1925-1986) 교수(이하 존칭 생략)에 대한 평전을 마련해야 하는 나는 필자로서의 자격에 회의감을 느낀다. 이분과의 거리감 때문이다. 고인에 대한 평전은 그분의 면모를 샅샅이 살필 수 있는 밀착된 안목 못지않게 대상 인물과의 거리감이 필요하다. 사물이 너무 가까이 있으면 제대로 보이지 않기 때문이다. 서경수 선생과 필자와는 너무 가까운 거리에 있다. 소위 이분의 후배이자 제자였기 때문이다. 따라서 객관화하고 객체화할 수 있는 공간과 거리감이 결여되어 있는 것이다. 이렇게 가까운 관계는 자칫 대상 인물을 우상화하거나 아니면 그 반대로 신상 공개 식의 신변잡담으로 떨어지기 일쑤이다. 내가 처한 위치가 이런 함정을 지니고 있기에 이분에 대한 평전을 쓰는 일이 망설여지는 것이다. 또 평전 집필자가 처한 지근거리는 학계에서 흔히 학문적 계보에 넣어지거나 집필자 자

* 『열반에서 세속으로: 서경수 저작집 III』, 효림출판사, 2016.

신의 위상을 제고시키는 역할을 해 왔음을 목도하기 때문이다. 고인의 학문 계보를 전승한다는 과시이거나 거꾸로 그분이 얼마나 한계에 갇혀 있었는지를 드러냄으로써 집필자들은 '똑똑한' 후배 학자가 되는 것이다.

평전 서술에 따른 이런 함정을 어떻게 극복할 수 있는가는 나의 문제일 수밖에 없다. 그리고 이분이 활동한 시간적 간격이나 그가 다룬 학술적 이슈를 가늠해 보더라도 이분은 우리와 너무 가까이 위치해 있다. 그가 처했던 정황과 학문적 소재는 지금의 우리가 그대로 공유하고 있다. 실제로 학문적인 것이건 신행 활동이건 한국 불교의 현장을 언급하는 모임이 있으면 그의 이름은 언제나 손쉽게 떠오른다. 놀라운 일은 그를 추모하는 모임이 아직도 우리 주변에서 활발하게 작동하고 있다는 사실이다.

'서(徐) 사모회'(속칭 毛 사모회)란 이름으로 월례 모임을 갖고 이분이 즐겨한 산행과 산사 찾기를 계속하며, 가끔 두주불사의 주(酒)회도 지속한다. 학자이셨으니 모이는 사람들이 이분의 제자들이거나 연관된 학계에 종사하는 분들이겠거니 생각하겠지만, 의외로 다양한 계층의 사람들이 모인다. 이미 반백이 넘은 여성분들은 물론 불교와는 거리가 먼 인사들도 적지 않다. 그리고 그가 불의의 교통사고로 작고(1986.10.14.)하기 전까지 정성으로 참여한 한국불교연구원(韓國佛敎研究院, 1974년 고 이기영 교수 설립)은 매해 그의 기일에 추모 제사를 지낸다. 입적한 지 이미 30년이 지났고 이분의 학술 활동이 당대 학계에 큰 영향을 끼치지도 않았는데, 한 평범한 불교학자가 이렇게 기억되고 추모된다는 사실은 이분의 또 다른 측면을 드러내는 것은 아닐까? 우리가 고식적(姑息的)으로 보는 평전의 범주들, 곧 학술논문이나 저술이나 강좌 또는 일정한 교육기관에서의 활동이나 파급력 있는 교육 방안을 우선시하며 그 영향 아래 이룩된 학적 전통 같은 것들이 학자로서 평가되는 척도일 수 있다. 그러나 그 이외의 다른 영역도 고려되어야 하지 않을까? 서경수를 추고(追考)할 때, 평전의 범주가 확대되어야 한다는 생각이 절실해진다. 소위 우리의 통념을 뛰어넘는 그리고 우리의 기존 생각의 틀을 바꿀 필요성이 제기된다. 이분의 말대로 "상식의 부연(敷衍)은 학문의 내용일 수 없다."라는 말이 그대로 적중되는 것이 그의 삶이었고 그런 파급력은 아직도 작동하고 있다.

기상(奇想)의 질문

나는 서경수에 대한 글을 이미 몇 편 썼다. 앞에서 언급했지만, 너무 가까이 있었기 때문에 이분에 관한 자료집(『서경수 저작집 I, II』)*을 모을 때, 그의 학문적 업적 이외에 그의 행위 자체를 주목해 달라는 요청이 깃든 서문을 썼고, 다른 두 편은 지극히 맥락적 상황에서 썼다. 곧 한 편은 재가 불자의 활동을 부각시키는 강연 원고로서 이분

---

* 이곳에 인용된 모든 자료는 《서경수 저작집 I》, 〈불교를 젊게 하는 길〉, 《서경수 저작집 II》, 〈기상의 질문과 천외의 답변〉, 그리고 2016년 10월 간행된 III권 자료에서 자유롭게 활용했다. 저작집에 없는 부분은 필자가 직접 면담한 사람들의 증언을 따옴표로 인용했다.

을 재가 불자들이 본받아야 할 하나의 표본으로 삼아 썼고, 또 다른 한 편은 '불교유신론 심포지엄'에서 오늘의 유신론을 선도적으로 이끈 불교학자로서 이기영과 서경수를 묶어 발표했다. 따라서 일정한 주제 아래 서경수의 재가불교론과 불교유신론의 관점을 부각시키는 작업이었다. 그러나 이번의 글은 말 그대로 전기적(傳記的) 특색을 지녀야 한다는 부담감이 따른다. 전기도 하나의 텍스트이다. 완결된 하나의 삶은 그 자체가 텍스트일 수밖에 없다. 이분의 삶이 기존의 틀을 벗어났다면 그만큼 '생애 텍스트'에 대한 독법(讀法)은 다양해질 수 있고, 나만의 독법을 사용할 수도 있다. 평전의 서술에서 객관성을 유지해야 한다는 요청은 이 시점에서 나의 독법과의 긴장 관계를 유지할 수 있는 좋은 사례가 될 듯하다. 어쨌든 이 글을 쓰면서 동학(同學) 황용식 교수가 마련한 서경수 교수의 학문에 관한 논문과 도표화한 연대기에 크게 힘입고 있음을 밝힌다.*

그가 남긴 유고나 학적 활동은 외형상 무척 간결하다. 그분을 기리는 주변 사람들이 모아 편찬한 세 권의 저작집에 든 것이 전부이다. 그리고 글들은 묵직한 학술논문이라기보다 오히려 쉽게 읽힐 수 있는 에세이가 대부분이다. 그러나 그의 삶은 단순치 않다. 그가 살았던 시대의 특징 때문만은 아니다. 그는 한국의 혼란스러운 현대기

---

* 황용식 교수는 「서경수 교수의 업적과 현대 인도철학에의 한 전망」이라는 발표문을 통해 서경수 교수에 대한 학문적 평가와 함께 그의 학적 평전을 썼다. 「한국 인도철학의 회고와 전망」, 인도철학회/인도철학불교학연구소 공동학술대회, 2014년 12월.

를 고스란히 겪으며 살았다. 그리고 그 사건 하나하나에 참여해 있었고 거기에 자신의 몸을 투사(投射)했다. 그대로 넘어갈 일도 그는 항시 중지시키고 따졌다. 그리고 자신의 삶을 고집했고 나름의 학문과 인생 역정을 자신의 방식대로 이끌었다.

"강의실로 들어선 그는 몇 번 강단을 왔다 갔다 하고는 오늘 강의 제목이 무엇인지 묻는다. 그리고 준비해 온 것 중에 질문이 없는지 학생들에게 다시 묻는다. 질문이 없으면 계속 책을 읽고 질문을 하라고 지시하고 자신은 책상에 걸터앉아 창밖을 내다본다."

이런 강의를 좋아할 학생은 없다. 학생들이 교수의 태도에 불만을 표시하는 것은 당연하다. 그러나 그는 '기존의 설(說)은 교과서에 있고 자네들은 이미 책을 읽었으니 응당 질문이 있을 터이다, 질문이 없으면 의문이 있을 때까지 읽는 것은 자네들의 몫이지 나의 책임은 아니'라고 말한다. 그의 이런 파격의 강의 자세는 그의 학문을 일관하는 태도였다. 서울대학교의 종교학에서 동국대학교의 불교학 연구로 전향한 이후, 그의 이런 기상천외한 태도로 인해 몰이해한 주변 사람들에게 구타당하는 사건까지 일어나고 만다. 그는 기존의 불교학 연구와 담당 교수들을 무시했다. 그리고 일본 불교학을 그대로 답습한 것에 대해 가차 없이 비판했다. 늦은 나이로(34세) 동국대 대학원 불교학과에 입학한 그는 이미 일본어와 영어를 거의 자유자재로 구사할 수 있는 수준이어서 관계 서적을 누구 못잖게 독파하였다. 그리고 그의 인생 역정은 일제 치하의 신산을 겪은 이후였다. 이 세대의 학자들이 대부분 겪은 과정이었겠지만, 그에게는 더 유별난 체험을 가져다주었다. 함경북도 경성의 기독교 집안에서 태어난(1925) 그는 중학교 때 이미 불령선인(不逞鮮人)으로 지목당할 정도로 깨어난 의식을 지니고 있었다. 금서로 된 이광수의 『흙』을 읽는 독서회에 연루되어서 일본군에게 체포되어 물고문을 받고 결국 폐 한 쪽을 도려내기까지 했다. 그는 자신의 신변 이야기를 거의 공개하지 않는 편이지만 이때의 일을 유일하게 기록해 놓았다. 혹 주변에서 사회 명사들이 자신의 신변 이야기나 후일담을 발설하면 그는 '타락의 시초이며 가까이하지 못할 사람'으로 평가했다. 따라서 이분의 신변에 대한 이야기는 극히 드물고 혹 그런 이야기가 떠돌더라도 전해들은 간접적인 전언(傳言)이 대부분이다. 말하자면 신비 속에 가려진 면모를 드러낼 뿐이다. 어쨌든 그는 자신의 최초의 수필집인 『세속의 길 열반의 길』의 서문에서 처음이자 마지막으로 자전적 고백을 기록했다.

북녘 날씨가 몹시 싸늘하던 초겨울 해 질 무렵, 난데없이 일본인 정복 경관 세 명이 학교에 나타났다. … 내 손목에 쇠고랑을 채웠다. 순간 하늘이 캄캄하여 앞길이 보이지 않았다. 끝이 보이지 않는 것이 아니고 길이 끊어졌다. 그 시간부터 18세 소년은 끊어진 길목에 서서 한아름 절망을 안은 채 태양 없는 세월을 살아야 했다. … 해방은 일시적으로 흥분과 도취에 몰아넣는 독주(毒酒)와 같은 것이었다. 흥분과 도취 속에서 끊어진 길을 잇는 지혜는 나오지 않는다. 그리고 6.25 비극이 터지던 날, 그때까지 디디고 서 있던 모든 질서

가 모두 무너질 때, 나는 다시 앞이 캄캄하여 길을 잃었다. … 그럭
저럭 한세상 살아오는 동안 길은 끊어진 것도 아니고 그렇다고 막
혀 버린 것도 아님을 깨달았다. 도리어 길은 한 길뿐이 아니고, 여러
갈래로 갈라져 있음을 알았다. 그래서 선택해야 하는 무거운 불안
을 인간은 짊어지게 되는지 모른다….

　　이미 18세에 투옥당하였으며, 해방을 맞고 6.25 전쟁을 겪은 신산
(辛酸)의 세월을 18세 약관의 소년으로 객관화시켜 서술했다. 훗날 결
혼도 포기할 수밖에 없는 건강 상태를 운명처럼 지니고 살았던 그
에게는 그것이 오히려 평생 건강과 심신 안정을 위해 산사를 찾는
계기가 되었다. 어떤 연으로 보면 불교와의 접점은 이 산사의 휴양
에서 맺어진 것이니 기연일 수밖에 없다. 그리고 선친이 목사였기에
서울대학교 종교학과에서 더욱 기독교와 근접하려는 의도가 있었
겠지만, 오히려 기독교와는 멀어지고 불교로 급속히 빠져드는 또 다
른 계기가 있었다. 당시 서울대 종교학과에는 미국 드류(Drew) 신학
대에서 기독교 신학을 전공하고 돌아온 신사훈 교수가 있었는데, 신
교수가 타 종교를 배척하는 태도에 선생은 반발하였다. 일종의 저항
의식이 그에게 배어 있었다. 서울대 문리대에서 누구 못지않게 기독
교 활동을 하며 그가 보인 리더십은 주변 사람들에게 호감을 주었
지만, 그 스스로는 내용 없는 권위, 진리를 표방한 일방적 주장은 극
도로 싫어했다. 결국 두 가지 계기, 곧 산사에서의 휴양과 독학, 기독
교 제일주의에 대한 식상이 그를 불교에로 이끌었고, 때늦은 불교대

학원 진학이란 계기가 되었다. 이때의 그의 모습을 여실히 보여주는 한 장면을 미국 뉴욕 스토니부룩대학의 박성배 교수가 증언했다.

1958년 봄에 저는 동국대학교에서 불교학과 대학원 입학시험을 보고 있었습니다. 그런데 옆에 머리는 홀랑 벗어지고 수염이 많이 난 할아버지가 있었습니다. 체구는 작은데 눈빛은 날카롭게 빛나고 있었습니다. 대학원 시험을 보러 올 리는 없고, 저분은 왜 저기에 앉아 계실까 궁금해졌습니다. 드디어 쉬는 시간이 되었습니다. 다가가서 정중하게 인사드리며 '선생님은 누구십니까?' 하고 여쭈어 보았습니다. '나도 당신처럼 대학원 입학시험 보러 왔소.' 내뱉는 듯한 짤막한 대꾸였습니다. 시험이 끝난 다음 우리는 어느 대폿집으로 들어가 서로의 이야기를 풀어놓았습니다. 선생님은 이북 출신으로 기독교 집안에서 자랐으며 서울대학교 종교학과를 졸업했고 기독교 일색의 종교학과가 싫어서 동국대학교로 왔다고 말씀하셨습니다. 그 뒤로 우리는 대학원 생활 만 2년을 항상 붙어 다녔습니다.

그는 이미 온갖 세파를 겪은 개성 있는 독립된 개체였다. 서울대에 적을 둔 시기에 그는 국민당 정권이 초청한 유학생으로 중국에 들어갔으나 국민당의 패주와 함께 귀국했고, 6.25전쟁 때는 미군 통역장교로 복무했다. 어느 연회 좌석에서 정부를 비판하는 목소리를 내자 다시 체포되고 독일계 미국 장교의 주선으로 풀려나는 사건도 겪었다. 그의 비판 정신과 현실 참여는 철저했다. 그런 고통의 세월을 겪은 후 그는 동국대학교 대학원 불교학을 전공으로 입시를 치르며 박성배 교수에게 착목된 것이었다.

　이렇게 시작된 불교학 공부는 주로 산사에서 독학으로 이루어졌다. 그에게 동국대 교수진은 아무것도 가르칠 것이 없었다. 그러나 기존의 불교학 연구에 대한 신랄한 비판이 평생 그를 추적하며 괴롭힐 멍에가 될 줄은 아무도 몰랐다. 그는 자신이 좋아하던 헤르만 헤세의 『황야의 이리』처럼 살았고 주변과의 알음알이도 피했다. 오늘날 불교학 연구의 기본 상식으로 되어 있는 산스크리트어도 그는 아무런 가이드 없이 홀로 산사에서 연마했다. 물론 그는 이 세대의 특징인 일본의 불교학 연구의 선도적인 지식을 그대로 접할 수 있었고, 덧붙여 미군 통역장교로 복무한 만큼 서양 학문에 대한 지식 역시 그 누구도 따를 수 없을 정도였다. 그의 이런 학문적 수련은 훗날 평생의 지기로 삼는 고 이기영 교수와 대조를 이룬다. 서로 존경하며 끝까지 긴장 관계를 유지했던 사실은 이기영의 회고를 통해 적나라하게 드러난다.

　　서경수, 그는 목사의 아들로 태어났다. … 스승도 없고 친구도 없는 적막 속에서 적막과 공(空)의 묘미를 체험하며 살아왔다. 아마 그 기간이 내가 유럽에서 같은 길을 가고 있을 무렵이었다. 그는 국내에서 나는 국외에서 서로 만난 일은 없지만 같은 생각을 하며, 같은 책들을 읽고 있었던 것이다. 강인하면서도 자상하고 이지적이면서도 퍽이나 다정다감했던 그를 맞이한 것은 1960년 6년간의 유럽 유학을 마치고 동국대학교에 들어온 이후부터이다. 그에게는 수준 높은 현대적 교양이 갖추어져 있었다. … 모아 놓은 글들이 보여주는 주제의 다양성, 사고의 깊이와 날카로움, 특유한 위트 등이 그의 인품을 잘 말해 주고 있다.

평생을 지기로 지낸 고 이기영 교수와 박성배 교수의 거의 가감 없는 실토이니 이 시기의 서경수의 면모를 추찰하기에는 부족함이 없다. 그는 비판적 학문의 세계인 아카데미즘을 추구했으나 한국의 불교학계는 그를 용납하지 못했다. 학위논문이 통과되지 못해 그는 학위 없는 신분으로 오랫동안 이곳저곳의 대학 강사로 떠돌았다. 그는 당시로서는 우리 학계의 실상과는 전혀 다른 논문을 썼다. 논제는 「존재(Bhava) 와 비존재(Abhava)에 대한 연구」였다. 지금 우리 학계의 수준으로 보면 창의적이라고 할 수는 없다. 그만큼 지금의 우리 학계의 수준이 높아진 것을 반영하겠지만 당시로서는 거의 파격적인 제목이고 문제의 핵심에 접근한 참신한 연구로 서구의 연구 실적을 충분히 참조한 것이었다. 주로 용수(龍樹, Nagarjuna)의 중관론(中觀論)을 근거로 산스크리트어 원전과 한문 원전을 문헌학적으로 비교 연구한 것이었다. 이런 접근은 일본학계에서 한창 진행 중이었고 서구 학계에서는 이미 주류로 삼는 연구 방법이었다. 그러나 그의 참신한 학위논문은 통과되지 못했다. 그 이유는 학문 외적인 데 있었다. 그의 불교학계에 대한 비판과 주변 교수들에 대한 평가가 불러온 부메랑이었다. 이 후유증 때문에 거의 오십에 가까워서야 때늦게 동국대에서 전임교수 직을 얻을 수 있었다. 따라서 그의 한창 때의 학술적 관심과 지적 활동, 곧 이분만이 지닌 재기발랄함은 아카데미즘의 성채(城砦)인 대학 캠퍼스에서 수용되지 않았다. 그것은 제자들이나 동료 학자들과의 공동체인 대학 캠퍼스가 아니라, 엉뚱한 장소에서 이루어졌다. 앞서 말한 서(徐) 사모회(속칭 毛 사모회)'의 형성도 이미 이때 태동이 되는 것이다. 곧 그를 인지하고 그를 따르는 사람들이 그와 소통하기를 희구하게 됐고, 그를 만나는 사람 하나하나에게 '개별적 강의'를 하게 되었다. 대개는 산사를 찾는 산행길이거나 청년수련회(후에 대학생불교연합회를 성립시키고 책임지도법사의 역할을 한다)의 젊은이들이었는데, 그가 즐겨하는 노래(그는 음악적 재질이 뛰어나서, 피아노 연주는 물론 고전음악에 대해서도 해박한 지식을 갖추고 있었다)의 호연지기와 두주불사의 주석(酒席)이 되었다. 나 역시 이런 기회를 통해서 이분과 만났다. 지금 나는 이분의 제자이고 후배를 자처하지만, 학교 강의나 연구실을 통해 학문적 전수를 받을 기회는 거의 없었다. 그 옛날의 스승과 제자와의 관계는 요즈음 말하는 구루(Guru) 밑에 모이는 수행 제자들과 같은 전인적 관계였다. 일거수일투족이 교육 내용이었고 요즈음 흔히 말하는 '몸을 통한'(embodiment) 교수법이었다. 이것이 그것을 담을 그릇이 없었던 한 불교학자의 처지였다. 훗날 나 자신이 이런 입장이 되어 오랫동안 사회 속을 전전하며 학문에 대한 집착을 버리지 못한 경험을 겪고 나니 그때 그의 처지가 오히려 지금 절감된다. 그러나 이런 입지는 의외로 그의 활동의 폭을 넓혀 주었다. 이곳저곳의 시간강사(주로 전북대, 동국대, 서울대)를 제외하고 그는 불교계 언론과 문화

계 일반과 청년 재가 신행 활동의 리더로서의 역할을 자임했다

울타리 벗기기—불교의 확대

캠퍼스에서는 일탈되었지만《불교신문》주간과 '삼보학회' 간사
를 역임하며 사십 대의 그는 문화계 전반에서 활동했다. 한국의 불
교학계가 불교를 지극히 좁은 의미의 종교로 국한시켜 문화계, 사회
계, 정치계와 차단함으로써 자신들만의 영역에 울타리 친 것을 그
는 과감히 벗겨 내려고 했다.《불교신문》에 대담의 장을 마련하여
황산덕, 오종식, 김기석, 한상범과 같은 사회과학자나 시민사회 영역
에서 활동하는 분들, 그리고 조명기 전 동국대 총장, 김대은 스님, 김
어수 시인, 안덕암 전 태고종 원장스님들같이, 전혀 다른 불교의 시
각을 지닌 분들과의 대담을 시도하며 불교와 현실 문제를 다루었
다. 특히 법정(法頂, 1932-2010) 스님을 대담 인사로 초청하며 교우 관계
를 나누었다. 서로 전혀 다른 승과 소속이었지만 두 분은 불교계의
개혁과 불교의 문화적 영역에서의 접근을 두고 평생 교감을 나누었
다. 그는 법정 스님의 불교 개혁을 위한 글인〈부처님 전 상서〉를 한
용운의 불교유신론 이후의 최대의 글로 평가했다. 또 서울대 사학과
김철준(金哲埈, 1923-1989) 교수와의 한국불교사에 관한 대론(對論)이나,
『해동고승전』을 영역(英譯)한 하와이대학 이학수(1929-현재) 교수가 잠
시 귀국했을 때 그와 나눈 세계 불교학의 동향에 대한 대담은 우리
불교의 학문적 위상을 짚는 중요한 사건이었다. 그때 그는 주로 이
학수 교수의 입을 빌려 당시 세계 불교학계의 동향이며 추이를 말

하게 했다. 자신이 간혹 세계 학계에 대한 정황을 과감하게 발언하면 차단되는 일이 적지 않았기 때문이다. 그는 "미국이나 유럽의 불교학 연구 활동과 동향을 좀 말씀해 주실까요?" 하고 질문하며, "그게 큰 문제입니다. 해외로 뻗을 수 있는 발판도 마련해야 하고 또 그들(서구 학자)의 요구가 있을 때 받아들일 만한 자세도 갖추어야 합니다."라고 오히려 우리의 실상을 실토했다. 서경수 교수는 당시 서양 기독교계를 뒤흔든 '사신신학'(死神學, Death of God theology)의 알타이저(Thomas J. J. Altizer, 1927-2018) 교수가 방한하자 그와 대론을 했다. 서경수는 이미 종교학적 방법론 및 기독교 신학을 거쳤기 때문에 불교와 기독교의 대화와 비교종교학적인 담론에 대한 소신을 흔쾌하게 교환했다.

"당신은 신의 죽음의 신학을 말할 때 특히 종말론에서 불교의 열반을 인용하고 있습니다. 불교의 열반에 대한 당신의 견해는 어떠합니까?"(서경수)

"동서양을 막론하고 열반이란 심오한 뜻을 가진 용어입니다. 서양적 의미의 하늘나라도, 최고의 목적지도 아니고 바로 '즉각적'으로 또 '내향적'으로 열반을 이해해야 된다고 생각합니다. 나는 또 열반의 길은 신의 죽음으로도 열린다고 봅니다. 그래서 공(空)의 이치나 열반의 의미는 신이 죽을 때 또는 신이 죽은 동안에만 서양인들에게 이해된다고 생각합니다. 곧 신이 죽었다는 선언은 기독교가 불교에로 접근하는 문호를 개방하였다는 것입니다."(알타이저)

그는 이렇게 핵심적 질문을 제기하며 알타이저와 학문적 친구가 되었다. 이것이 1974년의 일이다. 이 모든 활동은 불교를 오늘의 현장에 위치시키며 문화적 맥락과 사회적 연관에서 우리 불교의 위상을 진단하는 작업이었다. 특히 여러 면에서 현실과 차단된 스님들의 입지나 은폐된 불교를 우리의 현장에 부각시키고자 했다. '과거의 현재화'라는 그의 의도는 오늘날 하나의 흐름이 된 현대 고승전(高僧傳) 편찬 작업으로 이어졌다. 그는 기회 있을 때마다 잊혀진 선승들을 우리 근현대 불교사에 위치지우려 시도했다. 수월 스님, 혜월 스님에 대한 행장과 경허 스님에 대해 쓴 글이 그것들이다. 산사 스님들의 입에서 입으로 전해지는 '이야기'[僧傳]들은 그저 이야기로 그쳐 소멸될 수밖에 없었다. 이 고승들의 행장의 중요성을 일찍이 간파한 것이다. 지금은 '구술사'(口述史)가 우리 근현대 역사 기술의 중요한 영역으로 떠올랐지만, 1960년대에 이 구술과 전승의 중요성을 인식한 것은 불교학계에서는 그가 처음이었다. 물론 조계종 승단의 큰스님들이 고승들의 법통 시원을 밝혀 보고자 한 욕구와 발원이 선결적인 것이었다. 그는 드물게 재가 불자로서 효봉 스님과 석두 스님과 같은 큰스님들의 비문까지 썼다(1968).

불교 문중에서 그를 얼마나 가까이 받아들였는지는 곧 그의 위상의 증표였다. 그리고 '큰스님의 자취를 따라'라는 표제로 고승 명전에 대한 서설(序說)도 작성했다. 불교학자 가운데 우리와 호흡을 함께한 고승들을 이렇게 현장화(現場化)하고 문제의 중심으로 떠오르게 한 작업을 펼친 것이다. 결국 이런 시도는 아직도 유효한 『한국불교 근대 백년사』 편찬 작업으로 이어졌고 그는 편찬 부장의 역할을 했다. 이때 정광호 교수와 박경훈 편집국장, 안진오 교수의 역할이 큰 몫을 차지한 것은 물론이다. 그러나 오늘날 학계에서 근현대 불교를 다루는 소장 학자들의 전거(典據) 인용에서는 이분들의 선도적 노력에 대해서 언급하는 일에 무척 인색한 것 같다. 어쨌든 한국 근대 불교 100년사에 대한 관심과 현대 고승전은 그의 산사 탐방의 결실임에 틀림이 없다. 100년사 편찬을 끝마치고 쓴 감회에 찬 후기에는 그가 불교 근대화론에 얼마나 몰두하였고, 그 필요성에 얼마나 절감했는지가 여실히 드러나 있다.

옛날 것은 그렇게 억세게 보존하기를 애쓰는 사람들이 어찌하여 오늘에 가까운 100년 동안의 문서 자료에는 그렇게 무관심한지 모르겠다. 100년사의 자료는 그럭저럭 미비한 대로 모아 보았다. 이제 분석과 정리 작업이 남았다. 이 방면에 뜻을 둔 동학이나 후학들이 많이 나와 주기를 바란다.

오늘날 남아 있는 그의 저작집 대부분은 언론 매체를 통한 글과 불교 근대성론에 관한 그의 관점을 담고 있다. 본격적인 논문은 적고 오히려 단문의 평론이 많다는 것이 그가 남긴 유고의 특징이다. 따라서 에세이적인 글이 많다. 평가하기에 따라서 그의 글은 에세이적 논문과 논문적 에세이의 성격을 지녔다. 실제로 그의 글에서는 전문용어나 학술용어를 극도로 자제한다. 거의 독학으로 불교를 공부한 그는 상식인이 이해할 수 있는 불교 서술을 바랐다. 따라서 우리에게 원고를 쓰라고 하는 경우 '너희들만 아는 암호 같은 글'은 쓰지 말라고 경고한다. 학술 전문인들의 병폐인 특정 집단의 전문용어(jargon) 남용을 자제하라는 것이다. 곧 산스크리트어나 한문으로 된 경전 용어를 모두 풀어 쓰며 또 가급적 논문에 따르는 주해(注解)도 달지 않았다. 현학적으로 보이도록 하거나 남의 논문에서 이끌어 인용하는 일마저 자제했다. '인용에서 시작해서 인용으로 끝나는 논문'은 자신의 논문이 아니라고 평가하며 근자의 학문적인 전문화를 비판했다. 곧 이분의 글은 논문과 에세이의 경계에 서 있어 규격화된 논문의 영역을 허물고 있다. 나는 오히려 이런 형태의 글에서 이분만의 번뜩이는 직관과 창의성을 감지하고 진정한 논문의 무게를 느낀다. 조선조 불교의 억압과 탄압의 역사를 '순교자 없는 박해사'라고 하거나 '호국과 호법의 동일률(同一律)이 한국 불교의 특이성'이라고 한 지적은 이미 논문 몇 편을 능가하는 탁월한 관점을 피력하고 있다.

그는 불교가 젊기를 원했다. 흔히 말하는 오랜 역사와 전통을 자랑하는 한국의 불교이지만 우리 불교는 전통의 활력은커녕 현대인들 특히 젊은 계층을 과거 속으로 함몰시키는 낡고 늙은 전통이라고 비판했다. 뒤에 다시 논의하겠지만 한국 불교를 평가하는 그의 커다란 프로젝트 중 하나는 불교를 젊게 하는 작업이었다. 그래서 그가 참여한 일은 '한국대학생불교연합'을 활성화시키는 작업이었다. 이때쯤 각 대학교 중심으로 '대학생불교연합'이 형성되어 있었다. 이 기구의 한 부분으로 신행을 더욱 강조하며 직접 불교 신행에 참여하는 운동이 발주되었다. 한국대학생불교연합회 구도부 산하에 봉은사 대학생 수도원이 창설되었고, 평생의 도반인 박성배 교수가 이 구도회에 앞장섰다. 서경수는 그 옆에서 삼보학회를 기반으로 이 운동에 적극 동조하며 참여했다. 그리고 이 구도회 소속의 수련 대학생들은 일종의 엘리트 의식을 지니고 불교 수련과 학문 연마를 겸행하는 것을 모토로 했다. 훗날 박성배 교수와 일단의 수련생들은 그대로 출가하는 적극적 참여의 길로 들어서기까지 한다. 이때쯤 되어 성철 스님은 이 운동의 승려 지도자로서 막중한 영향을 미친다. 또 다른 대학생 불교 운동으로서 화랑 대회를 결성하여 옛 신라의 화랑정신을 구현하며 민족정신과 불교를 일체화시킨 운동을 전개하였다. 지도교수는 역시 서경수와 반려인 이기영이 주도하였다. 이 두 가지 운동에 서경수는 직접·간접으로 참여하며 동료 학자로서 혹은 불교 도반으로 함께했다. 지금 회고해 보면 이 세 분의 불교에로의 현실 참여는 오늘날 지성 불교의 참여 의식의 표본이 되었으며 불교 재가성(在家性)의 구체적 표출이 된 셈이다. 그는 다음과 같은 결정적인 발언을 했다.

현실을 떠난 교설은 가공의 다리일 뿐, 그 가상의 무지개를 따른다면 현장을 상실한 허상의 종교로서 역사적 시간에서 소외된 토우적(土偶的) 존재로 남을 수밖에 없다.

곧 그는 '불교는 항상 현장에서만 존재해 왔고, 그것이 불교의 본질이며 종교로서의 기능'이라고 강조했다. 따라서 "현장 의식이야말로 종교 존재의 이유이고 그것의 결여는 불교이기를 거부한다."라는 논리로 귀결된다. 이러한 그의 발언은 오늘의 불교 현실에 대한 적확한 지적이 되기도 한다. 동시에 불교를 변하지 않는 일정한 형태로서 상정하는 본질론적 실체론을 극복한 불교 해석의 새로운 시도를 하고 있어 주목을 끈다.

> (오늘의 한국 불교는) 자기가 설 자리조차 상실하고 역사의 미아가 되고 만다. 역사의 미아가 된 종교는 자기 자신조차 구제할 힘이 없는 무력한 종교다. 대(對) 사회적 기능을 상실한 불구의 종교이다.

따라서 과거에로 복귀의 연모만 보이는 오늘의 한국 불교는 "오늘의 문제보다는 어제의 문제에 더 깊은 관심을 쏟고 있다. 그 종교는 오늘의 시간에 사는 유물적 존재에 지나지 않는다."라고 질타하는 것이다. 그의 이러한 현실 참여는 막연하게 이론적으로 자기 논리를 전개하거나 현장의 행동 논리를 추종한 것이 아니었다. 뚜렷한 자기의식과 현실 참여 의식의 조합이었다.

인생은 나그네 길

불교 언론이나 삼보학회, 혹은 대학생 불교 활동을 통한 현실 참여적 활동 이외에 캠퍼스를 주거처로 삼을 수 없었던 그의 여정이

산사와 사찰로만 향하는 것은 아니었다. 그는 여행을 즐겼다. 물론 여행을 마다할 사람은 없다. 그러나 그의 여행은 끝 간 곳을 모를 천방지축의 긴 여정이었다. 젊은 시절 중국으로부터 시작된 여행은 가까운 이웃 일본을 자주 찾았고, 독일 등지를 여건이 허락되는 대로 돌아다녔다. 결혼도 않고 홀로 사는 그에게 여행은 무엇보다도 삶의 활력이었다. 여행 때마다 "좀 쉬러 갔다 온다."는 것이 우리에게 내뱉은 말이었다. 우리는 휴식하러 집으로 돌아가지만, 그는 휴식을 위해 밖으로 나갔다. 결국 잦은 출타로 인해 목사님이셨던 아버님의 임종도 지키지 못하는 불효를 저지른다.

　무엇보다 인도를 고향처럼 찾았다. 당시 그의 인도 기행은 하나의 트레이드마크처럼 되었다. 요즈음처럼 인도를 불탄(佛誕)의 성지로서 또는 정신적 휴식과 영성(靈性)을 위해 찾은 것이 아니었다. 당시 인도는 좀처럼 접근하기 힘든 막연한 미지의 세계였고 정치적으로도 우리가 꺼려야 하는 지역이었다. 북한과는 대사관 급의 관계였으나 우리와는 총영사관의 관계를 맺고 있을 뿐이고 일종의 공산 블록(Block)에 속했다. 북한 주재 인도 대사는 『인도 고대사』를 저술하며 영국의 인도 식민지사를 혹독하게 비판한 코삼비(K. Kosambi) 교수였다. 그의 책인 『서구의 인도 지배(Western Dominance and India)』란 저술은 국내에서 금서였다. 소위 제국주의와 민족주의에 대한 오리엔탈리즘 비판적 시각을 지닌 훌륭한 저술이었음에도 말이다. 이런 정치적인 상관관계를 그는 무시했다. 그리고 무엇보다 그는 인도를 사랑했다. 그러기에 인도는 그에게 많은 함의(含意)를 지닌 정신적 보고

(寶庫)였다. 미국이 한때 인도와의 이념 대결을 종식시키고자 하버드 대학의 학자인 갈브레이드(J. K. Galbraith, 1908-2006) 교수를 인도 대사로 파견하였는데, 그는 인도에 대해 다음과 같은 의미심장한 말을 남겼다; "짧은 시간에 인도를 파악한다는 것은 불가능하다. 그렇다고 오래 머문다고 인도가 파악되는 것도 아니다."

서경수에게도 인도는 끊임없는 천착이 요구되는 지역이었고, 무궁한 정신적 고향이었다. 그에게 인도는 세계를 향하는 관문이었다. 그리고 세상을 보는 시각이기도 했다. 그가 인도를 보는 시각은 우리와 달랐고 또 자신에 대한 성찰이기도 했다,

> (인도) 교수와 학생들을 통하여 인도의 현대와 대화할 수 있는 시간을 가졌습니다. … 길고 오랜 과거를 짊어진 인도는 오늘 거대한 빈곤을 안고 심한 진통 중에 있습니다. … 그 가난의 문제를 인도 사람들은 어떻게 받아들이고 생각하며 일상을 살아가는가 하는 점에서 우리와 차이가 있습니다. 가난하다는 것을 부끄러워하지 않습니다. … (우리에게) 부모에 대한 효가 자신의 입신출세의 '부(富)·귀(貴)'와 직결될 때 자식의 가난은 불효로까지 번져 갑니다. 인도인들은 가난에 대하여 무관심을 넘어 초연합니다. 그들은 물질적 빈곤보다는 정신적 빈곤을 더욱 우려합니다. … 물질적 풍요가 반드시 정신적 풍요와 비례한다는 환상을 빨리 버리는 것이 지혜롭습니다. 도리어 물질적 풍요와 정신적 풍요는 반비례하는 선례가 많기 때문입니다.
>
> (《한국불교연구원회보》, 1978)

그가 평생 몸담아 왔던 불교 재가자들의 모임인 한국불교연구원 구도회 멤버들에게 인도에서 보낸 최초의 편지 내용이었다. 그에게 인도는 하나의 지역이나 국가가 아니었다. 인도라는 국가는 전적으로 제국주의의 산물이고, 인도라는 명칭은 근대 민족주의가 창안한 명칭일 뿐임을 지적했다. 그는 부처님의 탄생지와 설법처와 교화의 지역을 샅샅이 찾았고, 인도 대륙이 맞닿은 모든 지역을 훑었다. 그는 발길이 닿은 인도 각 지방의 특색을 드러내려 했고 그 지역성을 음미했다. 각 지역마다의 고유한 문화와 생활을 인정할 뿐, 인도를 정치적 단위로 삼기를 거부했다.

일찍이 프랑스의 마송 우루셀(Masson Oursell, 1882-1952)이란 학자는 인도를 이렇게 정의했다; "항해사에게 인도란 카라치에서 시작되어 인도 대륙 해안을 경유하여 말라야반도와 인도네시아 전역을 접하는 모든 지역이다." 곧 지리적인 인도가 아닌 인도 문화가 접하는 모든 지역이며 그의 의도대로라면 결국 불교문화가 깊이 배어 있는 한국을 비롯하여 중국과 일본이 포함되는 것은 물론이다. 서경수의 인도 역시 이러한 문화 영역, 생활 영역 전반의 인도였지, 국가 단위인 정치적으로 분할된 인도는 아니었다. 이런 역사의식과 현장 의식은 그의 학자로서의 인문학적 관심에서 나온 것이 사실이지만, 자신이 겪은 일제 식민지 지배의 희생물이라는 자기의식의 반영일 수도 있다.

그가 인도에 장기 체류를 한 것은 1972년 인도 정부 초청으로 첫 방문을 한 것이 계기가 됐다. 나 자신도 조교의 신분으로 이분을 모시고 첫 해외여행을 했다. 우리 일행, 곧 동국대 사학과의 안계현 교수, 전남대 철학과의 정종구 교수와 나는 인도 외무부 산하의 '인도 해외교류위원회'(Indian Council for Cultural Relations)의 초청으로 2개월에 걸쳐 인도 문화 탐방을 할 수 있었다. 이 위원회(ICCR)는 해외 인사 초청 기관으로 교육, 문화 차원에서 인도를 공식적으로 탐방하기를 원하는 전문인들에게는 최적의 기구여서 지금도 천거하는 정부 기관이다.

어쨌든 서경수는 이 기구를 통해 한국과 인도와의 관계를 더욱 긴밀히 하는 데 공헌한 것이 사실이다. 당시 만난 외무성 아시아 담당 차관보인 파란지페(Paranjipe)는 그 이후 한국 초대 인도 대사로 부임했다. 서경수가 이후 네루대학 한국어과 초대 교환교수로 재임한 것 (1977-1978)은 이 당시 그의 활동에서 기인된 것이다. 이기영의 이 시기에 대한 서술은 앞에서의 내 증언이 사실임을 확인해 준다.

그를 알아주는 사람이 있었다. 당시의 주(駐) 인도 한국 대사 이범석 씨의 외교 활동에서 서 교수는 없어서는 안 되는 존재였다. 그 시기는 우리나라가 대(對) 인도 관계를 개선하는 결정적 시기였다. 네루 대학이 한국어과를 만들고 인도 사람들이 한국을 알게 하고 한국을 좋아하는 사람이 배출되게 한 것도 바로 서 교수의 공로다. 그 소식은 국내의 박 대통령에게까지 알려졌다. 뉴델리 아시안게임 때 서 교수가 감투 없이 한국의 문화 대사 역할을 한 것은 유명한 사실이다.

인도는 지도(地圖)가 아니다

그는 1980년에 교환교수로 다시 인도를 찾아 그의 여행벽(旅行癖)과 함께 사상적 깊이를 더욱 확대한다. 평시 그가 생각하는 인도 사상가들을 몸소 관여하여 참여적으로 추적하기도 했다. 서경수는 누구보다 마하트마 간디(1869-1948)를 존경하여 그의 사상에 심취했다. 그래서 간디 사상을 인도철학과를 위시하여 자신이 강의를 담당한 대학들에서 빼놓지 않고 소개했다. 간디의 전기와 '진리파지'(眞理把持)에 대한 부분 번역은 그 이전에도 있었지만, 본격적 번역은 그에 의해 한국에서 처음 시도되었다. 간디의 진리파지에 대한 서경수의 이해와 그 현양은 남달랐다. 따라서 그의 인도 사상은 단지 불교의 시원처이거나 부처님의 탄생지이어서가 아니라 영원을 추구하며 현실을 '영원의 상(像)' 아래에서 이루어지기를 기원한 염원이었다. 곧 '영원'의 역사적 현장화로서 인도를 사랑하고 그 정신성에 매료된 것이다. 또 그의 인도 사랑은 자연스럽게 아힘사(Ahimsa)를 그만이 지닌 독특한 해석으로 이끌었다. 곧 비폭력이란 서구어의 좁은 뜻에서 벗겨 내어 해석한 것이다. 아힘사는 불교의 불살생계에도 해당되겠지만, 그는 이 서구적 해석과 불교의 교리적 해석의 틀을 벗어나 인도의 정신성(精神性)으로서의 아힘사를 생각했다. '목숨을 걸고 결의하는 윤리적 엄연한 자세'가 아힘사임을 강조했다. 아힘사는 남에게 해를 끼치는 일을 자제하는 소극적 의미에서 출발하지만, 적극적 의미에 다다를 때 "그것은 사랑, 모든 것을 향한 사랑이고 각오(覺悟)를 수반하는 사랑이어야 된다."고 말했다. 곧 '각오란 목숨을 걸고 결의하는 윤리적 엄연한 자세'의 결단을 요구하는 말이라는 것이다. 그리고 아힘사를 사랑의 메시지로까지 승화시킨 것이다.

따라서 아힘사에는 십자가의 고난에 못지않은 고난을 겪을 각오가 있어야 하고 이와 같은 각오가 꺾일 때 그는 비굴해진다. 그러나 어떠한 고난도 이겨 낼 각오가 되어 있을 때, 그에게 두려움은 일어날 수 없다. 두려움은 각오의 윤리적 근거가 흔들릴 때 생긴다. … 그 길이 지금은 어둡더라도 그는 털끝만큼도 두려워하지 않는다. … 아힘사는 사랑의 종교이면서 또한 소망의 종교이기도 하다.

영원의 상 아래 전개되는 인도는 그에게 정신적 고향이었고, 학문의 원천이었으며, 세상을 보는 눈이었다. 따라서 인도 여행은 그에게 영원으로의 여행이었고, 자기 자신으로의 여행이었다. 1985년도에 동국대 인도 학술조사 단장으로 참여하고 귀국한 것이 그의 마지막 인도 여행이다. 그것이 그의 인생 여정의 마지막이기도 했다. 이 시기 그에 대한 기록은 이기영에 의해 감명 깊게 기술되었다.

머리와 수염이 하얗게 센 것이 눈에 띈 것은 인도에서 돌아온 때였다. 환갑의 나이였으니 그럴 만도 했지만, 갑자기 그도 시간을 의식하게 되었던 것일까? 그의 신비주의가 현실에 부딪히며 나타난 형상이었을 것이다. 같이 살던 어머니의 병환이 아주 심해지고 나이 먹은 총각 아들은 직접 어머니의 수발을 들어야만 했다. 그때 서 교수를 도우러 나타난 보살이 있었다. 그가 바로 김미영 선생이다. 나는 두 사람을 불교연구원 법당에서 부부로 맺어 주면서 진정한 보살 부부가 되어 주기를 바랐다. 얼마 안 있어 노모는 세상을 뜨셨고 결혼 생활도 1년이 지났다. 딸 은주가 태어난 지 21일 만에 서 교수는 교통사고로 불귀의 객이 되고 말았다. 바로 그날 점심 약속을 해 놓고 학교로 출근하던 길이었다. 아, 서경수! … 외로운 기러기, 언제나 저 먼 곳을 물끄러미 쳐다보던 기러기, 날아갈 때면 신나던 그 기러기가 이 세상이 역겨워 가셨나? 열반과 세속이 다른 길이 아니라고 믿고 있던 기러기의 깊은 체념이 여운처럼 남아 있다.

삶의 양태(樣態)로서의 불교학

한 학자의 행적을 어떻게 학문이란 국한된 범위로 축약시키고 환원시켜야 하는지 의문이 든다. 이 시대의 학문이 지닌 한계일 수밖에 없다. 서경수의 행적을 좇다 보면 이런 느낌은 더 절실해진다. 그리고 불교학은 일반 학문 분야와 다르게 다루어야 하는 것은 아닌가 하는 생각이 든다. 불교학은 학문적 추구의 행위만으로 구성되는 것이 아닐 수도 있다. 오히려 오늘의 학문 범주에 대해 성찰이 요구된다. 불교를 공부하는 행위와 불교적 수행, 그리고 현실 참여의 행위는 거의 삼위일체적으로 서로 긴밀히 연관된 총체적 행위라는 것을 알게 된다. 그리고 불교적 행위가 뒷받침된 학문의 내용이 불교학이고 불교를 공부한다는 일은 '삶의 한 양식(樣式)'임을 깨닫게 된다. 서경수의 학문을 생각할 때 이런 불교학적 삶의 모습이 그대로 현시된다. 그에게서 학문과 삶의 양식, 곧 그가 살아가는 구체적 모습을 분리하기 어렵다. 일견 그는 다면불과 같은 생애를 살았다. 연구실에 있는가 하면 선방에 앉아 있었고 우리와 산사를 찾는 등반 길에 있는가 하면 또 술집에서 파안대소하며 두주를 불사했다. 그런 가 하면 훌쩍 우리를 떠나 몇 달 몇 년 동안 인도의 타지를 떠돈 것이다. 그러나 그는 집요하게 학문을 추구했고, 그의 연구 방법은 오히려 서구 문헌학적 접근이었다.

근대 불교학, 특히 서구 불교학이 빠진 모순은 불교학을 박물관적 대상물로 떨어뜨렸다는 점이다. 불교를 문헌 속으로 환원시킬 때 불교의 살아 움직이는 현장은 배제된다. 불교를 문헌 속에서 색출함으로써 불교를 책상 위의 상상력으로만 작동시키는 것이다. 그리고 불교의 원형은 원전의 문헌 속에만 존재하게 된다. 불교의 현주소는 동양이기에 동양에서는 살아 움직이는 현행의 종교이지만 서구에서는 학자들의 수집, 번역, 출판이라는 문헌적 과거로부터 출발하여 이 문헌을 소장하고 연구하는 도서관과 연구소에 존재하게 만드는 것이다. 곧 불교를 '골동품 애호적인 지식'이나 '유물 관리적 지식'으로 만드는 것이다. 서경수의 학문적 오리엔테이션도 이런 근대 불교학 연구의 성격을 지닌 것이 사실이다. 근대 문헌학적 불교 연구 방법이 그런 경향을 띤 것이었기 때문이다. 그러나 그는 이 문헌 위주의 방법의 모순 속에 떨어지지 않았다.

이런 현상은 신기하게도 평생 동안 학문과 수행과 불교 운동의 반려였던 이기영과도 상통하는 '서구 극복'의 훌륭한 사례가 되었다.

이기영은 서구 불교학계에서 '대체가 불가능하다'(irreplaceable)는 문헌학적 연구의 대가인 라모트 밑에서 연구를 했다.* 그러나 그는 불교 수행과 연구를 병행시키는 한국불교연구원을 설립하고 중요한 기능으로서 구도회(求道會)를 부속시켰다. 불교 수행과 객관적 학문을 결합한 것이다. 서경수는 이 연구원의 설립에 참여한 것은 물론 생애의 마지막까지 동행을 했다. 그들은 근대 서구 불교학 방법론의 모순을 극복한 하나의 확고한 틀을 제시한 셈이고, 더 나아가 서경수의 근대 불교 담론에서 불교의 현장성에 대한 그의 해석과 실존적 참여의 주장은 주목할 만하다. 그리고 그것은 문헌에 매달려 있는 학자적 입장을 극복한 참여적인 자세였다.

그래서인지 그는 만해 한용운에 대해 남다른 애정과 집착을 보였다. 살아 계신 소박한 선승들에 대한 집착과는 또 다른 종류였고, 전혀 다른 의미를 띠고 있다. 한용운의 현실 참여적 행위와 한용운에게서 '말과 행동'이 일치됨을 전율처럼 받아들였다. 그는 만해 한용운을 한국 불교 근대성 담론의 표준으로 삼았다. 따라서 그는 만해가 주장한 '파괴란 새로운 창조의 어머니'란 명제를 불교 현실에 대한 비판의 근거로 삼았다. 그의 기질적인 성격이 투영되어 있기도

---

* E. Lamotte는 오늘날 불교학계에서 서구 불교학의 발주자인 프랑스의 E. Burnouf를 위시한 Sylvain Levi, L. de la Valle Poussin의 학풍을 잇는 가장 뛰어난 불교 문헌학자로 추앙되고 있다. 이기영은 Lamotte 밑에서 역사학에서 불교학으로 전공을 옮기고 학위논문으로 "Aux Origines du 'Tch'an Houi: Aspects Bouddhiques de la Pratique Penitentielle(懺悔 사상의 起源과 展開)"를 1960년에 벨기에 루뱅(Louvain)대학교에 제출했다. (필자의 한글 번역 근간 예정)

했지만, 그의 현실 비판은 철저했다. 그는 당시 불교의 파괴되고 일 그러진 현장에서 "불교가 무엇 때문에 존재해야 하는가?" 하는 근본 적인 질문을 제기했다. "구태의연한 불교가 왜 아직도 잔존해 있는 가?" 하고 물은 것이다. 전통에 대한 철저한 부정과 거부, 그리고 한 국 불교의 과거 지향성에 대해 과감하게 발언했다. 그러나 그 이면 은 바로 '창조=새로운 출발'을 위한 전제 조건이었다.

그의 언표(言表)는 부정적 비판을 즐기는 듯 보이지만 만해를 따 른 그의 한국 불교 현장에 대한 논리 구성은 오히려 창조와 새로움 에 대한 기대가 컸고 부정적 비판을 지양했다. 곧 '부처님을 대신하 여 부처님의 사상과 교리를 오늘의 사회에서 구현'하기를 희구한 것 이다. 그는 '탈(脫)현장적이고 탈현실적이고 초(超)시간적인 유토피아' 에 있는 것이 불교의 이념이 아니고 '이루어질 수 없는 꿈속의 나라' 인 가상의 세계가 불교의 교설이거나 불국토의 실현이 아니라고 주 장했다. 곧 불교가 현실에 위치하기를 요구했다. 부처님을 과거에 서 찾는 원형으로의 복귀가 아니라 부처님을 이 현실에서 재현시켜 야 한다고 갈파했다. 오늘의 한국 불교는 "자기가 설 자리조차 상실 하고 역사의 미아가 되고 말았다. 역사의 미아가 된 종교는 자기 자 신조차 구제할 힘이 없는 무력한 종교다. 대(對)사회적 기능을 상실 한 불구의 종교다."라고 단정했다. "불교는 과거의 유산을 자랑만 할 것이 아니라 '현대의 문제'를 무어라고 한마디라도 변증할 줄을 알 아야 한다. 불교가 '현대의 문제'를 변증한다는 말은 불타의 말씀이 현대에 와서 다시 정확히 발음된다는 뜻이다. 불타의 말씀이 현대에 다시 정확히 발음되게 하는 것이 현대 불교의 사명이다."

현장 거부와 현장 의식의 재현

서경수의 한국 불교의 과거 지향성 비판은 그 반대급부로 현장 의식에 대한 문제를 제기한다. 그는 만해의 〈님의 침묵〉 가운데 '중생은 석가의 님'인 것을 다시 강조하고 부각했다. 석가가 중생의 님으로 생각되는 것이 아니고, 중생이 오히려 석가의 님이라는 것이다. 따라서 석가가 님을 찾아서 중생의 편으로 와야 한다. 다시 말해 불교는 사회를 위해 존재하는 것이어서 불교는 사회와 중생에게 직접 다가와야 하는 것이다. 서경수의 '불교는 왜 존재하는가'의 역설적 질문과 항변은 이런 현장 의식에서 제기된 것이다. 마치 릴케가 전통적인 기독교의 신관(神觀)을 거부하며, 인간이 신을 위해 존재하는 것이 아니라 신이 인간을 위해 무엇을 해야 한다고 말한 점을 환기시킨다. 곧 신은 하나님의 현존을 요구하는 인간에 의해 존재하게 된다는 것이다. "오 하나님, 제가 없으면 당신은 어떻게 하시겠습니까?" 하고 릴케는 시를 통해 항변했다. 릴케는 만해나 서경수와 같이 중생의 입장을 강력히 주장한 것이다. 그것은 바로 서경수의 현장 의식이나 요청적(要請的) 불교의 현존과도 일맥상통한다. 이 현장성은 한 걸음 더 나아가 서경수에게 이르러 철저한 자기 정체성에 대한 확인으로까지 발전된다.

대개는 불교 현장의 파행적 행태에 대해 비판을 시도할 때, 자신이 불교 신자이거나 불교학자라는 정체성을 밝히면 불교 비판과 개혁에 대한 발언의 입지는 확보된다. 따라서 불교에 대한 어떤 형태의 비판이나 부정적 담론도 서슴지 않는다. 그러나 서경수는 자신에게 허용된 이런 불교 비판의 입지마저 비판했다. 소위 비판이란 이름 아래 행해지는 상식화된 비판 매너리즘을 질타한 것이다. 그에게 청탁된 글의 제목인 '불교계에 바란다'라는 말의 허구성을 지적하며 비판에 대해 비판자가 얼마나 참여되어 있는지를 따진 것이다. 그는 "내가 내 가정에 바란다"거나 "내가 나에게 바란다"라는 말은 논리적 모순이기도 하고 아무런 의미 전달도 못하는 허사(虛辭)에 지나지 않는다고 지적했다. 나는 나의 뜻과 의지에 따라 직접 행동하고 참여할 뿐이지 그것을 남에게 "내가 나에게 바란다"라는 말로 발설하지는 않는다는 것이다. 불교의 현장이 객체화되고 타자화되어 비판과 담론의 대상이 되기도 하지만, 나의 참여 없이 언급되는 비판이나 담론은 마치 내가 나에게 바란다는 허구적인 위선으로 떨어지고 '말'만의 참여일 뿐이라는 것이다.

서경수는 철저하게 자기 허위성을 배제하였다. 나의 실존적 변화, 나의 참여가 결여된 어떠한 이상론도 불교 현실에 대한 온당한 비판이나 유신론이 될 수 없음을 항변한 것이다. 따라서 서경수의 이런 발언은 이미 자신이 '참여 현장'에 있음을 반증하는 것이다. 그는 계속해서 말했다.

지금 이 시각에 살고 있는 현장이 나에게 주어진 삶의 전부라고 하면 나는 이 현장에서 나의 전부를 던져 전력투구할 수밖에 없다. …

오늘 이 현장에서 내가 '어찌' 있는가 하는 것이 나의 인생 전부를 말해 준다. 내일이 없다는 시간의 단점은 이 현장과 대결하는 각오를 요청한다. 언제 어디서 죽음이 오더라도 선뜻 죽어 줄 수 있는 각오이다.

이렇게 철저한 현장 의식과 참여 의식에 이르면 그가 사용한 불교 교설에서의 이상적 경지를 기술하는 관행어인 '보살', '자비'와 같은 말은 전혀 다른 색깔을 띠게 된다. 소위 대승불교에서 고착화된 상투적인 의미를 극복하는 것이다. 내가 참여해 있는 보살행과 내가 함께 가고 있는 현장에서의 자비행은 이상적 관념어거나 이상향의 무지개가 아니다. 그것이 서경수의 현장 의식이었다. 우리 불교학과 불교의 현실과 현장을 바라보는 그는 외기러기와 같은 몸짓을 할 수밖에 없었다. 외롭게 멀리 막연하게 쳐다보는 기러기, 그러나 비상할 때는 모든 활력을 다하는 보살 같은 전력 질주의 행동, 그것이 서경수였다. 그는 치열하게 참여한 재가 불교학자였다.

-2016년 7월 26일 Canada Nova Scotia, Mosquodovit에서

우리 사회는 풀리지 않는 세속의 문제나 서로 얽힌 난제가 제기될 때마다, 종교적인 해법을 요구하는 듯이 보인다. 종교가 현안 문제의 최종적 결판자로서 요구되는 것이다. 이럴 때, 화쟁적 태도, 상생적인 접근, 하늘의 뜻 따르기라는 말이 제시된다. 모두 현실 해법의 수사법으로 제시된 말이다. 이렇게 되면 종교와 관련된 이들은 적어도 현실 문제에 관심을 가질 수밖에 없다. 종교 연구자는 이런 상황을 어떻게 봐야 하는가?

3부

단상

가짜 종교, 가짜 불교, 가짜 기독교

가짜, 진짜에 관한 논의는 종교에서부터 시작된 것 같다. 어떤 종교가 되었든지 항상 창시자에 대해 시비가 뒤따르고, 교리에 대해 옳고 그름의 논쟁이 일어나며, 그 과정에서 소위 이단이나 사이비가 등장하기 때문이다. 종교의 탄생과 더불어 시작된 이러한 가짜/진짜 논쟁은 나만 옳다고 주장하는 종교의 하나의 아이러니로 보인다.

한국 사회의 양대 종교인 불교와 기독교를 살펴보자. 부처님의 깨달음을 의심하는 직계 다섯 제자의 에피소드나 예수님을 가짜 예언자로 낙인찍는 사태는 가짜/진짜 가르기로 요약되는데, 이러한 논쟁을 통해 불교와 기독교라는 새로운 종교가 탄생한 것이다. 그 후 불교와 기독교의 역사가 보여준 대승불교와 프로테스탄트 기독교의 출현도 가짜/진짜 논쟁의 산물이다. 그런데 이러한 진위 논쟁은 진공상태가 아니라 특정한 사회적 문화적 맥락 속에서만 일어난다. 이는 새로운 종교의 창안이나 교리 체계의 확립이 한두 사람의 종교적 천재에 의한 것이 아니라 그들이 처한 사회적 문화적 갈등과 관련된 현장의 산물임을 의미한다.

얼마 전 나는 어느 뉴스 미디어에서 북한의 불교는 가짜이고 승려로 자처하는 북한의 성직자는 진짜 승려일 수 없다는 보도를 접하였다. 그 기사에 따르면 북한에서 유일하게 허락된 교회인 봉수교회도 북한의 '보여주기 식' 교회일 뿐 진짜 교회가 아니다. 이 기사를 접하고 나는 가짜/진짜 논의가 불러올 수 있는 '진짜'의 의미는 무엇인지에 대해 새삼 생각하게 되었다. 북한의 종교들은 '가짜'이고 남한의 종교들은 '진짜'라고 주장하는 이러한 종교 의식에 대해 되묻고 싶어진 것이다. 나 자신이 이런 가짜/진짜의 단정에서 얼마나 자유로울 수 있는지 또 이러한 단정을 극복할 수 있는 현실 이해의 유연성을 갖고 있는지 스스로에게 묻고 싶어졌다.

나는 전형적인 이산가족의 한 사람이자 재미 동포이다. 이러한 처지와 신분을 활용하여 2000년대 초반 남북 화해의 분위기가 고조되었을 때 북쪽의 고향을 방문한 적이 있다. 이후 재미 불교 단체를 이끌던 스님(도안 스님)과 함께 불교인 북한 방문 및 가족 상봉을 도왔다. 따라서 북한의 종교 실상을 누구보다 가깝게 접할 기회가 여러 번 있었고 그 과정에서 불교와 기독교에 대한 북한 사회의 시선을 직접 포착할 수 있었다.

북한 승려의 모습은 분명히 우리와 달랐다. 유발(有髮)의 모습, 남한 승려의 것과는 다른 형태와 색깔을 지닌 가사(袈裟), 심지어 『반야심경(般若心經)』을 독송하는 절차와 운율도 달랐다. 큰절의 경우에도 스님이 상주하는 것이 아니라 행사가 있을 때만 승려 복장으로 갈아입고 참집한다. 우리는 법문에서 부처님의 자비와 수행을 말하지만 북한의 승려들은 통일과 민족의 단합을 법문의 주 내용으로 삼는다. 봉수교회의 설교도 마찬가지다. 민족 화해, 남북 교인들이 함께 사는 일, 외세에서 벗어나 우리끼리 화평하게 살자는 것이 설교의 주된 내용이다. 남쪽의 이산가족과 종교인들이 참석한 법회이고 예배이니 보편적 자비와 사랑의 이야기보다 우리가 처한 정치적, 사회적, 문화적 통합의 강조가 법문과 설교의 주제가 된 것은 당연하다. 이것을 북한 체제 선전이라고 해도 어쩔 수 없다. 그것이 북한의 불자와 기독교인이 살아온 방식이니 말이다. 짧은 기간 동안 머물며 듣고 접한 내용들, 그것이 북한이 담지한 불교의 모습이고 기독교의 현장인지도 모른다.

부처님의 메시지와 예수님의 가르침은 특정 시대와 상황에 담겨 표출될 수밖에 없다. 소위 자유세계와 민주주의 체제라고 하는 이 시대, 이 현장에서 부처님의 메시지와 기독교의 가르침은 어떻게 발설되고 있는가? 우리가 주장하고 또 듣기를 원하는 메시지가 모든 시대, 모든 장소에서 동일하게 표출되어야 한다고 생각하지는 않는다. 불전의 말씀과 성서의 메시지는 시대와 장소에 따라 달랐고 또 달리 해석된다. 그것이 팔만대장경이고 『구약/신약성서』의 이야기가 아니었던가?

나에게는 종교의 정치적 컨텍스트, 곧 공산 체제나 자본주의 체제에서 종교의 메시지가 어떻게 정치적으로 맥락화되어 전달되는가 하는 문제가 제기될 때마다 떠오르는 인물이 있다. 요세프 로마드카

(Josef Lukl Hromadka, 1889-1969)이다. 냉전 체제하 체코의 기독교 신학자였던 그는 동구 사회주의 교회의 입장을 대변한 신학자다. 1956년 헝가리 사태가 일어나자 서구 유럽은 이구동성으로 소련을 비난했지만 로마드카는 동조하지 않았다. 오히려 그는 사회주의 체제가 개혁과 함께 지속되어야 한다고 생각했으며 '인간의 얼굴을 한 사회주의'에 큰 기대감을 가졌고 나아가 기독교와 마르크스주의의 대화를 주장했다. 그는 서방 세계의 비윤리적이며 파괴적인 면을 신랄하게 비판했는데 당시 미국 국무장관 덜레스와의 논쟁은 유명하다. 현장을 대변할 줄 알았던 그는 예수님의 메시지가 현장에서 살아 움직여야 한다고 생각했다. 예수님의 메시지는 자유주의와 자본주의 세계에만 살아 있다는 고식적 생각을 비판한 것이다. 이러한 로마드카가 암울한 냉전 시대였던 1960~1970년대 남한 사회의 기독교 신학자들로부터 각광을 받았다는 사실은 현재의 우리에게 시사하는 바가 크다.

북핵 위기의 국면이 평화 무드로 전환되어 가는 이 시점에 북한의 가짜 불교와 가짜 기독교라는 해묵은 종교론을 끌어들이는 미디어의 보도를 접하면서, 나는 나 자신의 종교관을 되돌아보고 싶었다. 부처님의 가르침이 등장한 이후 언제, 어느 곳에 진짜 불교가 존재해 본 적이 있는가? 예수님의 십자가 사건 이후 진짜 기독교의 원형은 어느 현장에 있었던가? 불교와 기독교는 항상 특정한 정치·문화·사회 속에 존재해 왔고, 종교는 정치·문화·사회와 항상 맞물려 있다. 내가 알고 이해하는 불교와 기독교가 원형이고 다른 사람이 알고 이해하거나 다른 정치체제 속에 존재하는 불교와 기독교는 틀렸다고 할 수 없다. 단지 나와 다를 뿐이지 나와 다르다고 가짜로 치부할 수는 없다. 우리와는 여러 모로 다른 북한의 종교 문화 속에서 진짜 불교와 진짜 기독교가 전혀 다른 모습으로 출현하기를 기대해 본다. 깨달은 불자는 내 눈에 띄지 않을 터이고 순교자 역시 전혀 다른 모습으로 나타날 터이니 말이다.

《한종연 뉴스레터》 530호, 2018.7.10.

코로나 질병에 대한 잔상

하늘을 나는 새가 내려다본 지상의 모습이나 사물의 전체 형태를 볼 수 있는 모습을 일컬어 조감도(鳥瞰圖)라 한다. 영어로 'Bird's Eye View'라고 표현하지만 어느 조어가 먼저 형성되었는지는 확인할 수가 없다. 한문 성어가 되었건 영어 표현이 되었건 사물 전체를 조망할 수 있는 시각을 설정한다는 점에서는 같다.

인간의 시각으로는 사물의 전체 모습을 볼 수 없는 경우가 많다. 사물을 인지(認知)할 때에는 인간의 키 높이와 시력이 고작이므로 이 한계를 넘어선 시각이 필요해서 이러한 말이 만들어진 것 같다. 이 말에 연원을 둔 것이겠지만 'Cat's Eye View' 곧 묘감도(猫瞰圖)라는 작위적인 말도 있다. 아마 고양이처럼 어느 한 부분을 세심히 관찰하고 음미한다는 말일 게다. 평상시에 보고 느끼지 못했던 사물의 또 다른 측면을 보고 달리 생각할 수 있는 차원에 대한 요청일까? 흥미로운 조어라고 생각한다.

언젠가 영문판 종교 서적을 읽다가 'God's Eye View'라는 말을 접하고는 얼른 우리의 전통적 성어로 신감도(神瞰圖)를 상상해 보았다.

절대자의 시각에서 바라보는 사물의 모습은, 기독교 전통이라면 '세상을 창조하고 보기에 좋았더라'고 말할 수 있는 시각이다. 불교의 경우라면 온 세상이 불국토이고 모든 사람이 부처님으로 보이는 시각 곧 '불안(佛眼)'일 것이다. 어떤 시각이 되었건 인간의 한계를 넘어서는 관점에 대한 요청이다. 한계를 벗어나는 이러한 초월적 시각을 기독교에서는 구원관이라 할 터이고 불교에서는 해탈관이라 할 터이다. 요즈음 나는 세상을 달리 볼 수 있는 또 다른 '시각'에 대해 새삼스러운 강박에 빠져 있다.

코로나 바이러스가 일상생활은 물론 우리가 이제껏 그 틀 속에서 살아온 모든 체계를 흔들어 놓고 있다. 하나의 전염병이 이토록 막대한 영향력을 행사하리라고는 일찍이 생각해 보지 못했다. 더구나 그에 대한 해결책이 겨우 거리 두기와 마스크 착용, 손 씻기라는 점에서 어처구니가 없고 실감이 나지 않는다.

이곳 미주의 상황은 최악이다. 그렇지만 세계 일등국을 자부하는 미국의 질병 현황을 두고 이 나라의 방역 실패를 비웃거나 한국의 대응 정책 성공을 상찬하거나, 지역 간 비교우위를 따질 단계는 이미 지난 듯하다. 2차 확산이 진행 중이고, 3차 확산, 아니 끝날까지 이 병을 껴안고 살아야 할지도 모른다는 예견마저 등장하고 있기 때문이다.

CNN은 매일 감염자 수와 사망자 수를 실시간으로 수집하여 보도한다(6월 22일 월요일 현재, 미국의 확진자 229만 명, 사망자 12만 명으로 전 세계 확진자 900만 명, 사망자 47만 명의 약 4/1을 차지하고, 미국에서만 하루 평균 2~3만 명씩 확진자가 늘어나고 있다). 이 발표는 '현황과 우려'(Fact and Fear)라는 표제로 방영되고 있다. 현황은 사실 확인이니 뉴스 미디어로서는 당연한 발표가 되겠지만 현 사태에 근거한 전망이 따라야 할 터인데 그것이 '우려'(Fear)로 제시되고 있다. '우려'(Fear)라는 말 자체가 앞날에 대한 걱정과 불안, 질병에 대한 두려움과 공포를 표현한다. 치료제인 백신의 사용마저 요원하게 들리고 바이러스는 계속 변형되고 있는 작금의 난감한 상황을 적절하게 표현하는 말 같다.

미래를 진단하는 전문가들은 코로나 바이러스가 가져다준 충격을 우리의 삶의 방식에 내재한 허점, 곧 아무런 방책 없이 앞으로만 달려간 탐욕의 산물이라고 지적한다. 마치 이 질병이 일정한 의도를 갖고 인간 사회의 모순을 공격한 것이 아닌가 하고 생각될 정도로 절묘하게 우리가 운영한 제도, 기구, 행태의 모순을 폭로한다. 그러면서 자연과의 새로운 관계, 소박한 삶의 설계, 인간/사회 관계망의 변화 등 수많은 방안을 제시한다. 어느 것 하나 틀리지 않는 타당한 전망이라 생각한다.

나의 강박감은 바로 이 점에 있다. 구체적 현실을 보면 미래에 대한 이러한 전망이 공허하게 들리기 때문이다. 곧 대선을 치러야 하는 이곳 미국의 대통령은 대중을 모아 놓고 선거 캠페인을 하고 있다. 유일한 처방법인 거리 두기나 마스크 착용도 없이 말이다. 미국만이 아니라 모든 국가의 정치인들은 약속한다. 식당, 미용실, 커피숍, 술집 등이 곧 문을 열고 정상으로 돌아갈 것이라고. 그러나 코로나 확진자는 계속 늘어나고 있다.

이 질병은 이미 바이러스의 단계에 머물러 있는 것이 아니고 우리의 문화, 정치, 의식구조에 변혁을 일으키고 있다. 우리가 그렇게 반응을 하고 요구하기 때문이다. 나는 오히려 내 시각의 변화, 나의 생각의 변이를 생각한다. 새가 내려다보는 인간의 모습이 되었건, 고양이처럼 미시적으로 관찰하건, 이 모든 관점을 통괄할 수 있는 절대자의 이해의 폭과 관점을 지니기를 바란다. 옷깃 한 번 스쳐도 인연이 된다는 인연법의 거리 두기를 생각하면서 말이다.

《한종연 뉴스레터》 632호, 2020.6.23.

요주의! 신비주의

　요즈음 역주행이란 말이 유행하는 것을 정치 탓으로 돌린다고 해도 이상하지 않을 것 같다. 그 말이 지닌 과거 지향적 방향 때문이다. 서로를 과거에다 비끄러매고 시대착오적이라고 비난한다. 나는 이 역주행의 긴장감을 종교/학에서 '신비주의'(Mysticism)란 말이 나올 때마다 느끼게 된다. 나는 이 말에 불만이 많다. 마치 내 귀중한 것을 남의 값싼 물건과 뒤섞어 버린 느낌, 그리고 내가 저축해 놓은 것을 인출 불가능하게 만들어 버린 상실감을 갖게 한다. 아무쪼록 나의 오해에서 비롯된 느낌이기를 바란다.

　한때 종교/학에서 신비주의라는 말이 좋은 의도로 사용된 적도 있었다. 겉으로 드러난 차이에도 불구하고 종교들이 서로 포용하고, 각각의 차이를 없앨 수 있다는 느낌을 주었다. 그런 의미에서 이 말은 용광로 같았다. 마이스터 에크하르트, 샹카라, 그리고 불교 선사들의 체험어린 말을 들으면, 아, 얼마나 멋지고 고양된 분위기에 빠지는가! 나 역시 그렇게 이해했다. 그러나 얼마 지나지 않아 나는 그것이 무척 나이브한 생각이었다는 것을 알았다. 그 말에는 정치(政治)

성이 가득 들어 있기 때문이다.

이미 고인이 된 나의 스승(이기영)이 읽어 보라며 나에게 건네 준 책이 있었다. 라비에(P. A. Ravier)의 『*La Mystique et les mystiques*』(1965)란 책이었다. 직역하면 '신비와 신비들'이라는 제목이지만, 책의 내용을 따라 해석하면 '위대한 신비'와 여타의 '자질구레한 신비들'로 뜻매김할 수 있는 제목이다. 서문을 쓴 사람은 앙리 드 뤼박(Henri de Lubac, 1896-1991)이다. 그는 가톨릭 신부로서 서구가 불교를 접한 것을 정신사의 전환으로까지 상찬한 인도학, 불교학의 석학이다. 필자로는 이분 이외에 여러 종교전통의 전문가들이 참여하였다. 여기서 대문자로 표시된 신비는 기독교의성(聖) 삼위일체의 신비다. 반면 소문자로 표시된 신비는 요즈음도 불교계의 중심 화제로 되어 있는 돈오점수 등 동양 종교의 체험 세계를 말한다. 이 제목은 암암리에 모든 종교가 기독교로 환원되리라는 점을 말하고 있다. 집필자들과 서문을 쓴 사람이 유별난 기독교 편향주의에 사로잡혀 있었기 때문에 '위대한 신비'와 '여타의 신비들'이란 제목을 창안한 것은 아니다. 오히려 그렇기 때문에 문제는 더 심각하다.

신비주의라는 용어는 여전히 종교학에서 즐겨 사용되고 있다. 특히 이 말은 동양의 종교를 대변하는 편리한 총칭어로 사용되고 있다. 그리고 신비/주의 속에서 종교 간의 대화를 하고, 동서 종교의 대립과 차이를 해소할 실마리도 찾으려 한다. 그런데 이 말은 기독교 전통 속에서마저 변방에 위치해 있다. 영지주의(Gnosticism)가 기독교의 신비주의에 영향을 주었다고 한다면, 영지주의는 기독교의 주류에 속해 본 적이 없고 철저한 비주류 즉 이단에 속해 있다는 사실을 염두에 두어야 한다. 어거스틴과 플로티누스는 영지주의와 전혀 무관하다고 할 수는 없지만, 영지주의를 품은 마니교를 비판하는 입장도 개진했다. 이들을 영지주의와 관련시키든 안 시키든, 신비주의의 기독교적 주변성이나 부정적 이미지는 어쩔 수 없어 보인다. 그래서 신비주의를 동양 종교의 특성으로 만들고 그것을 이런 맥락에서 즐겨 사용한다면 동서 비교론에서도 상당히 밑지는 거래일 수밖에 없다. 합리적 이성이나, 논리의 끝에서 더는 나아갈 수 없는 한계 너머의 것을 신비/주의라 한다면, 우리 이성의 한계나 오히려 서구 중심주의의 한계를 인식하는 척도로 삼아야 될 듯싶다. 프리츠 슈탈(Fritz Staal, 1930-2012) 같은 인도학자는 신비/주의에 대한 논의를 논리적으로 따지는 글을 썼다. 그리고 양비(兩非)이거나 즉비(卽非)가 더 이상 신비의 세계가 아닌 논증 방식임을 입증했다. 이는 신비/주의를 통해 무엇이 해결될 것을 기대하고, 그 영역 속으로 무작정 환원(reduction)시키는 것과는 다르다.

　신비/주의란 말은 종교학에서 역주행과 같은 오해를 불러일으킬 소지가 있다. 한국종교문화연구소의 새 강좌 시리즈의 하나로 서구 신비주의를 첫 강좌에 넣었다는 말을 듣고 나는 불필요한 긴장을 했다. 불필요한 긴장이었기를 바란다.

《한종연 뉴스레터》 99호, 2010.3.30.

말을 함으로 말을 버린다

온갖 경쟁을 돌파하고 영예롭게 대학교에 안착한 학생들이 활력 넘친 지식의 소유자임을 의심할 사람은 없을 것이다. 하지만 이들의 지성은 소통 부재란 벽에 막혀 있는 경우가 많다. 홀로 공부하며 경쟁의 정점에 오른 서울대 학생들에 관한 이야기이다. 시험 답안지에 토씨 하나 틀리지 않게 완벽한 답변을 써내는 이 학생들이 막상 강의실에서 교수의 질문에는 묵묵부답이고, 토론에도 나서지 않는다는 이야기다. 그래서 '커뮤니케이션의 이해'란 강의를 담당한 교수는 학생들이 고수하는 '침묵은 금'이란 태도를 깨기 위해 학생들에게 과제를 부여했다. 학생들에게 청각장애인, 일진회 청소년, 재활 프로그램에 참여하는 성매매 여성을 면담하여, 그들의 이야기를 듣고 대화를 나누게 했다. 특이한 상황에 처한 이 면담자와 대담자 들은 진지했다. 그런 과정을 거쳐 침묵하던 학생들은 다시 강의실에 돌아오자 자발적으로 한마디씩 발언하기 시작했고, 자신과는 전혀 다른 남과 공유하고 교감한 체험을 말로 소통하기 시작하였다고 한다.

소통 단절의 시대라는 이 시대의 특징은 가치 이념의 차이이거나 빈부 격차에서 온 것만은 아니다. 입시를 위한 경쟁이 '홀로 공부하기'와 '나만이 알아야 한다'는 '홀로주의' 행태가 형성되는 데 기여한 측면이 있다. 경쟁에서 살아남은 학생들의 머릿속에는 온갖 지식이 꽉 차 있지만, 자신을 표현할 방법은 알지 못한다. 자신을 표현할 수 없으니, 소통은 요원하다. 반면 떠버리 노년들은 어떠한가? 그들은 자신이 겪고 체험한 내용이 차고 넘쳐서 입이 근지러워 그런지, 남이 듣건 말건 끊임없이 떠든다. 인내를 가지고 듣던 사람은 지쳐서 아예 입을 닫게 된다.

젊은이의 입 닫기와 늙은이의 떠벌리기는 둘 다 별로 바람직하지 않은 행태이다. 이를 극복하기 위해, 제대로 '말로 나타내는 것'이 필요하다. 우선 말을 위한 '장'(場)이 필요하다. 이때, 어떤 여건에서 무슨 말을 어떻게 시작할 것이며 또 들어줄 대상이 누구인지를 생각하게 된다. 앞의 서울대 학생들의 경우, 그들이 소통한 이들은 장애인, 일진회 멤버, 재활 여성처럼 소외된 사람들이었다. 그들과의 소통은 학생으로 하여금 자기 자신의 벽도 뚫게 만든 것이다. 물론 말로 발설한다고 해서 무조건 대화가 성립되는 것은 아니다. 말은 하지만 서로 다른 것을 생각하는 경우도 많다. 이런 소통 부재가 확인되는 상황은 "우리는 지금 같은 것을 두고 말하는 건가?"(Are we still talking about the same thing?) 하는 영어 농담이 잘 보여준다.

말을 통한 소통은 서로의 차이를 확인하고, 심지어 다르다는 것에 동의한다는 민주주의적인 결론에 이르게 된다. 다른 것마저 공유하는 것이 바로 소통인 것이다. 그러나 다름을 공유하는 이런 소통은 이제 이 땅에서 사라진 듯하다. 소통 부재를 온통 몸으로 체현한 이를 우리가 대통령으로 선출한 탓이다. 일찍이 동아시아 전통에서는 말의 중요성을 누누이 강조하였고, 말로 인해 닥칠 어려움을 힘주어 경고해 왔다. '개구즉착'(開口卽錯)이라는 말은 선가(禪家)에서 진리 표현의 불가능성을 표현한 화두와 같은 표현일 것이다. 하지만 이는 실제로 우리 생활 주변에서 나의 발언 한마디가 얼마나 사실이나 실제 상황과 동떨어져 있는지를 경고하는 말이기도 하다.

나는 한문 불전(佛典) 『대승기신론(大乘起信論)』에 나오는 '인언견언'(因言遣言)을 좌우명으로 삼고 있다. '말로 인해 말을 버린다'는 의미이다. 말을 할 때는 그 말이 지시하는 대상이나 이유 또는 주장이 있기 마련이다. 그런데 '인언견언'은 말하는 것 자체를 버리라는 것이다. 그렇다고 침묵하라는 말은 아니다. 그럼 말이 어떻게 가능하겠는가? 일단 말을 발설하면 말과 말이 지시하는 내용이 존재하게 된다. '인언견언'이라는 것은 그런 것을 없애기 위해 발언을 하라는 것이다. 이는 말의 위험성, 말로 인해 오해되고 빚어질 사태의 심각성을 말해 준다. 이런 사태를 의식하며 발언할 때의 말의 현장과 말의 상황을 어떻게 상상할 수 있을까?

결국 오롯이 남는 것은 나의 한계와 나의 처지에서의 이해뿐이다. 흔히 나만의 생각과 나만의 이해를 잘못된 생각[妄念]이라고 한다. 그렇다고 망념이 틀린 생각이라고 볼 수는 없다. 단지 한계상황에 처한 우리 각자의 다른 생각인 것이다. 곧 다른 생각과 다른 발언인 셈이다. 민주주의는 그렇게 다른 것들을 모이게 하는 것이 아닌가. 소외된 이들과 대화하면서 소통 불능을 극복한 대학생, 그리고 쉴 새 없이 자기주장을 내세우는 떠버리 노인이 '인언견언'의 구절 앞에서 나름대로 저마다의 의미를 찾기를 바란다.

《한종연 뉴스레터》 455호, 2017.2.3./ 한국종교문화연구소, 『종교문화의 안과 밖』, 모시는사람들, 2021)에 재수록

시작을 다시 생각한다

출발은 털끝만한 차이이지만 결과는 하늘과 땅 사이만큼의 간격이 벌어진다는 고사성어가 있다. '호리지차'(毫釐之差), '천지현격'(天地懸隔)이란 사자성어이다. 여러 면으로 해석될 수 있겠지만 시작의 중요함과 그 결과로 빚어진 사태는 우리의 예상과는 전혀 다를 수 있다는 말로 이해된다. 나는 평생 다른 학문 분야는 거의 생각지도 못했고 종교학과 불교학을 통해 세상을 보고 탐색하는 길에 들어섰다. 소위 불교학을 전공으로 삼았고 그 틀로 모든 것을 해석하려 했다. 당연히 불교의 학문적 전개를 충직하게 따랐다고 생각한다. 처음 불교학을 전공으로 선택했을 때 이 분야가 요구하는 학문적 요구들, 그 다양한 접근 방법들에 대해 아연했고, 한편 다방면에 걸친 분야들을 전제하지 않고는 불교학을 진척시킬 수 없다는 도발에 대해 젊은 흥분감에 사로잡히기까지 했다.

우리의 전통문화가 담긴 한문은 물론 불교를 담지한 수많은 고전어 가운데 어느 한두 고전어를 익히지 않으면 한 걸음도 접근할 수 없다는 것을 절감했을 때는 이미 돌이킬 수 없는 수렁에 빠진 기분이었다.

　이 모든 일은 결국 나의 멘토였던 고 이기영 교수의 가이드를 충직하게 따른 결과였다. 주지의 사실로서 이분은 역사학을 전공하다 벨기에 루뱅대학에서 전격적으로 전공을 바꾸었다. 아직도 서구 불교학 연구에서 '대체 불가능'(irreplaceable)하다는 독보적 위치를 차지하고 있는 라모트에게서 서구의 불교학 연구 방법을 터득하기 시작했다. 그 결실로 「참회의 기원: 회개의 불교적 양태(Aux Origine du "Tch'an Hueï": Aspects Bouddhique de la Pratique Penitentielle)」(1960)란 학위논문을 제출하였다. 철저한 문헌 연구로 한문 경전을 자료로 삼아 '참회'(懺悔)란 말이 한문과 산스크리트어로부터 합성된 조어(造語)이고 '자신을 탓하는' 종교 행위임을 발견했다. '참회'가 이제는 어느 종교에서나 공유하는 용어가 되었지만 본래는 '참고 인내한다'는 종교적 내용을 싣기 위해 만들어진 불교적 용어이다. 그는 산스크리트나 팔리, 티베트 경전의 해당 전거를 광범위하게 활용하며 논문을 작성하였다. 라모트의 제자로서 서구적 불교 연구 방법을 그대로 적용하여 그의 학통을 유감없이 발휘했다. 김법린 동국대 총장이 1920년대 프랑스의 인도학-불교학 정통인 실뱅 레비(Sylvain Lévi, 1863-1935)의 지도 아래 '유식 20송'에 대한 학위논문을 쓴 이후 거의 반세기 만에 나타난 언어 문헌학적 연구 방법에 의거한 서구적 불교학의 결실이었다. 이기영의 이 연구는 이후 한국에서 서구 불교학의 계보를 잇는 역할을 했어야 했다. 그러나 유감스럽게도 이 학위논문은 우리말로 번역되지 않았고, 이분은 1960년대 초반에 서울대 종교학과에서 자신의 강의 교재로 한 번 사용했을 뿐, 더 이상 이 논문을 언급하지 않았다. 오히려 원효 연구에 몰두하며 원효를 일약 학계의 스타로 부각시키는 역할을 했다. 물론 이 두 분의 업적보다 앞서 서구 불교학을 나름대로 소화하고 있던 일본의 근대적 불교학이 일제강점기 재일 유학생/승 들을 통해 우리에게 전수된 것은 물론이다. 어쨌든 우리에게 근대적 불교학은 서구 불교학의 직간접의 영향 아래 전개되고 그 영향을 당연한 사실로 여기고 있다. 곧 서구에서 불교학의 태동은 외젠 뷔르누프에 의해 시작되었고 그 적통은 라모트에 이르고 한국에서의 불교학 연구 역시 이런 경로를 통해 서구/일본에서 훈련받은 중진 학자/승 들에 의해 오늘날 우리에게 충실히 전승되고 있다.

나의 의문은 바로 이 점에서 시작된다. 불교 연구란 이 막대한 연구 분야들, 곧 언어 문헌학은 물론 역사, 문화, 철학 등 다양한 인문·사회 과학적 연구 분야가 동원되지 않고는 접근이 불가능하다. 그런 시발점을 어느 한 개인의 언어 문헌학적 업적으로 집중시킬 수 있을까? 소위 학문적 천재라는 말도 가능하니 어느 한 개인의 뛰어난 업적의 파급력을 과소평가할 수는 없다. 또한 한 사람의 영향이 후대에 이르러 자신의 의도와는 상관없이 확대되면 그 분야의 시발점이 될 수도 있다. 뷔르누프는 분명 뛰어난 학자이고 전무후무한 업적을 쌓았다. 그러나 '이 시작'을 다시 한번 검토할 필요가 있지 않을까? 한 학자의 업적에 대한 시비를 따지는 것이 아니라 '근대 불교학은 서구의 창안'이라는 틀에 갇혀 불교학이 자유스러워질 수 없기 때문이다. 더욱이 불교 실천 현장을 끼고 있는 동북아 불교의 경우, 과연 불교에 대한 학문적 접근의 발단을 어느 곳에 둘 것이냐 하는 점은 문제일 수밖에 없다. 불교 문헌을 장악하고 그것을 서구적 문헌학 다루기로 진행된 '문헌 속의 불교'이거나 '책상 위의 불교'로 나타난 오늘의 불교학의 위상을 동아시아 불교학자들은 어떻게 수용해야 할까? 한 걸음 더 나아가 산스크리트, 팔리 불전이나 티베트 불전을 읽고 분석해 내지 않으면 마치 무엇이 결여된 듯 여기는 오늘의 불교학의 흐름을 어떻게 이해해야 할까? 한때 세계불교학회장을 지냈고 또 티베트 불전 연구로 상당한 실적을 쌓은 뤼에그(David Seyfort Ruegg)는 불교란 서구적 정의를 좇아 '종교이고, 철학이고, 종교이자 철학인 서구적 정의'에 갈팡질팡하는 자신의 정체성을 확보하지 못한 학문 체계가 아니라 '삶의 방안'(a way of life)일 수 있다고 폭을 넓혔다. 불교 연구는 삶의 방안의 연구일 수 있다는 말이다.

서구의 불교학은 자기 변화를 시도하고 있다. 전혀 다른 학문 분야들을 교배시킨 것같이 들리는 '불교 신학'(Buddhist Theology)이란 새로운 조어를 만들어 불교 연구를 언어 문헌학적 수렁에서 끄집어내는 작업이 시도되고 있다. 또는 이 언어-문헌 판독이란 기본적 작업을 일상의 사유나 하루하루의 행동 준칙으로 풀어놓으려 한다. 예컨대 중론(中論)이라 하면 불교사상의 근간을 이루는데, 모든 것은 공(空)이니 실체가 없고 결국 변하고 없어지리라는 주장이다. 그러나 모든 것이 '없다고' 주장하는 '그 말'[言表]은 어떻게 사유할 것인지를 되묻는다. 소위 공의 주장/언표의 불가능성에 대해 다시 묻는 것이다. 이제 서구의 논문들은 이 현실 부정의 주장이 또 현실 긍정의 근거가

됨을 따지며 그 정당성을 타진한다. 「중관 사상가들은 무엇을 어떻게 사유할 수 있는가?(How Do Madhyamikas Think?)」(Tom J. F. Tillemans, 2016)를 묻는 것이다. 무이고 공이면 아무것도 사유할 대상이 없고 사유 자체가 불가능해진다. 그럼에도 불구하고 공을 사유했고 그것을 근거로 원효의 화쟁(和諍)이며 법장의 화엄적 화장(華藏)의 세계관을 제시했다. 특히나 동아시아에서 공을 사유하거나 추구한다는 중관 사상은 무와 공의 형이상학인 것만이 아니라 나의 삶의 현장이게끔 하라는 말로 이해된다.

나는 나의 멘토인 고 이기영 교수가 유학 후 귀국하여 단 한 번만 자신의 서구적 방법론에 의한 강의를 펼친 후 또 흔히 해외 유학의 결실을 번역 출간하는 일을 마다하고, 우리 전통의 불교-원효를 내세운 점을 이 맥락에서 이해한다. 그런 이해는 나의 아전인수일 수도 있지만, 오늘의 불교학 현장의 시의에 알맞은 문제 제기일 수 있지 않을까 생각한다. 한문권의 불교학의 시발은 달리 탐색되어야 하지 않을까? 나의 불교학의 시작을 생각하며 내 멘토의 불교학의 전환을 생각하고 또 궁극적으로 서구 불교학과의 현격한 차이를 이렇게 되짚어 본다. 벌써 오래전 시작한 이기영 교수의 학위논문 번역이 금년 봄에는 완료되기를 기대해 본다.

《한종연 뉴스레터》 687호, 2021.7.21.

미투를 바라보는 또 하나의 시각

현재 나는 할리우드가 위치한 LA 지역에 머물고 있다. 할리우드 불러바드를 지나갈 때, 나는 각별한 관심을 기울여 한국에서 한참 진행 중인 미투 운동을 떠올릴 수밖에 없었다. 이곳이 바로 미투 운동의 발화 지점이기 때문이다. 미투의 파급으로 한때 사회 유명 인사연하던 이들의 허상이 드러나 위신이 급격히 실추되고, 비극적인 자살까지 이어졌다. 그러다 보니 이 문제를 담론의 토픽으로 떠올리는 일마저 부담스러워졌다.

당연히 이들의 범법 행위나 성범죄 행위는 처벌되어야 하고 사회적 공분을 불러일으켜 마땅하지만 미투를 주제 삼아 발설하는 일이 자기 제한을 받는다면 문제이다. 그리고 이제 미투의 문제는 한 걸음씩 더 진화하고 있다. '미투플레인'(MeToo+Mansplain)이라는 남성 위주의 일방적 설명으로 피해 여성의 입지를 다시 제자리로 돌리는 3차적 피해의 가능성까지 대두되고 있다. 이렇게 되면 미투에 대해 '이야기'하는 일을 불편해하는 것은 물론 아예 입을 닫을 수도 있다. 바람직스러운 일이 아니다.

오래전 보스턴칼리지에서 일어난 사건이 떠오른다. 페미니즘 강의 교수를 대학이 임용하기를 거절하자 남녀 학생 공동으로 강의 개설 운동을 전개했다. 그러나 이 교수는 임용되자 이번에는 남학생의 페미니즘 수업 수강을 거부했다. 메리 데일리(Mary Daly, 1928-2010)라는 신학 교수에 관한 일이었는데 당시 상당한 파문을 일으켰다. 여성 신학을 주도한 그녀는 소위 여성의 입지가 '머리나 논리'로 이해하는 것과는 전혀 다른 '온몸'의 차원이라고 주장하였다. 그래서 여성의 몸의 경험은 남성이 절대로 공유할 수 없다며 남성의 강의 참여를 거부한 것이다.

오늘 우리에게서 벌어지는 사건과도 일면 닮아 있다. 미투의 진화된 모습인 2차적, 3차적인 피해를 지적한 미투플레인의 항의 뒤에도 분명 이 여성성의 '온몸'의 경험이 개입되어 있다. 몸이 겪는 사건을 말로 설명하고 해석해 버릴 때 다시 남성 주도의 것으로 복원되기 때문이다. 우리 사회에서 번지는 미투 운동의 전개 상황 역시 남성 위주의 '말 많음'과 '말로 때우는' 그런 사건으로 치닫기 쉽다. 이 글을 쓰고 있는 나 역시 남성이 아닌가! 바람직스럽기는 우리 모두가 '몸으로 참여하는' 상황이 되는 것이다. 그런 일이 어떻게 가능할 것인가? 오히려 이 운동이 자칫 남녀 양성의 대결로 치닫게 될 가능성도 배제할 수 없다.

성 문제는 우리를 불편하게 만들기도 하고, 솔직하게 만들기도 만든다. 이번 기회에 그동안 우리가 성 문제를 어떻게 처리해 왔는지를 솔직히 되돌아봐도 좋을 듯하다. 태어나기를 '남성 혹은 여성으로 태어나서'라든가, '우리 사회의 관행이니까'라는 상투적인 시각은 버리고 말이다.

이제 "이 문제를 어느 방향으로 전개해야 바람직한가?" 하는 새로운 물음이 제기된다. 성추행이라는 폭력의 문제가 어느 정도 수습되면, 미투 운동이 더욱 폭넓은 문제와 연결되기를 바란다. 이 문제는 중요하다. 우리 모두가 성에 갇혀 있고 또 성을 통해 태어나기 때문이다. 여성·남성이라는 존재 양태의 문제로 논의의 지평을 넓혀 접근할 필요가 있다. 이때, 필수적인 것은 솔직하고 개방적인 태도이다. 더는 우리의 존재 조건이 처한 현실을 또 하나의 배제된 성(性)을 주장하는 것으로 나타낼 수 없기 때문이다.

《금강신문》 2018.3.27.

새해 원단에 우리의 현실과 함석헌 선생을 생각한다

함석헌(咸錫憲, 1901-1989) 선생을 생각하면 우선 종교를 떠올릴 수밖에 없다. 이분의 모든 생각과 실천은 종교로부터 시작되었기 때문이다. 종교는 이분의 알파이고 오메가였다. 그사이 이분은 정치, 문화, 교육, 사회 개혁 등 온갖 일에 관여하셨고, 또 그 각각의 다른 분야에 대한 발언과 참여는 한결같이 종교로부터 접근하셨다. 따라서 이분을 바라보는 우리의 시각도 종교적일 수밖에 없다. 그리고 어떤 면에서는 우리 자신의 정치적인 얽힘과 현장의 오해를 피하기 위한 의도가 종교를 통해 표백되기도 했다. 혹 함석헌 선생을 바라보는 우리의 시각이 이런 종교적인 표백은 아닐까? 이분과 종교의 상관관계는 과연 무엇일까?

이분의 종교는 개신교에서 시작되었지만 무교회, 퀘이커를 거치면서 동양 종교의 모든 영역을 일이관지(一以貫之)하는 것이었다. 어느 한 종교에 의탁하여 그것으로만 환원시키지 않는 폭넓고 깊은 종합과 지양의 경지였다. 소위 일즉다 다즉일(一即多 多即一)의 단계이며 원융(圓融)의 경지였다. 이분의 종교의 출발점인 개신교는 그렇게 높고 깊은 경지로 지양되고 회통되었다. 오히려 그에게서 개신교가 이 땅에서 비로소 한국적 개신교로 만개되는 느낌을 받는 소이연이 이 점에 있다. 개종, 회개 등의 값싼 선교주의나 기독교 물량화에 근거한 개신교에로의 환원과 기독교만으로의 귀속은 아니었다.

동양 사상/종교의 그 어느 것도 자신의 궁극점을 자신의 사상/종교에로 귀환/개종되기를 주장한 교설은 아무곳에서도 발견할 수 없다. 오히려 다른 대척적인 이념과 주장들이 회통되어 다른 경지에로 이끌어지기를 희구하였다. 이분의 이런 동양적 이념은 이상으로만 머문 것이 아니었다. 그것은 곧 바로 실천행으로 옮겨졌다. '이념 즉 실천'이란 전형적인 동양의 사상이고 실천의 이념이었다. 그의 개신교-무교회-퀘이커에로의 전이는 현실을 이해하는 방식이고 현장에 참여하는 방식일 뿐이었다.

이분은 한국의 개화기 장로교를 자신의 선친보다도 앞서서 믿기 시작했다. 얼마 안 되어 무교회주의로 옮겨 가고, 마지막 단계에서는 퀘이커로 옮기고 그사이 모든 종교전통을 수용한 사실을 고백했다. 곧 다양한 종교 혹은 여러 교파 편력을 말하며 자신의 종교관을 이렇게 집약했다.

나는 어려서 내가 뭔지 모를 때 자연히 장로파에서 자라났고 그다음에 무교회에 속해 있었고 이제 지금은 퀘이커에 속해 있지요. … 사상적으로 말한다면, 나 스스로 나는 보편종교다. 모든 종교를 따지고 들어간 마지막 구경은 다 한가지다. … 사상적으로 하면 그렇습니다. 일관하게 꼭 뭐 처음부터 마지막까지 같다기보다 … 달라짐이 있더라도 내 종교라는 것이 있어야 하지 않을까? 내 종교라는 것도 그렇지요. 자기가 꼭 선택을 했어야 되는 건가 하면 그렇지도 않을 거에요. 내가 인도에서 태어났다면 힌두교도가 됐을지 모르고, 또 다음에는 불교도가 됐을지도 모르지요. … 천상 그런 형식이라는 것은 온전할 수 없으니까 … 아주 생각이 달라져서 내 종교를 (아주) 의식적으로 변경을 하려면 그것도 하지 못할 거는 아니지요. (『신저작집 14』, 158쪽)

자신의 종교적 성장 혹은 변이의 과정을 담백하게 서술했다. 이런 그의 행적과 생각의 추이를 기독교에로 환원시킬 필요가 있는지에 대해 그를 평가하는 우리의 환원적 틀을 다시 검토해 볼 필요가 있다. 외형상 종교의 보편을 언급하는 그는 보편종교란 새로운 영역의 종교를 설정하는 듯 보인다. "마지막 구경은 한가지다."라며 모든 종교를 일관하는 공통 영역(종교의 성스런 영역, 또는 Homo Religiosus)을 설정했다고 생각된다. 그러나 곧이어 그런 영역이 존재하지 않음을 확인할 수 있다. 그것을 부정하는 말이 바로 '마지막까지 같다기보다, 달라짐이 있더라도 내 종교라는 것이 있어야' 한다는 것이다. 보편종교는 가상할 수 있으나 현실적으로 낱낱의 개별 종교만이 존재한다는 것이다. 곧 모든 종교를 일관하는 '구경의' 종교, 또는 에스페란토 식의 보편종교를 부정하는 것이다. 개별 종교마다 '그런 형식'의 불완전성을 띠는 것이 현실이지만 그런 (완전한) 형식으로서의 보편종교가 없음도 못 박는다. 이런 발언을 할 때에 이미 그는 기독교를 포함하여 종교라는 초세속적인 영역의 세계가 존재하지 않음을 예견했다고 생각한다. "내 종교를 변경을 하려면 그것도 하지 못할 것은 아니다."라는 언표가 끊임없는 개종과 가종(加宗)(황필호)을 합리화하는 발언처럼 들리지도 않는다. 아마 속(俗)과 성(聖)의 넘나듦을 지시한 듯하다. 엘리아데적인 the Sacred과 the Profane의 구분을 부정하는 것이다. 곧 종교학의 주장인 '종교적 인간'(Homo Religiosus), '종교만의 영역'(the Sacred)을 철폐시킨다. 이런 주제는 오늘날 종교학 영역의 가장 중요한 뜨거운 이슈로 떠오른다.(Russell McCutcheon, *Manufacturing Religion*, Oxford: Oxford University Press, 2003; 또한 Talal Asad, *Genealogies of Religion*, London: Johns Hopkins University Press, 1993.)

함석헌의 발언 속에는 종교의 보편성의 강조가 오히려 기독교 팽창주의를 돕고 보편적 이념화나 이념화된 세계화가 형태를 달리한 제국주의의 양태라는 것이 예견되어 있다. 종교성이니 보편성이니 하는 말들의 허구와 그 의도를 적확히 지적한 것이다. 오히려 개별성과 구체적인 사항만이 현존할 뿐이다. 그는 자신을 이단으로까지 몰고 가는 자신의 구체성=기독교를 인정하고 구체성을 찾아 편력했을 뿐이다. 그것이 무교회이고 퀘이커이고 더 나아가 힌두교와 불교를 인정하고 노자를 통한 예수 이해, 예수를 통한 노자 이해를 가능하게 한다. 이런 함석헌의 입지를 환원시킬 때 어떤 기독교, 어떤 종교 개념에 일치시킬 수 있을까?

장기려 장로와의 일화에서도 드러난다.

내가 노장 이야기를 자꾸 하니까 염려가 되셨던가 봐요. … 청년들이 (전하며) 묻기에 '내가 노자도 장자도 좋아하지만 내가 믿는 내 주님이 예수 그리스도지, 다른 이가 있겠느냐.'라고 했더니 장 박사님이 우셨어요. 나는 '야, 말도 안 하고 속으로 얼마나 염려했으면 그랬을까….' 이렇게 생각이 들어 고마웠어요. (『함석헌전집 3』 (구판), 171쪽)

그에게 자신의 종교적 정체성을 어느 곳에 두느냐 하는 것은 전혀 문제시되지 않았다. 그는 종교학적, 사상적 규범이라는 것도 상대적일 수밖에 없는 점을 지목했다. 그러나 현실적인 존재 양태를 부정하거나 이상화된 종교를 믿는 행태는 아니다. 장기려 장로를 내세웠지만 그런 발설의 의도는 자명하다. 종교적 정체성이나 규범화하는 일은 그것을 발설한 사람(장기려 장로) 혹은 그 개념 틀(신학상의 개종)에 의해 형상화되고 정한 사람들의 현실적 틀과 이론의 형태에 담겨 있을 뿐이다. 그는 종교의 선택을 결혼과 곧잘 비교했다. 성서에서 비유로 나왔기 때문이기도 하지만 자신의 결혼과도 적확히 맞아떨어지는 경우이기도 했고, 사랑이란 보편성이 어떻게 구체화되는지를 여실히 보여주는 경우이기도 했다. 곧 존재하지도 않는 종교란 보편성이 어떻게 현장화하는지를 그대로 보여준다. 마치 사랑이 구체적 현장 속에서만 드러나듯이.

어느 것을 내 종교로 삼지요. … 종교는 그 가르침 중에서 집으로 말하면 저 마룻보 같은 그런 것인데, 그런 의미에서 택하는데, 혼인으로 말하면 내 짝을 택하지 않을 수 없고, 택한 이상에는 택하기 전과 같을 수가 없어요. 전체를 한 사람 속에서 보아야 하니까. 내 종교를 절대화해서 '야 이거만이 진리다' 하는 것은 지금은 못하게 됐어. … 사람이란 자주 변하고 … 몸이 변할 뿐 아니라 안다는 이 지식도 자꾸 변해요. … 체험도 고정이 돼 있는 것이 아니고 변동이 올 수밖에 없지. … 종교의 아주 정통이라 해서 고집하면 그렇게 잘못된 것이 없어요. … 뭐 내 종교라는 게 있느냐? 그래서 모든 종교를 한데 섞어서 비빔밥 모양으로 하면 그게 참종교냐? 하면 안 그렇지 않아요? … 마치 혼인하는 걸로 이야기한다면 내 남편 내 아내에게 충실한다 해도 그걸 절대화해서 그 사람이 제일가는 인물이지 그 이상은 없다고 그럴 수는 없는 것과 마찬가집니다.(『함석헌 전집 14』, 160-161쪽)

함석헌에게 종교는 최종적인 것이기보다 도구적인 것이고, 과정적인 것이다. 그렇다고 종교를 상대화하지도 않는다. 오히려 그에게 종교는 의상의 상징성을 지닌다. 〈문명은 옷〉이란 글에서 그는 인간으로서 옷을 입지 않을 수 없고 옷을 입어야 한 개인이 드러나듯 문명의 특징 역시 그러하다는 것이다. 전체의 한 부분으로서만 현존하는 것이 우리의 존재 양태이고 그것이 우리의 운명(또 종교적 상황)이기 때문이다. "내가 교회에서 배운 것은 기독교란 한 개의 형식이었다."(『신 저작집 6』, 243쪽)란 말은 우리의 종교적 존재 양태를 간명하게 말해 준다. 옷의 특징이란 바로 기독교, 불교, 이슬람교라는 구체적인 현실의 종교를 지시하는 것이고, 옷에 대한 호오적인 비판이 무신론·거짓 종교·반신론의 주장으로도 표출된다는 것이 함석헌의 종교 이론이다.

함석헌 선생의 사상과 그의 감화에 영향받는 우리는 이 안녕할 수 없는 현실을 어떻게 종교적으로 이해하며 대처해 나가야 하는지 나는 지난 한 해를 곤혹 속에 보내며 다시 새해를 이렇게 가늠해 보는 것이다. 지금, 한 해를 마감하는 시점에 서 있다. 바쁘게 자기 일에 몰두하며 지내 온 한 해를 돌이켜보는 때가 된 것이다. 그리고 이 돌이켜보는 일 가운데 우리가 빠뜨릴 수 없는 것은 종교/학에 대한 것이다. 이른바 종교학이라는 학문 분류의 틀, 인식의 틀 또는 그에 상응하는 제도적 틀에 대해서 돌이켜보아야 한다. 종교 연구자/실천자인 우리는 주변에서 일어나는 일을 종교 및 종교학의 잣대로 생각하도록 훈련되어 있다. 그것이 몸에 밴 일상의 관습일 수도 있고 우리에게 요구된 사항일 수도 있다. 한 해를 마감하는 때에 이런 우리의 관습을 되돌아보는 것은 시의적절하다.

우리 사회는 풀리지 않는 세속의 문제나 서로 얽힌 난제가 제기될 때마다, 종교적인 해법을 요구하는 듯이 보인다. 종교가 현안 문제의 최종적 결판자로서 요구되는 것이다. 이럴 때, 화쟁적 태도, 상생적인 접근, 하늘의 뜻 따르기라는 말이 제시된다. 모두 현실 해법의 수사법으로 제시된 말이다. 이렇게 되면 종교와 관련된 이들은 적어도 현실 문제에 관심을 가질 수밖에 없다. 종교 연구자는 이런 상황을 어떻게 봐야 하는가?

희수 축하연에서 정진홍 교수는 직설적으로 "종교/학이 삶의 자리의 어디에 위치하는가?"란 물음을 던졌다. 그는 종교를 다루는 작업의 위상을 물으며, 일상적 삶의 자리와 종교/학적 삶의 자리의 관계에 대해 화두를 제기하였다. 그것은 "우리가 관성적인 자기 길들이기(self-domestication)라는 인식의 악순환 속에 빠져 있는 것은 아닌가?" 하는 물음이다. 혹시 우리가 종교를 '책장 속의 불교' '성서에 갇힌 개신교' 그리고 '성당 속에 밀폐된 가톨릭'으로 만들고 있는 것은 아닌가? 그래서 우리는 성속(聖俗)의 전혀 다른 두 영역을 설정하면서, 종교의 세계와 세속의 세계를 이분화해 버린 것은 아닌가? 그리고 세속의 모순이 극심해지면, 성(聖)의 세계로 도피해 버리고, 혹은 성의 세계를 자기 안전판으로 삼아 손쉽게 초월적 위치를 점유하는 것은 아닌가? 그렇다면 성·속이란 두 영역을 전형적인 자기 인식의 합리화에 이용하고 있는 셈이다.

요즈음 종교적 관점은 현실의 난맥을 풀어 주는 것이 아니라, 오히려 현실의 문제를 더욱 꼬이게 하고 있다. 예컨대 종교 이념이 오히려 전쟁의 명분으로 이용되는 것을 우리는 얼마 전에 미국에서 보았다. 악의 제거와 정의로운 선의 승리를 외치며 전쟁을 선언한 조지 부시 대통령이 그랬다. 하지만 그런 일들이 어찌 미국에서만 일어날 것인가? 『종교가 사악해질 때』(찰스 킴볼)라는 제목의 책을 인용할 필요도 없다. 종교는 폭력과 사악함을 증대시키는 결정적 요인으로 작용할 수 있다. 절대적 진리의 주장, 맹목적인 복종, 이상 세계에 대한 열망, 목적이 수단을 정당화시키는 태도, 성전(聖戰)을 선포하는 일 등이 바로 종교가 부패하고 사악해진 결정적인 징후들이다. 우리가 손쉽게 빠지는 종교 폭력과 사악함의 구렁텅이는 대개 위장되어 있고 생각보다 크다. 그리고 이런 요인과 현상은 모든 종교에 내재해 있다. 이를 부정할 길은 없다. 바로 한국의 종교 현장이 그렇다. 그래서 한 해를 마감하는 이 자리에서 나는 다시 한번 물을 수밖에 없다. 우리 일상의 자리, 종교/학의 자리가 어떻게 작동하고 있는가를. "자본주의의 병폐는 교정되어야 한다."라는 프란시스코 교황의 말을 마르크시즘으로 몰아 배척한다거나, 동성애자가 교회로 다가와 위로를 구할 때 교리를 내세워 문전 박대하는 일에 대해 우리는 어떻게 저항할 수 있는가? 적어도 종교/학이 삶의 현장에 서 있을 때에만 저항을 시작할 수 있다. 책상 위의 신학과 초월적 도피처에서 과감히 벗어나야 한다. 지혜(인식)와 자비(실천)는 두 개의 동떨어진 사항이 아니다. 함께 가는 일이다. 알고 인식하는 한, 참여하여야 한다. 그래야 보살행일 터이고 사랑의 실천일 것이다. 파행을 거듭하는 우리의 현실에 대해 우리는 우리 방식으로 참여하여야 한다. 여기에서 어느 가톨릭 수도자가 발설한 명료한 발언은 가슴에 새겨둘 만하다. 그는 이렇게 말했다. "이 현실에서 종교적 명상을 할 수 없게 만드는 요인들이 있다면 그것도 반드시 정치 문제로 삼아야 한다."(Jeanne Hersch) 정치와 종교는 우리가 참여된 가장 절박한 현장이기 때문이다.

간디 다시 읽기

간디에 관해 언급하는 일은 부담스럽다. 그에 대한 모든 측면이 잘 알려져 있기 때문이다. 마치 부처님이나 예수님의 면모를 기술하는 것처럼 우리에게 너무 친숙하니 다시 간디를 언급하는 일은 누구라도 부담스러울 수밖에 없다. 모한(Pankaj Mohan) 교수가 이런 점을 의식하면서도 573호 뉴스레터에서 간디에 대한 글을 써 준 것은 고마운 일이다. 모처럼 간디가 화제로 된 이 기회를 빌려 간디의 또 다른 면모, 또는 이분에 대해 제기될 수 있는 문제점을 우리가 공유하는 일도 보람 있지 않을까 생각한다.

간디는 관행적으로 '마하트마'로 불린다. 한 인간으로서 이분이 지향한 바가 고귀하게 느껴지기 때문이다. 우리에게 그의 이미지는 '제2의 예수님'이거나 '성웅'이다. 우리는 그를 말 그대로 '위대한 정신'으로 우러를 수밖에 없다. 그래서 최상의 개념어만이 이분의 행적에 대한 서술로 적합하다. 그의 구체적인 행위나 현장에서 나타날 수 있는 모순은 이분의 이미지와는 잘 어울리지 않는 것 같다. 그렇다면 이분은 혹시 '마하트마'란 승화된 호칭에 갇혀 버린 것은 아닌가?

　이런 물음을 던지는 이유는 이분의 활동이 역사 현장, 곧 일정한 지역과 시간 속에 위치했기 때문이다. 그가 살던 남아프리카의 인도인 거주 지역은 이민자들이 격리되고 차별받는 지역이었고, 제국주의적 억압의 장소였다. 거기서 간디는 훗날 그 자신을 대표하게 될 '비폭력'과 '진리파지' 이념을 제창하고 구체적으로 운동을 펴 나갔다. 곧 그는 억압과 차별받는 이주민의 정치 현장에 있었고, 인도 이주민의 삶의 위상을 제고시키기 위한 투쟁을 전개했다. 따라서 이렇게 말할 수 있다. 힌두 내셔널리즘의 현장적 표출 방식이 비폭력과 진리파지인 것이지, 비폭력과 진리파지라는 종교적 이상을 세속적으로 변용한 것이 힌두 내셔널리즘으로 나타난 것은 아니었다. 그래서 간디의 멘토 역할을 한 톨스토이마저 "간디의 힌두 내셔널리즘은 모든 것을 손상시킬 수 있다."라고 경계를 한 것이 아닌가.

　간디에게 남아프리카는 종교적 승화의 장소이기도 했지만 정치적 투쟁의 장소이기도 했다. 남아프리카에서 간디가 체험한 것은 '인종적인 것'과 '종교적인 것'의 뗄 수 없는 결합이었다. 구체적 삶의 현장과 사회적·정치적 의식 없이 간디를 생각하는 것은 일방적인 관점이 될 수 있다. 그럴 경우, 간디의 정치적 메시지는 항시 종교적 메시지 속으로 함몰되어 버리는 경향을 띤다. 그는 불가촉천민에 대한 차별은 반대했지만, 카스트제도에 대해서는 반대하지 않았고, 열렬한 힌두교 주창자였지만 이슬람교와 힌두교의 일치를 강조하였다. 종교적 화해와 평화라는 이름 아래, 또는 '마하트마'라는 호칭 아

래 손쉽게 이 모순을 처리해 버릴 수 있는 것일까? 모한 교수의 기고
문을 읽으며 마하트마 간디의 정신적/종교적 위대성에 빠져들기보
다는 이런 현장의 모순을 우리가 어떻게 처리해야 할 것인지에 대
해 고민하게 되었다. 나이폴이 지적했듯이 마하트마 간디는 '자신이
자신의 찬양자'가 되고 말았고, '자신이 자신의 상징'으로 변했으며,
'자신의 성스러운 캐리커처'가 되고 말았다고 할 것인가? 나이폴의
비판에 전적으로 동조하고 싶지는 않지만, 간디의 현실 인식과 현장
정치 속에서의 입지를 되묻는 것은 필요하다고 본다.

'마하트마'란 종교/정신성 속에서는 그의 행적의 모호성만 드러
날 뿐이다. 그가 남아프리카에서 보인 초기의 정치적 창의성 및 인
도의 근대성을 이루기 위한 노력은 '종교적 승화' 속에 사라져 버린
다. 오히려 우리가 알고 싶은 것은 그의 종교성이 어떻게 현실에서
작동되었는지에 관한 것이 아닌가. 나는 식민지 시기를 겪으며 간디
의 위대한 정신/전통이 어떻게 현장화되었는지 알고 싶다. 간디가
겪은 인도 공동체는 분열상의 극치였다. 돈 많은 구자라티 이슬람
상인은 자신들이 '아랍인'으로 불리기를 원했고, 인도 기독교인들은
자신들이 기독교 공동체의 구성원이라고만 여겼다. 인도라는 단일
한 실체, 또는 국가/민족 단위는 존재하지 않았다. 그의 종교적 화합
과 내셔널리즘은 과연 어떻게 가능했던 것인가?

분열의 극을 달리는 오늘날 한국의 상황도 당시의 인도 못지않
다. 남북의 분열은 물론이고, 보수/기독교는 대부분 한국의 문화 전
통과의 분리를 주장하고, 근대화하기 위해서는 오직 서구적 자본주

의에로 몰입하는 길밖에 없다고 고집하고 있으며, 이웃 돌보기의 배려와 복지의 행위를 공산주의 정책의 전횡으로 몰아가고 있다. 간디의 전통적 내셔널리즘이 혹시 현대 한국에서도 작동될 수 있을까? 오늘 여기에서 간디와 같은 성웅의 메시지가 작동된다면, 결코 나쁠 것은 없다. 하지만 그런 것을 기대하는 것은 아무래도 거의 환상에 가깝게 느껴진다.

간디에 대한 나의 문제 제기는 고매한 성자의 출현을 거부하려는 것이 아니다. 다만 성인(聖人)의 출현과 그의 행적을 '종교'나 '종교적' 어휘로 승화시킬 때 문제가 해결되는 것이 아니라 문제가 제기되는 것이라는 점을 말하고 싶을 뿐이다. 종교적 이념은 그 시점에서 우리에게 문제를 제기하며 현실/현장의 구체적 정황에 대한 해석을 요구하는 것이다. 마치 성서 해석학과 불교 논장의 해석이 항시 요청되듯이 말이다. 마하트마 간디를 성웅으로 추대하는 것은 늘 현장(現場)의 관점에서 해석을 필요로 한다. 모한 교수의 간디에 관한 주장 역시 이 요구에서 예외일 수는 없다.

《한종연 뉴스레터》 576호, 2019.5.28.

창(唱)과 무가가 어우러져 한판

"호남의 들판을 지나며 논 자락 어느 끝에서 창 소리 한 곡 듣지 못했다면 너는 호남을 다녀온 것이 아니다."라고 대학원 시절 만난 한 동료가 말했다. 전형적인 호남 친구로 신언서판(身言書判)을 갖춘 다재다능한 사람이다. 나중에 학자의 길을 포기하고 사업으로 성공한 그는, 나에게 호남을 창(唱)으로 대변(代辯)시킨 친구다. 이번 종교 문화 탐방의 대상이 일정한 종교 단체나 사건의 장소 혹은 인물이 아니라 해남, 진도 일대라고 발표됐을 때 얼른 떠오른 것이 이 친구였고, 창이었다. 그리고 우리의 탐방은 창이 그렇게 호남 지역과 얽혀 있음을 확인해 주었다.

먼저 들른 미황사(美黃寺)는 흔히 명찰의 위치가 그렇듯, 계곡 속에 위치해 있지 않고 달마산 중턱에 올라앉아 남해의 풍광을 아래로 관망한다. 높이 올라앉은 자세이고, 바다를 내려다보는 오연한 모습이다. 나는 2000년대 초반에 30년 이민 생활 끝에 혼자 귀국하여, 잊었던 산하 이곳저곳을 헤매다 이 절을 만났다. 그때 미황사 주변의 빼어난 산수에 넋을 잃고 나름의 한탄을 했다. 이 절은 결코 '득도하거나 도인이 태어날 수 없는 장소'라고…. 미황사가 위치한 아름다운 산하를 즐기기 바빠 수도승들이 어느 결에 도를 닦겠나 싶었다. 그러나 우리의 이번 여행은 나의 고정된 생각과 이론적 해석이 현장의 상황을 뛰어넘을 수 없으며, 이론은 현장과 구체적 사실에 의해 끊임없이 재수정되어야 한다는 사실을 보여준 야외 강의 여행이었다. 우리의 연례 종교 탐방이 항시 그랬듯이 말이다.

첫째 날 오후에 우리는 미황사에 도착했다. 현지에서 조경만 목포대 인류학과 교수의 안내를 받으며 주지 스님인 금강 스님과 다담(茶啖)을 나눈 다음에 지역 문화재 지킴이 박필수 선생의 설명을 들으면서 절 주변을 둘러보았다. 나는 부도탑에 조각된 엑스(X) 형 등의 기하학적 격자 문양을 보며 얼른 전남 화순 운주사(雲住寺)와의 거리를 물었다. 두 절은 멀리 떨어져 있지 않았다. 운주사의 석탑의 문양과 기하학적 도형은 아직 어느 미술사가도 석명(析明)하게 해설하지 못하고 있다. 그곳 와불(臥佛)의 특이한 모습이며 아무렇게나 조형화한 불보살상도 그렇지만 그곳의 기하학적 문양은 여전히 미궁인 셈인데 이곳 미황사도 마찬가지였다. 그리고 미륵상이라고 긴 기둥에 간신히 얼굴 모습을 새겨 놓은 것 역시 운주사 근처의 미륵상과 닮았다. 마치 희랍신화의 초기 헤르메스 신상과도 닮았다. 운주사만 특이한 것이 아니라, 해남 지역 일대의 사찰이 본래 그렇게 변형된 가람인 것 같다. 박필수 선생의 설명을 들으면 미황사는 절 역할 이외의 또 다른 기능을 한 것이 아닌가 하는 생각을 하지 않을 수 없다. 박필수 선생 자신도 대학 진학까지 포기하며 이곳의 전통을 지키는 일을 담당하고 있으며, 집안 선대의 전통을 물려받았다고도 말했다. 그의 집안은 진도 세습무(世襲巫)의 가계를 잇고 있다. 그는 향토 문화 지킴이와 창(唱)의 전수자를 자임하고 있고, 일종의 무(巫)의 근대적 변모를 대변하고 있다. 우리가 숙박한 '설아다원 게스트하우스'에서 열린 저녁 창 공연은 그의 이런 면모와 기량을 감지하기에 부족함이 없었다. 마승미 게스트하우스 주인 겸 다원(茶園) 여주인과 박필수 선생의 공연을 보면서 무(巫)와 창(唱)에 대한 나의 무지가 수정되었다. 굿판의 사설에 나오는 가락과 노래 들은 굿의 내용에 따라 달라지지만, 굿의 처음과 나중은 일관성을 지니고 있다. 그러나 창은 무엇인가? 굿 가운데 노랫가락의 어느 한 부분만이 적출되어 음악적 효과와 소리를 드러내는 음악성으로만 공연된다. 소위 무가(巫歌)에서 뽑힌 한 가닥이 창이 아닌가? 준수하게 생긴 사십 대의 박필수가 장고를 두드리며 창의 멋진 가락을 뽑아내는 일과 온갖 색깔의 옷 조각을 펄럭이며 작두 위를 오르내리며 혼백이 전하는 사설을 타령하는 작업 사이의 공통점은 무엇이고 다른 점은 무엇일까? 굿판의 무가와 공연장의 창의 차이는 무엇이고 두 상이한 펼침을 바라보는 우리의 시각은 어디 있어야 하는 것일까?

답사 둘째 날 우리가 처음 간 곳은 고산 윤선도 기념관과 해남 윤씨 종가이다. 윤선도는 호남에 해남 윤씨의 굳건한 뿌리를 내리게 한 인물이며 해남 윤씨 종가는 오늘날 호남 명문가의 대표 격으로 운위되는 집안이다. 그런데 고산 윤선도 기념관에 전시된 윤두서의 자화상은 도상적 특징만을 나타내는 조선조의 왕들이나 승려들의 인물화와는 전혀 성격을 달리하고 있다. 이어서 조경만 교수의 주선으로 우리는 해남 윤씨의 적손인 어초은공 18대 종손인 다헌 윤형식 이사장을 면대할 수 있었다. 그는 모든 선대의 자산을 묶어 재단을 만들고 재단 스스로 이익을 산출하도록 애쓰고 있었다. 전통은 보존되는 것이 아니라 지금의 현장인 여기에서 작동되어야 하는 것임을 잘 보여주었다. 나이 구십을 바라보면서도 그는 새로운 분야의 개발과 사업 영역의 확장을 계획하고 있으니, '돈 많고 집안 좋은 노인네'라는 나의 편견은 여지없이 깨져 버렸다.

다음에 우리는 20여 년 전 KBS 다큐멘터리에서 초분(草墳)의 전 과정을 진행한 장본인을 찾았다. 예전에 진도 지역에서는 돌아가신 분을 3년간 초분이라는 움막의 볏짚 밑에 두어 육탈(肉脫)을 시킨 다음에 뼈를 수습하여 다시 묘에 안장시켜야 죽음의 의례가 끝나는 것이었다. 하지만 이제는 그 풍습이 사라졌다고 한다. 그 이후의 죽음들은 어떻게 장례로 이어졌을까? 죽어도 죽지 못하는 일이 지속된 것은 아닐까? 죽음은 있어도 장례가 상실된 죽음, 아니 영원히 죽음이 종결되지 못하는 끔찍한 일이 매일매일 병원의 장례식장에서 벌어지는 것은 아닐까?

그다음으로 진도의 영등 축제 장소를 찾았다. 진도의 대죽리 앞바다의 대섬이 하루 두 차례 썰물과 밀물로 해서 땅과 맞닿는 일이 벌어진다. 서해안 주변의 작은 섬들과 뭍에서 간혹 일어나는 현상이다. 그러나 성서의 이미지는 이미 우리 한국 땅에 깊이 뿌리를 내리고 있다. 그래서 관광 가이드 책이나 사람들의 입을 통해 '모세의 기적'이 운위된다. 그러나 거기에는 뿅할머니와 호랑이 두 마리가 있다. 여기에 형상화된 두 마리의 호랑이는 어떻게 설명될 것인가? 서로 연관 없던 것을 이어 붙인 '전통의 발명'이 그 답변이다. 진도를 떠나면서 나는 비로소 세월호의 팽목항을 떠올렸다. 아, 진도에 갔으면 새로운 정치 신화의 탄생지인 팽목항부터 들렀어야 했다.

이번 일정의 마지막 순서는 씻김굿의 전수자인 송순단과의 인터뷰였다. 그녀는 요새 굿해 달라는 주문이 없어 금년 들어 한 번도 굿판을 벌이지 못했다고 한다. 고객이 무엇을 원하며 어떻게 대응하고 있냐는 질문에, 그녀는 "집안의 근심, 걱정 또는 우환을 어떻게 하면 없애고 닥쳐올 불운을 어떻게 막는가 하는 일이 굿을 하는 목적이고 그것이 주문인데 요즈음은 옛날보다 이런 집안의 걱정이 더욱 쌓여 있는데도 도통 그것을 풀려 하지 않는다."라고 말했다. 굿을 통해 마음에 맺힌 한과 걱정을 풀어 주어야 그 재액(災厄)이 집으로 들어오지 않는데, 요즈음 사람들은 그걸 모르고 산다는 것이다.

주변 기독교 목사와 신자들이 가하는 공격에 대해서도 그녀는 유화적으로 대처했다. 기독교 목사들도 신도들에게 나름의 위로와 소원을 풀어 주는 기능으로 자식들을 먹여 살리듯 자신도 똑같은 일을 수행할 뿐이라는 것이다. 자신도 이 굿하는 일을 통해 자식들에게 대학 교육을 시켰고 이 생활에 만족한다고 말했다. 그리고 그녀는 세월호의 비극을 달래는 온당한 방법에 대해서도 언급했다. 재앙이 일어난 바로 이곳에서 죽은 혼령을 위로하는 합동위령제를 하면서 어떻게 발레의 변형된 안무(按舞)를 통해 초혼을 하며 희생자 가족을 위로하겠느냐고 그녀는 격앙된 감정을 드러냈다. 진도씻김굿 문화재인 그녀가 초대되지 않은 일, 서구적인 춤의 변형을 공연함으로써 혼을 위로한 듯 처리한 관료·행정가들에 대한 그녀의 하소연에 우리 모두는 전적으로 공감했다. 세월호 합동위령제는 정치적 공연이나 예술적 공연일 수 없다는 점에서 말이다. 그리고 굿판은 산 자와 죽은 자를 안온(安穩)시키는 일이며 위령을 통해 한 단계 예술적인 승화가 이루어진다는 위령과 공연의 중첩성에 완전히 공감했다.

이번 일정의 모든 낱낱의 만남을 주선하고 우리로 하여금 이런 방향으로 생각의 실마리를 끌고 가게 해 준 조경만 교수의 연출(?)에 감사할 뿐이다. 아마 이분이 아니었더라면 이번 탐방은 호남의 산수와 풍물을 즐기는 또 하나의 흔한 지역 관광 여행에 그쳤을 것이다. 인류학적인 현지 조사에 근거한 그의 통찰력 덕분에 이 지역의 농축된 현장들이 우리의 종교학적 시각에 그대로 드러나게 되었다고 본다. 아, 이제 나의 종교 탐방 현장을 떠날 시점에 이르렀다. 나는 무엇을 보고 무엇을 알게 되었는가? 또 이번 탐방 프로그램 속에서 다른 참가자들은 어떤 경험을 한 것일까? 미황사의 정통 불교와 현지 무속 신앙의 이중성, 진도 굿판의 무가(巫歌)와 남도창의 이중성, 윤선도 시가와 조선조 유교 관리의 이중성, 새로운 신화의 발명 혹은 날조, 그리고 신화 창발의 계기…. 아무래도 우리에게 진도, 해남으로의 종교 탐방은 계속할 필요가 있는 과제일 듯하다.

《한종연 뉴스레터》 497호, 2017.11.21.

둔황, 환상을 여행하다

하나이며 두 개의 지역[一卽二, 二卽一]

얼마 전, 둔황을 다녀왔다. 그리고 중국의 다른 곳도 다녀왔다. 지리상의 당연한 위치 지움이지만, 나에게는 전혀 다른 두 개의 세계이다. 엉뚱한 상상에 시달리던 고등학교 시절 이노우에 야스시(井上靖, 1907-1991)의 『둔황(敦煌)』이란 소설을 읽고 빠져든 세계였다. 나에게 『둔황』은 중국 이야기이기보다 고대 어느 국제도시에 관한 환상적 이야기였다. 그래서 소설 속의 한 장면에 나를 위치시키고 『둔황』이 펼치는 이야기에 끝 모르게 빠져들며 헤매었다. 나의 불교에 대한 공부는 이런 환상적 헤맴을 더욱 확대시켰다.

둔황 석실에서 발굴된 문서와 프레스코화 속에 깃든 불전 설화들, 불보살의 아련한 미소, 이미 재현될 수 없는 지난날의 이러한 불교 모습을 추적하는 장소로 둔황이 떠올랐을 때, 나는 나의 환상과 학문이 일치됨에 전율했다. 그래서 나는 둔황과 연관되는 몇 개의 고전어를 배운 것을 뿌듯해했고 더욱 불교에 천착했다. 나보다 앞서 당나라를 떠돌며 정신세계를 유력한 신라의 원측(圓測) 스님을 학문

명사산 전경

상의 아이돌로 삼았다. 원측 스님은 실크로드의 주인공인 현장(玄奘, 602-664) 스님 문하에서 서역의 6개 국어를 통달하며 큰 학문적 업적을 남겼다. 원측 스님의 주저 가운데 하나인『해심밀경소(解深密經疏)』를 티베트 불교의 원효라 할 총카파(Tsong kha pa, 宗喀巴, 1357-1419)는 물론 달라이 라마까지 탐독했다는 소식을 접했을 때, "나의 아이돌 만세!" 하고 외쳤다.

나는 또 틈틈이 실크로드를 거쳐 둔황에 당도한 서양의 문헌 탐색가들의 엉뚱한 행적에 관한 이야기를 흥미롭게 읽었다. 자신들이 무슨 짓을 하는지 몰랐겠지만, 이들은 결국 동양학(둔황학)의 기초를 닦은 공로자로 추대되었다. 또 하나의 서세동점의 형태일 수밖에 없는 이들을 중국은 '서방의 악마들'[洋鬼子]이라 불렀다. 하지만 이 탐험가들은 어차피 새것과 신기한 것을 좇아 헤맨 사람들이었다.

이렇게 천방지축으로 떠돈 대표적 인물들에 대해 계속 읽었다. '실크로드'란 환상적인 이름을 붙여 뭇 서양인들을 자극시킨 지리학자 리히트호펜(Ferdinand von Lichthofen, 1833-1905), 오지 탐험의 선구자로서 타클라마칸을 탐험했고 고문서를 서구에 소개하여 문헌학자들을 불러들인 헤딘(Sven Hedin, 1865-1952), 고문헌 색출과 그 판독 작업으로 각광을 받았으나 희대의 학문적 사기극으로 끝난 문헌학자 훼른레(Augustus Frederic Hoernle, 1841-1918), 둔황 문서를 차떼기로 실어 날라 동양 문화를 약탈한 장본인으로 지탄받은 스타인(Aurel Stein, 1862-1943), 그리고 둔황 문서의 중요성을 일깨우고 우리의 혜초(慧超, 704-787) 스님을 떠오르게 한 펠리오(Paul Pelliot, 1878-1945) 등등. 이러한 문헌 약탈자, 벽화 도굴자에 의해 동양학의 꽃으로 떠오른 것이 둔황이었다. 그런 둔황이었지만 나에게는 환상의 둔황이었고, 어느새 나에게 내면화된 실크로드의 한 자락이었던 것이다.

그러나 그 둔황은 중국에 위치해 있고, 모든 분야에서 굴기하는 오늘의 중국 현실 속에 엄연히 존재해 있다. 이렇게 되면 이제 나의 학문적 환상을 현실로 끝내게 할 시점에 이른 것이다. 그것이 나의 둔황 여행이었다. 과거로의 여행이었고, 환상으로의 여행이자 현실로 되돌아오는 여행이었다.

인생은 나그네 길

인생은 여로(旅路)와 같다고 한다. 인생 여로를 걸어가며 나는 지금 또 다른 여행을 시도하는 것이다. 다소간의 현기증과 혼란을 느끼는 것은 갓 떠나 온 미국과의 시차 때문일까? 아니면 이 여행에 감추어진 나의 이중성 때문일까? 나의 두 번째 고향인 미국 동부 보스턴을 떠나 한국에 도착하자마자 다시 동양고전연구소(대구 소재, 조호철 이사장, 이장우 소장)가 주도하는 문화 탐방 일정을 따라나선 여행이다.

한평생을 미루던 여행이라 아예 포기하는 것이 낫지 않을까도 생각했다. 솔직히 말해 두려웠다. 내가 이제껏 상상하며 간직해 온 것들이 깨질까 봐 두려웠다. 그러나 환(幻)은 깨져야 한다는 것이 불교의 근간 교설이고, 내가 좋아하는 인도 신화의 주제가 아닌가? 아니 그것은 연륜이라는 나이 듦이 알려 주는 교훈이자 현실의 가르침이다. 깨어나자, 각(覺)이 그것이니. 그러므로 "깨자! 나서자! 여행을!"이라는 구호는 나를 위한 것이기도 했지만 돌아다니기 싫어하는 집사람을 설득시킬 구호였다. 이 여행을 끝내고 내게 돌아올 일은 접어 두기로 했다. 뒤따를 후유증은 나중에 생각할 일이다. 아직은 후유증을 따질 때가 아니지 않은가. 겪는 것이 먼저다, 그래야 후유증이 올 것 아닌가? 중국에서의 시발점은 상해이고 한국에서의 출발은 응당 인천국제공항이나 김포국제공항에서 할 거라고 생각했으나, 대구에서 모여 김해국제공항에서 출발한단다. 동양고전연구소의 현주소가 대구이기 때문이다. 서울에서 김해까지의 왕복 비행이 덧붙여진다. 나의 주저함을 아는 듯 빙빙 돌리기로 일정이 짜였다.

그런데 이번에는 또 다른 사건이 주저하게 만든다. 동행 중 집사람의 파트너 역할을 할 이장우 교수 부부가 빠진단다. 아, 어쩌나! 내 몸 하나 가누기도 힘든 환상을 좇는 여행인데 집사람의 파트너까지 빠진다니…. 떠나기 전 미국에서 전화와 이메일로 찰떡같이 약속받은 일이 허사가 되었다. 이 교수 부인의 부친이 병원에서 위중한 상황이라니 어쩌랴. 이번에는 구호를 바꾸자. "깨지자! 까무러치자!" 그래야 환상 속으로 직행하지. 역시 나만의 구호였다.

이제 내 환상을 깰 두려움이며 집사람의 잔소리와 매서운 눈썰미에 대해서도 만반의 준비가 되었다. 항시 그렇듯 후유증은 나중으로 미루어 두자. 아직은 떠나지 않았고 돌아온 후의 일을 누가 알랴.

우리를 안내할 상해 현지 가이드와 상면했다. 가이드란 직책은 일어나지도 않을 일에 대한 잔소리꾼이거나, 아니면 자기의 좁은 소견을 내휘두르며 무지하기를 강요하는 사람이기 쉽다. 그리고 종종 자기가 알고 느끼는 것만을 따르도록 강제한다. 폴 발레리가 말했던가? "사람은 자기가 보려고 생각하는 것만 본다." 나는 분명히 내가 보려고 하는 것이 따로 있고 혹 우연히 눈에 띄는 것이 있어도 그것을 나만이 홀로 보고 있다고 생각하는데 말이다. 그러나 우리는 모두 안다. 그들의 의도만은 선량하다는 것을. 그래서 어느 곳의 여행 가이드건 그들은 전형적인 선의의 독재자들이고, 유식을 내세운 무식의 전형이라는 것을. 인생 가이드는 어떨까? 똑같다. 그래서 미리 인생을 겪은 노인들을 '무식한 고집쟁이'라고 판잔을 주지 않는가?

중국에서 우리 여행의 시발지는 상해이다. 그렇지 않아도 사막의 황량함과 모래 먼지를 전제로 한 여행이다. 그런데 벌써 무제한의 미세 먼지와 무질서한 교통과 인파가 휘황한 건물군(群) 사이로 마구 뒤얽힌다. 서세동점의 첫 대가를 치른 상해는 현대의 메갈로폴리스가 지닌 또 다른 근대성의 삭막함을 노출하고 있다. 강 안에 위치한 청말(清末) 열강의 조차지(租借地)에 난립한 동서양 혼합 건물마저 네온으로 장식되어 각각의 원색을 내 뿜고 있다. 강 위의 배들마저 휘황한 조명등을 달고 거리의 부끄러운 여인들처럼 기죽은 듯 간간이 흘러가고 있다. 강 안의 쓰레기와 오물이 네온 장식의 색깔을 입고 전혀 다른 물질로 비쳐 보인다.

China는 차이(差異)나일 뿐

예전부터 둔황으로 가는 첫 관문은 난주(蘭州)였다. 난주로 접근하며 비행기의 고도가 낮아지자, 아, 하얗다!

눈이다. 거친 대지와 황막한 사막의 초입을 기대했는데 눈이라니.

12시간 이상을 타고 갔던 열차(난주역)

중국인이면서 무슬림

모두들 서설(瑞雪)이라고 설레며 비행기 창밖 사진 찍기에 바쁘다. 황막한 대지 위에 널찍하게 들어선 비행장이 깨끗하게 잘 정리되어 있다. 수속 절차도 깔끔하다.

밖으로 나오자 마중 나온 사람들이 이곳저곳에 몰려 서 있고 한결같이 흰 빵모자를 얹고 있다. 그렇지, 이곳은 소수민족인 회회(回回, 이슬람)족들이 밀집해 사는 곳이다. 중국 속에 있는 또 하나의 이국을 마주하는 접점이다.

그러나 이들의 얼굴 모습은 무엇인가? 또 하나의 동양적 얼굴, 중국인의 모습이 아닌가? 이들을 다르게 갈라놓는 기준은 무엇일까? 손쉽게 종교라고 답변한다면 내 눈앞에 나타난 사실을 부정하는 일이 될 것 같다. 우리가 매일 뉴스 미디어를 통해 접하는 이슬람의 담지자와는 확연히 다르다. 아니 중국 유대인들도 이 변방에 거주했다. 종교로 이 세 인종을 구분하기에는 그들은 서로 닮아 있다. 그리고 거의 동일한 일상과 습속에 젖어 살고 있다. 이들에게서 나는 호메이니의 모습이나 바바라 스트라이샌드의 어떤 편린이라도 찾을 수 있을까? 그러나 상투화된 나의 관점은 이 이방의 종교인이 우리 동양인과는 전혀 달라야 한다고 주장한다. 그래서 내 옆에 나란히 서서 친절한 웃음을 짓는 이웃을, 그 알량한 상식과 통념에 따라 가르고 차별한다. 그리고 다르다는 이유로 미워한다. 가르고 미워하니 차별의 정치가 활개를 칠 수밖에. 그리고 모든 미움과 갈등의 이유를 종교로 전가시킨다. 갈등의 정치가 서식하는 곳은 바로 종교의 현장이라고 주장하며 '문명의 충돌'을 마치 대단한 이론인 듯 떠든다. 아, 말이 많다. 아니 나의 생각에 혼란이 일어난다.

난주(蘭州). 그렇다, 이노우에의 『둔황』의 주인공도 그렇게 느꼈다. 과거 시험을 때려치우고 국제도시인 장안을 거닐다 어느 길가에서 마주친 서역 여인의 체취를 따라 표류한 곳이 난주였다. 이 파란 많은 서생(書生)의 편력이 바로 난주에서 시작되었다. 혹 내 인생 편력이 다시 시작되려는 것은 아닌가 하는 상상을 해 보았다. 그러나 너무 늦었다. 아니, 이미 나는 둔황에 이끌렸던 이노우에의 서생 못지않은 인생 편력을 했고, 이제 그것을 끝내려 하지 않는가!

오늘의 서역이라면 그것은 미주(美洲)일 터이다. 평생 책이나 뒤적거리며 현대판 서생 노릇을 하는 것이 젊은 시절 나의 꿈이었다. 이산 가족의 멍에와 연좌제의 고리를 벗어나는 최상의 생업이 서생 노릇 하는 것이라 여겼다. 그리고 마음대로 상상의 세계로 내닫고 종교의 세계로 비상하는 일을 그 누구도 간섭하지 않으리라고 생각했

선물처럼 나타난 설국

다. 그러나 꿈은 역시 꿈이었다. 교수직의 기대를 포기하고 미주로 이민을 떠났고 무려 30여 년간 생업으로 갖가지 비즈니스를 시도했다. 마지막 사업 업종은 다이아몬드 딜러였으니 기막힌 편력이다.

난주의 첫눈은 상징적이었다. 누렇고 황막한 대지를 온통 희게 만들어 놓았다. 깨끗하게 만드는 흰색, 흰색은 색깔이 아니다. 오히려 모든 색깔을 무효화시킨다. 그리고 감싼다. 흰색은 감춤의 색이다. 심술궂은 강력한 검정색마저 하얗게 표백시킨다. 검은 대지를 뒤덮는 흰 눈, 그것을 보고 상념에 빠지는 것은 자신을 백지화하여 자신이 지닌 모든 것을 투영할 수 있기 때문이리라. 슬픈 사람은 슬픈 사연을, 즐거운 사람은 어렸을 적의 청순함을…. 온갖 정감의 색깔을 받아들이고 갖가지 감정의 색깔을 표출한다. 이제 나의 이력과 경험과 선입관을 무효화하고 새 인상을 각인시킬 공백이 앞에 있다. 황막한 사막의 초두(初頭), 난주에서의 흰 눈, 천축으로의 출발 신호이다.

난주는 황하가 시작되는 첫 도시이기도 하다. 근자에 만들어진 황하모친상을 보며 눈도장을 찍기 위해 허겁지겁 사진을 찍어 두었다. 중국을 키운 황하, 가히 어머니와 같다. 그리고 가까운 거리에 소재한 수차원(水車園)에서 물을 길어 올리는 통이 딸린 거대한 물레방아를 보았다. 황하 유역의 농토에 물을 끌어대는 장치인데, 명나라 때(1556) 이 지역 출신의 단속(段續)이란 진사가 창안한 것이다. 이후 청 말까지 계속 증가하며 1952년까지 가장 편리한 수로 시스템으로 활용되어 난주는 수차의 도시로도 불렸다고 한다.

난주, 사막으로의 출발점이자 농본국 수로의 시발점인 황하가 시작되는 가장 큰 도시. 그러나 지금 황하의 기막힌 상황을 되새기고 싶지 않다. 이미 산샤 등 거대한 댐 건설로 인해 환경이 파괴된 것은 물론이고, 퇴적된 흙이 황해에 가까울수록 지반을 높여 더 이상 바다로 흘러들지 않는 강이 되었다. "모든 강은 흘러 바다로 이른다." 라는 중국 시가(詩歌)의 상징인 장강, 또 세속의 삶과 깨달음이 둘이 아니라는 불전의 상징물이 바로 강과 바다의 관계인데 말이다. 중국의 어머니는 고사하고, 서양을 앞섰던 수로(水路) 테크놀로지도 퇴색되고 있다. 그러나 관광객들은 몰려들고 있다. 이 퇴색된 수차나 황하모친상을 보기 위해서는 아닌 듯하다. 최초로 건설된, 독일 황제가 기증했다는 철근 다리를 보기 위해서도 아니다. 오히려 문명 도시와 사막의 분기점 그리고 중국을 풍요롭게 한 황하의 시발점을 확인하려는 잠재의식이 더 강력하게 작동한 듯하다. 내가 관광 가이드라면 그렇게 설명하였으리라. 그러나 이것은 어쩌지? 잘 지은 화장실이 가장 번잡한 차도 건너편에 위치해 있다. 구름다리도 신호등도 없는 차도를 육탄으로 건너야만 한다. 손을 들어도 차는 막무가내로 돌진해 온다. 두세 사람이 함께 건너는 일마저 무모에 가깝다. 10여 명이 함께 제갈량의 진법(陳法) 짜듯 똘똘 뭉쳐야만 건널 수 있다. 중국은 가장 오랜 농본국이며 예의염치(禮義廉恥)의 나라인데, 북방 야만의 기마족 후예 같은 무례한 돌진이다.

오랑캐의 나라 서양에서의 일이다. 한 사람이 신호등을 무시하고 요리조리 갈지자로 길을 건너다 그만 사고를 냈다. 잘못은 보행자가 했다. 그가 신호를 어겼고 차는 푸른 신호를 따라 제대로 운행을 했다. 그러나 재판의 결과는 정반대였다. 판사의 말은 엄중했다. "자동차는 만들어진 지 100년 남짓, 그러나 여기의 길은 수천 년에 걸쳐 이리저리 꼬불꼬불 만들어졌고 보행자의 유전자는 이 길에 익숙해져 있다. 우리 보행자는 옛길에 익숙하여 갈지자의 행보를 했을 뿐, 100년 전후의 자동차 길에는 익숙지 못하다. 따라서 어떤 여건이든 사람이 먼저다. 자동차 유죄! 벌금, 땅! 땅! 땅!"

중국의 영어명은 차이나(China)이다. 차이(差異) 나는 것이 어찌 이것뿐이랴! 여행자는 항시 차이를 찾는다. 나와 다른 것, 우리와 다른 것이 무엇일까 하고 두리번거린다. 중국은 확실히 우리와 차이가 있다. 그리고 고대와 현대의 차이도 물론 있다. 그것이 우리를 중국으로 이끈 것이 아니겠는가. 여행을 통해 차이 나는 흥미로운 것을 볼 수 없다면 무엇 하러 익숙한 내 땅, 내 것을 떠나 똑같은 것을 찾겠는 가. '차이'라는 주제는 이후 우리들의 매일매일의 화두처럼 따라다 녔다.

타임캡슐을 타고

이제 열차를 타고 난주에서 둔황으로 가야 한다. 12시간의 밤 열차 여행이다. 옛날, 기차 타고 수학여행을 간다고 하면 우리는 얼마나 설레었나. 쉰 살을 훨씬 넘어 일흔 살에 육박하는 이 노년들의 수학여행….

4인 1실의 침대칸에서 배정된 곳에 짐을 올려놓기 바쁘게 서로를 쳐다보며 마음 설레고 있다. 같은 칸의 동침자들에 대한 호기심 때문이 아니다. 그 옛날 이랬을 때 우리는 무엇을 했지? 어디에선가 터져 나올

생각보다 쾌적했던 12시간의 열차 여행

엉뚱한 짓거리를 기대했다. 누구라도 좋고 어떤 우스꽝스런 짓이라도 좋았다. 우리는 웃을 준비가 되어 있었고 어떤 짓거리건 즐거움의 표시로 받아들일 수 있었다. 나도 공범자이기를 주저하지 않았다.

4인실의 이 칸에 무려 10여 명이 밀고 들어와 자축연을 시작했다. 여행은 지금부터라는 듯, 여행용 소주 한 박스가 잠시 만에 바닥을

비단길을 오가던 대상들이 돌에 새긴 그림이 아닐까…(사진 왼쪽) 현벽장성에서 필자

드러냈다. 이때 또 하나의 화두어가 만들어졌다. 주경야독(晝耕夜讀)은
무릇 주경야독(晝輕夜毒, 낮술은 가볍게 저녁술은 독하게)으로 읽어야 한다고. 동
양고전연구원들의 해석학적 사자 성구 풀이다. 동참하지 못한 근엄
한 한학자 이장우 소장이 이 자리에 있었으면 어떠했을까? 그의 표
정을 떠올리며 나는 미소를 지었다. 나는 그분과 가장 가까웠고, 이
여행의 발단자가 그였으니 말이다.

　이미 밖은 칠흑같이 어둡다. 간간이 찻간 불빛이 비치는 찻길 주
변은 희끗희끗한 잔설이 빛에 반사될 뿐이고, 멀리 마을의 불빛이
명멸하고 있다. 다행히 보름달이 따라오며 작은 물웅덩이나 호수에
서 달 모습을 드러내고 있었다. 그 옛날 난주에서 둔황, 아니 옥문관
이나 가욕관으로 향한 장건(張騫)이나 현장(玄裝) 법사 혹은 이노우에
의 상상적 서생은 무엇을 생각하며 이곳을 지났을까? 이런 나의 상
상력에 도움을 주려는 듯 침대칸 문짝 하나하나에 옛 사찰과 유적지

사진이 붙어 있다. 내 침대칸의 유
적 사진은 복원된 나집사(羅什寺)였
다. 기막힌 인연이다. 내가 이 칸에
머무를 것을 예견했던 것일까?

불경의 번역 역사는 현장(玄裝,
602-664)에 이르러 구역(舊譯)과 신역
(新譯)으로 구분된다. 신역의 대표자
는 현장이고, 구역의 대표자는 구
마라집(鳩摩羅什, Kumarajiva, 344-413), 곧
나집이다. 그를 기념하는 사찰인
나집사는 언제 창건됐을까? 내 불

현벽장성 아래서 만난 현장 법사

교사 지식 속에는 등재되지 않은 사찰 이름이다. 현장은 엄연한 명
문 출신의 한족(漢族)으로, 천축(인도)에 12년간 머물며 막대한 산스크
리트 불전을 수집하여 실크로드를 거쳐 당나라로 가져왔다. 당 태종
이 번역 장소로 지정한 대자은사(大慈恩寺)의 번경원(飜経院)에 머물며
무려 1,347권에 달하는 경전을 번역했다 한다. 인생을 요약하는 말,
"태어나, 밥 먹고, 죽었다."라는 말이 현장에게는 "승려가 되어, 번역
하다가 입적했다."라는 말로 요약될 정도이다. 그는 거의 번역기계
에 가까웠다. 그의 번역물은 불교사상 전반에 걸쳐 있다. 그리고 그
의 번역을 통해 인도의 불교는 새 국면을 맞아 변화되었다. 동아시
아 고유의 불교가 그의 번역을 통해 재창안되었다고 할 수 있다. 누
가 번역은 반역이라 했는가! 번역이야말로 새로움의 창발이다. 그를

기리는 사찰이 설립된 것은 당연하다. 그러나 현장 이전 나집까지의 번역자 대다수는 거의 호족(胡族) 출신이다. 축법호, 지루가참, 안세고 등 즐비하다.

나집은 구자(龜玆), 곧 쿠차(Kucha)인으로 호족 가운데 하나가 아니었던가. 우리 일정의 최서단 지점인 옥문관을 넘어 천산북로를 따라 하미(伊吾, 高昌, Hami)를 거쳐 툴판(吐魯番, Turfan)을 지나 당도하는 천산북로상의 가장 큰 도시이자 당시 이 지역의 제일 큰 나라가 구자국이었다. 현장 이전의 한문 번역 불경은 거의 이 옥문관을 넘어 거주하던 이민 호족들의 업적이었다. 누가 이들을 대상(隊商)을 끌고 장사에만 몰두한 떠돌이 장사꾼이라고 했는가. 이들은 문화의 담지자들이며 사상의 전파자였다. 이 번역자들의 이름은 중국인에게도 낯설다.

그러나 최초의 한문 불전을 번역한 사람은 안세고(安世高, ?-170?)다. 중국 한족인가? 성이 안(安) 씨인 이름이 아닌가? 아니다. 안식국(安息國), 파르티아(Partia, 현재의 이란 지방)의 왕족 출신이어서 지방 명을 성으로 붙여 주었을 뿐이다. 세고(世高)는 아마 세상에서 뛰어난 능력을 지녔다는 의미일 것이다. 산스크리트의 'lokkottama'를 의역했을 듯싶다. 그러면 '세상에서 뛰어난, 파르티아 출신의 불경 번역자'란 뜻이 된다.

축법호(竺法護, 233-310)는 누구일까? 그는 초기의 중요한 경전을 번역해 불전 번역사에 이름을 남긴 승려다. 둔황에서 살고 있던 월씨(月氏)족 집안 출신이다. 본래 박트리아 지역이 월씨족의 영역이었으나, 감숙성 서부로 옮겨와 소월씨족이 되어 대대로 살아온 것이다.

옥문관과 옥문관 내부, 명사산에서 낙타 행진

둔황이 그의 거주지였다. 거기에 살며 카슈미르(인도) 지역에서 들어오는 불전을 거침없이 번역했다. 그의 번역 능력은 '수집호본구선'(手執胡本口宣) 즉 인도 원본을 손에 들고 입으로 구술할 정도였다. 동시통역이 가능한 거의 천재적 번역기계….

또 있다. 지루가참(支婁迦讖, Lokasema, 147-?)은 누구일까? 그는 기독교하면 『바이블』을 떠올리듯 불교 하면 떠올리는 경전인 『반야경(般若經)』을 최초로 한역한 사람으로 월씨국 출신이다. 이때의 것을 『도행반야경(道行般若経)』이라 했고, 짧고 간략하게 번역했다고 해서 『소품반야경(小品般若經)』이란 이름도 덧붙여 두었다. 구마라집이 등장할 때까지 이렇게 이상한 이름을 가진 번역자들이 많았다. 나더러 당장 호명하라 해도 삽시간에 거의 10여 명을 리스트에 올릴 수 있다. 물론 내 능력의 과시가 아니라, 그렇게 많은 호승(胡僧) 번역자들이 있었다는 말이다.

이 호족들은 이란에서 소그디아, 사마르칸드, 카슈가르(疎勒)를 경유하며 천산북로와 남로를 거쳐 구자국이나 코탄(Khotan, 于闐)에 이르는 방대한 지역에 분포한다. 이들이 초기 불전 번역의 장본인인 셈이다. 그 가운데서도 뛰어난 인물이 바로 이 나집이다. 그런데 그 나집을 추념하는 사찰을 내가 기억하지 못하다니! 혹 이렇게 떠도는 사연 때문이 아닐까? 그는 구자국 왕녀의 아들로 출중한 자질을 지니고 태어났으나, 어머니와 함께 카슈미르(罽賓)로 옮겨가 『아함경』을 배웠다. 고향인 구자국으로 돌아오는 도중에 카슈가르(疎勒)에서 1년간 불교의 이론서인 『아비담(阿毘曇, Abhidharma)』을 배우고 그곳의 왕에게 중용되어 불전(『轉法輪経』)을 강의했다. 그는 불전뿐 아니라 인도의 4베다(Veda)를 연구하고 음양(陰陽)학 등의 광범위한 지식 체계를 갖추었다. 중론(中論)과 백론(百論) 등의 대승 이론은 물론 확장된 반야경(『放光般若経』)을 배웠다. 그의 명성은 서역 여러 나라에 널리 퍼졌다. 이때 중국에서는 전진(前秦) 왕 부견이 세력을 팽창하고 있었는데, 382년에 여광(呂光)으로 하여금 변경인 구자국과 주변을 공략하고 나집을 사로잡아 오라고 명했다. 부견은 대단한 신불자(信佛者)였으나, 방법은 비불교적이었다. 『삼국유사』에 전진 왕 부견이 고구려에 불교를 전했다는 기록이 나온다. 여하간 나집이 호송되는 도중 전진은 멸망하고 후량(後凉)이 뜬다. 다시 후진(後秦)이 후량을 멸망시키는(401) 사이, 나집은 북방의 여러 소왕국 왕들의 초대에 시달리다 드디어 장안에 안착했고, 후진 왕 요흥(姚興)은 그를 국사로 모시며 불교 경전을 번역하게 했다.

그는 74부 384권을 번역했는데, 현장이 번역하기 이전의 실적으로는 최대의 양이다. 나집이 여광 장군의 안내를 받으며 중국으로 향할 때. 이 장수는 호의를 베푼답시고 나집에게 구자국 왕녀를 처로 맞아들이게 했다. 한술 더 떠서 요흥 왕은 나집을 위로한다는 명분으로 그에게 기녀 열 명을 주었다. 이런 행적을 놓고 승려의 일탈성에 대해 근엄한 유교적 입장이 내세워지기도 한다. 그래서 중국 『고승전』의 「성인전(Hagiography)」은 현실을 해석하는 탁월한 수사학을 만들었다. "연꽃이 진흙 속에서 피어나도, 연꽃을 취할 뿐 진흙을 취하지는 않는다." 절묘한 해석이다. 『고승전』의 나집 항(項)에서 왜 이런 자기변명이 필요했던가? 경전 속의 청정 비구행을 정당화하기 위한 해석상의 안전장치가 왜 필요했던가? 통치자를 위해 유교적 전통을 지탱시킬 정치적 발언이었을까? 이렇게 나집의 모습과 경전상의 도그마는 간격이 크다. 그러니 나의 질문은 모두 우문(愚問)에 속한다. 여행 내내 나는 우문만을 제기했다. 그래야 현실 속의 현답(賢答)이 돌아올 터이니 말이다.

실제로 호족의 풍속과 현지의 불교는 우리가 경전 속에서 이해하는 불교 현장과는 큰 간격이 있다. 불승이 결혼하는 것은 이상할 것 없는 풍습이었다. 아니 인접의 티베트 불교를 보라. 승려가 결혼을 하건 말건 상관없다. 불도만 터득하면 된다. 일본은 개화를 명목으로 대처승을 발족시켰다. 그래서 우리는 우리를 오염시켰다고 하면서 한반도는 청정한 비구와 비구니의 불교라고 주장하며 우리의 민족주의를 내세운다. 그러나 정작 오늘 우리 불교의 현장은 어떤가? 무처(無妻), 대처(帶妻), 은처(隱妻)의 혼성 불교가 아닌가. 현장은 항시 온갖 복잡한 사정이 얽혀 있다. 둔황은 결코 간단한 지역이 아니다. 타임캡슐 속에 밀폐된 둔황에는 온갖 삶의 형태가 압축되어 있다. 내가 탄 이 침대차만이 시간을 단축시키는 타임캡슐은 아니다. 어떻든지, 내가 12시간 동안 머문 침대칸의 사진은 분명 복원된 나집사 사진이었다. 떠나면서 급히 가방에 챙겨 넣은 예일대학 한센(Valerie Hansen, 1958-현재)의 『실크로드: 새로 쓴 역사(Silk Road: A New History)』란 책에 나오는 타클라마칸 지도와 둔황의 역사 비교 연대표를 들여다보며 타임캡슐 속으로 빠져들었다.

삼식(三食)이의 하루

어둑어둑한 둔황역을 새벽의 찬 공기를 마시며 나섰다. 중국의 변방 둔황, 모래바람과 토담집, 유목 텐트(유르트)나 양떼에 대해 아무런 연상도 유발시킬 수 없는 말끔한 콘크리트 역사(驛舍)는 중국을 닮아 크고 막대해 보였다.

앞으로 우리를 안내할 이층형 관광버스에 올랐다. 새벽 이른 시간에 아침 식사하러 식당부터 가야 한다는 가이드의 첫 선언을 들으면서 이제 꼼짝없이 하루 세끼를 챙겨 먹어야 한다는 생각이 들었다. 우리를 담당하는 여행사가 우리는 노년 그룹이어서 삼시 세때 먹을 것과 편한 잠자리만은 꼭 챙겨 준다고 약속했단다. 하루 세끼라는 호의의 식사가 하루 이식(二食)을 원칙으로 정한 나와 집사람에게 고역으로 다가올 줄이야…. 새벽녘부터 우리는 식당으로 향했다. 그러고 보니 우리 일행이 제일 먼저 지정 식당에 도착했다. 그러나 곧이어 다른 중국인들도 들이닥쳤다. 잘 차려진 아침 식단이었

아직 깜깜한 새벽녘의 둔황역

다. 다시 밖을 보니 어린아이들도 이곳저곳에 눈에 띈다.

이렇게 이른 시간에 등교? 그렇지, 중국은 하나의 시간대이지! 동서의 길이가 미국보다 더 긴 중국이다. 북경은 아침 8시이지만, 이곳 서쪽 변방은 6시밖에 되지 않았다. 그러나 중국은 '하나이기 때문에(One China)' 아침 6시대의 생리와 자연의 시간은 국가가 정한 8시에 따라 움직여야 한다. 아무리 이른 새벽이라도 학동들은 등교해야 한다. 진시황의 통일천하는 아직도 중국의 모든 부분에서 작동하는 것 같았다. 황제가 8시라고 정했으면 사해(四海)의 모든 백성은 아무리 꼭두새벽이라도 8시여야 한다. 그런데 개인과 전체의 가장 절묘한 화합을 발주시킨 화엄 사상은 중국에서 전개된 것이 아니었던가?

화엄 세계의 일즉일체(一即一切) 일체즉일(一切即一)에 대한 신라 의상(義湘, 625-702) 스님의 탁월한 해석은 먹혀들지 않는 것 같다. 하나[一]는 '획일적 하나'이기만 한 것이 아니라는, 하나라는 내용의 다변성[一即多, 多即一], 곧 하나는 여럿의 하나이고 그 역(逆)도 가능하다는 이해 방식이 화엄의 세계인데….

당나라의 법장(643-712) 스님은 동문수학한 선배 의상 스님에게 자신이 쓴 글에 대해 자문까지 구했고, 그런 법장의 화엄 세계는 측천무후에게 통치의 기술로 전달했는데도 말이다. '금사자장'(金獅子章)이란 유명한 설법을 법장은 무후 앞에서 사자후(獅子吼)로 토했다고 역사 기록은 말한다. 정치가들이란 오나가나 돌대가리뿐인가? 다른 것/차이(差異) 나는 것이 인정되지 않는 나라가 차이나(China)인가? "차이는 다른 것일 뿐 틀린 것이 아니다."라는 격언도 있는데…. 한족이

양관 봉수대

중심이 되어 있는 중원(中原)의 이 '차이나'는 우리가 향하고 있는 변방의 차이나를 어떻게 포용할 것인지? 이미 중국 속 티베트의 자주적 위치 문제와 신장 위구르 회회족의 분할 문제들…. 미래의 중국은 이른 아침 어린 학동들의 등교처럼 짐작하기 어려웠고, 이 땅의 규모처럼 막막하기만 했다.

식사 후 우리는 이 여행의 클라이맥스인 둔황으로 향하지 않고 오히려 그곳을 지나쳐 먼저 옥문관과 양관으로 향했다. 장세후 교수의 설명을 통해 옥문관과 양관이 중국 전래의 음양학(陰陽學)과 연관되고 남녀 성과도 무관치 않으며, 옥(玉)이 어떻게 중국에서 가장 고귀한 보석의 위치를 차지하게 되었는지, 그것은 왜 여성성과 관계되는 것인지, 또 신라 왕관의 곡옥(曲玉)이 어째서 옥문관을 통해 들어온 서역의 교역품일 수밖에 없는지에 관해서도 알게 되었다.

옥문관과 양관에 이르자 이미 범상한 지역이 아님이 느껴졌다. 무엇이 있어서가 아니었다. 무엇이 없어서였다. 아무것도 없는 것이 문제였다. 그것이 사막이다. 바라볼 아무것도 없는 곳, 그래서 더 망연히 서서 바라보아야 하는 곳. 그것이 서역(西域)이었다. 서양의 오랑캐들이 미국 서부를 개척하면서 인디언 말살을 자행하며 유일하게 자연을 읊은 시구 한 수를 되새겨 보았다. "서부(西部)란 무엇인가? 저 멀고 먼 그곳, 하늘과 땅의 지평선이 마주치는 곳이다."(West is far, far away but the horizons.)

사막이란 하늘과 땅이 마주치는 곳일 뿐이다. 아무것도 없으니 말이다. 그래서 그곳에서 눈에 띄는 작은 돌, 풀 한 포기에도 의미가 있다. 그러면서 내가 살아 있고 존재한다는 사실을 확인하게 된다. 아니면 나는 없는(無) 것일까? 그래서 이 사막 출신인 나집도, 축법호도, 지루가참도 한결같이 『반야경(般若經)』을 번역하며 '없음, 공(空)'의 노래를 불렀나? 무상(無常), 무아(無我)는 불교의 기본 가르침인데 그교설에 그대로 적중하는 자연환경이 이 사막의 분위기다.

그러나 또 공즉시색(空卽是色)이 되어야 한다고 『반야경』은 말한다. 그렇지 않으면 서양 선교사들이 환호했던 것처럼 색즉시공(色卽是空)이 불교의 전부인 것처럼 떠들거나 불교를 허무주의의 대명사처럼 이해하게 된다. 그렇게 되면 동양인들은 현실도피증에 걸린 부정적 태도를 지닌 사람들로 간주되고, 불교를 좋아하는 사람은 모두 모래 속에 코 박고 죽으라는 말이 된다. 사막의 단순함과 그 속에 움트는 생명처럼 인생도 간결한 것인데 그렇게 살면 오죽이나 좋으랴! 나를 거부하고 부정을 거치지 않으면 새로움은 탄생될 수 없다.

기독교의 기본 사상도 그렇지 않았는가? 'Creatio Ex Nihilo' 즉 '무에서의 창조'가 기독교의 정신이자 그 사상의 요체다. 그래서 "헛되고 헛되고 모든 것이 헛되도다."라고 하고, 또 "하늘 아래 새로운 것은 아무것도 없다."라고도 했다. 불교뿐만 아니라 기독교도 부정을 통한 무와 공의 과정을 겪지 않으면 다시 태어남을 꿈도 꾸지 말라고 설파했다. 부정의 극치이다. 그래야 새로운 의미가 있는 삶이 시작된다고 했다. 나의 대학 시절 인기 강사였으며 유식함의 대명사인 이어령(李御寧, 1934-2022) 장관도 요즈음 그렇게 실토했다. 딸자식의 힘든 처지를 겪고 나서야 기독교로 개종한 후의 간증 내용이 그것이다. 불교와 기독교는 다른 종교일 뿐이고, 어느 한쪽이 잘못된 것은 아니다. 그런데 왜 유독 한국의 기독교만 다른 종교는 틀렸다고 하는가? 모든 것을 부정하는 사막의 모래 앞에 와서 자기 종교와 신앙을 고백하자!

아, 우리에게 감동을 안겨 준 사막의 영화가 있다. 〈아라비아의 로렌스〉는 사막의 아름다움과 그 장대한 모습을 재현시켜 준 명화다. 로렌스(T. E. Lawrence, 1888-1935)는 자신이 겪은 사막에 대한 이야기를 『지혜의 일곱 기둥(Seven Pillars of Wisdom)』이란 명상록 속에 구구절절 적어 놓았다. 그는 사막은 아무것도 없는 곳이 아니라고 말했다. 사막을 바라보고 체험하는 사람에게 사막은 오히려 무엇인가를 말한다는 것이다. 그 기록은 오아시스처럼 샘솟는 지혜와도 같다. 로렌스는 결국 자신의 조국 대영제국이 사막을 배반하고, 오늘의 중동문제를 야기시킬 줄을 진작부터 알았다. 아, 나의 연상이 지나쳤다. 돌

만리장성의 출발점이 되었다는 진흙 장벽

아오자, 다시 옥문관과 양관으로.

　나는 사막 이외에 무엇을 보았는가? 만리장성의 서쪽 끝인 이곳 두 관문은 조선 반도 북단의 동쪽 산해관(山海關)까지 연결된다. 만리장성은 우주선에서 유일하게 인간의 흔적으로 확인할 수 있는 지구의 표지이다. 그런데 지구 밖 우주에서 확인되는 이 어마어마한 장성의 출발점은 사람의 키 두 길을 넘지 않는다. 오랜 세월을 거쳐 폐허화되어서일까? 아니다. 처음부터 그랬단다. 말이 뛰어넘지 못할 높이인 사람 키 두 길이 필요했다. 그리고 돌은커녕 모래뿐인 이곳에서 진흙을 이겨 넣은 목책과 풀을 섞어 만든 성채면 훌륭했다. 무적의 탱크처럼 돌진해 오는 흉노의 기마병을 막을 수단은 두 길 높이의 진흙 장벽이었다. 그것이 만리장성의 시발점이다. 너무 초라한 성벽을 보고 허망한 생각이 들었다. 그러나 전략상으로는 중국의 역대 장군들의 아이디어가 정확했을 것이다. 이 모래뿐인 지역에 높은 석축을 어떻게 쌓는단 말인가? 그리고 흉노족 병사는 기마병이다. 말을 타지 않고는 꼼짝할 수 없는 병사이다. 말 탄 채 성벽을 뛰어넘는 것을 막는 일이 최상책일 수밖에 없다.

이렇게 생각하다 보니 갑자기 코엘료(Paulo Coelho, 1947-현재)의 소설이 생각났다. 달나라와 화성, 금성까지 가는 로켓은 그 폭의 크기가 고작 기차 레일에 실릴 사이즈이다. 기차 레일의 간격은 143.5센티미터이다. 그런데 왜 이런 사이즈가 만들어졌나? 기차의 궤도는 옛날 로마 병사들의 말 두 필을 묶어 놓은 전차에서 유래되었다. 말 두 필을 묶어 뒤에 전차를 연결하여 달리던 궤도가 도로의 폭이 되었고 그 크기가 기차 레일로 바뀌었다. 말 두 필의 궤도인 143.5센티미터가 모든 길의 표준치가 된 셈이다. 과학적이거나 미래 지향적인 의미는 없다. 그리고 우주선 몸뚱이의 대부분을 차지하는 연료탱크는 미국의 유타주에서 생산되고 그것은 열차에 실려 발사지인 플로리다의 케이프 캐너배럴까지 운송되어야 한다. 우주선의 미끈한 모습은 결국 기차 선로의 사이즈를 넘어설 수 없게 제작된 것이다. 우주를 향하는 우리의 관습은 로마 시대에 묶여 있다.

만리장성의 시발이 진흙과 목책으로 만들어진 것을 하등 이상해할 필요가 없다. 달라야 한다고 생각한 나의 선입견이 문제이다. 창조경제는 일어나야 한다. 먹고살기 위해서만이 아니라 달리 보고 미래를 트기 위해서이다. 그러나 공룡처럼 거대해진 이런 경제체제와 정치 구조 속에서는 진흙의 목책이 끼어들 틈이 없다. 혹 그런 시도를 한다면 웃기는 일이 된다. 아니면 "작은 것이 아름답다."(Small is beautiful)라는 아이디어를 내면 그것이 얼마나 소박하고 좋은 인간 삶의 정경일까 하고 그림으로만 감상할 뿐, 현실과 현장에서는 결코 존재할 수 없는 '데이드림'(daydream)인 것을 안다. 꽉 짜인 이 사회 조건 속에는 진흙의 성채가 축조될 수 없는 것을 뻔히 알기 때문이다. 아이쿠, 내가 또 쓸데없는 상상을 하고 있구나!

사막 앞, 큰 돌에 새긴 시 한 수도 보았다. 서역의 오지로 향하는 친구를 위해 이별의 아쉬움을 시 한 편으로 달래는 왕유(王維)의 글이다. 재회를 기약하기 힘든 헤어짐, 지구의 끝인 옥문관 밖으로 떠나는 친구를 위해 읊은 시이다. "그대에게 한 잔 술 다시 마실 것 권하노니, 서쪽 양관 나서면 옛 친구 없다네."로 끝내고 있다. 그렇다. 양관 밖은 지구의 끝이고, 다시 돌아올 길이 없다. 이곳은 사막과 함께 모든 것을 무효화시킨다. 내가 찾은 이곳에서 나는 아무것도 아니다. 공(空)이다.

3D 상영관과 막고굴을 관람하고

우리 여행 일정의 꽃이라 할 둔황 석실을 관람하는 날이다. 나는 설레었다. 우리 모두의 관심이 집중된 날이기도 했지만, 나의 전공과도 직결되기 때문이었다. 가이드가 사철 붐비는 곳이라 일찍 상영관에 입장하는 게 좋다고 설명했다.

상영관 관람? 진작 우리에게 설명을 해 두었지만 믿기지 않았다. 3D 상영관에서 영상으로 둔황 석굴을 감상한 다음, 실제의 석굴 탐방을 한단다. 수많은 사람의 발길과 관광객이 내뿜는 숨결 때문에 프레스코화나 불보살의 상들이 급격히 부식되고 있다고 했다.

해결 방법으로 마련된 것이 3D 상영관이다. 실물보다 더 사실적이고 다양한 디테일을 감상할 수 있는 장점이 있다고 우리의 가이드는 3D 영화의 실효성을 강조했다. 좁은 석굴 속에서 실물을 쳐다보는 것보다 훨씬 편하고 실감(?)이 난다는 것이다. 부식, 실물, 편리함이란 어휘들이 둔황을 찾은 나에게 어떤 의미를 주는 것인지 머뭇거리는 사이 급히 밀려 상영관 속으로 빨려 들어갔다.

삼면 벽과 천장까지 입체로 비추는 3D 화면에 불교 소재의 이야기들이 파노라마처럼 펼쳐졌다. 진흙에 칠해진 장면이 가톨릭의 중세 프레스코화와도 많이 닮아 있다. 어떤 모습은 촌스럽게 보이기도 했고, 어떤 상은 구원의 모습처럼 느껴졌다. 그리고 어떤 불보살의 미소는 사랑하는 애인에게 어울릴 그런 은근함을 지니고 있었다. 그런데 좀 송구스런 생각이 들었다. 내 앞에 현란하게 전개되는 이 영

명사산을 본딴 현대식 건물 3D 상영관

훼손되어 희미하게 남아 있는 벽화

상물 속의 부처님의 모습이며 불보살상, 이 천불의 상들은 예술 작품이기만 한 것인가? 이 모습을 쳐다보는 나의 자세, 편한 의자에 파묻혀 스크린을 대하는 나의 자세는 무엇일까?

앙드레 말로(Andre Marlaux, 1901-1976)는 아프리카 오지의 예술품과 현대 미술품을 대조시키며 공전절후의 예술론을 펼쳤다.『신들의 변모(La Metamorphose des dieux)』라는 책, 그리고『침묵의 소리(Les voix du Silence)』라는 책도 썼다. 그림과 조각 또는 석각의 원초적 형상이 말을 할 리 없건만, 이 예술품을 보고 감상하는 사람에게는 감동이 온다. 교감을 하며 움직이는 것이다. 들리는 소리가 있다. 나에게 울리는 소리가 있으면 예술품이 말을 하는 것이다. 그것은 침묵하지만 말을 한다. 말로에 의하면 그것이 바로 예술의 소리이다.

토속의 신상(神像)이나 불교, 기독교 혹은 이슬람교의 신상들이 현지의 사찰과 예배소에 있으면 예배의 대상이다. 그러나 그곳을 떠나 박물관에 안치되어 감상의 대상이 되면 신앙의 대상이기를 그친다. 신들이 변모하는 것이다. 자신의 형태를 바꾸는 것이다. 하긴 "신은 신비한 방법으로 작동한다"(God works in mysterious way)고 했으니, 종교의 다채로운 활동과 그 오묘한 경지를 누가 알랴! 이 경지를 터득하는 것은 상상을 통해서(La musee imaginaire)일 수밖에…. 이 시대 최고의 예술론을 쓴 젊은 시절의 앙드레 말로는 인도차이나 앙코르와트에서 천녀(天女, Apsaras)상을 반출하려다 도굴범으로 체포되었다가 앙드레 지드를 위시한 선배 작가들의 탄원으로 간신히 문화재 도굴범이란 오명을 벗게 되었다. 그때 그가 "이 조상(彫像)들이 언제까지 어기 존재할 줄 아는가?" 하고 말했는데, 그 말은 그대로 적중했다. 불란서 식민지의 종결을 의미하기도 했지만 결국은 이 불교 조상들이 박물관에 옮겨져 안치되면서 종교성이 박탈될 것이 예고되었다. 그래서인지 그는 도굴 행위를 보상하듯 이때의 경험을 근거로 『왕도(La Roi royale)』라는 작품을 써서 예술가적 문명(文名)을 날렸다던가….

3D 상영관에서 나는 내내 불편함을 느꼈다. 이 먼 거리와 시간을 들여 둔황까지 와서 현지 기록영화 한 편 보려 했었나? 그러나 나의 의식은 이미 3D를 통해 관광물로 변모된 예술을 접할 준비가 잘 되어 있었다. 그리고 영상과 실물의 차이를 확인하라는 듯이 8개의 석굴을 보여준다고 했다. 단체별로 줄 서서 좁은 석실로 들어서며 현지 해설가의 손끝을 따라 바쁘게 눈길을 돌려야 했다. 동시에 나의

일행에서 떨어지지 않기 위해서 부지런히 옆 사람을 확인하며 걸어야 했다. 성(聖)스러운 느낌이나, 종교의 대상물과 예술 작품의 차이를 느낄 겨를이 없었다. 그동안 내가 읽은 자료를 상기하거나 반추할 여유도 없었다. 공중에 떠 밀려다니는 기분이었다.

그런데 오동통한 모습의 귀여운 안내 해설사 아가씨 때문에 분위기를 바꿀 수 있었다. 그녀의 서툰 우리말을 교정하며 다들 즐거워했다. 그녀는 북한에서 우리말을 배운 중국인 가이드였다. 우리 모두는 한글학자가 되었고 우리말 교사가 되었다. 여행이란 호기심 이외에 즐거움을 찾는 일이니, 하나만 만족시켜 줘도 즐거운 일이 왜 아니겠는가! "기대가 크면 실망도 큰 법!"이라 말하지만, 그렇다고 실망을 축소시키기 위해 기대를 하지 말라는 역논리(逆論理)는 성립되지 않는다. 산다는 것이 기대의 연속이고 기대 없이는 하루도 살 수 없는 것이 우리 삶 아닌가! 어쨌든 둔황의 막고굴이 가져다줄 기대감을 접을 수는 없는 일이었다. 기대는 대상물에게 있고, 실망은 나의 주관적인 사항이니 말이다. 나의 주관적 가치판단만 바꾸면 된다. 또 일체유심조(一切唯心造)이다! 하지만 둔황 석실 탐방은 기대가 큰 만큼 실망도 컸다. 우리는 '혹시나' 하고 기대를 걸지만, '역시나'라는 현장의 배리(背理)를 시시각각으로 절감할 수밖에 없었다.

다시 생각하자. 이 굴의 시원은 어디였지? 모든 석굴사원 역사의 첫머리에 나온다. 인도의 아잔타(Ajanta) 석굴사원이 그 시원이다.

40년 전 첫 해외여행지인 인도를 방문했을 때, 내가 그 막대한 석벽 앞에 서서 입을 딱 벌린 석굴이다. 초년의 인도철학 강사 신

벌집 같은 둔황 석굴사원들

분으로 인도 총영사관을 들락거린 끝에 ICCR(Indian Council for Cultural Relations, 인도문화교류위원회)이라는 인도 정부 산하의 해외 교류 기관을 알아냈고 선배인 고 서경수 교수를 들쑤셔서 인도를 방문했다. 아직도 존속하는 문화 기관이다. 돈 안 들이고 인도 정부가 마련한 스케줄을 따라 인도 대륙의 어느 곳이건 탐방할 수 있게 해 주는 훌륭한 정부 기관이다. 자신이 원하면 고명한 교수, 정치가들을 모두 만날 수 있다. 아직도 잊히지 않는 것은 인디라 간디 여사와 악수를 나누고, 연잎에 음식을 담아 먹은 일이다. 결국 그 후, 서 교수는 네루국립대학 한국학부 교환교수로 오랜 기간 인도에서 가르치게 되었다.

여하간 중 인도의 오지에 위치한 이곳에 접근하며 거대한 암벽에 벌집처럼 구멍이 숭숭 뚫린 수많은 굴들을 보고 우리의 석굴암과는

차이가 있음을 알았다. 비록 그
것이 불교 수행이라는 한 뿌리
에서 나왔음에도 말이다. 정부
파견 안내인이 영어로 '원피스'
(one piece)란 말을 반복했다. 그
는 돌 한 덩어리로 만들어졌다
고 강조했다. 그것은 사암(砂巖)
벽을 그대로 뚫고 만들어진 것
이다. 수백 개의 굴과 그 안에
안치된 조각들이 돌 하나로 만

막고굴

들어졌다니! 석재가 풍부한 인
도의 거의 모든 석조물이 돌 하
나로 조각된 것이다. 그런데 이곳 둔황의 석굴은 어떤가? 석굴사원
암벽 위쪽은 모래언덕이다. 흐르는 모래가 퇴적된 사암(砂岩)이다. 벌
집 같은 석굴 위쪽은 명사산(鳴砂山)인데, 모래의 흐름이 노래를 한다
고 하여 붙여진 이름이다. 수많은 대상(隊商)을 삽시간에 삼켜 버리는
서역 사막의 잔인함이 저절로 잊혀지는 아름다운 이름이다. 바라볼
때의 모습은 자연의 아름다움 그 자체이다. 이 사막의 아름다움을
누가 죽음으로 생각하겠는가? 죽음마저 승화되리라!

  그래서 최초의 굴을 조성한 낙준(樂傅) 스님은 366년의 어느 날 이
광경에 취했던 모양이다. 초승달같이 하얀 이를 반짝이는 월아천(月
牙川)이 그곳에 있으니 이미 사막의 메마름은 없고, 인생 여로의 갈증

월아천

을 풀어 주는 사막의 오아시스가 있었을 것이다.

막고굴에서 서쪽으로 40여 킬로미터 떨어져 있는 모래언덕이 자락을 펼친다. 남북으로는 20킬로미터이다. 황막한 모래 능선 사이로 떠오르는 햇살, 그리고 다시 조용히 가라앉는 태양을 바라보며 명상에 빠지고 싶지 않은 사람이 어디 있으랴?! 이 장관의 1,700여 미터 모래 암벽을 뚫고 들어가 만들어진 것이 바로 둔황 석굴사원이다. 인도 아잔타의 석실과 다름이 없는 방식으로 만들어졌다.

우리의 자랑인 석굴암도 아마 이 석굴사원들이 변형된 또 하나의 표본이리라. 석굴암은 단단한 화강암의 돌 하나하나를 깎아 정교하게 축조한 석굴이다. 기왕의 석굴사원과는 분명히 다르다. 석굴암은 화려하고 장대하기보다는 단아하다. 조용히 동쪽 해오름을 응시한다. 그리고 편하다. 나는 항시 그렇게 우리의 석굴암을 느낀다.

나를 감명시킨 것은 오히려 조촐하게 마련된 둔황 박물관이었다. 앞에 언급한 스타인, 펠리오 등 서양의 '악마'들에 관한 자료 및 둔황이 지닌 역사적 흔적과 사건을 사진과 유물을 통해 말해 주고 있었다. 책의 사진이나 도판을 통해 보는 것과는 다른 감흥이 일었다. 열심히 카메라에 담아 두느라 가이드의 설명 태반을 경청하지 못했다.

둔황을 생각할 때마다 떠오르는 인물이 또 있다. 둔황 석실과 고문헌을 세상에 노출시킨 장본인인 왕 도사, 왕원록(王圓籙, 1851-1931)이다. "나쁜 사람인가, 좋은 사람인가?" 하고 우문현답 식으로 장세후 교수가 물었다. 돌아온 대답은 '좋은 사람'이었다. 글 쓰는 사람들이란 항시 이렇게 선악으로 갈라놓고 한쪽에 미운 털이 배기게 만든다. 내가 읽은 어느 책에도 왕 도사는 고문서와 그림을 팔아먹은 죄로 북경으로 소환되어 벌을 받은 것으로 기록되어 있다. 그런데 왕 도사는 극적인 과정을 통해 장경동에서 문헌을 발견했고 이 굴들을 지키느라 노심초사했다. 북경 정부에 보고도 올렸다. 묵살한 것은 오히려 북경 정부였다.

그는 벌을 받지 않았고 문헌 반출 사건 이후로도 오래 살았다. 반출 사건이 1902년에서 거의 10여 년 남짓 걸려 일어났지만 그는 1930년대까지 살았다. 책임을 져야 할 당사자는 퇴조의 길에 들어선 청 왕조이고, 부패한 관리들이다. 민초들이 그토록 사악(邪惡)할 리가 없다. 왕 도사는 탁발을 하여 시주받은 돈으로 굴을 보수하며 지켰다. 정성스레 앞마당을 쓸고 불상을 지킨 굴지기를 탓하지 말라.

나는 왕 도사가 좋아졌다.

돌아가자, 돌아가자[還歸本處]

이제 돌아갈 때가 되었다. 그러나 아직 두어 군데를 더 보아야 한다. 둔황 고성과 가욕관이다. 둔황에 왔으니 옛 둔황 성의 모습을 보는 일은 당연하다. 그러나 둔황 석굴이 주변 일대의 사물을 석권하고 말았으니, 역사의 흔적이나 생활 터는 한결같이 둔황 석굴을 위한 빛바랜 장식물로 전락했다. 이 석굴사원만이 현대식으로 잘 꾸며지고, 다른 대상물은 방치되어 있단 말이 아니다. 오히려 이제껏 이용한 교통수단이며 숙박 시설은 어느 국제도시 못지 않은 수준이었다. 눈에 띄게 치장되고 현대화된 것이다. 굴기하는 중국의 모습은 이렇게 도처에서 목격되었다. 이 변방 오지에서도 말이다. 결국 나는 현대의 편리함에 몸을 맡기고 이노우에가 미리 심어 준 과거의 장면을 머릿속으로 상상하며 따라다닌 셈이다. 하지만 그 정점이 둔황 고성이 될 줄은 미처 짐작하지 못했다.

사막의 황막한 대지에 영화 세트장으로 당시를 재현하는 둔황 고성이 만들어져 있다. 이 고성의 세트장에서 '둔황'(敦煌)이란 타이틀을 지닌 이노우에의 소설이 영화화되었다. 소위 중일(中日) 합작의 영화를 위해 사주(沙洲)의 고성을 모방하여 설계했고 사실(史實)과 일치하게끔 정교하게 지어졌다고 자랑한다. 이후 여러 편의 역사물이 이 고성을 배경으로 제작되었다. 우리 한국의 역사물도 이곳에서 한몫 끼고 있음은 물론이다. 후일담이지만 일본이 자금을 댄 둔황 영화

세트장이었으므로 촬영이 끝난 후 일본은 이 고성 세트장을 폐기하라고 요청했다. 그러나 중국 정부가 폐기의 대가로 축조비와 맞먹는 대금을 요구하였고, 그들은 포기할 수밖에 없었다. 그래서 과거를 재현시킨 오늘의 고성은 남게 되었고, 현재 우리 같은 관광객의 호기심을 충족시키고 있다. 역시 복제의 나라 차이나이다. 이 지점에서 약 25킬로미터 떨어진 지역에 오늘의 둔황시가 위치한다. 그리고 도시 일대는 높은 굴뚝 숲으로 덮여 있다. 거기서 내뿜는 매연이 멀리 실루엣을 드러내고 있다. 둔황시는 유전이 발견된 공업 도시이며, 오지로는 드물게 젊은 인구층이 몰려들고 있다.

둔황의 고대 유적과 둔황시의 현대적 공업이라는 양면성을 극명하게 바라볼 수 있는 최적의 장소로 바뀐 것이 바로 가욕관이다. 서역으로의 황막한 사막 둔덕들을 무연히 바라보며 오연히 서 있는 성채(城砦)가 가욕관인데, 그것은 관문(關門)의 성격을 지닌 관성(關城)이다. 곧 성주가 군림하고 그 안에서 서민이 거주하며 일상의 생활이 이루어지는 그런 성(城)이 아니다. 외부와 단절시켜 이 지점을 통과할 때 비로소 내 편과 내 사람이 되게끔 하는 통과의례의 지점이다. 하나의 보루(堡壘)인 셈이다. 이 통과의례는 흔히 싸움으로 시작되어 싸움으로 끝나도록 되어 있다. 가욕관은 만리장성의 서쪽 끝에 장대하게 서 있는 성루(城壘)이다. 너무 크고 잘 지어져 거대한 성처럼 보인다. 서쪽 제일의 관문이기 때문에 문루에도 '천하제일웅관'(天下第一雄關)이란 현판이 달려 있다.

가욕관은 서역 호족들의 침입을 막기 위해 지어진 방파벽이다. 그

천하제일웅관

러나 오늘날 이 성루는 사방으로 공업화되는 주변 일대를 직접 바라볼 수 있는 근대화의 망루처럼 보였다. 둔황 인근 일대를 360도 방향으로 모두 내려다볼 수 있는 최적의 장소이다. 역시 옛사람들은 선견지명이 있었고 풍수지리에 능했다. 그런데 이중 삼중 복잡한 미로처럼 얽힌 성벽 중앙에 자리 잡은 건물은 관성묘(關聖廟) 사당(祠堂)이다. 마치 서양의 성채 중앙에 가톨릭 성당이 들어앉아 있듯이, 가욕관의 정신적 건물은 바로 이 관성묘다.『삼국지연의』의 주인공인 관운장을 모시는 기념관인 셈이다. 중국의 서북방 경계를 방비하는 수호신으로까지 승화된 관운장…. 나는 얼른 우리의 이순신 장군을 생각했다.

서민과 민초의 이미지를 통해 신격으로 승화된 관운장과 정부 주도의 성역화 작업으로 승화된 이순신 장군 사이에서 또 차이 나는 것이 느껴졌다. 똑같은 살신성인의 무장이고 국토 수호의 화신이며 고매한 인격의 소유자인 이 두 인물이 어떻게 민중 속에 녹아들고 그 가운데 있게끔 되었는지를 살펴보면 차이의 의미를 알게 될 것 같았다. 마침 이곳을 방문한 일단의 중국계 미국인들을 만났다. 그들

가욕관에서 바라본 주변 풍경

은 관성묘에 향을 올리고 있었다. 중국의 전통적 예법이다. 나는 합장 예의를 드렸다. 무(武)의 상징인 관운장의 넋이 가욕관 중앙에 자리 잡고 있는 한, 이 성채는 난공불락의 요새일 수밖에 없을 듯하다.

아, 이제 떠날 때가 되었다.

여행사가 마련한 스케줄도 끝 무렵에 이르렀다. 이 가욕관을 넘어 서역으로 향하는 스케줄이 마련되지 않았다면 이 지점이 끝이다. 왕유가 친구에게 술잔을 권하며 지구 끝으로 보냈듯 둔황에 얽힌 과거를 견문하며 환상의 세계를 표류한 나의 환상을 여기서 끝내야 한다. 서북의 궁벽한 오지인 둔황에서 매연과 함께 굴기하는 오늘의

가욕관 속의 관성묘 사당과 관운장

중국의 단면도 보았다. 이 여행에서 내가 더 이상 무엇을 기대할 것
인가. 이제 제자리로 돌아가야 할 때가 되었다. 본처환귀(本處還歸)의
시간이다. 돌아가야지, 본래 자리로 돌아가야지.

성숙한 이민 생활을 위한 '이민신학'과 '이민설법'
의 또 다른 해석학과 성현들의 가이드라인이 매주
교회와 법당에서 이루어지기를 바란다. 그래서
장사를 해서 돈을 많이 벌어도 극락에 갈 수 있고
하나님의 은총을 듬뿍 입을 수 있다는, 세속과 초
월의 세계가 일치하는 또 다른 새로운 '말씀'을 우
리들의 교회와 법당에서 듣고 싶다.

4부

이민자의 눈으로 본 세상

만학의 왕, 만학의 졸

철학은 한때 모든 학문의 왕으로 떠받들어졌다. 우리의 얼마 전 기억을 소환해 보아도 철학 전공이라고 말할 때 상당한 자부심을 지니고 있었다. 자신의 취향이나 미래의 설계와는 상관없이 성적순으로 대학의 전공과를 선택해야 했던 시절에도 소위 상위권에 속하는 우대받는 학문 분야였다. 그러나 언제부터인지 철학이 붙은 말을 기피하기 시작했다. 현실과는 동떨어진, 그 누구도 모를 막연한 이야기를 떠드는 것을 철학하는 일로 희화화했다.

세상이 어떻게 돌아가는지도 모르고 구태의연한 말을 되풀이하는 그런 부류의 사람들을 일컬어 철학자라고 했다. 또는 세상사를 등지고 자신을 격리시키는 사람들을 철학자연한다고 했다. 그래서 철학자를 '삼위일체'(三位一體)의 무식꾼이라고 놀렸다. 자신의 입장이 무엇인지도 모르고, 자신이 말하는 내용을 당사자가 모르며, 따라서 듣는 사람은 더욱 모를 수밖에 없는 것이 철학자라고 했다. 이 시대 철학의 위상을 드러낸 자조적인 말이다. 지나치게 전문화된 용어와 현실을 방증하는 사례 없이 학문의 논리에 매달려 우리의 일상과 유리되고 현장을 저버린 철학의 담론들과 같은 일탈이 우리에게서 철학을 소외키고 말았다.

얼마전(1998년/편집자주) 보스턴에서 '세계 철학자 대회'(World Congress of Philosophers)가 열렸다. 5년마다 열리는 세계 철학 학술회의이다. 서양 중심의 철학을 논의하는 것이 이제껏 개최된 이 회의의 특징인 듯했지만 20세기를 결산하는 이 마당에서 이제 동양과 서양의 철학적 주제들이 나란히 논의되고 있다. 그리고 기독교 중심의 주제들도 이슬람, 유교권의 등장과 함께 상대화될 수밖에 없다. 유교, 불교 문화권에 근거한 우리도 내 사상, 내 종교를 주장하기보다는 사상적 개종(改宗)을 되풀이하며 서구 사상의 수입만을 일삼아 왔다. 이제 몇몇이 자기 문화의 뿌리를 근거로 하여 자기 사상을 피력할 수 있는 온당한 기회가 주어지고 있다. 자기 확신과 고유한 주장이 있을 때 남에게 존경받을 수 있고 다른 문화와 종교에도 기여할 수 있다. 받는 일만이 덕(德)이 되던 시절은 지났다.

이번 회의의 특징의 하나로 구소련의 철학을 회고하고 다시 평가하는 분과도 눈에 띄었다. 냉전 체제 속에서 서로 왜곡시키던 사상을 새로운 세계 질서 속에서 이념화된 철학 내용을 다시 보며 재평가하는 것이었다. 필자의 관심을 끈 또 하나의 특징은 '윤리 실천' 문제였다. 일거수일투족이 항상 지역사회의 화제 중심이 되고 있는 존 실버(John Silver) 전 보스턴대학 총장의 기조연설에는 강한 보수적 경향이 반영되어 있었다. 주된 내용은 지나치게 다변화된 상대주의적 가치관에 대하여 서구 전통 가치의 존중을 항변하는 것이었다. 구체제가 와해되고 우리의 현실이 중심을 잃고 표준 없이 표류하는 모습을 염두에 둘 때 그의 연설은 상당한 공감을 불러일으켰다. 철학자는 말만 좋아하는 '삼위일체의 무식꾼'에서 벗어나 현장을 직시하고 '현실의 문제'를 다루는 실천적인 사람이 되어야 한다는 느낌이었다.

실제로 미국은 이런 '실천(實踐)과 실용(實用)'을 염두에 둔 생활철학의 본산이다. 뉴잉글랜드의 선조인 에머슨(Ralph Waldo Emerson, 1803-1882)은 유럽 대륙의 묵은 옛 사상의 지배에서 벗어나 "이제 우리의 노래를 부르자."라고 갈파했다. 실용주의는 지금 '여기'의 현장에서 실효를 보지 못한다면 진리가 될 수 없다고 말한다. 제임스(William James, 1842-1910)가 그런 분이었고 듀이(John Dewey, 1859-1952)도 그런 실천을 내세운 교육자이자 사상가였다. 미국의 철학자들은 아직도 그 영향에서 자유롭지는 못하지만 유럽 구대륙의 사상과 종교에서 독립하려는 단서를 텄다. 이들은 칸트나 헤겔 같은 대가는 아닐지 모른다. 그리고 우리처럼 오랜 전통 사상이 있는 것도 아니다. 그러나 미국은 일상생활 속에서 '철학하는 행위'를 중요시한다. 매일매일의 행동과 대화의 내용을 '철학이게끔 하는' 일상의 틀인 실용성이 있다. 정치권에서 낡아 빠지도록 마구 사용하는 민주주의라는 엉성한 틀과 얼개만 엮어 놓은 합중국 헌법의 기본 정신이 바로 그것이다. 개헌을 거듭하며 쓸데없는 장식으로 만든 헌법과 허울의 민주주의가 아니라 그곳으로부터 이제 나의 실생활과 권익이 보장되는 기준을 끌어내야 되는 틀로서의 민주주의와 헌법을 지켜 온 것이다. 그리고 청교도 정신이 또 하나의 틀이라면 거기에서 오늘 나의 행동의 의미를 끌어내야 했다.

어느 대학 철학 교수가 수입에 의존해서 캠퍼스 안에서만 떠드는 강단 철학이 아니다. 각자의 생활 현장에서 자신의 행동 원칙과 결부되어 나올 수 있는 생각, 낙태시키는 일을 자신의 입장에서 다시 생각해 볼 수 있고 내 이웃을 해친 범죄인을 나의 윤리 기준에서 다시 따져 보고 정죄할 수 있는 행위야말로 철학하는 행위인 것이다. 이럴 때 철학은 '만학의 왕'이 될 수 있다. 남에게서 빌려 온 사상만을 떠든다면 '모든 학문의 졸(卒)'이 될 수밖에 없다. 도체스터 옷가게 주인의 철학을 기대하며 록스베리 식료품상 여점원의 사상을 경청하며 재미 동포는 철학자가 되는 꿈을 꾼다.

1불짜리 한국

하버드 방문 학자인 S교수는 무척 흥분해 있었다. 주변의 다른 동료 방문 교수들까지 동원하여 그 책을 모조리 사들이라는 엄명(?)을 내렸다. 미상불 손해 볼 일 없는 싼값의 쇼핑이니 우리 한국 교수들은 기꺼이 그 책을 모두 사 버렸다. 300쪽이 넘는 영문 책 한 권이 단돈 1불이었다. 요즈음 신간 전문 서적 한 권이 30불을 육박하는 시세이니 그냥 갖고 가라는 값이다. 하버드 출판부 직영의 이 서점에서 한동안 이 책은 동이 났다. 필자가 들렀을 때는 이 책이 한 권도 없었다. 문제의 책은 이기백(李基白, 1924-2004) 교수의 『한국사 신론』 영문판이다. 와그너(Edward Willett Wagner, 1924-2001) 교수가 각고의 노력을 들인 영문 번역본이고, 지금은 한국학 과정이 있는 어느 미국 대학에서나 한국학 텍스트로 사용되는 책이다. 초판 이래 이기백 교수가 거의 평생을 두고 개정판을 거듭하고 있는 대표적인 한국사 교과서이다.

어떻게 이런 한국사 책이 하버드 출판부 서점에서 1불짜리 싸구려로 팔리느냐며 S교수가 분노한 것이다. 마치 한국이 1불에 팔리

는 것 같은 모욕감을 떨칠 수 없었던 듯하다. 국사학과 소속인 S교수
는 이제는 남의 땅, 중국의 일부로 편입되어 버린 발해 역사를 전공
했기에 그분에게 발해는 분명 한국사의 일부다. 이분의 흥미로운 반
응은 나에게 엉뚱한 생각을 부추겼다. 재미 동포들의 미주 생활사는
앞으로 한국사의 일부로 편입될지 혹은 미국사의 일부가 될지 …
소속감과 정체성에 곤혹을 느끼며 이분의 한국사에 대한 애정에 공
감할 수밖에 없었다.

그러나 이 서점에서 페어뱅크(John King Fairbank, 1907-1991)와 라이샤워
(Edwin O. Reishauer, 1910-1990)의 공저인 『중국사』도 1불에 팔리고 있다.
미국 정신의 기초자이며 실용주의의 기수인 제임스(William James)의
책도 1불이고, 현대 영미 철학의 거장인 하버드대학 은퇴 교수 콰인
(W. V. O. Quine 1908-2000)의 책도 1불이다. 1불짜리 책은 이 밖에도 많다.
책의 내용과 책값은 하등 상관이 없고 경영상의 문제일 뿐이라는
자본주의의 본질을 지나치게 정신적인 것으로 격상시킨 결과에 이
교수가 분노했으리라.

한국 역사에 대한 애정을 어떻게 값으로 따지랴. 그러나 애정이
많다고 한국은 제일이고 남에게 내로라 하며 보여줄 것이 많다고
자부할 수도 없다. 재미 동포는 잘 알고 있다. 아시아 지역으로 국한
시키더라도 우리가 '일등'이 아니라는 사실을. 애당초 조금 있으면
'세계의 무엇'이 된다는 식의 부풀린 생각이 자기 기대였는지 모르
겠다.

1불이라는 싼값일망정 한국사가 많이 팔려 외국 독자를 하나라도

더 확보할 수 있으면 좋겠다. 실제로 지난 몇 년간 영문판 한국사는 많이 증가되었다. 1970년대 외국인들이 영문 한국사를 물을 때는 항시 당황하며 선교사들이 쓴 한국 풍물지(風物誌) 같은 책을 알려 줄 수밖에 없었다. 지금은 누가 묻는다면 단숨에 서너 권의 한국사 목록을 만들어 줄 수 있다.

그러나 한국사의 내용에는 당장 논쟁을 일으킬 많은 문제가 있는 것을 안다. 이런 한계를 접할 때, 한국사에 대해 우리는 얼마나 잘 알고 있느냐를 자문할 필요가 있다. 내가 한국 사람이라고 한국 역사에 대해 나만 한 사람이 없다고 주장할지 모른다. 정말 그럴까? 더욱이 외국인이 한국에 대해 공부하려 하면 너나없이 당장 그 외국인의 '선생'이 되려고 한다. 이미 한국사 선생이 되어 있는 나의 한국사에 대한 이해를 평가해 보기도 전에 말이다.

시각을 바꾸어 보자. 미국의 민주주의 역사를 가장 잘 기술한 사람은 19세기 말 프랑스인인 토크빌(Alexis de Tocqueville, 1805-1859)이다. 그의 책은 지금도 많은 식자층에서 미국사의 귀감처럼 읽힌다. 영국사를 가장 잘 쓴 사람도 영국인이 아니라 프랑스인이다. 미국 학계에서 애용되는 중국 고대사를 잘 기술한 이도 동양학자인 제르네(Jacque Gernet, 1921-2018)이다. 더는 나열할 필요가 없다.

일본 통치에 대한 비판사가 한국 역사의 정사(正史)처럼 인식되는 것이 우리의 국사관이다. 그래서 한국의 역사는 한국인에 의해서만 서술되어야 한다는 한국 제일주의나 내 것 제일주의는 이제 냉정히 반성되어야 할 것 같다. 지금쯤 외국인이 쓴 한국의 역사를 찬찬히 생각하며 읽어 볼 필요가 있지 않을까? 우리가 어디쯤 위치해 있는지 가늠하기 위해서 말이다. 그러나 바람직스럽기는 1.5세대나 2세대가 쓴 한국사가 정평 있는 저술이 되어 주는 것이다. 그만큼 거리감과 애정이 동시에 깃들어 있을 수 있기 때문이다.

교회를 못가는 사람들

넓은 미국 땅, 그 어느 곳에 정착해 살건 한국 이민자로서 교회 신세를 지지 않은 사람은 드물 것이다. 이른 새벽 비행장에 나가 이민자들의 이삿짐을 날라 주며, 값싼 아파트를 구해 주고, 또 요령껏 알맞은 직업을 알선해 주는 등 말 그대로 한 이민 가정의 정착을 위해 전천후적 봉사를 아끼지 않는 것이 한국 교회 목회자들이다. 많은 한국인들이 그 혜택으로 초기 이민 생활의 어려운 고비를 넘겨 왔다. 필자 역시 예외는 아니었다.

그런데 막상 이민 사회에서 이 목회자들은 온갖 시비의 대상이 되고 있다. 설교 내용을 비롯하여 목사들의 사생활 구석구석까지…. 어떤 정치인도 이렇게 어항 속 물고기처럼 주목의 대상은 되지 않으리라. 아무리 결점투성이의 목사님들이라지만 나는 오히려 이분들의 편이라고 할까, 허점이 노출된 이분들에게 가까이 서고 싶다. 어떤 경우 이 목회자들이 받는 수모는 그분들을 종교인이게끔 하는 우리의 상식을 넘어선, 도저히 이해하기 어려운 지경까지 이르는 것을 많이 보아 왔기 때문이다. 대학 시절 종교를 전공으로 선택한 필자로서는 '가재는 게 편'이라고나 할까, 세속의 친구들보다 이런 목회자들이 가깝게 느껴져서 목회자 친구들이 많다. 그분들이 나를 아껴 주며 종교를 초월한 친분 관계를 마련해 주었기 때문일 것이다.

바로 여기에 나의 고민이 있다. 그럼에도 불구하고 나는 아직 기독교인이 되지 못하고 있다. 이민 20년, 적지 않은 목회자 친구 그리고 주변에 열이면 아홉이 교회에 나가는 이웃을 두고 있으면서도 내가 교회에 못 나가는 데는 무슨 이유가 있을까? 여기서 성서적인 혹은 반(反) 기독교적인 논의를 펼치자는 것은 아니다. 우선 나는 부모님이 가르쳐 주신 대로 절기에 따라 제사를 지내야 한다. 내가 혼동을 일으키지 않는 한 가급적 옛날에 가르쳐 준 방식대로, 보기에 따라 우스꽝스러울 정도의 의례를 지켜야 한다. 실제로 어렸을 적, 그 제사 과정이 웃긴다고 했다가 어른들에게 크게 노여움을 산 적도 있다. 그러나 오십을 넘긴 지금, 나는 이 모든 제사 과정을 폐지한다거나 또는 달리 대체할 만한 용기가 없을뿐더러 아직 새로운 의례도 찾지 못했다. 나아가 제사 하나만 바꾸는 것이 문제가 아니라 이제껏 경험해 보지 못한 종교적 의식을 집안 내에 끌어들인다는 것이 솔직히 이질적으로 느껴지는 것이 사실이다. 제사뿐만 아니라 나의 일거수일투족과 생활양식을 바꾸어야 할 게 한두 가지가 아니라고 느껴진다.

종교 생활이란 하루하루의 평범한 일을 통해서 드러날 터이고, 그 밖에 달리 기이한 일이나 특별한 이적을 통해서만 나타나는 것은 아니라고 믿는다. 시인 조지훈 씨의 "선은 하루하루의 일상생활 속에 있다."라는 말같이 종교의 기적은 매일매일의 생활 속에 있어야 하고 매일매일의 관습과 종교는 서로 달리 가야 하는 것일 수는 없다고 느껴진다. 그리고 무엇보다 이민자로서 자기 문화의 뿌리를 떠나 살다 보니 내 부모에게서 물려받은 정신적 유산, 그것이 제사를 지키는 것이든지 혹은 다른 사소한 관습이든지 어느 것 하나만이라도 지키고 싶은 것이 내 솔직한 심정이다. 종교적인 차원의 것을 어떻게 구태의연한 제사나 집안 전래의 관습과 동일한 차원에 놓고 다룰 수가 있겠느냐고 반문할는지 모른다. 그러나 바로 이 사소한 행동 하나하나가 바로 그 중요한 종교적인 차원으로 들어가는 관문이라고 생각한다. '무명의 기독교인'이 가능하다는 말도 있다. 그리고 대만 출신의 신학자인 송천성(宋泉盛, 1929-현재)도 어느 전통문화이건 그 안에 고통이 있고 그것을 극복하는 일이 가능하다면 그것이 유교가 됐건, 도교가 됐건 왜 그것을 우리는 '구원'이라 부르지 못하겠느냐고 했다. 그 말을 핑계 삼고 싶다.

아직도 교회를 가지 못하는 나 같은 사람들이 주변에 적지 않게 있다. 그들은 별말 없이 겸허하게 행복한 미소를 띠고 있다. 기독교의 구원이 되었건, 불교의 깨달음이 되었건 자기 교회나 절에 꼭 나와야 된다는 무리한 요구를 하지 않으면서 그렇게 살고 싶다. '구원'이란 염원은 그들의 묵묵한 하루하루의 생활 속에서 이미 강하게 주장된 것인지도 모른다.

말의 반란

　'말'은 모든 동물 중에서 유독 인간만이 사용할 수 있다고 누군가 말한 것으로 기억한다. 말은 인간과 표리 관계에 있다고 할까…. 말은 인간이고 인간은 말이란 표현이 가능할 것 같다.

　이청준(李淸俊, 1939-2008) 씨의 작품 가운데 「말」이란 단편소설이 있다. 오래전에 읽어 자세한 줄거리는 기억나지 않지만 삽화 같은 한 가지 뚜렷한 사건이 떠오른다. 의인화된 '말'이 제멋대로 행동하기 시작한 웃지 못할 사태가 벌어진다. 그러니까 이제껏 사람이 자기 뜻과 감정을 이 '말'을 시켜 전달하게 했는데 사람들이 좋지 못한 의도를 가지고 거짓말, 이간시키는 말, 남을 해치는 말을 계속 떠들어 대니 이 '말'이 그만 화가 나서 그 사람을 떠나 버렸다. 따라서 이 사람이 하는 말은 이제 그의 의도와는 상관없는 말로 표현되어 제멋대로 튀어나가 그는 자신의 '말'을 잃어버린 최초의 인간이 되었다.

　이만큼만 줄거리를 이야기해도 알레고리가 풍부한 이청준의 작품은 나름대로의 해석과 여러 면의 이해가 가능하다. 말 많은 현대인의 모습을 여실히 드러내기에 부족함이 없다. 말에 배반당한 인간, 인간과 말의 배리, 말을 통한 살해 등….

오래전부터 하나의 좌우명처럼 지닌 말이 있다. 신라의 고승 원효 스님의 글을 읽다 접한 글귀이다. 한참 호기심 많던 대학 초년 때 프랑스까지 유학 갔다 온 어느 개명한 교수님의 한문 원전 강독 시간을 통해 접하게 됐다. 처음부터 글귀 내용은 도전적이었다. 말의 허구성이며 말과 문자의 한계를 벗어나라는 내용이었다. 그 이후 유독 이 글귀를 되씹어 보았다. 한문으로 네 글자에 지나지 않아 어느 때부터인가 방명록에 사인을 하라거나, 무슨 기념행사 할 때 좋은 글귀를 적어 놓으라 하면 언뜻 이 글귀를 써 놓고 돌아서기도 했다.

이제껏 살아오면서 수많은 말을 떠들어댔다. 어떤 때는 신중을 기해 말하기도 했으나 대부분 아무 생각 없이 내뱉은 말들이다. 그것이 과연 남과 나에게 도움이 되는 말이었느냐를 생각할 때 그 구절을 항상 떠올리곤 했다. '인언견언'(因言遣言), 즉 '말'로 말미암아 '말'을 버리게 된다는 구절이다. 말을 하게 되는 이유는 바로 그런 표현이나, 의도했던 말을 없애 버리기 위해서라는 것이다. 말을 한다는 것은 그 말의 뜻과 발설자의 의도를 전달하기 위해서인데 그것 자체를 없애야 하는 말이어야 한다니, 소위 말이 안 되는 역설적인 말이다. 어찌 보면 '개구즉착'(開口卽錯), 즉 입을 벌려 무엇이라고 말하는 순간, 이미 그것은 틀렸다고 하는 구절과도 서로 상통하며 한 걸음 더 나아간 것 같은 느낌이 든다.

말이란 뜻을 전달하는 것이 사명이고 그 뜻을 십분 이해했을 때 다시 다른 표현을 통해 그 말의 뜻을 확인하는 것이다. 반대할 경우는 더욱 갖가지 표현을 통해 반대하는 이유를 나열하게 되니 말이 말을 낳는 경우를 무수히 보게 된다. 그리고 많은 경우 '발설된 말'이 그대로 전달되는 경우가 드물고 흔히는 '달리 이해되는 말'로 전달되고 있다. 그래서 재차 '보완 설명되는 말'을 덧붙이기 마련이다. 말의 홍수 속에 파묻힌다고나 할까, 그것이 우리의 일상생활에서 말의 역할이 아니겠는가? 영어 표현에도 둘이 한참 이야기하다가 초점이 빗나가거나 엉뚱한 화제로 비약할 때 또는 부연이 거듭되어 실마리를 잃었을 때, "Are we still talking about the same thing?"(지금 당신하고 내가 하고 있는 말이 서로 같은 것을 두고 이야기하고 있나?) 하고 말할 때가 있다.

말의 속성이란 항상 이렇게 빗나가도록 되어 있다. 말에 신뢰를 실어 말하지만, 오히려 그 말에 배반당하는 것이 우리의 현실이 아닌가. 어쨌든 이렇게 발설된 말이 없어지게 된다면 말의 허상이 여실히 드러난다. 그것은 진리의 세계일 수밖에 없다. 그런 말이 있다면 어떤 군더더기의 말이 더 필요하겠는가. 말을 하자 모든 말을 없앨 수 있고, 말과 말의 내용 그리고 말한 사람 이 세 가지가 하나인 것, 아니 그 세 가지 모두 소멸되는 그러한 말을 두고 불교에서는 진리라고 했다.

진리란 표현을 거부하는 것인지 모르겠다. 아니 표현하려는 우리의 시도가 없을 때 진리는 나타나는 것인가 보다. 이청준 씨는 분명히 이 글귀를 읽고 현대인의 말에 대한 불신, 진실에서의 소외를 작품화했다고 믿고 싶다.

보스턴의 삼각지

도체스터(Dorchester), 록스베리(Roxbury), 마타판(Mattapan) 이 세 곳은 남부 보스턴을 대표하는 지역들이다. 뉴잉글랜드의 첫 정착자들이 자신들의 본향인 영국에서 따온 전형적인 영국의 지역명들이다. 그러나 이 전통적인 영국식 지명이 한인 1세대의 생계 터이고, 새 생활의 기반의 틀을 짜는 대명사가 될 줄 아무도 몰랐다. 그리고 이 지역은 또《보스턴 글로브(The Boston Globe)》지에 거의 하루도 빠짐없이 오르내리는 명칭이기도 하다. 주택 문제, 범죄 문제, 마약 문제, 청소년 갱 문제, 인종 갈등 문제, 사회정책 문제 등 소위 미국이 안고 있는 모든 사회적 질병을 그대로 집약해 놓은 지역이기도 하다.

하버드와 MIT 대학의 보스턴, 그리고 한인 부모들이 딸들을 보내기를 열망하는 '웰슬리 여대'가 소재한 보스턴에 이런 지역이 함께 자리하고 있다는 사실이 실감이 안 간다. 우리 자신을 돌이켜 보자. 친지들이 보스턴을 방문하면 이 지방의 훌륭한 교육기관과 문화센터를 위시하여 독립의 터전을 닦은 여러 유적들을 신명 나게 안내해 준다. 그러나 정작 우리 생활의 터로서 하루 10시간 이상 부대끼며 사업을 벌이는 이곳의 적나라한 모습을 흔쾌히 보여준 적이 있었던가? 그렇게 하는 것이 나의 치부를 드러내는 것이라는 느낌은 갖지 않았던가?

미국 사회의 이중성은 곧 현대 대도시의 메갈로폴리스의 양면성으로 드러나, 잘사는 지역과 못사는 지역으로 인종을 따라 이분화되었다. 그리고 이 양면성은 곧 우리 이민자의 이중성으로도 전달되었다. 그리하여 돈은 이곳에서 벌고 생활은 저곳에서 하는 전형적인 이중 생활자로 변한 것이다. 그래서 어느 미국 주류 사회에서도 즐겨 사용하지 않는 '신종 유태인(?)'으로 자부하게까지 되었다. 과연 이러한 야누스적인 모습이 우리의 자화상일 수 있겠는가 하는 의구심을 갖게 된다.

그러나 이렇게 생각해 보자. 우리가 영업을 하는 사업장의 건물주도 그곳에 살고 있지 않다. 이 지역을 대변하는 정치가도 이곳에 거주하지 않는다. 아니 이 '못 가진 사람들'을 돕는 사회복지사마저 이곳에서 밤을 지내지 않는다. 그런데 유독 한인 이민자만이 이곳에 거주해야 된다는 자책감을 느낀다.

남편이 사장이고 부인이 매니저로서 사업하는 동안 우리 자식들의 좋은 교육의 기회까지 희생하지 않는다고 누가 우리에게 돌을 던지겠는가? 주거지와 교육 기회의 관계는 밀접히 엮여 있다. 미국 사회와 인종 정책의 실패를 우리가 뒤집어쓸 하등의 이유가 없다. 재미 동포의 생활이 이중적인 것이 아니라 미국 사회의 구성이 이중적인 것이다. 그 누가 이 못사는 지역에서 미국 사회의 질병을 자기 문제로 부둥켜안고 살기를 원할까? 오히려 우리의 이중성은 우리가 결정한 '지혜로운 선택'일 수 있다. 다음 세대를 위한 도약의 기회를 마련한 결단이기도 하다.

그러나 우리 자신이 풀어야 할 문제도 있다. 이 좁은 보스턴 지역에 50개에 가까운 교회와 종교 단체가 산재해 있어도 이곳과 연관이 있다는 소리를 듣지 못했다. 그리고 이 지역사회를 위한 어떤 '이니셔티브'도 우리는 취하지 않고 있다. 4.29 LA 폭동의 쓰라린 경험을 하고도 그 사건을 특정 지역의 사건으로만 돌리고 싶어 한다. 뉴잉글랜드 지역 동포를 목민(牧民)하는 총영사관의 목민관(牧民官)이 이 지역을 순시하며 문제점을 청취한다는 소리도 듣지 못했다. 우리에게는 불필요한 한국의 직위를 여기저기 남발하여 그나마 이곳에 마음 붙이고 사는 선량한 우리를 또 한 번 곤혹스럽게 할 뿐이다.

20년간을 한결같이 생업장으로 삼은 삼각지(三角地) 같은 이 지역사회에 우리의 정치적인 통로가 생겼으면 한다. 이번 선거철에 새로 뽑히는 우리 한인회장, 시민권자 협회장도 이 지역에 새로운 관심을 가져 주었으면 한다. 그리고 공화당 주지사 후보인 셀루치에게도, 민주당 후보인 하시바거에게도 정치헌금을 하며 그들의 관심을 이곳으로 이끌어야 한다. 그래서 나 자신이 새로운 형태의 정치인이 된 것을 부인과 남편에게 또는 내 친구에게 자랑해야 한다. 한국의 해묵은 정치와 우리는 아무런 상관이 없다. 오히려 이곳의 재미 종교 단체의 무관심한 사회의식을 열을 올려 탓하고 우리의 풀뿌리적 정치 참여를 선동하자.

조감도

우리말에 "세상이 달리 보인다."라는 말이 있다. 한참 앓고 난 후이거나 혹독한 경험을 한 후 이런 표현을 즐겨 쓴다. 그러니까 '그일' 이전과는 보는 눈이 달라져 있다는 뜻일 게다. 비슷한 경험은 누구에게나 있다. 어렸을 적 재미있게 놀던 골목 어귀의 정경과 온갖 사회 경험을 한 후 우연히 들른 그 길목을 다시 바라보는 나의 의식, 세상이 온통 즐겁고 노는 일만이 중요하게 여겨지던 그 시절은 어느덧 달라져 있다.

조감도란 말 그대로 새가 공중을 날고 있을 때 내려다보이는 세상의 모습이다. 날 수 없는 인간이기에 전체를 볼 수 있는 새로운 관점을 일컬어 조감도라 했다. 그래서 조감도(鳥瞰圖)뿐 아니라 더 나아가 신감도(神瞰圖)란 표현도 등장했다. 쓰이는 문맥에 따라 다르겠으나 좁아터진 관점과 자기주장만 일삼고 아웅다웅 다투니 차원을 높여 조감할 수 있는, 그리고 어느 주장과도 맞바꿀 수 없는 높은 관점을 상정(想定)한 것이 바로 이 신감도일 것이다. 특별히 기독교의 신이 보는 관점만은 아니다. 거꾸로 이제 차원을 낮춰 심지어는 묘감도(猫瞰圖)라는 말도 있다. 미세하게 가까이 보는 관찰이다. 이제껏 안 보이던 사태를 근접하여 바라보는 시각일 것이다. 보는 관점은 모든 사태를 달리 바꾸어 놓을 수 있다.

얼마 전 내가 관계했던 한 단체를 취재한 한국의 일간지 기자를 워싱턴 D. C.로 떠나보냈다. 동아일보를 사임하고 이곳 하버드대학에서 일 년간 연구하다 워싱턴 D. C. 소재 어느 대학에 '분쟁 해결'을 전공으로 하는 박사과정을 이수하러 떠났다. 이곳 하버드 법대에도 이 전공이 있으나 등록금, 생활비 등 보스턴의 높은 경비를 감당할 길이 없어 그곳으로 간 듯하다. 그러나 나로서는 기억에 남을 수밖에 없는 만남이었다. 우선 우리 전래의 과(科)와는 전혀 다른 전공 명칭이 그랬다. '분쟁 해결' 전공? 기존의 분류 방식으로는 급격히 변화하는 현대 사회의 이슈를 담을 수 없는 것은 당연하고, 그때마다 새로운 전공 명칭이 생겨날 수밖에 없겠다는 생각이 들었다. 그보다도 서로 비판하며 길항 관계에 있는 문제를 해결할 전공이라니 오늘의 현실 상황을 잘 파악한 전공일 뿐만 아니라 바람직한 학문의 틀이라고 생각되었다. 불행하게도 우리는 항상 '죽이고 배제시킬' 상대방만 존재할 뿐 '해결해야 될' 상대방은 배제하고 있으니 이런 전공의 필요성이 저절로 몸에 와닿았다.

이 정치부 기자는 한국의 정황에서 볼 때 모든 것이 이분법적이고 그것들은 서로 상충(相衝) 관계에 있으니 자신의 전공으로는 제격이라고 했다. 이 기자는 훨씬 전 내가 관계한 단체를 취재하다 교통사고를 당해 생사를 넘나드는 과정을 겪었다. 결국 이 사람을 대체할 새 기자가 파견되어 그가 수집하여 남긴 기자 노트를 근거로 과거의 생각과 틀을 그대로 기사화할 수밖에 없었다고 한다. 그 일로 인해 급기야 한국 국회에서 NAKA(The National Association of Korean American, 미주동포전국협회)는 이적 친북 단체로 낙인찍히고 말았다.

나는 우연한 기회에 이 지역 목사님들의 권유를 따라 이 NAKA 회의에 참석했다. 그러나 친북 단체로 규정되고 말았으니 나로서는 난감한 입장이 되었다. 그러나 한편 호기심도 발동했다. 주변 친구들의 우정 어린 충고에도 불구하고 그 이사회에 계속 참석했다. 그래서 다음과 같은 사실을 발견했다. 이 모임의 회장은 목사님으로 공산당에 의해 역시 목사님이었던 부모님들이 살해되었다. 이분은 월남하여 해병대 장교로 복무했다. 그리고 도미하여 시카고대학에서 박사과정을 마치고 마틴 루터 킹(Martin Luther King Jr., 1929-1968)과 함께 민권운동의 전열에 나란히 섰다. 그래서 얻은 명칭이 '옐로우 블랙'(Yellow Black)이었다. 그리고 한국 정부가 인정한 한국의 대사직 이외에 한국인으로서는 가장 높은 직위(?)를 역임했다.

미국교회협의회(NCC, National Council of Christians) 회장을 역임하며 백악관과 항시 직접 통화할 수 있는 위치였다. 한국의 대통령이 백악관을 방문하면 한국 대사관은 이분을 배제할지 모르나 미국 대통령은 오히려 합석을 원한다. 북한은 이분을 미국의 조총련쯤의 회장으로 삼고 싶어 했다. 이분은 그것도 거절한다. 그리고 인도적 평화적 남북 화해를 지향한다. 그러나 한국의 언론과 재미 동포는 이분의 위치를 찾지 못해 '빨갱이'나 '선교사'로 두 극단적인 평가를 내리고 있다. 어쨌든 NAKA가 이분의 고매한 행적 때문에 이적 단체로 몰렸을지 모르나 부지런히 참석한 이사회 모임에서 '한 번도' 이적 행위를 하지 않았다는 것이 나의 증언이다. 그분은 우리 초대 대통령과 이름이 같은 '이승만 목사'(1931-2015)이다.

문제가 있는 쪽이 이적이라고 단정하는 쪽인지 그런 오해를 묵과하는 쪽인지, 미국의 매카시즘(McCarthyism)을 다시 생각하고 우리의 이분법적 사고를 원망해 본다. 불씨가 생긴 것은 '분쟁 해결'을 전공하러 워싱턴 D. C.로 떠난 이 정치부 기자와 마지막으로 나눈 대화에서 "새 시대의 새로운 전공은 이렇게 시작될 수밖에 없군요."라고 한 말이었다. 그 저녁의 만남에서 훨훨 날며 한국의 장래를 폭넓게 조감할 수 있는 새라도 되었으면 하는 심정이 간절했다.

해외 독립선언

    영상(映像) 매체가 문자의 전달 수단을 능가한 것이 어제오늘의 일은 아니다. 도서실이나 집 안에 앉아 조용히 책을 읽고, 신문 잡지를 뒤적거릴 일보다, 훌쩍 영화관으로 달려가거나, TV 앞에 앉아 이곳 저곳에서 일어나는 사건이며 혹 어느 작가의 생각을 그 현장에 갖다 놓고 직접 들여다보게 됐다. 이런 세상이니 누가 일일이 말로 표현한 사건과 글로 쓴 내용을 보고 현장을 확인하며 상상의 나래를 펴겠는가? 말과 글이 미숙하게 그려 준 현장보다 '활동하는' 사진이나 그림 한 폭이 훨씬 더 현실을 여실히 보여준다.

    우리말의 '백 번 듣는 것보다 한 번 보는 일이 더 낫다'[百聞而不如一見].라는 표현은 오늘의 전달 수단에 대해 탁견을 말한 예언같이 느껴진다. 그런가 하면 또 개 눈에는 '무엇'만 보인다는 말처럼 당신이 생각하는 그것은 곧 당신의 마음의 투영(投影)이라는 핀잔 어린 표현을 생각하게 된다. 직접 눈에 보이는 일들의 사실감은 박진감이 있어 좋지만, 그것을 어떻게 보느냐 하는 것은 또 다른 문제인 듯하다.

    한때 소련은 사진 작가들을 미국으로 파견하여 미국 사회 이곳저곳의 어두운 구석들을 찍어 그 영상들을 편집해 상영했다고 한다. 이 필름과 사진에 나타난 장면들과 거기에 붙인 해설만 따른다면 미국은 '거지의 천국'이어서 굶주림의 극치이고 내일 당장 또 다른 볼셰비키 혁명이 일어날 수밖에 없는 나라였다. 그러나 아이러니하게도 붕괴된 것은 오히려 구소련 체제였다. 직접 감각에 와닿은 표현이 그대로 사실이고 현장의 재현이 아닐 수 있다는 것을 웅변하는 사례이다.

어쨌든 말을 통한 표현을 능가한다는 현대 매체의 직접적인 전달 효과도 결국 보는 사람의 식견(識見)에 달려 있기 마련이다. 세상일을 '그대로' 본다는 일마저 거의 불가능하다는 사실을 확인하게 된다. 오히려 '어떻게' 보느냐 하는 일만이 세상을 보는 유일한 방법이게 된다. 직접 전달이라는 영상적 표현 수단도 알고 보면 커다란 함정을 지니고 있는 셈이다. 이 함정을 정치적인 프로파간다로 활용할 수도 있고, 자신의 의도와 목적에 따라 현장을 채색해 버릴 수도 있다. 결국 믿고 볼 수 있는 것은 아무것도 없고 자신의 눈과 자신의 생각밖에는 의존할 것이 없다. 또 자기가 어디 하나뿐이겠는가. 주변 분위기에 따라 변하는 나도 있고 시시각각 나름대로 변하는 '자기 자신'도 존재하니 어쩌랴. 그러니 우리 앞에 수백, 수천의 각기 다른 현실이 도사리고 있는 것이다. 소박한 철학은 여기서 그치는 것이 좋을 듯싶다. 그러나 낙엽 풍성한 이 계절에 내 자신을 다시 한번 생각해 볼 일이 생겼다.

한국 국회에서는 「재외 동포 특례법」을 통과시킨다고 한다. 짧게는 2~3년간, 길게는 30~40년간 미주에 거주해 온 재미 동포들에게 반가운 소식일 수밖에 없다. 아마도 이「재외 동포 특례법」이 통과되면 당당히 귀국하여 나의 입지와 정체성을 다시 확인하며 정치, 경제, 문화 활동을 통해 나름대로 쌓은 경륜을 바탕으로 하여 내 조국을 위해 기여할 수 있을 것 같다. 그러나 대다수의 이민자들은 그럴 능력도 그럴 의욕도 없는 평범한 재미 동포들이다. 그렇다고 항상 망향증(望鄉症)을 앓고 있는 무엇인가 결여된 서민들도 아니다. 이제 한반도를 일정한 거리를 두고 볼 수 있는 객관적 시각과 다른 관점을 지니고 있다. 모처럼 귀국할 때마다 느끼는 점은 재미 동포들은 한국의 내 친인척들과는 전혀 다른 시각으로 한국을 보고 있다는 것이다. 그것은 우리들의 훌륭한 사회관일 수 있고 나름의 사상일 수도 있다.

마치 뉴잉글랜드의 첫 거주자들이 영국과 구대륙을 보며 망향증에 빠지지 않고 오히려 그들과 결연히 구분하고자 했던 것과도 유사하리라. 단군 이래의 '민족 대이동'이라고까지 표현했던 해외 이민이 해외 동포 법규 하나로 다시 '민족 대귀국'이라는 사태를 불러오지는 않을 것 같다.

재미 동포가 '보고 느낀' 경험들은 이제 한국과는 아무런 상관이 없다. 이 경험들은 해외 거주자인 우리의 값진 문화의 한 부분이 될 것 같다. 그래서 이제부터 내가 무엇을, 어떻게 보고, 달리 느끼는지를 존중해야 할 것 같다. 그것이 우리 해외 동포들의 현장이고 우리의 현실이기 때문이다. 한국의 신문과 영상 매체가 나를 붙들어 놓은 곳에서 자유스러워져야 할 것 같다. 그렇지 않으면 실로 나는 보잘것없는 이민자라는 주변성에서 벗어날 수 없으니, 한국에서도 이민자로 변두리적인 존재가 되고 미국 주류에서도 소수민이 될 수밖에 없는 '이중의 주변성'으로 떨어지고 만다.

가을의 풍요로운 색조가 모든 것을 반추해 보게 하는 뉴잉글랜드의 풍광(風光) 속에서 차분히 재미 동포의 정신적인 독립선언을 생각해 보자.

펜은 칼보다 무섭다

"The pen is scarier(?) than the sword."

언론이 행정·입법·사법 다음의 제4부(部)로 치부해도 좋을 만큼 막강한 영향력을 발휘하는 나라가 미국이다. 조그만 스캔들, 사소한 말 한마디에 대한 기사가 유망한 정치인의 앞날을 망치거나 법적 구속을 받게까지 한다면 언론의 힘은 막강한 것이다. 뉴스나 사건, 그것을 보도하고 논평하는 언론 매체가 지닌 평가 기준은 그 사회가 지닌 가치 기준의 잣대 역할을 한다. 그래서 언론인에게 무관의 제왕이란 칭호까지 부여했는지 모르겠다.

요즈음 이 언론기관의 숙정 작업이 한창인 듯하다. 이곳의 《보스턴 글로브(Boston Globe)》지는 한 칼럼니스트의 글을 조사한 후 그 사람을 해고시켰다. 퓰리처상 후보에까지 올랐던 흑인 여류 기자로서 이 지역에서는 가장 글 잘 쓰는 사람으로 알려져 있었다. 그러나 이 여기자가 쓴 글의 내용을 조사한 결과 몇 편의 칼럼 내용이 허위인 것으로 드러났다. 하버드 법대의 말씨름꾼인 앨런 더쇼비츠(Alan

Dershowitz, 1938-현재) 교수는 이 흑인 칼럼니스트가 해고된다면 또 다른 백인 남성 칼럼니스트인 마이크 바니클(Mike Barnicle, 1943-현재)도 해고시켜야 한다고 끼어들었다. 비슷한 잘못을 똑같이 저질렀는데 왜 한쪽만 '손'을 보고 다른 쪽은 그대로 두느냐며 '성과 인종'(Gender and Race) 문제를 들고 나섰다. 나 자신도 이 흑인 여기자, 패트리샤 스미스(Patricia Smith, 1955-현재)의 글을 좋아한다. 특히 흑인이 받는 사회적인 편견에 대한 글들은 거의 시적인 감동을 일으킨다. 어쨌든 자기 소견이 가장 많이 들어가는 칼럼마저도 그것의 '사실 여부'를 두고 이렇게 따지며 글의 근거와 사실을 중요시한다. 잇달아 CNN에서는 지난 월남전 때 가스 무기를 사용했다고 보도한 기사가 오류였다며 사과하고 해당 기자와 관계인을 해고했고 신문사 측은 반성하는 성명을 냈다.

새로운 사실, 감추어진 부분을 드러내는 역할은 신문의 일차적인 의무이겠지만, 또한 미국 언론은 자신의 문제를 과감히 파헤치는 솔직성과 용기를 지니고 있다. 이렇게 자기반성을 하는 신문이라면 나의 상식을 신문의 잣대에 맡기고 안심하며 사회를 들여다보고 나름의 평가를 내릴 수 있다.

이민 초기 낯설고 어색한 이질감 속에서 한국 신문을 보고 반가운 느낌을 가졌다. 우리가 보고 느끼는 것을 '우리말'로 기사화해 주는 신문을 보고 즐겁고 친숙한 느낌을 가질 수밖에 없었다. 하지만 기사의 내용, 폭, 그리고 그 논평을 따질 단계도 못 되는 '아마추어리즘'을 벗어나지 못하는 그런 글들이었다. 이민 생활의 성장과 함께 언론도 성숙해지겠거니 하며 학교 교지(校紙)와 같은 미주 한인 신문을 애정을 갖고 부지런히 들여다보았다. 그러나 어느덧 미주 언론도 '제왕'(帝王)의 자리에 올라 한인들의 군소 모임은 물론 종교 단체의 모임까지 아무런 제한 없이 출입하며 현장을 마음대로 기술하고 있다. 그래서인지 단체장들이나 기업주들은 언론 종사자들과 우호 관계를 맺고 있어야 하는 것으로 되어 있다. 우호 관계가 아니라 실제로는 무척 불편한 관계인 것이다. 신문이 짚어 주어야 하는 부분은 감추고, 감싸고 격려해 주어야 할 부분은 오히려 드러내어 폭로하면서도 소위 사회 목탁의 역할을 한다고 주장한다. 한 걸음 더 나아가 언론의 힘을 사물화하여 한 개인의 의도를 행사하는 수단으로 삼는 일이 빈발하고 있다. '펜'의 힘이 '칼'보다 더 강하다는 말이 와전된 느낌이다. '칼'은 일회적인 상처를 줄지 모르나 '펜'의 마력은 인격 전체를 손상시키며 사회를 병들게 한다.

워싱턴에서 발간되며 이 지역에도 배포되는 한인 신문에 무고(誣告)하는 기사가 실렸다. 이곳의 신문은 이 허위 투서를 쓴 손목은 '작두로 잘라 버리는 것'만이 유일한 약이라고 주장하는 칼럼을 실었다. 더 이상 할 말이 없다. 전형적인 언론의 폐해인 것이다. 이 칼럼이 실리는 본지에서는 어느 식료품상의 식품 관리 때문에 빚어진 사건을 톱기사로 다루었다. 그리고 잇달아 피해를 입은 사람의 사진과 함께 사건의 추이를 계속 추적하였다. 겉보기에 하나도 이상할 것 없는 사건 기사일 수 있다. 식료품상과 요식업이 매일 겪는 문제가 식품 관리이고 그것은 어느 특정 식료품상이나 식당에서만 벌어지는 일은 아니다. 여기서 신문으로서 생각하고 판단해야 할 일이 있다. 있는 대로 모든 사실을 보도하는 것만이 신문의 역할은 아니다. 미주 신문들에 기사화됨으로써 영세 업체들이 돌이킬 수 없는 피해를 입는 경우를 자주 보기 때문이다. 이 지역사회의 규모와 우리의 영업 행태들 속에서, 그 사건에 연루된 영업주와 신문 사주가 어떤 상관관계를 가지고 있는지 모두가 잘 알고 있다. 언론인과 그 지역 단체장 혹은 기업인 사이에 이전부터 연루된 문제가 그런 식으로 노출되었다고 믿고 싶지는 않다.

한편 열악한 조건 속에서 신문을 제작하는 측을 생각할 때, 광고를 게재함으로써 얼마간의 경제적, 물질적 도움을 준다고 그 대가로 언론의 방향을 좌지우지하겠다는 행태 역시 불식되어야 한다. 심지어 특정 기사가 마음에 들지 않는다고 신문의 유통까지 봉쇄해 버리는 무모함도 사라져야 한다. 우리가 어떤 독자인가? 언론의 그 많은 수난 속에서도 행간(行間)을 읽어 나간 독자들이 아니었나! 잘못된 기사는 스스로 자신의 격(格)을 드러낸다. 바람직스럽기는 잘못을 사과하는 기사가 자주 눈에 띄는 것이다. 그것이 신문이 성장한다는 표시이고 또 섣불리 언론을 마음대로 넘보는 작태도 사라질 것이다. 서로 아끼고 존경해야만 어린아이 같은 이 미주 한인 사회와 한인 신문을 성인으로 키워 갈 수 있다.

장사의 해석학

　미주 동포 생업의 수위를 차지하고 있는 것은 상업이다. 뚜렷한 통계가 있는 것은 아니지만 한인의 실태를 말할 때마다 '장사'에 관한 말이 가장 많이 나오기 때문이다. 사실일 것 같다. 나 역시 과거 경력과는 무관하게 상업에 종사하고 있으니 이 통계를 뒷받침하는 또 하나의 훌륭한 사례가 된다. 한편 미주 동포치고 종교 단체에 속하지 않은 사람도 드물다. 어느 특정 종교를 배제하는 실수를 저지르지 않기 위해 종교 단체란 포괄적인 용어를 사용했는데 실은 기독교 교회를 말한다.

　상업과 종교는 어느덧 재미 동포가 참여하는 뚜렷한 두 활동 영역이 되었다. 그런데 이 두 영역은 잘 어울리지 않고 서로 엇갈린다는 느낌을 준다. 상업이란 소박하게 이해하자면 이윤을 추구하는 행위이다. 10불짜리 상품이건 서비스이건 그것을 원가 그대로 다른 사람에게 전달할 수는 없다. 본래의 값에 이익이 덧붙여져야 한다. 곧 다른 사람에게서 이윤을 얻어 내야만 한다. 그런데 종교 행위란 무엇인가? 잠시 철학적·종교학적인 현학은 유보하자. 종교 행위란 절대자(혹은 절대적인 것)에게 귀의하여 그 은혜와 가피력으로 구원받고자 하는 것이다. 그에 따라 쓰인 성전(聖典)의 말씀을 좇아 일거수일투족 올바른 행위를 수행한다. 아마 가장 큰 모범은 나를 희생하고 남에게 봉사하는 일일 것이다. 모든 영광은 절대자와 그 권화(權化)에게로 돌리고 이해관계는 전혀 고려치 않는다.

'오른손이 하는 일을 왼손이 몰라야' 하고 '남에게 베푼다는 의식도 갖지 말아야[無住相布施]' 한다. 너무 단순화했을지 모르나 상업의 이윤 추구와 남을 위한 봉사(희생)란 두 가지 상반되는 행위를 어떻게 받아들여야 하는지 한 번쯤 짚고 넘어갈 필요가 있지 않을까?

여기서 막스 베버(Max Weber, 1864-1920) 유의 직업으로서의 종교를 들어 가장 성스러운 영역을 세속의 한 기능으로 전락시킬 의도는 없다. 오히려 사는 일이 모순이듯 삶의 두 가지 측면인 종교 생활과 세속 생활은 서로 모순으로 비춰질 수밖에 없다. 그러니 이 상반된 모순을 성직자들이 짊어지고 매주 무엇인가를 교회나 법당에서 말해야 한다. 그리고 세속과 초월의 교량 역할을 해야만 한다. 불법(佛法)은 팔만사천이나 되는 법문(法門)을 지녔으니 그 안에 현실 생활과 들어맞지 않는 말이 없을 터이고, 하늘 아래 새로운 것이 없는 지고한 진리의 말씀을 지닌 것이 성서의 말씀들이다. 거기 또 무슨 말을 덧붙일 필요가 있는가? 옳은 말이다. 그러나 중생의 능력은 약하고 세상은 좋아지는 기미가 없으니 또 어쩌랴.『불경』을 읽고도, 성서에 의지해도 지혜는커녕 자꾸 엉뚱한 세속적인 방향으로 우리의 마음과 행동은 달려간다.

요즈음 신학계와 철학계의 유행처럼 되어 있는 해석학도 이렇게 제대로 이해되지 않거나, 여건에 따라 달리 해석되는 성현 말씀의 이해를 돕기 위해 나타난 방법이 아닐까? 불교의 논장(論藏)이나 신학의 주석학은 무엇이었던가? 너무 깊어 알 수 없는 말씀을 우리의 세속을 따라 이해시키기 위해 만든 가이드라인은 아니었던가?

　이민 생활이 처한 여건이 단순할 수 없듯이 각자의 생활에 부합되는 종교 생활도 단순할 수 없다. 각기 처한 여건에 따른 종교 생활이 요구되는 것은 물론이다. 한 집안의 경제적 풍요가 곧 하나님이 주신 축복이고 부처님이 점지하신 복이라고 단순화시킬 수도 없다. 그런 축복과 복은 일찍이 교회에서, 사찰에서 예수님과 부처님에 의해 추방된 지 오래이다. 그런 것은 복도 아니고 축복일 수도 없고 우리 욕심의 또 다른 표현이라고 두 분은 말했다. 그럼에도 불구하고 우리는 돈도 많이 벌어야 하고, 성공도 해야 하는 것이 하나님의 뜻이고 부처님의 가피력이라고 계속 주장하면 우리의 일상생활의 모순은 누적될 수밖에 없다.

　성숙한 이민 생활을 위한 '이민신학'과 '이민설법'의 또 다른 해석학과 성현들의 가이드라인이 매주 교회와 법당에서 이루어지기를 바란다. 그래서 장사를 해서 돈을 많이 벌어도 극락에 갈 수 있고 하나님의 은총을 듬뿍 입을 수 있다는, 세속과 초월의 세계가 일치하는 또 다른 새로운 '말씀'을 우리들의 교회와 법당에서 듣고 싶다.

젊은 늙은이

요즈음 젊어지는 약이 유행이다. DHEA로부터 한참 화제에 오른 비아그라에 이르기까지 각종 건강제와 활력제가 인기리에 선전되고 있다. 실제로 젊어지게 한다기보다 나이 먹어 가면서 할 수 없는 일을 할 수 있게끔 하는 건강제들이라는 것이다. 비타민이 건강제의 대명사가 된 것은 어제오늘의 일이 아니지만 요즈음처럼 신체 부위 하나하나에 직효(直效)를 가져오는 식으로 알려지지는 않았다. 의학의 발달이 이렇게 세분화된 직효를 가져온 것인지 상업주의가 그렇게 한 것인지 알 길은 없다. 한국 태생인 우리로서는 신세계의 이런 발명품을 즐기며 오래 살아야 할 이민자로서의 특권이 있는 것은 물론이다.

얼마 전 오래 살아야 할 또 하나의 이유를 발견했다. 모처럼 이북5도민회의에 참석했다. 이미 오십 중반을 넘은 필자이지만 이 모임에 참석하고 보니 가장 나이 어린 젊은이(?)였다. 젊은이들 모임에서 뻣뻣한 어른 행세하기보다 거꾸로 늙은 모임에서 젊은이로 치부되는 기분은 미상불 나쁠 턱이 없다. 그러나 이 모임의 성격을 생각해 보면 나의 젊음을 마냥 기뻐할 어리석음을 드러낼 수도 없다. 소위 실향민들의 모임이고, 고향으로 돌아갈 수도 없고, 오래전 헤어진 혈육도 만날 수 없는, 한반도의 비극을 온몸으로 겪고 있는 이북5도민 노인들의 모임이다. 이곳저곳에서 특유의 사투리들이 튀어나왔다. 나 역시 까맣게 잊고 있던 고향 액센트가 저절로 재생이 되었다. 음식을 권하는 태도 역시 이북식이었다. 좋은 의도만 있으면 예의 절차는 아무래도 좋다는 식으로 불쑥불쑥 권한다. 고향에 온 것처럼 정감이 오가고 있지만 기분이 고조되어 있다거나 격해 있지는 않았다. 차라리 서로의 표정을 살피며 과거의 어느 편린이라도 느끼려는 듯 잔잔하고 덤덤할 뿐이었다. 신문에서 그렇게 떠들며 그 의의를 찬양했던 '정주영과 황소 500마리'의 해프닝도 별로 큰 느낌을 주는 것 같지 않았다.

이북 실향민들은 정말 고향을 잃은 것일까? 고향 상실이란 인간 본연의 상실 의식이고 귀소(歸巢) 의식과 표리를 이룬다. 사람이 모태(母胎)에서 떠나 살 듯이 인간은 항상 고향을 떠난 상실감 속에 살고 있다. 고향 상실과 귀향의 염원은 이북5도민만의 고유 의식은 아니다. 그래서 너나없이 항상 "돌아가야지, 돌아가야지[環源/復歸]!" 하며 산다. 그것이 인간의 희망이고 바람이며 끝내는 아무도 이룰 수 없는 '그리움에로의 복귀' 의식이 되리라.

마음이 옛 고향으로 돌아가 돌아가신 부모, 형제를 그리워하면 아름다운 고향 상실의 시가가 될 수 있다. 거꾸로 정작 몸이 고향 땅으로 가고자 하는 '바람'을 표출하면 '정치의식'이 되는 것이 한국의 또 하나의 '고향 상실'이다. '이후락'과 '정주영'은 갈 수 있어도 이민의 '갑돌이'와 '을순이'가 가고자 하면 '색깔 띤' 분자가 되고 '정치범'이 될 수 있다. 이북 내 고향의 터줏대감은 이 가련한 실향민을 인질로 삼기까지 한다. 그리고 남한의 기업인은 단돈 1,000불에 금강산 구경은 시켜도 비극의 이산가족 재결합은 외면할 수밖에 없다. 어떤 정권, 어떤 정치가가 무슨 구호를 내세워도 실향민들은 다 "옳소."하고 따른다. 이 미련한 실향민들은 그러나 그 '정치 구호'의 내용이 무엇인지를 놀랍게도 다 안다. 빨갱이로 몰린 것이 한두 번이 아니고, '우익 반동분자'로 처단된 것이 한두 번이 아니다. 남과 북으로 찢기면서 살아온 50년, 그것이 이북5도민의 처지이다.

어느 식견 있는 이북 실향민의 말이 기억난다. 3천 년이라는 '디아스포라'의 긴 기간 동안 유대 종족을 '유대인(Jewishness)이게끔' 한 것은 무엇일까? '유대성'(Jewishness)에 대해 끈질기게 추구해 온 것이 온갖 환란과 이질성을 극복하고 '유대인'과 '유대 국가'를 만들지 않았던가? 이제 우리도 '통일'이라는 집념으로 '남과 북' 그리고 '미주'와 구소련의 '오지'(奧地)에까지 흩어져 있는 우리를 '우리이게끔' 하는 핵(核)을 만들어야 하지 않겠는가! 통일은 남과 북의 물리적 결합만이 아니라 '내가' '나이게끔' 하는 하나의 중심을 이루어야 한다. 삼팔선이 철폐되는 것만이 통일은 아니다.

내 민족과 내 종족을 끌어안을 수 없는 통일은 이산이나 다를 바 없다. 정치적·경제적 이유로 통일이 지연되어야 하고, 작은 면적 때문에 카자흐스탄과 사할린의 내 민족이 귀국을 하지 못한다면 우리의 이산은 외세가 만든 것만이 아니다. 우리 자신의 분열적 사고의 결실인지도 모른다.

내 부모님이 생전에 꿈꾸던 통일을 이제 왜소해진 꿈으로만 지닌 나는 육십이 되기 전에 오히려 이북5도민회의의 해체를 보는 것을 조그만 희망으로 삼고 싶다. 통일 전이라도 남북을 자유로이 왕래할 수 있다면 왜 이 비극의 주인공들이 외롭게 타지에서 이런 꼴로 만 나겠는가? 혹시 이 기간이 더 연장된다면 그 요란한 '건강제'를 먹으 며 감격의 통일이 올 때까지 오래 살리라.

신호등과 기계격

화창한 봄날이다. 마음은 밖으로 달려 나간다. 방구석에서, 작업장에서, 사무실에서, 일상에서 벗어나 훌쩍 떠나고 싶어진다. 걷기도 하겠지만 대부분 운전을 하며 어디론가 달려 본다. 이렇게 하는 운전은 또 다른 지점까지 달려가야 하는 현대판 축지법은 아니다. 마치 우주선이라도 탄 듯 전혀 다른 세계로 진입하는 것같이 미지에로 여행을 하고 싶다. 그러나 불현듯 신호등이 앞을 가로막는다. 이 신호등 앞에서, 식어 버린 커피 한 모금을 더 마실 수도 있고, 풀어진 구두끈을 고쳐 맬 수도 있고, 얼굴 화장도 잠시 고칠 수 있다. 그런데 이 신호등이야말로 나의 인격을 가늠하는 '바로미터'이고 나의 감정의 기복을 말해 주는 무드 측정기이기도 하다. 신호등 앞에 설 때마다 쳐다보는 나의 시선은 한결같지가 않다.

콧노래라도 나올 듯 여유 만만하게 정차해 있을 수도 있지만, 화를 내며 흘겨보듯 급정차해 있기도 하고, 혹은 애꿎은 앞차 운전자를 원망하기도 한다. 신호등의 삼원색과 그 배합만큼이나 다양한 나의 인품이 시시각각으로 드러나는 것이다. 그러나 내 기분의 고저(高

低)를 신호등이 만든 것은 아니다. 신호등은 나를 잠시 그곳에 정지시켰을 뿐이고 오히려 나 자신이 하루의 일을 모두 이끌어 그 시점에 집약시켜 놓은 것이다. 아마 죽음도 필시 이렇게 나를 정지시킬 터이고 내 인생 여정의 결산을 이렇게 표출시키리라. 전국적인 악명을 얻는 보스토니안(Bostonian)들의 운전 주행은 신호등을 두고 재미있는 이야기를 만들어 냈다. 보스토니안들에게 이 신호등은 한 가지 기능밖에는 하지 못하는 것으로 되어 있다.

노란색은 정지할 준비를 하는 경계 신호이지만 우물거리지 말고 '빨리 가라'(Go Fast)는 신호이고, 빨간색이 나오면 중간에 정지해 있다가는 뒷차에 받칠 위험성은 물론 교통 방해를 일으키니 얼른 '그 자리를 뜨라(Go)'는 신호라는 것이다. 그러면 초록색은 무엇인가? 두말할 필요 없이 내가 받은 당당한 권리인 '가라'(Go)는 신호인 것이다. 신호 위반이 빚어낸 농담이다. 그러나 운전석에 앉아 있는 나의 인격은 차창 밖의 풍경을 제멋대로 해석하여 호오(好惡)의 평가를 제멋대로 만들어 낸다.

뉴잉글랜드의 '옛 신사들'마저 차에 오르면 삽시간에 태도를 표변하여 야수로 변하고, 갖가지 짓거리를 거침없이 드러낸다. 이렇게 되면 차에 오르기 전과는 또 다른 인격이 설정되어야 한다. 혹시 '기계격'(機械格)이라는 말이 가능할지 모르겠다.

그러면 보행자의 경우는 어떤가? 시민 정신을 내세우며 '무단 횡단자'를 규제해야 한다고 강조한다. 너나없이 운전자이지만 또 너나없이 보행자이고 보면 운전할 때 당한 설움(?)을 걷는 입장에서 약올리듯 무단 횡단을 한다. 이러니 무법의 차만 처벌할 것이 아니라 무법의 보행자도 처벌해야 한다고 한다. 여기저기서 벌떼(?) 같은 항의가 제기됐다. 그중 한 가지는, 아무 길이나 걷는 보행자의 행보는 시민 의식과는 전혀 상관없는 유전인자의 탓이라는 것이다. 찻길과 신호등이 생기기 훨씬 이전부터 거기에 들이 있었고, 그 들길을 아무 의식 없이 걸었다는 것이다. 아무리 인위적인 시민 의식을 강조해도 자연의 이법(理法)을 넘어설 수는 없다는 것이다. 따라서 무단 횡단하는 인격이 운전대 앞에 앉아 있는 기계격을 훨씬 넘어 존중되어야 한다는 주장이다.

차 앞에 사람이 나타나면 어떤 법규에도 상관없이 차는 정지해야만 한다. 운전대 앞에 있는 것도 또 다른 인격이라며 호소해도 소용없다. 인간 존중의 이념은 모든 법과 규정을 넘어서는 것이다. 정치적 이유, 사회적 여건, 경제적 실리 등이 인간의 위상을 훼손해서는 안 된다. 법을 넘어서는 법을 만드느라 미국은 법의 사태가 되었다고 하지만 악법을 지켜 주고도 여유 있는 태도를 지니는 일, 그래서 법을 오히려 우습게 만들 수 있는 높은 시민 정신이 우리에게 발현되기를 기대해 본다. 이런 유전인자적인 '금도'(襟度)가 우리에게도 있었다. 우리의 선현들은 법과 상관없이 자연의 순리를 좇아 생활했고 그것은 이회창 씨의 법치를 훨씬 능가하는 것이었다. 이 순리와 원칙을 지킬 수 있는 '마음가짐새'야말로 법을 '웃기게' 만들 수 있다.

부고란

　프랑스 사람들은 사소한 일, 조그만 사건을 갖고 대단한 일이나 되는 양 심각해지는 경향이 있다고 한다. 언제인가 라루스(Larousse) 출판사의 불어 사전 개정판의 한 낱말에 대한 새로운 정의를 두고 문화란에서 대서특필된 적이 있다. 신(神, God, Dieu)에 대한 정의였다. 신에 대한 새로운 정의라니? 혹 그 이전의 설명이 잘못되기라도 했단 말인가? 기독교에서 말하는 창조주라면 이 세상의 모든 것을 창안한 '절대자'를 말하는 것이 아닌가. 그렇다면 새로울 아무것도 없는데 공연히 프랑스인 특유의 문화적 과장벽이 불러온 또 하나의 부산스러운 사건은 아닐까 하는 의구심을 가지고 찾아보았다.

　구판과 개정판은 두 가지 차이를 드러내고 있었다. 첫째, 개정판에서는 '기독교에서 말하는'이라는 수식어가 빠졌고, 둘째, 새롭게 첨가된 부분이 있는데, 곧 구원의 '원칙/원리'가 신이라는 것이다. 이 두 차이가 왜 문화적으로 사회적으로 중요한 의미를 지닐까 생각하다 무릎을 치며 감탄할 수밖에 없었다. 'Dieu=God'는 세계를 창조한 절대자로 되어 있지만, 그것은 기독교를 받아들이고 그 진리가 통용되는 지역과 문화에서만 그럴 수 있지 그런 '신'(Dieu=God)의 개념이 없는 종족이나 문화에서는 다를 수밖에 없는 것이다. 또 기독교 전통에 젖어 있는 문화 속에서도 모든 것을 기독교적인 표준으로 전용할 수 없는 것이 오늘의 현실이고, 더욱이 그런 기독교적 요소가 배제된 세속적인 일들이 많이 드러나고 있으니 일괄적으로 세계의 창조자는 God라고 단정할 수도 없게 된다.

두 번째 새롭게 첨가된 정의는 '구원자'에서 '구원의 원리/원칙'으로 신이 확대된 것이다. 곧 인격적 절대자에서 구원의 가능성을 확대하는 '원리/원칙'으로 변화했다. 따라서 이 원칙에 합당한 행위나 행위자가 신일 수 있다는 생각이다. 나를 구원하는 '인격적 하나님 아버지'께서 '추상적 원리/원칙'으로 변신한 것이다. 개정판의 새 규정은 종교상의 이유뿐 아니라 사회적·문화적으로도 심각한 차이와 의미를 확대하는 전환점을 마련한 정의이다.

보기에 따라 새 정의는 기독교를 제한시키고 상대화시킨다고 생각될 수 있다. 그러나 거꾸로 상대화된 새 정의는 새 시대를 맞는 기독교의 확대로도 생각할 수 있다. 이슬람권이나 아시아 지역의 절대자는 기독교 전유의 '세계 창조주인 신'이라고 할 때 전부 빠져나가 버리고 만다. 이 경우 과거에는 기독교가 세계 곳곳을 다니며 선교를 통해 사방으로 여러 형태로 전파 확대되어 나갔다. 소위 서세동점이라고 하는 서양의 동양 침식 현상도 그 일단으로 볼 수 있다. 그러나 지금 이런 형태의 선교 또는 서세동점적인 기독교의 전파와 확대는 시대착오적인 것으로 되어 있다. 기독교가 다른 문화와 다른 종족 나아가 다른 종교와 어떻게 조응하고 대화할 수 있는가 하는 가능성을 여는 것이 새로운 형태의 선교가 되고 또 기독교의 새로운 탄력으로 부각되리라.

그것은 기독교의 폭과 깊이에 관한 일이기도 하다. 분명 깊이를 지니고 확대되는 기독교의 새 시대를 열어 나가는 모습을 이 프랑스적인 낱말의 새로운 정의를 통해 기대한다. 또 나는 지난 부활절에 엉뚱하게 한 주간지의 부활절 특집에서 또 다른 형태의 기독교 세속화와 기독교 확대의 모습을 접했다.

《이코노미스트(The Economist)》지는 다른 신문들과는 전혀 다르게 예수님 생애에 관한 이야기를 '부고란'에서 다루었다. 사회 명사나 기억되어야 할 분들의 사상과 그분들의 생전 업적을 기억해 주는 것이 이 잡지의 부고란일 것이다. 예수님도 사회적인 의의를 지닌 기억되어야 할 명사였고 돌아가셨다. 그분은 우리 이웃에 사셨던 존경받아 마땅한 분이다. 이분이 지금 살아 계시다면 이교도인 나를 옆에 앉혀 놓고 무엇인가를 말씀해 주실 분이다. 몸은 돌아가셨지만 끊임없이 무엇인가를 모든 사람들에게 말씀해 주고 계신다. 초월된 하늘에 계시기 때문에 이분이 중요한 것이 아니다.

부활절 특집을 부고란에서 다룬《이코노미스트》지는 또 한 번 다른 형태로 기독교의 깊이와 그 지평을 확대하고 있는 것이다. 멀리 초월된 예수님을 우리의 이웃으로 가깝게 만들고 '사망신고'를 낸 이《이코노미스트》지의 기독교 인식에 감탄할 수밖에 없다. 그리고 내 자식과 남의 장한 자녀들을 구소련의 어느 오지나 아프리카의

열악한 지역, 또는 중국의 어느 벽촌으로 선교를 떠나보내는 일이
그토록 중요한 것인가 하는 의문에 대해 예수님의 전기를 부고란에
서 읽으며 다시 생각할 수밖에 없었다.

종교란 밖으로 달려 나가는 일이기보다는 나의 상식을 확대하거
나 내면의 깊이를 더하는 일이 되겠기 때문이다. 우리가 접하는 매
일매일의 낱말 하나가 그리고 통념으로 생각했던 일들을 달리 생각
하는 일이 오히려 훌륭한 교양이 되고 선교의 한몫을 담당할 것 같
다.

대통령 접견기

위대한 인물을 보통 사람이 접견할 때 많은 일화가 발생한다. 주로 보통 사람 쪽에서의 접견 후일담이 항상 이야기꽃을 피우기 마련이고 극화된 일화가 떠돌도록 되어 있다. 어느 쪽이 다른 한쪽에게 감화를 주었는지 그 내용은 전혀 알 길이 없다. 그러나 이야기는 자꾸 부풀려지고 흔히 이 보통 사람이 고관대작을 '갖고 논 것'으로 결론이 난다. 서민들의 '위'[上]를 향한 바람이랄까? 결국은 사실과는 다른 홍미로운 민화(民話)를 만들어 낸다. 거꾸로 서민이 이 '윗'사람을 칭송하는 말을 퍼뜨리고 다닌다면 의도 있는 입장을 드러내는 것으로 보고 모두 기피한다. 서민들에게 회자되는 일화란 '아래'가 '위'를 호령하는(?) 가설적인 입장만 가능하지, '아래'가 '위'를 칭송하고 경배한다면 조소밖에는 얻을 것이 없다. 한때 한국의 세도정치가 극성일 때 감성과 예지의 표본이라 일컫는 문인·학자들이 금상의 전기를 많이 썼고 지금도 끊임없이 쏟아져 나오고 있다.

이런 전후 사정을 잘 아는 필자가 어느 대통령 접견기를 쓴다면 나는 분명 한심한 사람일 수밖에 없다. 그러나 나의 이야기는 어느 지도자의 감추어진 부분이 그토록 매도될 것은 아니라는 변명기를 쓰려는 것은 아니다. 내 이웃의 이야기이다. 그리고 그는 한때 미합중국 대통령이었다. 그가 자기 직업을 잃었을 때의 나이는 56세였다. 미국 표준으로 생각하면 앞으로 4반세기는 넉넉히 살 수 있는 한참의 연령이었다. 그때 그는 입담 세기로 유명한 방송인 바바라 월터스 여사와 인터뷰를 했고 그때 받은 질문을 화두처럼 지니고 살았다. 이 민완 여류 기자는 뼈 돋친 질문을 했다. "당신은 수많은 도전적인 일 또는 흥미로운 일들을 겪었습니다. 당신의 일생 중 가장 좋은 때는 언제였습니까?"(Mr. President, you have had a number of exciting and challenging careers. What have been your best years?)

몇 초간의 침묵 후에 나온 답변은 "지금."(Now)이었다. 가장 참담한 선거 패배를 통해 땅콩 농장의 일개 노인으로 변신할 수밖에 없는 이 퇴역 대통령의 '지금'이란 답변에 오히려 세상 상식의 표본인 이 여기자는 놀랄 수밖에 없었다. 그리고 이 퇴출당한 대통령은 그 '지금'의 내용을 이렇게 풀어 가기 시작했다.

아직 인생이 흥미 있다고 생각하는지, 매일 운동을 하는지, 정원이나 채소를 가꾸고 있는지, 아직 자전거를 타고 볼링을 하는지' 등의 자질구레한 '일상'의 삶을 언급하는 것이었다. 그래서 그가 시작한 새로운 첫 일은 이웃의 집 없는 사람을 위한 집짓기(Habitat) 목공일이었다. 그 후 10여 년 되는 기간 동안 그는 분쟁 해결사로 세계의 지도자로 부상되었다. 압승한 대통령이 가상의 적국을 파괴하기 위한 스타워즈(Star Wars)의 레이저 무기를 개발하는 동안 참패한 대통령은 평화의 사도로 부각되었다. 이분이 누구인지는 너무 자명하다. 현역 대통령으로는 가장 쓰라린 패배를 당했다. 이란이란 정치적 악재와 경제 위축이 그를 낙선시켰다.

그러나 시간이 흐를수록 그는 칭송받는 전직 대통령으로 줄곧 부상되고 있다. 미국의 정치적 양심과 윤리적 표본으로 떠오르고 있다. 공화당이 정강 정책으로 삼는 '가정의 가치'마저 이 참패당한 민주당 대통령의 일상생활의 가치와 윤리 앞에서는 맥을 못 쓰고 무력해진다. 그는 구호를 내세우지 않고 그대로 행동했다. 그리고 자신의 생활기를 그대로 드러내며 13권째인가의 책을 저술하고 있다.

평범하지만 나에게는 위대하게 보이는 이 전직 대통령을 책방 안에서 만났다. 『늙음의 덕(The Virtues of Aging)』이라는 책 판촉을 위한 책 사인회 장소에서 만난 것이다. 보스턴 시내 내 사업장 옆 반즈 앤 노블(Barnes and Nobles) 책방에서 나로서는 역사적인 면담을 한 셈이다.

모처럼 용기를 내어 이렇게 물었다. "당신은 미주에서 내 최초의 대통령이고 나와는 동향인입니다. 당신이 대통령에 당선된 해(1976)에 당신의 출신 지역인 조지아주 애틀랜타로 이민을 왔습니다. 그리고 당신의 분쟁 해결을 진실로 존경합니다. 한국 이민자로서 지난 한반도의 일촉즉발의 위기를 해결한 당신은 또 다른 의미의 나의 대통령입니다." 기계적인 사인을 계속하던 지미 카터 대통령은 고개를 들고 그 특유의 흰 이를 드러내어 미소 지으며 다음과 같은 말을 했다. "이제 당신은 시민권을 받았지요?" 동양인의 얼굴이니 물어본 단순한 질문이었을까? 그런 것 같지는 않았다. 미국 시민이 된다는 것은 법적 지위의 확보 이외에 이제 비로소 나는 당신이 말한 것 같은 대통령이 되었고 나를 향한 당신의 기대를 받을 수 있다는 답변이자 질문이었다. 그것은 분명 법 이전과 법 이후를 관통하는 다른 생활이 있음을 확인하는 말로도 들렸다. 한국과는 상관이 없는 다른 생활이 가능할 것이라는 말로도 이해될 수 있다. 그러나 끈질긴 문화의 뿌리와 깊게 뿌리박힌 재래의 생활 습속이 시민권과 어떻게 어울려질지는 실로 나의 화두가 아닐 수 없다.

어쨌든 그가 평범한 생활을 하며 달리, 높이 드러나듯 나 역시 평범한 생활 속에서 '달리' 드러나기를 기대해 보는 것이다. 금상의 인물을 칭송하는 우를 범한 '한심한 나'이지만 '다른 생활'을 향한 나의 집념까지 한심하다고 매도되지는 않을 것 같다.

어떤 은퇴

아는 목사님 한 분이 은퇴를 앞두고 있다. 서로 다른 종교 성향, 상이한 사회적 배경을 갖고 있으면서도 다른 면보다 오히려 공통점을 발견하고는 늘 가깝게 지내 온 분이다. 우선 나로서는 '개종'을 권유하지 않아 좋았다. 선교는커녕 오히려 다른 신앙 형태에 관심을 표하며 열심히 묻고, 또 경청하며, 몸소 다른 종교 모임에도 스스럼없이 나타나기도 하여 기독교에 대한 위화감을 불식시켜 준 분이다.

이분은 1970년대 초반에 이민하여 신학대학원을 마친 후 주민이 2백여 명밖에 안 되는 오지에서 목회를 시작했다. 감리교 소속으로 2년 또는 4년마다 임지가 바뀌었다. 주로 한지(閑地)의 목사관을 전전하며 이곳 보스턴 근교까지 전임해 오셨다. 이분으로서는 최고, 최대의 목회지였다고 술회하셨다. 가 볼 만한 곳도 많고, 각기 다른 성향의 사람들도 접하게 되었고 무엇보다 많은 한인들을 만나게 되어 반가웠다고 한다. 한인 사회에서의 목사의 위상이며 그분들의 경제적 여유이며, 미국 교단에서 지원하는 한국 교회의 특권적 위치, 이 모든 것에 대해 모르는 점이 많았고 따라서 질문할 것이 많았다고 한다. 무엇보다 같은 목사의 신분인데 한국 교회의 목사와 미국 교회의 목사 사이에는 왜 현격한 차이가 있는지 이유를 모르겠다는 것이다. 이런 궁금증을 이교도인 나에게 가끔 물었다. 이런 질문은 실제로 미국 감리교 감독기관이 한국 교회에 대해 갖고 있는 질문과 똑같은 것이라고 말하였다. 앞뒤가 잘 맞지 않고 더욱이 경영 상태도 미상인 미주 한인 교회의 현황을 기독교의 집안 사정을 모르는 필자가 알 리가 없다.

어쨌건 20년간의 목회 활동을 종결하는 시점에 이른 이분은 나에게 많은 것을 느끼게 해 준다. 목회 20년은 긴 시간은 아니나 절제와 가난과 인고로 일관한 가난한 목사에게는 짧은 시간도 아니다. 그 사모님은 병까지 얻은 듯했다. 그는 항상 1불을 반으로 쪼개 쓰는 검소가 몸에 배어 있었다. 공중 앞에 자주 나설 수밖에 없는 그분의 옷은 색깔의 부조화가 눈길을 끄는, 항상 헐거운 구호용 미제 옷이었다(혹 이런 내 표현이 그분에게 실례를 끼치지 않기를 빈다). 그래도 초대받은 곳에서는 식사값을 꼭 지불하려 하고 당신의 몫을 남의 주머니에 찔러 넣어 주는 예의를 지킨다. 기도 한 번만 해 주면 항상 상석(上席)과 공짜 식사가 보장되는 그런 행태는 전혀 아니다. 그러나 이런 나의 관찰은 극히 피상적인 것일 수밖에 없고 실제로 나를 감명시킨 일은 전혀 다른 곳에 있다. 이분은 자기주장을 하지 않는다. 잔잔히 당신의 신변 이야기를 하거나 남의 이야기를 인내하며 경청할 뿐이다. 심지어 기도를 부탁해도 거절하거나 좌중의 동의를 얻은 다음에 기도를 해 준다.

그 흔한 성경책도 그분의 신변에서는 보지를 못했다. 그러나 내 쪽에서 '신(神) 문제'와 종교 문제를 끄집어내면 가장 최신의 이슈를 즐겨 방담하며 온갖 신간 서적이며 잡지들을 자유롭게 인용하는 것이다. 어느 때는 "당신이 부정하는 그런 신(神)은 나에게도 없다. 나도 그런 의미에서는 신을 믿지 않는다고 해도 좋다. 그러나 나는 매주 강단에서 신도들에게 설교를 한다."라고 응수한다. 이분의 신학적 관점은 무신론적이라기보다 오히려 세속적 논리와 고도의 지성으로 무장된 현대인을 무력화시키는 전혀 새로운 신학적 시각이라고 믿고 싶다. 이분에게서 목청 높은 '은혜 받은' 목소리를 기대할 수는 없다. 그리고 이분은 교회 안에서만 주인이 되는, 그래서 세상 모든 것을 교회 속으로 끌어들이는 목사도 될 수 없다. 그리고 자신의 정치적 정체성은 죽었다 깨도 공화당적인 것은 될 수 없다고 고백한다. 또 미국 감리교 구성원의 사회 경제적 위치를 생각하면 '민주당' 정책에 동조하는 것이 합당할지 모르나 오늘날 상당한 변모를 겪은 민주당을 보면, 이 당마저 중산층 이하 계층과 이민자를 대변할 수 없다고 정치적 식견을 편다. 한인 중 그 누구도 모를 '민주사회당'에 자신의 정치적 정체성을 두고 싶다고 말한다. 대개의 한인사회가 선거 때만 되면 공화당 쪽으로 기운다는 것을 잘 알고 있는 필자로서는 어느 한쪽이 인종적 정체성이나 시대착오에 빠져 있다고 생각되어 또 한 번 당황스럽다. 이 분은 주장돈 목사님이시다. 은퇴하시더라도 항시 우리 주변에 나타나 당신 나름의 설교를 베풀어 주소서.

상처받은 치료인, 보살

부활절을 한 주일 앞에 두고 있다. 그리고 두 주 더 지나면 불교 최대의 명절인 부처님 오신 날이 된다. 두 종교 명절이 이렇게 연달아 있으니 아무리 무종교를 표방하는 현대인일지라도 종교에 대한 관심을 외면할 수 없다. 예년과 달리 금년은 예수님의 생애와 초기 기독교의 형성에 대해 매스컴에서 유난히 관심을 나타내며 심도 있게 뉴스로 다루고 있다. 이곳《보스턴 글로브》지와 PBS(W-GBH) 방송은 어느 신학대학의 강의 못지않게 풍성한 기독교의 역사를 독자들에게 제공하고 있다.

예수님이 어떤 분이신지는 자명하지만 초기 기독교 당시의 역사 상황 속에서 예수님이 어떤 과정을 통해 구세주로 부각되었는지를 다시 설명하고 있다. 소위 'Jesus, the Christ'란 칭호가 어떻게 만들어져 결합이 되었는지를 여러 각도에서 조명하고 있다. 대학 시절 종교를 전공으로 선택한 필자로서는 이런 종교적인 이슈가 떠오를 때마다 남다른 관심을 갖지만 이 계절처럼 나를 흥분시킨 경우도 드문 것 같다. 드디어 예수님도 다른 종교의 성현들과 같이 세속 안에서 풀이해 내려고 하는 여러 형태의 시도들을 보기 때문이다.

　모든 종교의 성현들은 우리 세속인과는 다른 범접할 수 없는 높은 곳에 위치하기 마련이다. 그분들의 독특한 태생의 이야기부터 시작되어 열반에 들 때까지 또는 십자가에 못 박힐 때까지 우리 상식으로는 상상할 수 없는 과정을 겪는다. 한마디로 범부인 우리와는 다른 분들로서 멀리 높은 곳에 초월되어 계신 것이다. 바로 이 '초월의 간격'이 항상 문제되고 있다. 그래서 '믿기만 하면 되고(Sola Fidei)', '빌기만 하면 된다(기복)'는 주장이 제기되며, 그 사이에 소위 종교 관료주의가 자리 잡게 된다. 믿음에 관한 일은 종교 성직자의 전유물이 되고, 또 쟁점화될 수도 없는 문제를 중요한 일인 양하는 허구적인 학문 태도 등이 바로 종교 관행적 행태로 이어지고, 그것이 종교 관료주의로 자리 잡는다.

　세속의 언론 매체인 신문·방송이 앞장서 이런 경계를 무너뜨리고 일반 대중을 대상으로 하는 종교 프로그램을 내보내고 있으니 주목하지 않을 수 없다. 이것은 종교를 사찰·교회·성당이라는 성소 밖으로 끌어내어 세속의 관점과 말로 이해시키고 실천하자는 시도일 것이다. 그 사이 종교를 우리의 일상사로 삼자는 의도가 들어 있는 듯하다. 즉 특정한 날 특정한 장소에서만 종교적인 일이 일어나는 것이 아니고 우리의 매일매일의 상식 속에서 종교는 살아서 역할을 해야 하는 것으로 보는 것이다.

　이렇게 세속과 맞물려 있는 초월된 세계를 생각할 때마다 떠오르는 단어가 있다. 이 글의 표제인 'Wounded Healer'이다. '상처받은 치료인'이라고 직역할 수밖에 없는, 한 신학자가 만들어 낸 신조어이다. 실제로 이 두 단어는 그 내용상 결합이 불가능한 말이다. 상처받은 사람은 다른 사람에게 치료를 받아야 하는 것이 상식이지, 상처받은 사람이 도리어 다른 사람을 치료해 준다는 것은 모순이다.

종교의 세계에서 흔히 사용하는 초월의 논리인 것이다. 그런데 달리 생각하면 오히려 우리 세속인의 입지를 극명하게 드러내는 말이 아닌가 하는 느낌이 든다. 이 세상 어느 곳에 상처받지 않은 사람이 존재하겠으며, 주변의 널려 있는 이 상처받은 사람을 누가 치료해 줄 것인가? 상처받지 않은 그런 완전한 사람이 어떻게 존재할 수 있겠는가? 내가 완전한 다음 남을 돕겠다고 나서는 때는 언제인가? 나는 깨끗하여 치료를 베푸는 사람이고, 너는 병든 죄 많은 사람이어서 치료를 받아야 하는 대상이라고 하는 이분법적 사고방식이 오히려 가설적인 이야기가 아니겠는가? 한 걸음 더 나아가 그런 태도야말로 위선일 수밖에 없다. 처음부터 '깨끗함/더러움'이나 '나/너'의 구분은 없는 것인지 모른다. 혹 그러한 상태가 존재한다 하더라도 너의 더러움과 죄가 곧 나의 것이라는 의미이거나, 너의 아픔이 곧 나의 아픔과 같다는 예수님 같은 자세가 있을 뿐이다.

우리 전통 불교의 보살이란 말이 그대로 이 경우에 해당된다. "모든 중생의 고통이 곧 나의 고통이며 마지막 중생이 구원될 때까지 나는 결코 성불하지 않고 이 세속에 머물겠다."라고 서원한 보살이야말로 바로 '상처받은 치료인'(Wounded Healer)일 수밖에 없지 않겠는가.

모든 인간의 죄를 홀로 짊어지고 십자가에 못 박히어 다시 모든 인간의 기억 속에 끊임없이 되살아나는 이 예수님이야말로 또 한 분의 '상처받은 치료인'이다. 그분은 고고하게 높은 곳에 앉아 계신 분이 아닐 것이다. 오히려 보살과 같은 분일 것이고, 항시 인간과 고통을 나누는 분이리라. 예수님을 보살님이라 부르고 그분을 존경하며 기억한다고 나를 혼합주의자라고 부르지는 않을 것 같다. 내게는 'Wounded Healer'야말로 이 시대에 우리를 위한 가장 위대한 구원의 상으로 보이기 때문이다.

옥타비오 파즈와 인도 대사

『풍요한 사회(*Affluent Society*)』란 명저를 낸 사람이 하버드대학의 갈브레이드(John Kenneth Galbraith, 1908-2006) 교수이다. 풍요로운 사회의 가진 자와 못 가진 자의 양면성을 드러내며 자본주의의 병폐를 속 깊이 파헤친 그는 인도에 대해서도 유명한 말을 남겼다; "짧은 시간에 인도를 파악한다는 일은 불가능하다. 그렇다고 오랜 기간 머문다고 인도가 파악되는 것도 아니다." 케네디 대통령 시절 소위 정치 관료 출신 외교관보다는 문민의 학자들을 해외 대사로 즐겨 파견했다. 이 문화 대사의 역할이 친소련·반미적인 인도의 태도를 얼마만큼 민주 우호적인 방향으로 돌려놓았는지 또는 인도의 빈부 격차를 해소시키는 조언을 얼마나 주었는지 그 효과는 알 길이 없다. 그러나 갈브레이드 대사가 남긴 이 한마디는 인도에 관심 있는 사람들에게 인도의 다양성을 부각시키고 인도의 특징을 찾게끔 하는 명언으로 아직도 회자되고 있다.

실제로 이보다 훨씬 먼저 마송 우르셀(Paul Masson-Oursel, 1882-1956)이라는 프랑스 동양학자는 인도를 '하나의 나라'로 파악하는 서양의 문화적 편견에 대해 이렇게 한탄했다. "우리가 유럽 대륙을 '하나의 나라'로 생각할 수 없듯이 인도 역시 '하나의 나라'로 여길 수는 없다. 인도는 '하나의 대륙'이다."라고 갈파했다. 독일과 이탈리아, 프랑스와 스페인을 하나로 묶어 생각할 수 없듯이 인도 역시 한 언어, 한 문화로 묶어 단일화시킬 수 없다는 것이 마송 우르셀 교수의 주장이었다.

인도의 깊은 문화와 다양한 성격은 이런 개명한 외교관과 교수에 의해 재발견되어 세계 속의 인도로 확대되어 가고 있어 아직도 인도 애호인 계층을 만들고 있다. 그렇다고 인도에 전래의 가난과 질병, 민주주의를 향한 혼란이 없는 것은 아니다. 오히려 인도를 낙후되고 극심한 빈곤을 겪는 질병적인 아시아 국가로 여긴다. 그러나 그런 것밖에는 '달리 볼 줄' 모르는 관점에 개혁이 일어나고 있다.

얼마 전 인도의 새로운 면모를 발견하고 인도에 흠뻑 빠진 인도 애호가였던 인도 주재 멕시코 대사를 지낸 한 사람이 열반(涅槃)에 들었다. 노벨문학상을 수상한 멕시코 시인인 옥타비오 파스(Octabio Paz, 1914-1998)가 서거했다는 기사를 접했다. 자신의 정신적 재탄생을 인도 대사 시절에 겪었다고 고백한 사람이다. 식민지의 잔재와 민주화의 혼란이 뒤범벅이 되었고, 가난과 질병이 자연환경인 듯한 이 열하의 인도 땅에서 그는 정신의 자양과 문화의 중요성을 터득한 것이다. 그래서 겉으로 불모지 같은 인도 땅에서 주옥같은 시(詩)인 〈두 정원의 이야기(A Tale of Two Gardens)〉와 〈인도의 빛 속에서(In Light Of India)〉라는 문화기행문을 썼다. 그리고 인도 대사 재임 시기에 그는 멕시코 군부가 반독재 데모대를 학살하자 현지에서 사직했다. 군부에 항의를 표시하고 자신을 임명한 정부에 사표를 던져 버린 것이다. 그는 야심 있는 외교관도, 진급에 연연해 있는 관료도 아니었고, 프랑스 주재 멕시코 대사관 3등 서기관으로 출발한 미관말직의 외교관이었다.

한때 본국 정부는 그를 잊어버려 전출조차 하지 않았고, 오랜 시간이 지난 후 어느 날 갑자기 그를 인도로 좌천해 버렸다. 또 한 분의 고위직 문인을 파리로 파견하기 위해서였다. 그러나 이 시인은 본국 정부의 자신에 대한 망각과 열악한 지역으로의 전근에 감사했고, 오히려 한 권의 시집과 많은 문화 관계 '에세이'를 쓰게 한 결과에 대해 감사해했다. 옥타비오 파스의 창작의 원천은 바로 미관말직의 관료직과 불모지 같은 땅의 한직 대사란 직책이었다. 그러나 그는 J. 갈브레이드나 마송 우르셀처럼 '달리 보는 눈'이 있었고 '달리 느끼는' 감각이 있었다.

이제 100만이 넘는다고 하는 재미 동포의 수와 해방 이래 끊임없이 임명되어 온 무수한 재미 외교관을 생각할 때 우리도 미국과 한국을 '달리 보고', '달리 느껴야' 할 때가 온 것 같다. IMF 하면 서양 자본주의의 위협을 떠올리고 "양키 고 홈!" 하는 구호가 나오면 공산주의의 위협만을 생각해야 하는 양극적인 틀에서 벗어나야 할 것 같다. 우리를 키우고 있는 이 땅의 문화와 정신을 자양으로 삼고 또 하나의 확대된 전혀 다른 한국과 미국에 대한 인식이 이민자의 의식에서 움트기를 기대해 볼 수 있지 않을까?

졸업식과 명연설

졸업 시즌이다. 보스턴에는 100여 개의 군소 대학이 밀집해 있어 이맘때쯤 되면 어느 골목 어귀에서나 학·석·박사모를 쓴 학생들을 쉽게 마주치게 된다. 그리고 신문과 방송을 통해 각양각색의 졸업식 광경을 목도하게 된다. 졸업식 행사에서는 여러 형태의 기상천외한 해프닝이 벌어지기도 한다. 크게는 사회 이슈에 항의하는 데모 형태의 반식장(反式場)의 모습 하며, 학교의 시책을 '웃기게' 만드는 짓거리, 또는 무대 연기를 하듯 거침없이 하는 특이한 자기표현 등을 볼 수 있다.

졸업식 연설자도 각양각색이다. 우리처럼 사회 명사가 기조연설을 하는 것은 정석이지만 그 밖에도 연예인을 연사로 초청한다거나, 거의 주목의 대상이 될 수 없는 사람도 연설자로 초청한다. 이런 연사들의 연설이 고담준론(高談峻論)일 수는 없지만 오히려 진부한 '말의 잔치'를 넘어선 가슴에 와 닿는 연설인 경우도 많다. 틀에 박힌 수사적인 말만이 행사장을 누비는 시대는 지나간 듯하다. 그래서 식장의 기상천외한 해프닝이 자주 목도되는지 모르겠다. 무수한 대학들의 캠퍼스 이 구석 저 구석에서 만나는 이런 명 연사(?)들이나 세계 각처에서 모셔 온 저명 인사들의 모습을 친견할 수 있는 특권도 이 지역만이 누리는 또 하나의 혜택인 듯싶다.

4.19, 5.16의 격심한 정치·사회의 변화를 겪고도 졸업식만은 가장 엄숙하게 치러야 했던 우리의 보수성을 생각하며 1960년대에 이곳에서 치러진 한 졸업식 장면을 생각한다. 『문명의 충돌(*Clash of Civilizations*)』이란 책으로 더욱 유명해진 헌팅턴(Samuel P. Huntington, 1927-2008) 교수의 술회이다. 1960년대 학생운동은 세계적 현상이었는데 그것은 기존 사회 가치 질서의 모순이 불러온 현상이었다.

하버드대 캠퍼스에도 이런 학생운동이 팽배해 있었던 것은 물론이고, 급기야 하버드대 역사상 최초로 경찰을 투입해야 하는 사태가 벌어졌다. 당시 총장이었던 내시 퓨지(Nash Pusey)는 임기가 다하기 전에 사임할 수밖에 없었다. 그리고 이 혼란스러운 대치 상황을 극복하고자 마련된 방안으로 기조연설 격의 학생 연설을 허용했다. 학교가 선정한 인사 이외에 졸업 학생의 대표 연설이 낀 것이다. 흔히 있는 학생 대표 답사는 아니었다. 문제는 이 두 개의 연설 가운데에서 학생의 연설이 압권이었다는 것이다. 그의 연설은 모든 참석자들을 숙연하게 만들었다. 내용이 뛰어난 것도, 마음을 울릴 기막힌 수사적 언표가 있었던 것도 아니었다. 지난 4년간 스승들의 가르침을 회상하는 일을 적시한 것이었다. 곧 그의 연설은 우리 선현들의 고귀한 원칙과 진리를 지키라는 것이 당신들이 가르친 내용이었고 우리는 그것을 지키고 실천에 옮기려 했다는 것이다. 그러나 졸업식장이라는 '맥락'에서 행해진 이 강의 내용에 대한 회상은 어떤 생각을 불러일으키는 것이었을까? 당시 사회 도처에서 벌어지는 사회·정치·경제 행태들은 당신들이 가르친 '진리', '원칙'이나 그 '실천'은 끼어들 수 없고, 겨우 강의실 주변에서나 맴도는 '이론'에 불과하지 않겠는가고 힐문하였다. 그러나 우리 학생들은 당신들의 이론과 말이 옳은 것을 알고 그것을 실천에 옮기려 했을 뿐, 사회를 '보는 눈'과 '의식의 깨어남'을 가르친 것이 당신들 기성인이었으니, 이제 그것을 그대로 실천에 옮기는 일은 다음 세대인 우리의 의무이자 권리일 수 있다는 것이다. 이 과정이 학생운동의 소요를 일으켰다면 그 책임의 소재는 과연 어디에 있겠는가고 호소하는 것이었다. (Samuel Huntington, *American Politics: The Promise of Disharmony*, Cambridge: Harvard University Press, 1981에서)

졸업식장을 바라보는 필자의 감회는 아마 1960년대를 학생 신분으로 함께 지냈던 분들과 비슷할 것이다. 어느덧 내 자식들의 졸업식이어서 그들의 '입신출세'(立身出世, 우리 전통적 유교 가치의 말이지 천박한 세속적 어휘가 아니다)를 염원하는 마음이 간절하다. 그래서 세속적 영달은 못하더라도, 그리고 비록 부모들이 겪는 이민 1세대의 어려움을 해결할 수는 없더라도 '바른 가치 기준[正見]'에서 '올바른 생활[正命]'을 살기를 바란다. 진부한 기성에 물든 이 사회가 개악으로 나아간다면 나의 자식 하나하나가 우리가 겪었던 1960년대의 행동과 또 이 학생이 호소한 그 '명연설'을 되풀이해 주기를 바란다. 그러나 바람직하기는 그 '명연설'이 마지막 연설이었기를 축원해 보는 것이다.

Wrong Time at Wrong Place

4월 29일은 미주 동포로서는 잊지 못할 날이다. 과거의 모든 경력을 묻어 두고 이민 보따리를 싸들고 미국 땅에 발을 디딘 사람들로서는 허망한 느낌이 든 날이었으리라. LA 사태가 당시 우리에게 준 충격, 그리고 미주 한인 사회가 달리 변하지 않고 계속되는 한, 이 사건은 악몽같이 되살아나 우리에게 교훈을 줄 것 같다. 지역에 따라 혹은 경험에 따라 각기 다른 느낌이 배어 있는 4월 29일이어서 나름대로 이 사건을 기억하게 된다. 그러나 당시 '나이트라인' TV 방송에서 한국 여성 변호사인 안젤라 오(Angela Oh)와 앵커인 테드 코펠(Ted Koppel)이 대담을 했는데, 이 대담 중에 나온 "한국인들은 'Wrong Time at Wrong Place'에 있었던 희생물이다."라는 표현은 재미 동포의 입지를 정확히 지적한 말로 우리에게 각인되어 있다.

그러나 이 수사적인 표현을 접한 나는 위로보다는 오히려 또 다른 충격을 받았다. 이 한인 변호사는 LA 지역 동포의 희생을 이렇게 표현함으로써 한인과 흑인 간의 더 이상의 충돌을 피하고, 미국 경찰이나 지방 행정부, 나아가 미국 사회 전반이 소수민족 이슈를 대하는 입장에 큰 문제점이 있음을 상기시키는 의도를 가지고 발언한 것이다. 매우 현명한 발언이었고 우리의 입지를 잘 살린 대담이었다고 생각한다.

그러나 이 'Wrong Time at Wrong Place'란 표현이 나의 이민 생활을 축소해 놓은 느낌이 들었다. 왜 나는 '때 맞지 않은 시간'에 '잘못된 장소'에 있었던가? 장사하는 사람들은 자신의 적절한 시장을 찾아 사업을 벌이는 것은 당연한 일이다. 가령 시어즈(Sears)나 파일린(Filene) 같은 앵커스토어들로 이룩된 쇼핑몰에서 사업을 하면 어떨까? 바람직한 기대이긴 한데, 짧은 이민 기간과 영세한 자본, 신용과 경험 등 불리한 조건을 골고루 갖춘 나에게 그런 호사스러운 장소에서 사업을 할 기회를 줄 개발업자가 어디에 있겠는가? 기회가 왔다손 치더라도 경영 기술이며 자본의 조달에 취약하고, 더욱이 영어 구사력마저 뒤떨어지는 등 열거하기 힘든 제약 조건들만 지닌 나에게 그 장소를 대여해 준들, 그곳에서 성공하기는 어려울 것이다.

그렇다면, 나는 아침저녁으로 눈을 부릅뜨고 신경을 곤두세우며 가게를 지켜야 하는 이 지역이 좋아서 다른 곳이 아닌 폭동이 일어나는 이곳을 내 장사 터로 잡았던 것일까? 이런 여건, 이런 사업장밖에는 달리 마땅한 장소가 없어서 바로 이곳에서 이민의 첫 사업을 시작했을 뿐이다. 달리 말해 주류 시장에서 벗어나, 영세한 자본과 미숙한 경영과 기술로도 사업이 가능한 이 후지고 영세한 지역에서 나의 혼과 신명 모두를 투자하여 정착의 틀을 짰던 것이다.

그렇다면 나는 오히려 올바른 장소에 있었던 것은 아닌가? 미국의 이민 역사가 그것을 증명해 주고 있지 않은가? 초기 아이리시 이민이 그랬고, 이탈리 이민이 그랬고, 타민족의 선망의 대상이 된 유태인도 바로 이 자리에서 정착의 기반을 잡지 않았던가? 그리고 다시 잘못된 시간(Wrong Time)이라고 한다면, 그 반대되는 개념인 올바른 적절한 시간(Right Time)은 우리에게 무엇을 의미하는 것일까? 흑인 폭동이 일어난 그 시간을 말하는 것이라면, 인종 갈등으로 인한 폭발 요인은 미국 사회가 항시 끌고 다니는 그 잘못된 원천적인 시간이 아닌가? 자신의 욕구 충족을 무제한적으로 허용하는 미국 자본주의의 현장은 초기 이민자들에게 빠른 정착의 기회도 주지만, 그것은 거꾸로 이민 그룹 간의 갈등은 물론 다른 사회 계층과의 마찰을 항상 유도하고 있는 것은 아니었던가? 이런 인종과 계층 사이의 갈등이 항시 위험수위에 처해 있는 때가 Wrong Time이라면 미국 사회란 항시 Wrong Time이란 화약을 붙들고 전전긍긍해야 하는 불안정한 시간만을 살고 있지, Right Time에 살아 본 적이 없다.

그런데 왜 그것이 유독 한국 이민자인 내가 Wrong Time과 Wrong Place에 있었다는 것일까? 아무리 생각해도 나는 분명히 상업적으로 올바른 시간에, 올바른 장소에서 성실하게 상업을 하고 있었다. 잘못이 있다면 그것은 미국 사회의 고질병인 소수민족 문제와 그것을 다루는 미 행정 당국의 실책에 있지 우리의 잘못은 추호도 없다고 생각한다. 그리고 LA 사태가 다시 한번 더 일어난다 해도 아마 나는 이 Wrong Time at Wrong Place에 있을 것이다. 왜냐하면 내가 있는 곳은 첫 이민자의 Right Time at Right Place이기 때문이다.

워렌 비티의 정치

워렌 비티(Warren Beatty, 1937-현재) 하면 나는 우선 감동에 빠진다. 청순한 모습의 나탈리 우드와 함께 〈초원의 빛(Splendor in the Grass)〉이란 영화에 나온 주인공이다. 1960년대 초반에 청장년 시기를 보낸 분들에게 한결같은 감흥을 주었을 한 편의 아름다운 시 같은 영화다.

대공황 때의 사회문제를 그린 〈보니와 클라이드(Bonnie and Clyde)〉로부터 얼마 전 상영된 만화와 실연기를 결합시킨 〈딕 트레이시(Dick Tracy)〉에 이르기까지 그가 출연하거나 감독한 영화 작품들을 나는 충실하게 따라다니며 감상했다.

영화에 대한 나의 기호를 이렇게 말하다 보니 부끄러운 생각이 든다. 영화 한두 편 보고 감동에 빠진다거나, 그 내용을 남과 이야기하려는 사람은 무던히 화제가 빈약한 사람으로 생각되기 때문이다.

이제 영화 감상이란 자신의 감정은 될 수 있는 한 드러내지 않고 '홀로 보고', '홀로 즐기는' 나만의 세계가 되었다. 슬픈 장면이 나와도 눈물짓지 않고, 정의로운 편이 이겨도 박수를 치지 않으며, 영화관을 나올 때쯤 되면 아무 일도 없었다는 듯 무덤덤한 표정을 지으며 걸어 나온다.

그 무수한 폭력이 난무하고 섹스 장면이 거침없이 화면을 누벼도 아무도 개의치 않는다. 오히려 홀로 즐기고, 홀로 생각하는, 남이 개입하지 않는 나만의 세계가 되었다. 관람객 10만 돌파, 50만 돌파 하는 기록을 매일 신문에서 보면서 말이다. 개인을 찾아 지구 구석구석을 쫓아다니며 누구에게나 보여준다는 개방성은 영화만이 갖는 특권인 듯하다. 아마 현대인의 고독한 군중이란 성격에 가장 알맞은 매체가 영화이리라.

내가 감탄하는 워렌 비티는 이런 점을 이용하여 누구도 모르게 우리를 정치의 세계로 끌어들이고 있다. 영화배우 출신의 로널드 레이건이 대통령이 됐다거나, 어느 영화에 출연한 사람이 그 지명도 때문에 국회의원이 되었다는 식의 이야기가 아니다.

〈보니와 클라이드〉(1967년 작)라는 영화에서는 순박한 시골 청년과 소녀가 아무 의도 없이 도둑이 되고, 어떤 죄의식도 없이 사람을 죽이고 끝내는 온 사회가 경악하는 가장 무서운 범죄인으로 변신하게 된다. 자본주의의 폐해가 낳은 대공황 속에서 선택의 여지없이 그렇게 행동할 수밖에 없는 청춘 남녀를 그렸다. 범죄심리학자의 연구 대상인 이상 성격의 특이한 인물들이 아닌 매일 우리와 얼굴을 맞대고 사는 내 이웃의 '갑돌이'와 '갑순이'의 이야기인 것이다.

러시아혁명의 이념에 사로잡힌 존 리드(John Reed, 1887-1920)라는 미국 최초의 공산당 지도자의 전기를 그린 〈Reds〉(1981년 작)라는 작품도 있다. 이 작품에서는 못사는 사람들을 대변하고 자본주의의 병폐를 신랄히 고발했으나 정작 이상향을 내세운 소련 땅에서 이 존 리드가 겪는 공산주의의 비인간화 과정은 또 하나의 정치적 병폐를 드러냈다. 워렌 비티는 미국 사회가 극우화·보수화 경향으로 흐를 때 오는 사회 문화적인 병폐 혹은 이데올로기의 허상이 가져오는 인간 모멸을 이렇게 영화를 통해 표출시켰다. 그는 자신의 소신을 피력하며 관람자 한 사람 한 사람의 밀실을 찾아 정치적 호소를 한 것이다. 영화인이기보다 놀라운 정치력을 소유한 정치인인 것을 뒤늦게 알아차렸다. 〈초원의 빛〉의 시 같은 청순함에서 받은 감격과는 전혀 다른 충격을 받았다. 워렌 비티는 한 인터뷰에서 자신이 정치적이라는 것을 부인하지 않고 이렇게 답변했다. "정치에 관계하는 사람이라면 선량으로 뽑히기 위해 겪어야 하는 모든 과정을 생각할 것이다. 사람들의 표를 얻으려 노력하는 대신 왜 내가 영화를 만들기를 택했는지 생각해 보았는가? 나는 세상에 영향을 주는 일을 생각해 보지는 않았다. 그것이 내 목적도 아니고 그런 것이 목적일 수도 없다. 그 대신 나는 사물을 생각한다. 그리고 그 사물을 표현할 수 있는 직업에 종사하고 있는 나 자신을 행운이라고 생각할 뿐이다."

　이렇게 되면 정치란 달리 해석될 수밖에 없다. 공약(公約)을 내세우고 사회 개선을 약속하고, 그러기 위해 파당을 지어야 하고 거수기 노릇도 해야 하고 또는 독불장군식의 강변도 늘어놓아야 한다. 그런 행태 이외의 정치 행위는 무엇일까? 아리스토텔레스의 말대로 모든 인간 행위는 정치적이듯 그의 영상을 통한 '사물의 관찰'이 그의 정치 행위인 것이다. 인종 문제와 사회계층 문제가 위험수위에 오른 오늘의 미국 사회의 파행적인 상황을 '보고' 그는 또 불워스(Bulworth)라는 정치인을 소재로 정치를 희화화한 영화를 만들었다. 그의 또 하나의 정치 행위인 것이다. 곧 극장가에 선보일 이 영화를 기대하며 나의 정치적인 행위를 생각해 본다.

이미 짧지 않은 기간 미주에 거주한 우리의 정치 행위는 무엇이었나? 한인회에 참가하고, 시민권자의 멤버가 되고 Asian Diner에 동참하는 것, 또는 한국 정치의 향방에 대해 관심을 표하고 북한의 동태에 대해 나름대로의 식견을 갖는 것, 이 모두가 일차적인 정치 행위일 수 있다. 그러나 무엇보다 박탈당하는 한 인간의 기본 권리와 남의 존재 가치를 훼손하는 것을 보고 묵과하지 않는 것이야말로 정치 행위라고 할 수 있다. 이러한 것들은 우리 이민 생활의 기본권들이다. 이런 일들이 어떤 형태로 나타나건 나는 그런 것을 정치 행위라 생각하고 싶다. 어느 가톨릭 수도사가 말한 "수도 명상 생활을 제대로 할 수 없는 사회 분위기는 정치 문제화되어야 한다."라는 주장처럼 가장 개인적이고 가장 내면적인 가치가 현실의 행동으로 현양되게 하는 일이야말로 정치의 일처럼 느껴지기 때문이다.

불온서적과 자유를 달라

무엇을 두고 불온서적이라고 하는가 하는 정치적 논의는 잠시 접어 두자. 그리고 불온서적이라고 지칭하는 순간 신통하게 머리에 떠오르는 책들에 대한 생각도 유보하자. 어떤 책과 문서가 불온한가의 정의에 따라서 그런 리스트가 공식으로 작성되어 발표된 적도 없으니 실수를 저지르지 않으려면 그런 상상의 책들이 존재한다고만 생각하자. 그러나 실제로 로마 교황청에는 그러한 서적을 보관한 서고가 있으며 또 간혹 외신에서는 수시로 이런 서적이 가십의 성격을 띠고 보도되기도 한다. 그러나 우리가 느끼는 것같이 심각하게 다루지는 않는 듯하다. 처절한 6.25를 겪고, 아직도 지구의 마지막 이념 대결장으로 남아 있는 우리에게 이 불온서적에 대한 느낌은 남다를 수밖에 없다.

우연한 기회에 미하일 바쿠닌(Mikhail Bakunin, 1814-1876)에 관한 책을 뉴햄프셔의 어느 헌책방에서 발견하여 읽은 적이 있다. 이 시골 구석에서 혁명 서적인 바쿠닌의 전기(?), 소위 공산혁명 전야에 나타난 무정부주의를 서술한 책을 발견한 것이다. 출간 당시부터 이 책은 정치·사회 제도를 포함한 모든 기성 체제를 부정하는 정치 이념을 드러낸 저서로 이해되고 있다. 이런 반체제적인 '무정부주의'란 말을, 학교 문턱에도 못 가 본 것은 물론이고 돌아가실 때까지 한글마저 떼지 못한 나의 어머니 입에서 쉽게 들을 수 있었다. 무정부주의와 무학의 어머니와의 이 의외의 결합은 어떻게 만들어졌지?

　내가 이발을 하지 못해 머리가 길거나 차림새가 허술하면 "너는 무정부주의자냐? 왜 머리를 그렇게 기르고 있으며 옷 모양새는 그게 무어냐?" 하고 질책하셨다. 일제강점기에 항일운동을 한 상당수의 식자층이 공산주의, 사회주의와 함께 무정부주의에 경도되었다고 들었다. 식민 통치의 억압을 가하던 일제에 대한 항거 이론의 틀로서 이 무정부주의 이념을 사용한 것이 그들이었다. 실제로 일제 관헌의 수색을 피해 다니며 서로 의기투합한 이들이 머리도 못 깎고 차림새도 못 갖추고 다니던 그 몰골이 나의 어머니에게는 '무정부주의자=장발·허술한 차림새'의 모습으로 비쳐진 것이었다. 일제 관헌에게 위협적인 무정부주의가 그 후 독립된 한국에서도 똑같은 위험 사상으로 금기시되어야 했는지, 또 소련 당국에 의해 수많은 사람이 숙청되고, 금서 조치된 이 사상이 반공의 전열에 서 있는 우리에게도 똑같이 불온한 사상으로 낙인 찍혀야 되는지? 사상과 이념의 역사란 참으로 아이러니가 아닐 수 없다. 분명 책의 내용은 하나의 기성 체제가 빠져들 수 있는 오류를 극명하게 지적하는 것이었다. '차르'(Czar) 정부를 무너뜨리고 공산 사회를 이룩하겠다는 마르크스·레닌의 아름다운 이상향(理想鄕)이 또 하나의 억압의 체제로 둔

갑할 수 있다는 냉엄한 현실을 투시한 예언적인 글이었다.

그 이념은 '작은 정부일수록 좋은 정부'이며 '자유롭게 살기를 원하는(Live Free)' 뉴잉글랜드의 거주자인 우리에게도 같은 맥락에서 이해되는 발언일 수 있다. 이 책을 뉴햄프셔 헌책방에서 발견한 것은 오히려 당연한 일이 아닌가. 무학(無學)인 나의 어머니가 말씀하신 무정부주의자(장발·허술한 차림새), 일제가 겁내던 무정부주의(독립운동), 스탈린이 추방하던 무정부주의(독재 체제 유지), 독립된 한국에서마저 이단시되는 무정부주의는 이렇게 시대와 세태에 따라 다의적으로 표출되는 것이다. 그러므로 어떤 '주의'나 '이론'이란 실상 정치적·종교적 목적을 위해 꿰어 맞추는 파괴적인 괴물이 아닐지도 모른다. 오히려 절대 권력의 횡포에 대해 해독제의 역할을 하며 신선한 자극과 사고의 탄력을 줄지 모른다. 종교적 입장에서 신성모독이 되었건, 정치적 이유에서 반체제의 위험이 있건, 더는 '불온'이란 말이 개명된 미주동포 사회에 유포되지 않아야 할 것 같다. 더욱 남북 대화를 활성화하고, 동포 사회가 통일에 기여하기를 촉구하는 요즈음, 또 머지않아 북한의 대사가 하버드 엔칭 연구소에서 연설하도록 되어 있는 지금, 해묵은 기성의 틀로 우리의 생각과 행동을 규제해서는 안 될 것 같다. 미소를 자아냈던 나의 어머니의 장발의 무정부주의와 뉴잉글랜드의 작은 정부의 자유스러움과 바쿠닌의 무정부주의 이념은 각자의 체험을 근거로 한 훌륭한 사회상의 반영일 수 있겠기에 말이다.

비폭력과 핵무장

인도는 지난주(1998년 5월 11일과 13일)까지 다섯 차례에 걸쳐 핵실험을 단행했다. 이웃 파키스탄도 조만간 핵실험을 시행하겠다고 발표했다. 클린턴 대통령은 G8 정상회의에서 핵 소유를 한 국가의 위대성을 드러내는 정책으로 삼아서는 안 된다고 비판했다. 이곳 신문은 극우익의 힌두교도들이 거리에서 춤추며 꽃을 뿌리는 장면을 실었다. 한편 인도 보수 야당이던 자나타당은 힌두 우익의 분위기와 반(反)이슬람교적 정서를 타고 집권했으며, 인도 내의 이슬람교도들은 불안에 빠져 있다.

마하트마 간디(Mahatma Gandhi, 1869-1948)가 태어났고, 금세기 인류가 내세운 가장 위대한 메시지인 '비폭력'의 운동이 태동된 땅에서 일어난 오늘의 사건들이다. 가늠하기 어려운 사건들이 연출되고 있으니 우리는 혼란에 빠질 수밖에 없다. 핵 개발과 실험이란 반인류적인 행위는 지탄받아야 하나 이 지탄받아 마땅한 핵의 보유가 한 국가의 자위권의 최종적인 안전장치로 여겨지고 있으니 문제일 수밖에 없다. 5개의 핵보유국이 이미 그런 보장을 받았고, 핵 확산을 방지하기 위해 미국은 핵우산의 보장을 공표했으나, 그 기준과 자세에 일관성이 있는 것도 아니다. 이로 인해 지역 분쟁은 오히려 더 확대되고 혼미를 거듭하고 있다. 인도의 핵실험을 지탄하면 그와 함께 중국도 지탄의 대상이 될 수밖에 없다. 인도 최대의 적은 파키스탄이 아니라 중국이라는 역대 인도 외교 정책이 고려될 수밖에 없다. 중국은 이미 이란·이라크·리비아·시리아 등지에 핵 테크놀로지와 전달 매체까지 수출하고 있으나 미국을 위시한 다른 핵보유국들은 그런 중국에 대해 침묵으로 일관하고 있다.

프랑스의 태평양 지역에서의 핵실험은 이미 하나의 연례행사처럼 되었다. 이러다가는 '핵이란 악(惡)'을 자유화하라는 말까지 나돌지 모르겠다. 더는 핵 개발을 두고 도덕적 원리에 관해 아무 말도 못하게 되어 있으며, 거꾸로 아무리 현실 정치적인 논리를 펼친다 해도 어떤 결론도 이끌어 낼 수 없다는 것이 자명해졌다. 실로 인류가 당면한 재앙적 곤경이다. 필자가 인도를 방문했을 때인 1972년, 외무성 관리가 사석에서 핵 보유 능력을 암시적으로 시사했는데 그것이 25년 전이니 이만큼 참은 것(?)만 해도 대단하다.

이제 핵 보유 능력의 유무를 따지는 것이 문제가 아니라 왜 그것을 '보유하려' 하고 '보유하게끔' 하느냐는 원천적인 질문에 대한 해명이 선행되어야 할 것 같다. 핵실험을 하는 국가들은 각기 정당한 이유가 있기 때문이다. 곧 핵 개발을 가시화한 인도의 사회적·정치적인 동기가 설명되어야 한다. 극우 힌두교의 애국심을 고취하며 정권을 잡은 것이 현 정권이고 이 애국심의 저변은 반이슬람주의이다. 말하자면 타 종교와 타 종족에 대한 편협심과 증오심을 기반으로 하고 있다. 그리고 자기도취적인 인도의 위대성을 핵실험이란 힘의 과시를 통해 표출시키고, 그것을 거리에서 춤추게 하는 애국심과 '내 것' 제일주의로 몰아가고 있다. 기막힌 민족주의와 자기과시를 핵을 통해 드러내 보이려는 것이다.

비폭력의 아버지인 간디가 살아 있다면 이런 자기중심의 민족주의적 태도를 보고 어떤 생각을 할까? 더욱 개악으로만 치닫는 우리의 현실이지만 아마 그는 똑같은 주장을 되풀이할 것 같다. "나는 새로운 아무것도 가르칠 것이 없다. '진리와 비폭력' 그것밖에는 다른 것이 없고, 그것은 마치 언덕과 같이 오래전부터 항시 거기에 있었다."라고 술회했던 것을 미루어 짐작할 수 있다. 비폭력의 구체적 내용이 공존이고 진리와 사랑은 표리를 이루고 있으니 우리는 함께 사랑하며 살아가는 수밖에 없다. 핵 확산에 대한 반성적인 말이 겨우 '비폭력'이라거나 구태의연한 진리나 사랑 타령이라고 실망할지 모르나, 그것밖에는 인간이 지향할 또 다른 이념과 이상은 없다.

실제로 다른 종족과 다른 종교와 공존하는 정신이 바로 '비폭력'인 것이다. 이 말의 원어인 산스크리트의 영어 번역은 폭력의 반대 개념인 '비폭력'으로 되어 있지만 오히려 '불상해'(不傷害), 곧 '다른 존재에 해를 끼치지 않는'이라는 말로 이해하는 것이 더 정확할 것 같다. 그것은 다른 생존물에 대해 간섭하지 않고 어떤 일로도 괴롭히지 않고 자유스럽게 하는 일이다. 곧 서로 관대하게 받아들이는 태도이다. 그리고 이 '불상해'(Ahimsa)는 '진리파지'(眞理把持, Satyagraha)를 근

거로 한다. 이 진리의 내용은 사랑이고 인간은 누구나 이것을 지향
해야 한다고 그는 말했다.

어느덧 이 '비폭력'의 메시지는 마틴 루터 킹 목사의 이념으로 전
이되어 흑인민권운동의 정신적 원동력이 되었고, 무저항의 평화적
시위는 폭력과 위해를 가하는 사람들을 무력하게 만들었다. 힘을 구
사하는 편을 부끄럽게 만들고 자기 행동의 근거를 다시 생각하게
했다. 거대한 영국이 단신의 마하트마 간디에게 손을 들 수밖에 없
었던 것은 핵폭탄과 같은 막강한 파괴력 때문이 아니었다.

강대국들의 파워게임에서 똑같은 원리를 실현하려는 또 한 분의
인물이 우리 주변에 있다. 얼마 전 보스턴을 방문한 달라이 라마가
그분이다. 그는 어떤 형태의 폭력도 용납할 수 없으며 고통당하는
티베트 국민이 비폭력과 진리에 의지해야 한다고 주장한다. 중공군
에게 무력 침공을 당하고 중국의 문화/종교 말살 정책에 시달리면
서도 계속 평화를 주장한다. 그는 시대착오자이거나 몽상가처럼 보
인다. 그러나 그는 막강한 힘과 폭력 앞에 비폭력과 사랑이라는 원
칙을 계속 내세운다. 그는 이 원칙을 떠나서 현실 세계를 변화시킬
수 있는 그 어떤 힘도 있을 수 없다는 신념을 지니고 있다. 한때 아
시아 문명의 중심이고 유교 정신의 발생지인 중국은 점점 부끄러워
질 수밖에 없다. 'Free Tibet'이란 표지판이 곳곳에서 눈에 띄고, 'Free
or Die'(자유 아니면 죽음)이란 자동차 번호판을 붙인 뉴잉글랜드인들은
티베트 이슈 모임에 자주 참석한다. 인도 정부가 편협한 애국주의
에 의해 핵폭탄을 만들고 중국은 강권적 자국 중심주의에 의해 무

기 판매국이 되는 것과 같이, 힘에 의존하는 가치 기준은 바뀌어야 한다. 기독교 봉사 정신의 화신인 슈바이처 박사의 말이 절실히 몸에 와 닿는다.

"현실은 비극적이지만 미래는 낙관적일 수밖에 없다. 비극을 희망으로 삼고 미래를 살 사람은 없을 것 같기 때문이다."

조깅 만세

나의 건강 유지법은 조깅(달리기)이다. 일주일에 두세 번 뛰고 있다. 요즈음 각가지 건강 유지 방법이 있는데도 불구하고 '뛰는 일'에서 벗어나지 못하고 있다. 주변 친구들은 거의가 골프로 건강을 유지한다. 짐(Gym)에 등록하고 기상천외한 각종 운동기구를 사용하는 친구들도 적지 않다. 마치 달나라 가는 우주인을 훈련시키는 듯한 짐도 많다. 들여다보면 모두 열심이다. 그들의 활기찬 모습을 대할 때 내기분도 상쾌해진다. 가끔 친구들끼리 서로의 건강 방법을 놓고 악의 없이 과장하며 서로 같은 부류이기를 권한다. 그중 골프는 모든 건강 방법의 왕으로 치부되는 듯하다. 골프는 어느덧 운동의 영역을 벗어났는지 '골프 문화'란 말도 거침없이 발설한다. 그러고 보면 골프는 운동 종목의 경지를 훨씬 넘어선 정신적 경지까지 운위하는 것 같다. 가히 골프는 또 하나의 '다른 세계'를 창조하고 있다. 가끔 친구들과 합석하여 즐거운 시간을 보내다 골프 이야기가 나오면 골프 못 치는 사람은 갑자기 별세계에서 온 듯 이방인이 되고 만다. 서로 아는 사람들만 아는 대화를 나누니 대화에 끼어들 틈이 없는 것이다. 골퍼들의 자세와 숙련도는 수족(手足)을 얼마큼 잘 놀리느냐는 수준을 넘어 인격 형성과 사회 신분과도 관계될 만큼 폭넓고 깊은 내용을 지닌 것으로 변형되어 있다. 그러니 자칫 대화에 잘못 끼어 들다가는 이제껏 닦아 온 나의 인격과 사회 신분에 문제가 생길지도 모른다.

타이거 우즈(Tiger Woods, 1975-현재)와 박세리(1977-현재)는 거금을 벌고 국위를 선양하는 프로 골프들이지만 내 이웃의 어떤 아마추어 친구는 이 운동을 통해 상당한 존경까지 받는 듯하다. 배웠으면 좋겠다고 생각한 것이 한두 번이 아니고 그래서 또 다른 '세계' 속으로 들어가 그 '골프 문화'를 터득했으면 싶지만 여태 실천에 옮기지 못했다. 이유는 간단하다. 게으른 것이 반이고, 소매업을 하는 나로서는 일정하게 연습할 시간을 낼 수가 없다. 계획표를 짜 놓고 하면 되지 않겠는가 하지만 소매업의 기막힌 변칙성(?)은 장사를 해 본 사람만이 알 것이다. 그러면 나의 분신을 희생하면 되지 않겠는가 할 터이지만 남편이 사장이고 부인이 매니저인 우리의 직업은 그것마저 쉽지 않다. 이 운동을 위해 반나절 이상 혼자 즐기러 야유회 가듯 한다면 이미 집안의 균형을 깨는 것은 물론이고 사업에 미치는 지장도 막대하다. 그리고 혼자 신선 노릇 하듯 즐기다 온다면 골프 문화란 신선놀음이란 비난을 피할 길 없게 된다. 이렇게 되면 고매한 골프 문화에 먹칠을 하게 된다.

어쨌건 나에게는 운동화 하나만 갈아 신으면 그냥 뛸 수 있고, 뒷마무리까지 하고 다시 제자리에 돌아오기까지 1~2시간이면 족한 조깅이 적당하다. 말은 뛴다고 했지만 기실 걷는다고 하는 편이 나을 정도의 속도이다. 실제로 내가 뛰는 이곳의 트랙에는 걷는 사람이 반 이상이다. 대개 흰머리의 노인들이고 그분들과 나와의 차이는 말 그대로 오십보백보의 차이로 앞서거나 뒤서거나 하며 한 바퀴 돌 뿐이다. 나이 들수록 뛰지 말고 걸으라 하니 안성맞춤이고, 흰머리 주름투성이의 중년 부부들이 서로 손목 잡고 걸으니 보기도 좋다. 혹 나처럼 아직 짐에도 못 가고 골프장에도 못 가는 분들을 이곳에 초대하고 싶다. 이곳은 케임브리지의 '프레시 폰드'(Fresh Pond)이다. 한 바퀴가 약 2.5마일, 우리의 리(里)로 따지면 약 10리이다. 주차장도 널찍하다. 이웃 타운에서 오는 분들이라면 길 건너 '뉴욕 식품점' 주차장에 무제한 주차시켜도 된다.

시립 골프장이 '프레시 폰드'(Fresh Pond)를 통과하고 있어, '뛰고 걷는 일'이 매우 여유 있고 자연을 만끽하는 일이란 걸 느낄 수 있다. 작은 공을 노려보며 전전긍긍해 있는 '골퍼'들에게도 여유 있는 미소를 보낼 수 있다. 또 몇 년 전 어떤 산책 독지가가 남몰래 버지니아 울프(Virginia Woolf, 1882-1941)의 『올란도(Orlando)』란 작품의 일부를 돌의자에 새겨 트랙 옆에다 갖다 놓았다,《보스턴 글로브》는 이 불법적인 돌의자 설치를 비난(?)했다. 실은 비난이 아니라 주목을 끌 의도 같았다. '버지니아 울프'의 작품뿐이랴, 명저들에서 한 구절씩만 진열해도 이 트랙은 차고 넘치리라. 걷는 사람마다 『올란도』의 이야기처럼 현실을 뿌리치고 시공을 초월하여 다른 세계를 걷는 그 정감을 누가 비난하랴. 평소에 읽지 못한 책 한 권 들고 와서 걷다 힘들면 그 돌의자에 편히 앉아 어느 한 부분이든 읽어 보시라.

골프 못 치는 변(辨)으로 이렇게 '달리기' 예찬론을 펴 본다. 그리고 오십 중반을 넘어 보스턴 마라톤에 참가하고 난 후 새 세상을 얻은 양 흐뭇해하던 한 소매상 친구의 자랑스러운 미소를 부러워해 본다.

동양의 건축

　시내 한복판에 서 있는 행콕 타워 빌딩을 모르는 보스턴 거주자는 없을 것이다. 고색창연한 건물이 많기로 유명한 시내 복판에 유리 상자처럼 우뚝 서 있는 현대식 빌딩이다. 보스턴을 잠시 방문한 사람이라면 더 잘 기억할 것이다. 관광 코스 속에 꼭 들어가는 장소이기 때문이다.

　그런데 이 유리로 된 건물이 왜 유명한지, 딱 부러진 설명을 들어본 적이 없다. 이곳에 먼저 옮겨 와 살던 친구의 말에 의하면 이 건물은 중국계 세계적 건축가인 아이 엠 페이(I. M. Pei, 1917-2019)가 설계한 보스턴 근교에서 가장 높은 건물이라는 것이다. 표면을 온통 유리로 둘러 당시(1977)로서는 혁신적인 재료를 사용했다는 것, 그리고 계절에 상관없이 불어닥치는 보스턴의 바닷바람이 가끔 거대한 판유리를 보도에 떨어뜨려 말썽을 일으키는 것으로 유명하다는 말을 들었다. 그러나 친구의 이런 설명을 듣고도 별로 흡족하지 않았다. 높이만이 한 건물을 유명하게 만들 리도 없고, 유리로 된 건물은 지금 어디에서나 목도할 수 있는 것이고, 유리 소재가 보행인에게 위협이 되는 일은 이 건물이 지닌 단점일 뿐, 이 건물이 유명해진 직접적인 이유는 아닐 듯싶다. 10년 넘게 보스턴 지역에 살면서 이 건물에 대한 궁금증은 가시지 않았다. 보수적 경향이 강하고 건축 규제가 까다롭기로 이름난 이 지역에 갑자기 유리로 된 현대식 건축물이 나타난 것을 어떻게 소화했을까? 반대하고 미워하기 때문에 유명해진다는 말이 이 경우에 해당될까? 어쨌든 건축의 문외한인 나로서는 전혀 감을 잡을 수 없었다. 혹시나 하는 생각에서 또 다른 사람에게 물어보려 하다가도, 입장을 바꿔 내가 답변할 입장이 되었을 때의 궁색한 처지를 생각하여 모처럼의 질문도 접고 만다.

그럼에도 불구하고 다른 지방에서 온 사람들을 안내할 때 나 역시 '아, 시내의 그 유명한 유리로 된 행콕 타워 빌딩' 운운하는 말을 스스럼없이 해 댔다. 유명한 것은 그것이 유명하기 때문이라는 순환 논법을 쓰면서 말이다. 어느 오후, 집사람의 눈치를 보며 슬그머니 사업장을 빠져나와 거닐다 당도한 곳이 코플리 광장이었다. 이 행콕 타워 빌딩이 위치한 곳이다. 그 일대에는 트리니티 교회를 비롯해 보스턴이 자랑하는 고색창연한 오랜 건물들이 늘어서 있다. 그런데 이 로마네스크 풍의 트리니티 교회가 바로 행콕 빌딩의 판유리 속에 들어앉아 있는 것이 아닌가. 그 위로는 푸른 하늘이 멀리 시선을 끌며 퍼져 가고 있었다. 그 유명하다는 행콕 빌딩은 삽시간에 사라지고 그 자리에는 보스토니안들이 자랑하는 건축물들이 나의 발걸음을 따라 하나씩 이 유리 거울 속에 들어앉는 것이었다. 그리고 푸른 하늘의 배경, 그것이 뭉게구름이 되었건, 붉은 노을이 되었건 자연의 변화를 따라 거대한 유리 거울 속에 영상처럼 펼쳐지고 있었다. '아, 이것이 이 건물이 유명할 수밖에 없는 이유구나, 그리고 이 건물은 동양적인 건물이다.'라고 하며 아전인수 격의 탄성을 발했다. 유리로 된 건물, 그것은 다른 건물을 자기 안에 받아들이고 자신은 사라진다. 유리 거울이란 다른 사물을 비추어 줄 뿐 자신을 내세우지 않는다. 유리의 자기주장이 있다면 상대방을 비추어 주고 내세워 주는 일만이 주장인 듯 보인다. 건축가 페이는 이러한 동양적인 자기부정의 세계가 더 큰 세계를 보여준다는 데 착안하지 않았을까? 고색창연한 주변의 옛 건물과 어울릴 수 있는 건물은 바로 지금 그곳에 서 있는 기존의 건물들이 아니겠는가? 그곳에 어떤 새 건물이 들어선들 이질감을 주기는 마찬가지 일터, 기왕의 건물을 그대로 재현시킬 수 있는 것은 유리 거울이다.

멋없는 현대의 산물인 판유리 건물을 따로 떼어 내어 그 유명한 이유를 찾으려 했던 나는, 결국 내가 네 속에 있고 네가 내 속에 있을 수 있다는, 그리고 나의 시각은 세상의 반영이라는 동양적 시각을 깨달았다. 모든 사물이 나와 혼연일체가 된 동양의 세계를 나는 잊고 있었던 것 같다.

극서 지향론

한국은 극동에 위치해 있다. 상식적인 이야기이다. 그런데 일본은 극서에 위치한다고 주장한다. 우리는 동양에 있지만 일본은 서양 속에 위치해 있다니 이해가 안 된다. 그러나 지구는 둥글기 때문에 한국은 극동에 위치하지만 이웃 일본은 당당히 극서에 있을 수 있다고 주장되는 것이다. 지리를 바꿀 수는 없지만 지역에 대한 해석은 편의에 따라 자의적으로 할 수 있다. 그러고 보면 극동과 극서란 지리적인 자리매김만은 아니다. 우리의 통념이 만들어 낸 의미 부여나 가치 평가의 기준이 깃든 말들이다.

'일본 극서론(極西論)'은 명치유신 이래의 일본의 민족적 심정을 극명하게 드러낸 표현이다. 서구어에서 극동(Far East/Extreme Orient)이라고 말할 때, 흔히 근대화에서 낙후된, 그래서 서구의 열강을 따라가려 발버둥치는 동양의 나라들을 상기하기 마련이니 일본으로서는 달가울 리 없는 자리매김이다. 일본은 중국과 차별화되어야 하고 한국과도 결연히 구분되어야 하니, 다른 동남아시아 국가들과는 같은 선상에 위치하기 싫은 것이다. 아마 동남아에 수많은 수출을 하면서도 이 지역과의 정치/경제 협력, 또는 문화 교류에 인색한 이유도 이런 극동 기피와 극서 지향의 사고방식에서 연유하는 것 같다.

그러나 이 극서 예찬자인 일본은 지구가 둥글기 때문에 오는 또 하나의 사실을 잊고 있다. 유럽 시각에서 볼 때 극서는 미국이 되고, 유럽 관점의 극서인 미국이란 갓 시작된 물질문명에 갈팡질팡하는, '철들지 못한' 사회란 표현이 적절한 문화 개발도상의 지역으로 이해된다. 아마 일본더러 구라파적인 시각의 극서에 위치하라면 질겁할 것이다.

얼마 전 어느 프랑스 비평가가 유럽 시각의 미국 문명론을 썼다. 그 책 제목이 바로 『극서론(*Extreme Occident*)』이다. 저명한 작가이자 교수인 앙드레 모루아(Andre Maurois, 1885-1967)가 프린스턴대학 초빙교수로 도미하게 되자 그 친구가 걱정 어린 편지를 썼다. 그 내용은 프랑스적 해학이 담긴 미국 비판론이었는데, 미국 사회의 일면을 적나라하게 드러내기도 했다. 편지의 내용은 "살아 돌아오지 못할 터이니 제발 가지 마소서!(Don't do such a thing! You won't come back alive!) 사방 천지에 소음이 가득 차 있어 잠은커녕 단 한숨도 휴식할 수 없고, 남자는 사십 세도 되기 전에 과로로 병에 걸려 죽을 수밖에 없고, 정신적이니 지성이니 하는 것은 없고 오직 돈만 이야기하는, 기껏 문명이랬자 화장실 문화나 냉난방 장치의 문화가 기다리는, 그리고 경찰까지 관련된 갱단이 대낮에 살인을 자행하는 그곳(미국=극서)을 제발 가지 마소서!"였다.

이제 극서 지향론은 다시 반성될 수밖에 없다. 어느덧 일본은 태도를 바꿔 '지구는 둥글기 때문에' 한 바퀴 돌아 결국 극동의 나라로 다시 복귀하는 듯하다. 일본은 이제 자신이 갖고 있는 과거 문화의 한 그루터기에 싹을 틔우고, 그것을 세계화하고 있다. '가부키'라는 가무극을 재현시키며 '하이쿠'란 시가를 다시 다듬는다. 선불교도 또 하나일 수 있다

극서를 쫓아 둥근 지구를 한 바퀴 돌고 난 후 내 것이 중요하다는 사실을 터득한 것이다. 우리 역시 또 극서를 쫓아 한 바퀴 돌고 난 후 내 것을 다시 찾게 될 것인지? 그리고 그것은 언제쯤이 될는지? 얼마 전 하버드 옌칭 도서관에서 연주된 서양 국악인과 젊은 우리 국악인의 공연을 보고 내 것에 대한 애착 때문에 동서를 다시 생각해 보는 것이다.

염색된 국토

　『홍당무(*Poil de carotte*)』(1894)는 쥘 르나르(Jules Renard, 1864-1910)란 프랑스 작가의 작품으로 주인공의 별명이기도 하다. 생텍쥐페리(Saint-Exupéry, 1900-1944)의 『어린왕자』는 우리에게 잘 알려져 있으나 이 『홍당무』는 낯설다. 『어린왕자』의 주인공은 어린 시절의 상상력이 또 하나의 우주를 만들고 동심의 세계를 마음껏 표랑(漂浪)하는 순수와 아름다움의 표상인 반면, 『홍당무』의 주인공은 메마른 어른들 세계에 내던져져서 간신히 자기 세계를 유지하는 거의 자폐적인 상태에 빠져 있는 어린아이다. 쥘 르나르란 시인의 자화상이기도 한 이 어린이는 어른들에 의해 꾸깃꾸깃해지고, 어른한테 주눅이 들어 가슴앓이만 할 뿐 자기 생각을 좀처럼 드러내지 못하는 한심한 아이다. 말 못하는 아이 쥘 르나르는 쭈뼛쭈뼛하며 시를 썼다. 그 시가 나를 움직였다. 시란 어렵고, 시인의 감정을 억지로 떠맡아야 하는 억지 '감정이입' 정도로만 알았던 나에게 시란 이렇게도 써질 수 있구나 하는 감탄을 자아내게 하였고, 그는 '나만의' 위대한 시인이었다. 예컨대 〈소낙비〉라는 시는 다음과 같이 단 한 줄이다.

개천에 소름이 쫙 끼친다.

〈뱀〉이란 시는 이 세상에서 가장 짧은 시가 될지 모른다. 그 시는 이렇다.

너무 길다.

우리의 기인(奇人), 이상(李箱, 1910-1937)은 〈개미〉란 시를 3이란 숫자로 표상화시켰다. 사용된 단어는 이상의 것이 더 짧을지 모르나 조형화하지 않고는 개미란 시가 성립되지 않는다. 333…을 계속적으로 써 놓고 보면 그대로 개미가 행진하는 모습이다. 어떻든 쥘 르나르의 시에는 사물, 형상을 직각적으로 꿰뚫는 통찰이 있다. 이런 통찰력이 『홍당무』라는 그의 어린 시절 자서전을 나오게 했다.

아무도 모르는 내 어린 시절의 비밀스러운 세계, 뻔히 보이는 사실을 눈앞에 두고도 항상 눈뜬장님처럼 헛 보고 큰소리만 치는 어른들, 나는 분명히 내 소견을 말했는데도 어른들은 끝끝내 나 몰라라 했던 일, 혹 알아들었다 하더라도 어른들 마음대로 해석하고 나를 제외시키던 일, 내가 좋아하는 과자를 묘한 말로 꾸며 대 어느 사이 나를 과자 싫어하는 아이로 만들고 자기들끼리만 야금야금 먹어치우던 일 등 생각하면 나/어린이를 야속하게 한 일이 한두 가지가 아니다. 그래서 끝내 '어른은 어른, 아이는 아이, 이 둘은 영원히 만나지 못할 것'이라고 선언한 나/어린이….

그러나 어느덧 나는 어른이 되었고, 오히려 이해 못 할 어린이들이 내 앞에 줄줄이 서 있는 것이 아닌가? 누가 어린이었던 나에게 마술이라도 걸었단 말인가? 왜 내가 어른인가? 시간의 마술을 말하고 싶지는 않다. 그러면 나는 정녕 어른으로 전락될 터이니 말이다. 그러나 내 몸을 내려 준 이 땅 광화문 네거리에서 나는 갑자기 늙어 버린 어린이가 됐다. 내 앞에 이 무슨 쥘 르나르의 홍당무 행진인가. 너나 할 것 없이 온통 빨강머리 홍당무의 군상(群像)이 내 앞을 행진해 가고 있지 않는가? 한국 젊은이들의 홍당무 머리 색깔은 기성인인 나를 향해 무엇을 항의하고 있는 것 같았다. 그 내용은 알 길이 없다. 나는 어른이고 그들은 아이들이니까. 냉가슴 앓듯 하는 그들의 처지를 마음껏 이해해 주는 아량 있는 어른이 되자. 듣기 싫은 '랩 뮤직'도 들어 주고, 너나없이 껴안듯이 붙어 다니는 젊은 연인들도 못 본 척하자. 그러나 어쩌랴, 어엿한 중년 여인의 머리색도 빨간 홍당무이고 내 나이 닮은 장년들의 머리 색깔도 온통 홍당무이니 난감한 생각이 든다.

늙음과 우아함의 상징인 백발과 내가 단군의 자손임을 자랑하고 확인할 수 있는 생태적 증거인 아름다운 흑발은 오간 데 없고 여기도 홍당무, 저기도 홍당무, 아니 TV 앵커우먼의 머리마저 홍당무다. 쥘 르나르의 『홍당무』처럼 이해 못 할 어린이 홍당무/이해 못 할 나의 조국 한국의 현장이지만, 그래도 무엇인가를 이해해 달라고 하소연하는 듯하다.

그 집 앞

나를 한국에 초청해 준 황 교수 집에 여장을 푼 지 하루 만에 시내 처갓집으로 향했다. 항상 그렇듯 책과 옷가지가 뒤섞여 버린 봇짐 같은 등짐을 이 집 막내아들 방에 처박아 두고 곧장 떨치고 일어섰다. 낮과 밤을 얼른 바꾸어야 한다는 강박관념이 나를 이렇게 밖으로 내몰았다. 이 강박관념은 아마 20여 년 만에 재개하는 나의 강의와 논문 등과 관련하여 학계 인사들을 만나야 한다는 것에 대한 불안감에서 오는 것 같았다. 처갓집이나 늙은 장모님에 대한 각별한 애정이 '그 집 앞'으로 향하게 한 것 같지는 않다. 그러나 반백을 넘어서는 내 집사람의 변색된 머리색을 생각할 때 나의 '그 집 앞'에 대한 느낌은 각별해질 수밖에 없다.

백면서생이 인생의 목적이고 주머니 속 푼돈은 세어 볼 필요도 없이 앞가림해 온 나의 행태이고 보면, 처갓집의 나에 대한 입장은 처음부터 짐작이 갔다. 집사람 한 명의 유일한 호의에 힘입어 혼인이 간신히 성사된 이후 거의 칠전팔기(七顚八起)의 과정을 겪으며 미주까지 이민 간 이래, '그 집 앞'에 대한 나의 두려움 어린 존경심은 아직도 가실 길 없다. 이런 나의 존경심은 처갓집에도 감염되었는지 지금 와서는 서로 존경할 수밖에 없는 상호 존중의 태도를 견지하게 됐다.

그 옛날 그 집 앞으로 향하던 나의 모습은 무엇이었나? 험난한 요새에 철옹성으로 둘러싸인 오지에 갇혀 있는 청순한 공주를 구하러 가는 기분이 아니었던가? 장인어른의 모습은 미안한 말이지만 요지부동 마왕의 모습이었고, 장모님의 모습은 마왕의 옆에서 온갖 간교를 지어내는 주술사와 같이 생각되었다. 보잘것없는 무기인 '백면서생'과 '푼돈'으로 무장하고 선신(善神)이 약속한 의기 하나만이 나를 승리로 이끌리라는 확신 아래 그 집 앞을 부지런히 오가며 구애를 하지 않았던가. '그 집'을 쳐다보는 나의 심정은 말 그대로 '두려움과 사랑'이 교차하는 신파조 애증의 갈등이었다.

그런데 정작 철옹성에 갇힌 청순한 공주가 마왕과 주술사의 의도를 뛰어넘는 지혜를 짜내어 문을 활짝 열어젖히고 나의 입성을 가능하게 했다. 그것은 기적이었다. 아니 불교의 말 그대로 숙연(宿緣)이 아니고는 이런 결과를 달리 설명할 길이 없다. 나의 친구들인 주변의 악동(惡童)들도 맞장구를 쳤다. 너는 행운의 기사라고. 그러나 이 친구들이 대학 강사의 주머니 푼돈을 고갈시키고 한 걸음 더 나아가 청순한 공주가 고이 간직한 얼마간의 금은보화마저 야금야금 빼먹을 줄이야…. 훨씬 후에야 알아차렸다. 아니 나중에 알아차린 것은 그것만이 아니었다. 이런 기사와 공주는 나와 내 집사람뿐만 아니라 여기저기 널려 있고 한때 누구나 이런 과정을 겪는다는 것도 알았다. 그런데 문제는 또 있었다. 뻔히 아는 누구나 겪는 사실을 '나의 사랑', '나의 경우'로만 고집한다는 착각이다. 이 착각이, 이 고집이 아직도 '그 집 앞'을 향하는 나의 상념의 내용이 되고 있으니 나는 지난 30년간 아무것도 변하지 않았고 아직도 그 무모한 기사의 탈을 벗지 못하고 있다. 인생유전(人生流轉)이 아니라 인생고정(人生固定)의 불변이 아닌가 싶다. 이제 나는 다시 돌아와 백면서생이 되어 내 처갓집을 향하고 있다.

늙어 버린 장모님을 보니 한순간에 마왕과 주술사의 옛 신화는 사라지고 오히려 일찍 여읜 내 부모를 대신하려는 준비가 되었다. 그런데 그 집을 들어서자마자 나에게 전화가 왔다고 재촉하신다. 한국에 도착한 후 모든 번거로움을 피하려고 형제 같은 친구들에게마저 연락을 끊었는데 어느 틈에 누가 꼬리를 밟았단 말인가? 피할 길 없는 한국에서의 얽힘이다. 한탄하며 전화를 받았는데 웬걸 내가 묵고 있는 황 교수의 음성이 아닌가. 가슴이 덜컥하며 한 시간 남짓 지하철로 오는 동안 무슨 일이라도 일어났나 싶어 잔뜩 의구심에 찬 목소리로 물었다. 황 교수 왈 "이 선생을 지하철에 내려주고 나서 가장 중요한 것을 잊은 것 같아 전화를 걸었네. 재빠르고 현실감이 뛰어난 자네이지만 이 점만은 모를 듯해서 알려 주고 싶어서였네. 별것 아니고 한국에 있는 동안 어떤 경우이든, 어떤 처지를 당하건 간에 절대로 '열받지 말라'고 충고를 하고 싶어서였네."

사실 아직 몇 시간 안 된 체류 기간이지만 벌써 내 시선을 찌푸리게 하고 고개를 갸우뚱하게 한 일이 한두 가지가 아니었다. 굳이 재미 동포의 감각은 다르다고 주장하거나 또 의도적으로 다른 것을 색출하여 나는 얼마나 다른가 하는 점을 드러내려고 한 것은 아니었다. 오히려 나는 처갓집을 향하며 옛날과 똑같은 나를 한탄한 사람이 아닌가. 그런데 벌써 지하철 속에서 한 치한과 한 여성이 언성을 높이며 '신체의 어느 부위'를 만졌느냐 하며 소리치고 있었다. 그 옆의 승객은 마치 어항 속의 물고기를 들여다보듯 덤덤한 시선으로 이 '성 풍속'을 즐기는 듯했다. 나의 초청자인 황 교수가 나에게 전해 주어야 했던 가장 중요한 메시지인 '열받지 말고' 한국에서 지내라 한 말은 불경 속의 말씀, 성서 속의 말씀보다 더 중요한 또 하나의 한국만의 성언(聖言)으로 나에게 각인되었다.

우물가

사업장이 보스턴 시내에 있는 관계로 케임브리지에서 살게 된 것도 어느덧 5년이 넘는다. 케임브리지는 가 볼 만한 곳이 심심치 않게 많아 이곳에 사는 것을 하나의 즐거움으로 여기고 있다. 그중에 내가 혼자만 아껴 두고 찾아가는 은밀한 장소가 있다. 한여름이면 서머스쿨 학생들과 관광객으로 뒤덮여 버리는 이 하버드 스퀘어에 숨겨 둘 만한 장소가 있을 것 같지 않다고 생각할지 모른다. 그러나 우연한 기회에 나의 눈에 띄었고, 탄성을 발했던 곳이다. 외부와 단절된 고즈넉한 곳에 위치해 있어서, 이곳으로 이르는 길은 찾기가 쉽지 않다. 말하자면 남의 집을 통과하지 않으면 안 되는 그런 단절된 장소에 위치해 있다. 우리의 무모한 대담성(?)과 남의 집 정원을 잠깐 실례하고 건너지르는 용기만이 이곳에 이르게 한다. 생각하기에 따라서 지극히 평범한 장소일지도 모른다. 그리고 숨겨 두기에는 우리에게 너무나 잘 알려져 있는 장소이기도 하다.

이곳은 '헬렌 켈러'와 '설리번 선생님'의 이야기로 너무도 유명한 장소이며, '앤 밴크로프트'의 열연으로 우리에게 감명을 준 영화 〈미라클 워커(The Miracle Worker)〉(1962년 작)의 배경이기도 하다. 장님이고 귀머거리이며, 벙어리여서 외부 세계와의 접촉이 단절되었던 '헬렌 켈러', 인간의 가장 중요한 세 가지 감각기관을 상실한 이 헬렌 켈러가 지극 정성의 설리번 선생님에 의해 처음으로 사물을 의식하게 된 장소이다. 설리번 선생님이 헬렌 켈러의 손에 펌프 물을 퍼 주며, 'WATER'의 글자 하나하나를 손바닥에 써 주었을 때, 사물과 말의 의미가 하나로 일치하는 사건이 일어난 장소이다. 눈과 귀가 멀쩡한 우리에게는 사건일 수 없지만, 장님이고 귀머거리인 '헬렌 켈러'에게는 세계가 열리는 창조의 순간이었다.

그 우물이 구석에 있고, 벽에는 두 개의 조그만 동판이 박혀 있다. 동판 중 하나는 물론 점자로 되어 있다. 헬렌 켈러가 래드클리프대학(Radcliff College, 지금 하버드대학교의 공식 명칭은 Harvard-Radcliff이다) 학생이었고, 그래서 더 유명해졌지만, 감각과 이성이 한순간에 열리는 창조의 순간이 천애 불구인 헬렌 켈러에게는 이렇게 왔다. 그러나 이곳을 찾는 나는 전혀 다른 상념(想念)에 빠지게 된다.

이민 1세대의 눈과 귀는 무엇을 보고 듣는 것일까? 우리말에 눈뜬 장님이란 말이 있듯이 과연 나는 내 주변의 사상(事象)을 제대로 보고 온전히 이해하고 있는 것일까? 능통할 수 없는 영어 해득력이며, 이 땅에서 느끼는 이질감이며, 일거수일투족이 어색한 나의 행태를 자탄할 때가 한두 번이 아니었다. 암중모색하는 나는 은연중 재미 동포로서의 '눈뜸'과 그 누구도 예측할 수 없는 교포 문화의 '창조'를 기대하며 이곳을 찾는지도 모르겠다.

침묵의 소리

어느 순간 무서운 굉음과 함께 거대한 건물은 산산조각이 났고, 양순한 서민들이 갈팡질팡 허둥대는 모습은 얼마 전까지 신문에서 떠들었던 이라크와 관련된 기사였다.

어린 시절 우리에게 상상의 나래를 펼쳐 준 『천일야화』에 나오는 '신밧드'의 '바그다드', 그러나 지금은 불운의 도시로 전락한 바그다드를 관통하는 물줄기가 '티그리스'(Tigris) 강이다. 그리고 그와 나란히 페르시아만으로 흘러드는 또 하나의 강줄기가 '유프라테스'(Euphrates) 강이다. 중국의 '황하' 유역, 이집트의 '나일강' 유역, 그리고 인도·파키스탄의 인더스강 유역과 함께 티그리스-유프라테스강 유역은 인류 4대 문명 발상지의 하나로 알려져 있다.

걸프 전쟁이 끝난 후 이 지역의 문화 유적이 크게 훼손되었다는 기사를 읽은 적이 있다. 전쟁이 가져다주는 참상은 한두 가지가 아니겠지만, 인류 공유의 문화 유적이 파괴되는 폐해는 인명 살생과 맞먹을 수 있다고 개탄하는 내용이었다. 이렇게 문화 유적이 파괴된 곳이 어찌 이라크뿐이겠는가? 우리 나름의 표준으로 만든 '정의'나

'평화' 또는 '개발' 때문에 유적이 희생당하는 곳이 한두 곳은 아닐 것이다.

이색(異色)의 평화 캠페인이 벌어지고 있는 뉴욕의 '아시아 소사이어티'(Asia Society)에서는 인더스 강하의 '모헨조다로-하라파'(Mohenjodaro-Harappa) 유물전시회를 하고 있다. 전시 품목의 영세성(?)에도 불구하고, 또 바로 이 영세성 때문에 《뉴욕 타임스》는 문화란에 특집 기사로 이 소식을 게재하여 이 전시의 중요성을 강조했다.

고대 유적이라고 하면 규모가 거대하거나 오늘의 과학기술로도 풀어낼 수 없는 비술(秘術)을 지닌 축조물을 강조하기 마련이다. 대표적으로는 이집트의 피라미드와 스핑크스, 중국의 만리장성을 들 수 있다. 그러나 인더스 계곡의 유물, 유적에는 내로라하는 거대한 건축물뿐만 아니라 특정한 신격이나 인물을 부각시키는 구조물, 혹은 호사스런 장신구조차 없다. 보통 유적이나 유물은 막강한 힘과 권력을 전제하지 않고는 상상할 수 없다. 권력의 집중, 왕권의 형성, 왕조의 흥망이 담긴 '왕조사'(王朝史)는 일단 이와 같은 힘의 메커니즘에 의거하고, 그것이 오늘날 우리가 알고 있는 고대 문명의 내용이다.

그런데 이 문명에서 발견된 유물이란 것이 진흙으로 구워진 조그만 테라코타 '여신상', '물고기 디자인'이 들어 있는 토기, '등이 솟은 소'의 인장(印章) 등이 고작이고, 유적으로는 하수구 시설이 잘된 도시의 일각이 드러났을 뿐이다. B.C. 2600~B.C. 1800의 기간에 이집트의 2배에 이르는 광대한 지역에 복잡다단한 도시 문명을 건설하고, '메소포타미아'까지 상거래를 했던 흔적이 드러났다. 이 점이 고고

학, 역사학 연구자들의 고민이 되고 있다. 힘을 과시하는 유물, 유적 없이 어떻게 이런 문명이 가능했는지 그것을 설명할 종전의 역사학 방법이 없는 것이다.

결국 이 문명은 호혜적인 상거래를 하고 건강과 질서를 유지하는 하수구와 정리된 도시 속에서 평화를 사랑하며 살았던 문명이라고 결론지을 수밖에 없으며 그것은 어떤 역사학의 틀에서도 벗어날 수밖에 없는 세계였다는 것이다. 이렇게 되면 역사를 읽는 우리는 오히려 한 가닥의 희망을 갖게 된다. 힘의 집중과 그 유지, 전쟁과 혁명의 악순환 속에서 이룩된 파괴적인 테크놀로지, 그리고 그 부산물로 주어진 조그만 이기(利器)의 혜택으로 간신히 살고 있다는 느낌을 떨쳐 버릴 수 있다. 평화란 지금과 같이 정복하고 투쟁하고 항변할 때 오는 것은 아닐 것이다. 원효는 진리와 평화란 '주장하지 않고 그대로를 인정하는 것[眞如, 如如]'이라고 했다.

옛 시조의 '산 절로 물 절로' 하듯 산이 그렇게 있고 또 물이 그렇게 흐르듯 모든 것을 '감싸는' 태도가 평화일지 모른다. 그리고 그런 세계가 분명히 존재했었다. 잊혔던 이 아시아의 문명은 어떤 막강한 서양의 문명보다 더 강력하게, 전혀 다른 차원에서 자기주장을 하며 현대인에게 호소하고 있다. '침묵의 아시아 문명은 웅변하고'(A Mute Asian Civilization that speaks eloquently) 있으며 평화와 사랑이라는 인간의 마지막 희망을 호소하고 있는 것이다.

Where am I?

한국의 어느 영문학자의 글에서 접한 이야기이다. 이분은 우리가 애먹고 있는 영어뿐 아니라 불어에도 상당히 정통한 분인데, 연구 자료 수집차 영국에 일 년간 거주할 때 친구 한 분이 파리를 방문한다는 연락을 받고 복잡하기로 유명한 파리 지하철역의 어느 장소에서 만나기로 약속하였다. 먼 한국에서 오는 동료를 위해 파리와 가까운 런던에 있던 이분은 약속 장소에 미리 가서 친구를 맞이하리라 작정하였다. 그러나 세상일은 항상 뜻대로 되지 않는 법, 이분은 그만 파리에서 길을 잃고 말았고 급기야 주변에 있는 '파리지앵'(parisien)에게 길을 물을 수밖에 없었다. 프랑스에서는 가급적 영어보다는 서툴러도 '불어'로 묻는 것이 최소한의 예의다. 그러나 이분의 능통한 영어는 그만 '영어식' 불어를 창안하고 말았다.

"지금 여기가 어디지요?"(Where am I?)를 그대로 불어로 직역하여 "Ou suis je?"(지금 나의 존재는 어디 있습니까?) 하고 물었다. 이 영문학자의 질문은 그만 철학자의 명제로 변하고 말았다. 이 질문을 들은 파리지앵 보행자는 한 번 힐끗 쳐다보며 말하기를 "상당히 철학적이시군요. 나 역시 오래 추구한 질문이올시다."(Vous etes tres philosophique. Je recherche cette question moi aussi.)라고 했다.

　인생살이에서 길을 잃지 않는 사람은 없다. 보행(步行)의 길일 수도 있고 인생의 행로(行路)일 수도 있다. 아마 영어와 불어의 어휘와 구문(構文)상의 차이에서 온 이 영문학자의 '보행의 길'과 '인생 행로의 길'의 차이는 어떤 면에서 같은 것일지도 모른다. 재미 동포들에게 이민의 길은 인생 여정을 바꾸어 놓았다. 생업(生業)을 바꾸었다거나 잠시 인생 목표를 변경시킨 경우가 아니다. 우리 한 사람 한 사람의 변신뿐 아니라 다음 세대의 행로까지 바뀌었다. 우리의 자식들은 그들의 의사와는 상관없이 이곳에 '더불어' 올 수밖에 없었으니 그들의 행로마저 우리 마음대로 정했다. 그래서 이제 우리 재미 동포들은 전력(前歷)을 갖게 되었다. 과거의 이력과는 전혀 다른 이력을 만든 셈이다. 전력을 자랑하고 싶어 하는 이도 있지만, 오히려 지금의 경력을 내세우고 싶은 이도 생겼다. 낙엽 흩날리는 이 계절에 이제 영어로 말고, 오해를 불러올 불어로도 말고, 우리말로 "나는 어디 있는가?" 하는 소박한 질문을 제기해 보자. 그럴 때 과연 어떤 답변들이 가능할까 자문해 봄직하다.

　첫째, 사업을 잘해 중상류 계층에 속한 안정된 생활을 유지하며 자식의 교육을 잘 시키는 것, 그것이 많은 이에게 기본 소망이다. 둘째, 제대로 사는 의의를 찾기 위해 종교 특히 기독교 신자가 되기도 하며, 타 종교 신자가 될 수도 있다. 셋째, 얼마간 남는 시간과 경제적 여유를 지역사회 봉사에 돌리는 이도 있다. 특히 '한인회' '시민권자 협회' 혹은 미국의 어느 정당이나 정치인 캠페인에 참여한다. 그런데 그런 공익 봉사에 누구나 참여해야 할 의의가 있는지는 획일적으로 말하기 어렵다. 개인의 취향에 맡길 수밖에 없다. 공통분모로 묶기 어려운 일이다. 오히려 '코스모폴리탄'(cosmopolitan)적인 특성을 강조할 필요가 있지 않을까 하는 생각을 한다. 결국 세 번째 답변에서 그치게 되고, 앞의 두 답변만이 우리의 공통 요소로 떠오르게 된다. '경제적 안정'과 '종교의 안심입명(安心立命)'이 우리가 추구하는 현주소이다. 이민 후 내가 신명(身命)을 바쳐 추구한 노력의 결실이 이 두 가지이고 그다음은 각자 나름대로이다.

이제부터 이 '나름대로'의 장(章)에 나의 과거 전력과 지금의 경력이 날줄과 씨줄로 짜여 앞으로 전개될 것을 기대해 본다. 아니 이미 짜인 결실들이 있으리라 믿어 본다. 그리고 나는 어느 낡은 책에서 스크랩하여 좌우명으로 붙여 놓은 사뮈엘 베케트(Samuel Beckett, 1906-1989)의 글을 다시 들여다본다.

"나는 한 번도 어느 곳으로 가야 한다고 작정하고 간 적은 없다. 나는 다만 나의 길을 가고 있을 뿐이다."(I have never in my life been on my way anywhere. But simply on my way.)

바로 이것이 이민자의 길일 듯싶은 생각이 들기 때문이다.

'KOREANNESS' 1

유대인은 재미 동포에게 선망의 대상이다. 여러 이유를 들 수 있겠으나 그것이 항상 공감을 불러일으키는 것은 아니다. 어느 곳에 정착하든 빠른 시간 안에 경제적 안정을 이룩하는 일, 같은 동족끼리 '유대교'를 핵으로 하여 결집해서 사는 모습, 다음 세대의 교육을 위한 헌신적 희생, 이런 것이 우리 눈에 금방 띄는 몇 가지 그들의 모습이다. 이런 점을 우리도 그대로 본받고 있으니 재미 동포는 두 번째 유대인으로 치부되고 있다는 것이다. '유대인을 본받자'는 구호까지는 내세우지 않지만, 그들과 흡사하다고 하면 왠지 기분 나쁘게 느껴지는 것 같지는 않다.

그러나 이 유대인 성공담이 항상 호의적으로 받아들여지는 것만은 아닌 듯하다. 성공담 뒤에 '내 것'만 챙기고, '자기'만 내세우고, '다른 종족'의 안녕에 대해 무관심한 행태가 도사리고 있으니, 그 부정적인 측면을 어떻게 처리할 것인가. 양지(陽地) 반대쪽의 음지(陰地)라고나 할까. 하나의 사실이 지닌 두 측면을 생각하면 한쪽이 좋다고 설불리 선뜻 나설 수도 없다. 제2의 유대인에 대한 선호 시비는 보류할 수밖에 없지만, 그들의 뿌리 깊은 '유대인다움'에 대한 집념은 나의 고국에 대한 '향수'처럼 귀중하게 여겨진다. 솔직히 말해 나는 셰익스피어의 샤일록 때문에 유대인의 현실적 성공 사례에 대해 별로 호감을 갖고 있지 않지만, 이집트를 탈출하여 '자기 것'을 찾아 남부여대(男負女戴)하며 떠돈 『구약(舊約)』의 이야기를 읽을 때면 유대인의 행적에 대해서 경탄할 수밖에 없다. 그 오랜 기간 환란을 겪으며 끈질기게 '내 것'(Jewishness)을 찾는 그들의 행태에 말문을 잃는다.

외형상의 공통점을 찾기 힘든 '흑인' 유대인, '중국' 유대인, '중동' 유대인을 '하나로' 묶을 수 있는 통합의 집념을 나는 좋아한다. 사실 나는 '유대인' 그 자체보다 이렇게 확대된 'Jewishness 의식'을 더 좋아하는지 모르겠다. 이유는 한 가지다. 그 끌어안고 더 큰 '하나로' 포용하는 열린 자세 때문이다.

Jewishness를 생각하며 Koreanness를 상정해 본다. 이제 '해외' 한민족의 수가 무시 못 할 수준으로 많아졌다. 어느 통계를 보니 밖에 나와 사는 한민족이 550만 명에 이른다고 한다. 이제 '한민족'은 수도 많고 여러 지역에 퍼져 산다. 같은 민족이면서 '거주지'에 따라 분류해 보면 우리 스스로가 놀랄 정도로 서로 다른 한민족을 생각할 수밖에 없게 되었다. 북의 한민족은 정치적으로 민감한 현안이니 아예 괄호 속에 묶어 두지만, 북간도의 한민족, 사할린의 한민족, 그리고 멀리 구소련의 어느 오지(奧地)의 한민족, 이들이 모두 나와 같은 혈통이다. 아니 '나'만 해도 미주의 한민족이 아닌가. 각기 다른 '나'가 서로를 쳐다보고 있다.

'나' 한민족은 더는 단일하지가 않다. 유대인만 다양한 것이 아니고 우리도 다변화되었다. 말장난하듯 가상적으로 분류해 본 '한민족'의 종류지만 여러 종류의 '한민족'을 어떻게 '보느냐' 하는 시각은 또 우리 민족의 '내용 구성'일 수도 있다. 얼마 전 한국 신문에 게재된「재외 동포 특례법」통과 시비는 나의 가상을 단순한 가상에 그치지 않게 하고, 오히려 민족 구성에 대한 새로운 관점과 정의를 요구하고 있다. 쉽게 말해 한반도에 거주한다는 한 가지 요건만이 민족 구성 요체는 아니라는 말이다.

재외 동포들 누구나 이 법에 모두 깊은 관심을 표하고 있다. 해외 민족의 입지를 한반도의 한민족이 어떻게 '받아들여 주느냐' 하는 배려에서 출발한 이 법이 다행히(?) '내가' 소속된 미주 동포는 따뜻하게 받아들이지만, 중국·일본·러시아에 거주하는 해외 동포는 배제한다는 것이다. 또 한 번 말문을 잃는다. 북간도 사할린의 재외 동포가 어떻게 내 조국 산천을 떠나서 그곳에 살게 되었으며, 카자흐스탄·타지키스탄의 내 민족이 어떤 비극적 경로를 겪으며 그 오지까지 부랑(浮浪)하며 살아남게 되었는가!

구한말과 일제강점기 우리 역사의 어느 한 자락이라도 돌이켜 볼 수 있다면 또 하나의 '나'인 이 비극의 주인공을 '남'으로 보아 한민족에서 배제하는 희한한 배타주의와 변형된 쇄국주의적 발상을 드러내지는 않을 것이다. 재미 동포에 대한 각별한(?) 대접은 미안한 말이지만 별로 고맙지가 않다. 재미 동포는 남부여대하며 이곳에 정착한 이민이 아니다. 좀 더 나은 기회를 얻기 위해 자의로 정착을 선택한 것이다. 즉 다민족의 원칙이 지켜지고 민주주의가 가져다준 혜택을 받는 선택된 여유 있는 소수민의 하나이다. 더 이상 '미주 동포'와 중국·구소련의 오지의 한민족을 따로 취급해서는 안 된다.

한국의 「재외 동포 특례법」이 이 '미주 동포'만 포용하고 타지의 재외 동포를 배제하는 것이라면 그 법은 '영원히' 통과되지 않았으면 하는 것이 나의 소신이다. 그것은 또 한 번 한민족을 분열시키는 희한한 'Koreanness'를 만들 것 같기 때문이다. 'Jewishness'가 표방하는 '포용'과 '확대'의 대명사가 아닌 '분열'과 '축소', 그리고 한 종류의 '나'의 이익을 위해 다른 종류의 '나'를 잘라 버릴 수밖에 없는 배타적인 'Koreanness'를 만들 것 같기 때문이다.

'KOREANNESS' 2

　한반도의 한국인에 대해 '무엇'이라고 좀 언짢은 논평을 하다가는 '맞아 죽을 각오' 또는 '정신분석'의 대상이 되는 걸 피할 길이 없다. 같은 한국인이면서도 그런 '달리 보이는' 시각과 논평은 절대적으로 자제하여야만 한다. 우리의 '드높은' 자존심은 어느덧 그 당사자인 내가 건드릴 수 없을 정도로 '교조화'되어 있고 '정치화'되어 있다. 일본인 이케하라 마모루(池原衛)의 『맞아 죽을 각오를 하고 쓴 한국, 한국인』이라는 책이 나온 것을 계기로 나는 '나의 한국'에 대한 소신을 그런 심정으로 대할 수밖에 없다. 가령 흑인에게 'nigger'라는 비칭(卑稱)을 사용했다가는 백인일 경우 예외 없이 '맞아 죽을' 각오를 해야 하고 같은 백인 사회에서마저 '정신분석'을 받을 대상이 된다. 그러나 같은 흑인이 다른 흑인을 그렇게 호칭하면 애칭이 되고 무방하다. 그러나 나 한국인은 그와 똑같이 누가 나보고 '엽전 ○○○'라고 부르면 화를 낼 것이다.

　나 자신에 대한 호칭에 이런 감정을 드러내고 있으니 한 걸음 더 나아가 내가 속한 집단에 대한 평가를 이렇게 했다가는 그 흔한 '왕

따'는 따 놓은 당상일 것이다. 스스로의 발목에 잡혀 있다고나 할까…. 서로 눈치만 보며 서로 타 집단에 속한 외교 대상처럼 상대를 위해 최대한의 예의와 존경을 보낼 수밖에 없다. 혹 옆의 친구를 모르는 다른 사람에게 소개할 때 필요 이상으로 과장하며 두둑하게 소개를 해 준다. 듣는 당사자가 민망해하거나 말거나…. 덧붙여 사회적 지위와 명칭을 중요시하는 유교 사회의 특징을 살려 높은 사회적 지위와 명칭 중 가능한 것은 모두 동원한다. 그래서 나도 다른 친구가 내 소개를 손쉽게 할 수 있도록 평시 눈에 띄는 명칭은 모두 갖추어 본다. ○○회장, △△위원, ××장 하며 상대방이 얼른 인식하게끔 '속된' 지위를 골고루 차지해 본다. 이 과정에서 '나'는 이미 명칭과 지위 속의 나로 변해 있고 본래의 나는 그 어느 곳에서도 찾을 길이 없다. 한 개인에 대한 호칭이 이렇게 철옹성같이 되어 있으니 그가 속한 사회나 국가에 대한 논평에 이르러서는 더는 할 말이 없게 된다. 그저 대한민국은 제일이고, 혹 부족한 것이 있다면 주변의 못된 나라와 비교하면 되거나, 아니면 과거의 잘못된 것과 비교하며 지금은 모든 일이 해소된 것으로 한다. 그것이 한국에 대한 바람직한 논평이다. 짧은 이 글의 기승(起承) 부분을 이렇게 긴 엇시조 같은 사설을 붙일 수밖에 없는 데는 그럴 만한 이유가 있어서다.

얼마 전 'Wang Center' 옆 'Chinese Community Center' 소극장에서 한 실험극이 공연되었다. '보자기'라는 제목의 한국 소재 연극이었다. Ping Chong이라는 중국계 미국인이 Korea Project의 하나로 공연한 것이다. 이 연출가는 이미 중국·일본의 역사 문화적 특징을 연극으로 공연하였고, 그 3부작의 마지막 부분인 한국의 역사를 연극으로 표상화했다.

단군신화에서 시작하여 분단의 비극인 'DMZ'까지의 긴 역사 시대와 기복 많은 사건을 1시간이란 짧은 시간 안에 예술로 승화시킨 것이다. 중국인도 일본인도 아닌 '광대뼈' 나온 한국인, 친절하면서도 끝닿은 곳을 모를 높은 자존심을 지닌 한국인, 거북선을 창안한 한국인, 이웃 왜소한 일본인에게 무참히 짓밟힌 한국인, 가까운 거리에 있기는 마찬가지지만 중국과는 호연(好緣)을 맺고 일본과는 끝날 길 없는 악연(惡緣)을 맺은 한국인, 한 미군 대령이 그은 줄 하나가 이 세기 마지막 '이데올로기' 대결장이 되어 버린 'DMZ'의 한국인, 구약(舊約)시대까지 소급되는 이산의 유대인은 이제 함께 모여 살지만, 이 해방의 세기에 아직도 고수해야 하는 이산의 한국인, 어느 것 하나 부정할 수 없는 우리 '한반도의 역사'이다. 한국계 1.5세대의 남녀가 주연한 마지막 장면은 분단의 아픔에 실제로 '눈물'을 흘리며 무대의 막을 내렸다. 실험극에 초대된 200명 남짓의 보스턴의 지적 '브라만'들마저 숙연한 마지막 장면을 묵묵히 쳐다보았다.

이 연극을 이만큼 끌고 온 총책임자는 우리의 1.5세대인 삼십 대의 이동일 교수다. 하버드대학을 비롯한 이곳저곳에서 기금을 얻어 그 '뼈아픈 역사 현장'을 재연한 것이다. 이동일 교수는 연극이 끝난 후 이렇게 술회했다. "이 역사, 이 현실을 BBC방송을 비롯한 세계 40여 유수한 TV 방송국과 연계하여 재상연할 계획이며 그 장소는 반드시 판문점이 되어야 한다. 그리고 TV 영상으로 방송되는 것이니 세계가 공인하는 백남준 선생의 예술이 첨가될 것이다."

　모처럼의 예술, 그리고 이렇게 표현된 우리의 역사에 대해 엉뚱하게 교조화되고 정치화된 왜곡된 '소리'를 듣지 않았으면 하는 것이 나의 바람이다. 그래서 서론이 이렇게 길어졌다. '내가' '나를' 다시 보는 하나의 기회가 되었으면 한다. 그리고 그 공연을 통해 '통합'과 열려진 'Koreanness'가 발현되었으면 하고 기원해 본다.

사인방과 '떠들기'

애증의 태도가 분명한 우리는 다른 이웃 종족에 대해서도 분명한 호오(好惡)의 자세를 취하고 있다. 미주에 오래 살고 있어도 변하지 않는 우리의 태도 중 하나가 이 점인 듯하다. 나라로 치면 중국에 대해서는 다소 우호적인 태도를 표방하나, 일본에 대해서는 우선 '까고' 보는 것이 상책으로 되어 있다. 이런 고정관념은 역사적인 인과 관계에 의해 형성되었겠지만, 또 하나 우리에게 새로 생긴 기성관념은 유대인에 대한 태도이다. 한마디로 가장 성공적인 미주 정착 사례로 유대인을 올려놓고 모든 면에서 그들을 뒤쫓아 가면 그들만치 되리라 생각한다. 경제적 성공, 정치적 참여, 효과적인 자녀 교육, 단일한 종교로 묶인 집단 구성 등은 본받을 만한 귀감이라고 여긴다. 미주의 유대인 내부에 왜 문제가 없을까마는 외형상 우리에게 그렇게 비치고 그들의 이런 생활 행태를 본받으면 우리도 미주 정착의 미래가 그렇게 보장되는 것으로 생각한다. 일종의 스테레오타입의 선입관이다. 죽도록 일만 하고, 돈은 쓰지 않고 움켜쥐고 있어야 하고, 자녀들은 일류 대학, 그것도 법대나 의대를 보내야만 우리도 미국 주류에 진입하리라 생각한다.

아마 이런 고정관념을 거부하는 사람들도 많으리라 생각한다. 그러나 부지불식간에 우리를 이런 틀에 묶어 놓는다. 나 역시 이러한 인식을 강렬히 부정하고 있지만, 자식 교육과 그들의 앞날의 사회 진출을 곰곰이 따져 보면 쉽게 유대인 '스테레오타입'을 뿌리칠 수도 없다. 그러나 유대인들이 돈만 벌고 일류대와 의대, 법대를 보냈기 때문에 오늘날 미국 사회에서 중요한 몫을 차지하고 있는 것일까?

다니엘 벨(Daniel Bell, 1919-2011)은 『이데올로기의 종언(The End of Ideology)』의 저자로 우리에게 익히 알려진 하버드대학 사회학 교수이다. 그러나 정작 이 사람은 하버드대학 출신도 아니고 겨우 뉴욕 시립대학 출신이다. 청년 시절 컬럼비아대학은 그의 입학을 거절했다. 다니엘 벨뿐만 아니라 네이선 글레이저(Nathan Glazer, 1923-2019) 역시 마찬가지다. 그 역시 지금은 하버드대학 교수가 되었지만 뉴욕시립대학 출신이다. 위 두 사람과 어빙 하우(Irving Howe, 1920-1993) 어빙 크리스톨(Irving Kristol, 1920-2009)은 사인방과 같은 사람들이다.

뛰어난 능력과 자질에도 불구하고 하버드대학과 컬럼비아대학은 이들의 입학을 거부했다. 모두 유대인이고 갓 이민한, 지금의 할렘가 하류 계층 출신의 자제들이기 때문이었다. 시립대학 지하실 식당 옆의 조그만 공간은 이들이 주기적으로 만나는 장소였고 이곳에서 이들은 자신의 입지를 탓하며 사회 개혁을 부르짖었다. 소위 미국에서 개혁을 부르짖는 신좌파 진보 사상운동의 태동은 그렇게 시작되었다. 우리는 '좌파'라고 하면 곧 끔찍한 '무슨 사상'을 상상하여 '때려잡아야 하는 것'으로 여기는데 그런 좌파는 아니다. 미국의 개혁, 진보 사상의 대두로 생각할 수 있다. 1920년대의 대공황에서 경험한 자본주의의 파행과 계층 간의 괴리를 개선코자 개혁을 주장했다. 그런 사회사상의 선도적 역할을 한 것이 이들 사인방이었다. 한결같이 유대인이었고 뉴욕에 갓 정착한 이민 1세대 자제들이었다.

지금은 하버드, 컬럼비아 등 일류 대학의 많은 교수와 직원들이 유대인이고 미 행정부며 언론계를 장악하고 있는 사람들도 유대인이라고 우리는 부러워한다. 그러나 기억해 두어야 할 것이 있다. 수전노처럼 돈만 벌어 그런 위치에 있는 것이 아니다. 체제에 굽실거리며 쫓아갔기 때문에 주어진 혜택도 아니고, 구약의 신을 열심히 믿었기 때문에 주어진 신의 선물은 더더욱 아니다.

민주주의하에서 떠들 때는 합당한 근거를 갖고 떠들어야 한다. 네이선 글레이저, 다니엘 벨, 어빙 하우, 어빙 크리스톨은 떠드는 사람들이었다. 하버드대학 교수가 되었거나 사회적 저명인사가 되었기 때문에 자기 소속 집단에 와서 성공담을 과시하며 떠든 사람들이 아니다. 이제 우리도 여러 형태로 각자의 입장에서 참여하며 떠들 때가 되었다.

한국의 대사관이나 영사관을 향해 떠들거나 한반도를 향해 소란 떨라는 이야기가 아니다. 그런 곳들은 그대로 내버려 두자. 미안한 말이지만 우리와는 아무 상관이 없다. 그러나 혹 한국이 어려운 처지를 당하면 이웃을 돕는 것처럼 우리도 돕자. 그것도 남과 북으로 갈라서 돕지 말고 내 민족, 내 조국 땅을 위해 구분 없이 돕자.

무엇보다 중요한 것은 우리의 입지를 위해 워싱턴을 향해 떠드는 일이다. 이제 선거철이 되었으니 한인회, 시민협회, 상인회 모두 발 벗고 나서서 떠드는 연습을 하자. 그리고 우리 자제들을 법대나 의대 또는 선교사로 보내려고 보채지 말고 내버려 두자. 박봉의 조그만 사회봉사 기관으로 가건, 자영업을 시작하건 뒤에서 조용히 격려하자. 결코 일류대 출신만 오늘의 유대인의 입지를 살린 것이 아니니 그것도 본받자. 사회의식에 눈뜨는 것이 더욱 중요하니 말이다. 내 자식 중의 어느 하나가 이런 떠드는 '사인방' 중의 하나가 되기를 기원해 보며 유대인을 부러워하자.

나의 어머니와 페미니즘

　메리 데일리(Mary Daly, 1928-2010)는 아는 사람은 익히 알고 있어서 더 이상 설명이 필요 없을 정도로 훌륭한 평판을 얻고 있는 여성 문제의 권위자이다. 소위 페미니즘을 오늘의 위치에 자리 잡게 한 대표적 이론가이고, 현대사회와 인간의 역사 속에서 여성 문제가 이슈화될 수 있다는 점을 가장 극명하게 드러내 준 신학 교수이다. 하버드대학의 메모리얼 교회에서 설교한 최초의 여성이고, 남성 위주의 교회 운영에 항의하여 여성 신도들을 이끌고 나와 버렸으며, 가톨릭 재단의 보스턴칼리지에서는 교수직이 거부되었다.

　교회를 다니는 일과는 상관없는 사람들에게도 친숙해진 '하늘에 계신 우리 아버지…'라는 구절에 대해서도 이분은 도전했다. 왜 유독 '아버지'냐는 것이다. '어머니인 것'이 오히려 사랑과 보살핌의 원천일 수 있으니 '하늘에 계신 중성(中性)'으로 만들자는 것이 이분의 주장이다.

　인류 역사가 가부장적인 제도 속에서 이룩된 것이 사실이고 여성을 위한 바람직한 제도적 배려나 호의적 사회 통념이 결여된 것이 사실이니 문제의 소재는 여성 문제에 있었던 것이 아니라 남성 문제에 있었음이 자명하다. 그렇다고 기성의 가치를 전도하는 강도 높은 주장만 떠든다면 모처럼 눈뜬 우리의 '어머니적인 것'에 대한 높은 사회적 인식을 손상시킬는지도 모른다. 우리의 눈이 개안(開眼)하고 있으니 여성/남성 문제를 대치적 상황으로 끌고 가는 자세를 잠시 중지하고 다시 생각해 보자.

30년 전 보스턴칼리지에서 교수직이 거부되었던 메리 데일리는 오늘 같은 학교에서 남학생들의 강의 청강을 거부하고 있다. 이 남학생들의 30년 전 선배들이 여성의 입장을 지지하며 학교에 압력을 가하고 데모를 벌여 그 결과 교수에 임명된 이분이 거꾸로 여성을 위하기 때문에 남성의 수강을 거부하고 있다. 대학의 문제일 뿐 아니라 여성의 문제이고 남성의 문제가 되고 있다. 어느 쪽을 편드는 상태를 넘어선 것이고 남성 위주의 사회가 드러낸 모순이며 여성만의 정당성을 주장할 때 빠지게 되는 모순이다. 결국 우리 모두의 모순일 수밖에 없다.

잠시 이 모순에 대한 해결은 유보하고 다른 일화를 보자. 세네카 폴스(Seneca Falls)는 인근 지역 주민에게나 익숙해 있을까, 여성 문제를 운위하는 사람들에게마저 낯선 뉴욕주 어느 마을 이름이다. 그러나 이 장소야말로 기억해 두어야 할 곳이다. 150년 전인 1848년, 오늘날 여성의 사회적 지위, 법적 지위 그리고 여성 투표권을 확보해 준 최초의 여성들이 이곳에 모였다. 그러나 어느 역사책에도 그 사실이 실리지 않았고, 또 어느 역사학자에 의해서도 주목을 받은 적이 없다.

그리고 그 어느 때보다 사회의식이 고조되어 있는 지금마저 어느 뉴스미디어나 언론도 관심을 표해 준 적이 없는 사건이다.

Elisabeth C. Stanton, Lucretia Mott, Martha Wright, Jane Hunt, Mary Ann McClintok들은 모두 한결같이 어린 자식과 남편을 보살피며 매일매일의 생활에 쫓기는 전형적인 가정주부들이었다. 1848년 7월 20일 세네카 폴스에서 이분들이 소위 '여성권을 위한 헌장'을 만들었다. 이분들의 노력에 의해 많은 우여곡절을 겪으면서 여성의 권리와 그 지위가 하나씩 확보되었으며 그 덕으로 우리의 어머니와 누이, 자매들이 투표를 할 수 있게 되었고, 여성분들이 행정부·입법부·사법부의 그 어느 위치에서나 당당히 능력을 과시할 수 있게 되었다.

한마디로 새로운 세계를 열어 준 것이다. 아마 그 부산물의 하나가 페미니즘인지도 모른다. 우리 어머니들이 사회의 한계를 인식하고 폭넓은 안목으로 그 한계를 시정해 주었기 때문에 오늘날 과거와는 다른 신세계를 맞게 되었다. 그 신세계는 남성 횡포에 대해 대치적 입장으로서 여성 권리를 주장하여 도출된 여성만의 자유로운 세계는 아니다.

미국의 유명한 몇몇 신학대학의 페미니즘이 한국에 수입되어 새로운 유행을 만들고 남녀 대치 국면을 이끌어 가고 있다고 한다. 서양의 학계가 재채기만 해도 한국의 학계는 몸살을 앓는다는 학술, 문화 수입의 농담이 이 경우만은 되풀이되지 않았으면 한다. 이태영(李兌榮, 1914-1998) 여사의 한국의 여성 권리 캠페인은 세네카 폴스의 여성 회의와 맞먹을 수는 없지만, 이분의 활동은 어떤 선진국 못지않은 여성재산권을 한국 헌법에 보장했다 한다. 그러나 한 사회의 모순이 법안 한두 가지로 개선되지는 않는다. 무엇보다 사회 분위기 그리고 내가 그 문제를 어떻게 생각하고 네가 그것을 어떻게 받아들이느냐의 태도가 중요하다. 이 과정에서 수입된 페미니즘이 문제를 해결하기 위한 관건적인 역할을 하리라 생각하지 않는다. 수입된 현란한 여성의 모습이 내 '어머니의 모성'을 대체할 수 없겠기에 말이다.

감자 바위

미안한 말이지만, 강원도 사람을 감자 바위라 불렀다. 여러 의미를 내포하는 말이겠지만 우선 강원도 지형의 특징과 그 산세 때문에 논농사보다 감자가 주산물이었다는 데서 연원한 듯하다. 다른 지방의 감자 맛보다 더 나은 것은 물론이다. 뉴잉글랜드의 아일랜드인을 미국의 감자 바위라 부르면 어떨까 하는 생각을 했다.

이민 그룹 가운데 감자 때문에 이곳에 대거 정착하게 된 것이 아일랜드 이민자들이기 때문이다. 이 이민자들 가운데 꽃이 단연 케네디 대통령임은 누구나 다 알리라. 그리고 전 보스턴 시장 레이 플린(Ray Flynn), 쿠싱 추기경 등 굳이 유명한 분들의 이름을 들지 않아도 보스턴의 정치, 문화, 사회 모든 분야에서 쉽게 거명할 수 있는 분들이 이 아일랜드 이민자 출신이다. 보스턴을 아이리시 타운이라고까지 특징지을 수는 없지만, 미주 내 그 어느 곳보다 이 이민 그룹의 입김이 센 곳이 이곳이다.

그러나 이들의 이민 역사를 보면 배고픔과 직결된다. 1845~1850년의 5년 사이 아일랜드에서는 감자 농사가 곰팡이류에 큰 타격을 입었다. 이럴 때 목민(牧民)하는 정치가 큰 힘을 발휘하면 오죽이나 좋을까. 그러나 항상 그렇듯 흉작이 기근의 첫 번째 이유라면 그보다 더 큰 이유는 수탈하는 대지주들의 횡포와 그것을 뒷받침하는 영국의 식민 정책이었다.

아일랜드의 서민들은 남부여대(男負女戴)하며 식량을 찾아 부랑했다. 그 일단이 배를 타고 대서양을 건너기 시작했다. 굶주리고 헐벗은 난민들이 적당히 마련된 배를 타고 대서양을 횡단할 때쯤 되면 그것은 이미 배가 아니었다. 그래서 붙여진 이름이 '물에 뜬 관'(floating coffin, coffin ship)이었다. 아일랜드인의 대거 이민의 역사이다.

얼마 전 내 사업장 옆 손바닥만 한 공지에 '굶주림의 이민'을 기념하는 일군의 조각을 헌정하는 행사가 있었다. 셀루치(Celluci) 주지사, 메니노(Menino) 시장 등 공인들이 운집하여 이 헌정식에서 덕담의 잔치를 했다. 이제 그 덕담은 다 잊히고 매일 이곳을 지나는 보행자와 관광객들에게 가장 절박한 '인간 조건'의 구절만이 계속 연설되고 있다. "더 이상 기근으로 이토록 많은 사람을 죽이는 역사가 되풀이되어서는 안 된다."라는 것이 그 명문(名文)이다. 한 종족의 이민을 자축하는 헌정이 아니라, 아일랜드인 이민의 성공담이 이런 비극적 정황에서 꽃피었다는 내용이다.

우리 한반도 이민자들이 '지금' '여기서' 이 명문에 담긴 휴머니즘을 실천한다면 무엇이 될까? 필자는 감히 서슴없이 말하겠다. 북한의 굶어 죽어 가는 내 동포를 위해 먹을 것을 보내주어야 한다. 이제 북한에게 어떤 이유도 묻지 말고 무엇인가 '지금' 하여야 한다. 그래서 내가 보낸 쌀 한 말이 모두 '정치 과정' 속에서 탕진되고 마지막 쌀 한 톨이 내 혈친의 어느 부분에라도 닿을 수 있다면 나는 이 명문의 휴머니즘의 한 가닥을 실천한 사람이라고 부르짖고 싶다. 내가 보낸 쌀 한 말이 모두 총알이 되어 내 몸에 박히는 사태가 생긴다면 그런 정치, 그런 통치를 한 정권이야말로 민중을 욕되게 하는 기생충에 지나지 않는다는 것을 입증하는 것이다.

또 그런 사태를 우려하여 먹을 것을 보낼 수 없다는 정치 행태가 있다면 역시 한 면만 바라보는 같은 부류의 통치 식견이리라. 죽을 병에 걸린 사람을 앞에 두고 우선 그 사람을 구하려 하지 않고 부차적 논의에 매달려 시간과 정력을 허비하는 것과 같기 때문이다. 어떤 이유이든 내가 이러한 굶주림을 외면한다면 나야말로 괴뢰에 지나지 않을 것이다. 그 좋은 종교의 이념인 사랑과 자비를 잘 알고, 또 좋은 결실을 가져온다는 정책의 구호에 공감하는 나는 결국 아무것도 하지 않고 굶어 죽어 가는 이웃을 무감하게 지켜보고 있었으니 나야말로 '명분'과 '구호'에 사로잡힌 '괴뢰'가 아니고 무엇이겠는가. 이런 명분과 구호의 앞잡이에서 빠져나오려면 그냥 도와주면 된다.

시대정신

　미주의 어느 마을, 어느 도시를 가건 YMCA라는 현판을 보게 된다. 그 옛날 우리가 종로 쪽을 향해 거닐 때 YMCA를 하나의 표시로 삼았다. YMCA는 그 주변에서 풍기는 강연, 영화, 전시회 등 문화 행사의 핵(核)이었던 기독교청년회다. 그러나 막상 그 목적이 표방하는 기독교 선교와는 전혀 상관없이 젊은이들의 의욕을 분출시키던 YMCA는 확실히 한국 개화기의 젊은 문화의 상징이었다. 그러나 지금 이곳 미주에서는 자칫 망각되기 일쑤이고 혹 실내운동 시설이 미비하거나 수영장이 없을 때 찾는 장소가 되었다. 뉴욕 같은 큰 도시의 YMCA는 가난한 외국인 학자들의 간이 숙박시설이 되기도 하나 정작 신세 진 백면서생들은 창피해서인지 그곳에서 헐값으로 지낸 사실을 깡그리 무시하고 공개하지 않는다.

　도시마다 서민적인 문화 기관들이 있게 마련이다. 이곳 케임브리지의 어느 거리를 지나다 눈에 띈 것이 'Zeitgeist'란 간판이다. 독일어로 '시대정신'이란 뜻을 지닌 말이다. 외쪽짜리 유리문 출입구 옆 유리창 두 장이 날린 조그만 상점같이 생긴 사무실의 이름이 '시대정신'이었다. 간판에 비해 초라하기 짝이 없는 문화 기관 사무실이 었다. 과장벽이 이렇게 어마어마한 명칭을 만들었을까 하는 생각을 했다. 빈 수레가 소리는 더 크고 벼는 익을수록 머리를 숙인다는 우리 재래의 속담을 생각하며 실소했다. 그러나 다음 순간 이 모임을 만든 사람들이 정말 빈 수레가 되고 싶고 익은 벼의 겸손을 모르기 때문에 그런 어마어마한 명칭을 끌어다 붙였을까 하는 생각을 했다. 정말 이 시대, 이곳에서 사는 우리들의 시대정신은 무엇일까?

필자의 기억에 의하면 이 말은 제2차 세계대전을 겪으며 인간이 보잘것없는 사물처럼 소멸되고 우리의 생활과 생각이 천지사방으로 흩어져 표류할 때 대두했다. 참혹한 현실 앞에서 그 누구도 어떤 방향, 어떤 이념을 지녀야 한다고 주장하지 못할 때 어느덧 '이 시대'를 살아갈 우리는 과연 어떤 자세를 지녀야 하는지를 화두로 삼을 수밖에 없었다. 이 말의 역사적 배경은 그렇다 치고 그것이 지금 이 시대에 이 케임브리지에서 다시 주장되는 이유는 과연 어디에 있을까 하는 의문이 생겼다.

히틀러의 살생, 스탈린의 독재, 공산주의의 허구성, 자본주의의 냉혹성, 민주주의의 파행, 그 어느 것 하나 이 시대의 우리가 삶의 지표로 삼을 만한 것이 없어 보인다. 소위 위대한 이론들이 소멸해 버린, 아니 위대한 주장들의 허구성이 백일하에 드러난 시대를 우리는 살고 있다. 그렇다면 우리는 각자 멋대로 살아가는 것이 이 시대의 특징이고 그 정신일까? 그런 측면이 강한 것 같다. 돈은 많을수록 좋고, 모임은 클수록 힘이 있어 좋고, 목소리는 클수록 좋으며, 마지막으로 의지하고 믿을 수 있는 종교 집단마저 선행의 장소가 아니라 그 규모와 신도 수와 힘의 과시장이 되어 버린 정글에서 살고 있는 기분이다. 이 말은 한국 이민 사회에 국한된 이야기가 아니라 미국이 그렇고 세상이 온통 그렇다는 유수의 사회학자, 종교학자들의 주장이다.

이제 우리는 그 누가 큰 소리로 이리로 갑시다 해도 그리로 가지 않도록 생활 체험이 잘 되어 있다. 말하자면 정치 구호는 구호 내용이 말하는 대로 서민을 충족시키지 못할 것이고, 종교 단체는 결코 구원으로 이끌지 못할 것이고, 상인번영회는 결코 상인 각 개인의 장사를 잘하게 하지 못할 것이고, 교수협의회는 교수들의 창의적인 학설을 만들지 못할 것이다. 또 미안한 말이지만 '평통'은 결코 평화적으로 통일을 지향하지 못할 것이며, 영사관은 결코 현지민의 안녕을 보장하지 못할 것이라는 현실을 잘 알고 있다.

이런 경험에 찌든 나에게 '시대정신'이란 구호를 외치는 이 가련한 문화 기관은 나로 하여금 새로운 눈을 뜨게 했다. 네가 살고 있는 이웃, 그 거리의 다양한 사람들에게 관심을 갖고 참여하고 도우라는 지극히 소박한 이야기였다. 시대정신은 먼 곳에 있지 않고 바로 네 발 앞에 있는 이웃이고 구체적인 행위를 요구한다. 거창하지 않은 단순한 주장일 뿐이고, 큰 구호에 지친 사람들을 눈뜨게 하는 인간 공동 집단의 호소이다. 우리가 살고 있는 이 시대가 요구하는 정신은 명분과 구호의 시대정신이 아니고 내 골목의 구체적 행위의 시대정신인 것이다.

메아 쿨파 / 투아 쿨파

메아 쿨파(Mea Culpa)는 가톨릭 신자라면 누구나 잘 알고 있는 기도 행위이다. 잘못된 모든 일이 남의 탓이 아니라 바로 나의 잘못, 내 탓(Mea Culpa)이라고 참회하는 행위이다. 가슴을 두드리며 모두 내 탓이니 나를 벌하고 나를 용서하기를 바란다는 기도의 한 종류이다. 나에게 닥친 불운한 일마저 나의 행위의 결과라는 사실을 받아들이지 못하고 남의 탓으로 돌리며 남 손가락질하는 오늘의 현실을 볼 때, 메아 쿨파의 행위는 실로 존경할 수밖에 없는 종교적 행위이다.

참고 견디고, 정화하는 가톨릭의 자기 참회도(懺悔道)라 생각된다. 그러나 어느덧 존중되어야 할 메아 쿨파는 농담 어린 말로 바뀌어 투아 쿨파(네 탓)란 신조어를 만들어 냈다. 신조어란 세태의 반영이듯 이미 내 탓이라고 하며 남의 허물을 내 것으로 받아들이는 종교 행위가 불가능한 현실이 되었다. 내 탓은 너의 탓으로 전가되어야 한다는 자조적인 세태의 농담으로 속화되고 만 것이다. 그러나 아직도 메아 쿨파를 몸으로 때우며 사는 또 다른 성직자들이 있다.

해인사의 한 스님은 어려서 출가하여 글도 읽을 줄 몰랐고 남에게 설법 한번 해 주지도 못했다. 세상을 모르니 절집 살림마저 제대로 못 했고, 절에서 일어나는 모든 일을 항상 부끄럽고 송구스런 마음을 갖고 살았다. 어느 갓 출가한 스님이 밥을 잘못 지어도 이 스님은 그게 자기 잘못이라도 되는 양 미안해했다. 진밥이 나오면 죽 같아 노인네들 먹기 좋다고 했다. 탄밥이 나오면 숭늉처럼 구수해서 좋다고 칭찬했다. 옷은 평생 새 옷을 입은 적이 없이 항상 누덕누덕 기워 입었다. 신발은 오른발 왼발에 같은 쪽 고무신을 신는 일이 다반사였다. 남아서 버리기 직전의 신발이니 짝이 안 맞는 것이다. 한쪽이 흰 고무신이면 다른 쪽은 검정 고무신인 경우도 많았다.

자신이 부족하고 모든 점에서 다른 사람들이 훨씬 뛰어났기 때문에 궂은일만 찾아서 했다. 그러나 세월이 흐르면서 신도들이 존경하며 떠받들기 시작했는데 그것마저 부담이 됐다. 언젠가는 사리(舍利)에 대한 고민이 생겼다. 신도들이 이 스님은 동진(童眞) 출가를 했고 계행이 청정하니 사리가 많이 나올 것이란 말을 했다. 그것이 고민이 됐다. 수행의 결정체가 사리라고 하는데 자신은 경전은 물론 불교를 제대로 몸으로 행하고 있는지도 알지 못했다. 그런데 신자들이 자신에게서 많은 사리를 기대하고 있으니 고민일 수밖에 없었다. 따라서 스님이 죽은 후 사리가 많이 나와 기대하는 신도들을 실망시키지 말기를 바라는 것이 스님의 고민이자 화두가 된 것이다. 지월 스님이 그분이다.

위의 이야기를 이번 여름 해인사 지족암의 일타(日陀) 스님에게서 들었다. 이분은 작년에 이곳 보스턴의 문수사에서 몇 개월 동안 주석(駐錫)한 분으로 지월 스님과는 세속의 학형과 같은 관계였다. 이 두 스님은 메아 쿨파, 모든 것이 내 탓이란 원칙을 지키고 산 스님들이다. 여름에 이곳에서 만나고 가을에 타계한, 나로서는 잊을 수 없는 종교인인 일타 스님이다. 성철 스님은 세속에서 김수환 추기경처럼 잘 알려져 있으나 일타 큰스님은 절 밖 세계에선 그리 알려져 있지 않다. 그러나 절집 안 사람들은 다 아는 분이다.

승단의 계율은 이분을 거쳐서 제자리를 찾도록 되어 있다. 복잡하고 엄격하기 이를 데 없는 승려의 계율을 이분이 관장하였다. 그러나 정작 이분은 조용하고 잔잔하며 항상 부드러운 미소가 입가를 떠나지 않는 분이다. 계율, 윤리 하면 엄격하고 무척 차가운 분위기를 주나, 일타 스님은 평생을 그 찬 계율을 몸으로 행하며 따뜻함을 지니고 산 분이다. 성철 스님께 혹독한 꾸지람을 받고 물러 나오는 사람들을 은근히 이끌어 부드러운 말로 감싸 주었다. 필자도 그런 경험을 한 사람 중의 하나다.

계율과 도덕적 원리를 지킨다는 일이 얼마나 힘든 일인지를 잘 알기 때문에 남 손가락질하며 네 탓이라고 허물하지 않았다. 심지어 자신을 아직도 수행하는 늙은이로 낮추어 말했다. 이 늦가을 다음 생은 아마 미국에 태어나 심지 좋은 미국 사람, 재미 동포에게 설법하는 기회를 만들겠다고 말하며 입적했다. 투아 쿨파, 네 탓이 아닌 메아 쿨파(내 탓이로고) 하며 떠난 일타 큰스님, 얼른 흙(地)과 물(水)과 열기(火)와 바람(風)으로 흩어져 다시 새로운 종교인으로 우리 곁에 태어나소서!

헌 천 년, 새 천 년

늙은 천 년을 살아온 피곤한 몸이 다가올 새 천 년의 원단(元旦)을 맞이할 준비를 하고 있다. 밀레니엄을 맞는 인간 역사의 두 모습이다. 우리는 낡고 지친 구세기(舊世紀)의 모습과 희망찬 활력의 새 천 년이란 전혀 상반되는 야누스적인 두 면모를 지닌 역사의 흐름 속에 놓여 있다. 이 두 흐름을 가늠하는 것은 과연 무엇일까? 역사가 흘러가면 그대로 새 시대가 오는 것일까? 역사는 흘러가서 만들어지는 것이 아니다. 역사는 만드는 것이다. 역사를 바꾸는 주역은 인간이기 때문이다.

지난 천 년을 보내고 새롭게 탈바꿈을 해야 하는 지금 우리는 연속되는 시간을 단절하는 선을 하나 긋고 전반을 지난 세기라 하고, 앞으로 다가올 시간을 새 밀레니엄이라 부르며 기대에 차서 나름대로 가늠해 보고 있다. 지난 세기 동안 우리는 무엇을 하였나? 뉴스미디어에서는 다양하게 선정된 인물들과 흥미 있는 현상들을 특집으로 쏟아 내고 있다. 지난 세기의 가장 위대한 체육인은 무하마드 알리인가, 베이브 루스인가? 누가 가장 위대한 작가인가? 정치가는? 발명가는? 또 지난 밀레니엄 중 인간 사회에 가장 큰 영향을 끼친 사건은 무엇일까? 뉴턴의 만유인력인가, 에디슨의 전기 발견인가, 아니면 매일 증권시장을 뒤흔들고 있는 인터넷 통신수단의 발명인가?

그런데 사실 생각해 보면 생활의 맥락은 그렇게 복잡한 요인들로 이루어진 것이 아니다. 전기, 통신, 교통수단 등의 몇 가지 생활 수단을 빼놓고 보면 우리 생활의 맥이란 천년을 하루같이 큰 변화 없이 산 느낌이 든다. 그럼 우리 의식구조는 무엇이 변화했나? 우리는 농경 사회와 연결된 지역과 혈연관계에 매여 있고, 의식주의 기본 요건이 생활의 전부를 차지하는 듯 전전긍긍하며 산다. 인간의 역사는 변했으면서도 변하지 않은 느낌이 든다.

《보스턴 글로브》는 칼럼니스트를 동원하여 지난 천 년간의 문제의 인물을 선정했다. 셰익스피어, 뉴턴, 구텐베르크가 뽑힌 것은 당연하다. 그러나 마틴 루터(Martin Luther, 1483-1546)가 선정된 것은 흥미롭다. 한 칼럼니스트는 포르투갈의 헨리 왕자를 뽑았다. 서아프리카로 항해가 가능하게끔 후원한 공적 때문이다. 그는 1415년 금광과 노예를 찾아 서아프리카 기니아 해로를 개척하게 했다. 서구 산업화의 노동력과 오늘날 세계를 석권한 미국의 원동력을 제공한 공적이다. 한 여성 칼럼니스트는 무명의 여성 Anonyma를 천거했다. 무명(無名)이라고 하면 '아노니머스(anonymous)'이지만 그것을 여성화하여 '아노니마'(Anonyma)라 표현했다. 여성 뉴턴, 여성 셰익스피어 또는 여성 히틀러는 다 어디로 가고 왜 반쪽의 남성만 선정하느냐는 것이다. 인간 역사가 이만큼 될 때까지는 분명히 반쪽의 여성에게도 공적이 있는 것인데 여성을 모두 배제한 결과 남성의 인물들만 등장했다는 주장이다. 과거를 보는 시각의 변화이고 앞으로 올 새 세기에 대한 우리의 자세를 정정하라고 요구하는 것이다.

미주 동포인 나는 무엇을 회고하고 무엇을 전망해야 하나? 나는 한반도에서 태어나 미주 땅에 이주한 코리안-아메리칸이며 다민족, 다문화의 편성 속의 한 부분으로 살고 있다. 나는 아시아 유교권 공통의 특징인 혈연관계를 중요시하고 자신의 깊은 문화 전통에 긍지를 지니며 개벽 이래 자기 땅을 떠나 본 일이 없는 종족에 속한다. 그러나 나의 지금, 여기의 현장은 미주이고 나의 생업이 이곳에 있고 나의 자제들이 성장하는 곳도 이곳이다. 나의 이웃은 나처럼 몇 세기 전부터 자기 고향을 떠나 표류하며 이곳에 살고 있다. 일 년에 몇 주 정도 한반도를 방문할지는 몰라도 더는 제 어미의 자궁으로 복귀할 수 없는 운명을 지니고 있다.

한반도는 만원이고, 재외 동포는 한민족의 확대라는 차원에서 이해되고 있다. 한반도에서 배타적인 자세를 취하더라도 550만 명의 해외 한민족은 다가오는 새 시대의 지구를 단위로 한 생활을 영위하고 있다. 더 이상 망향 의식 속에서 살 이유도 없고 혈연이란 생태적 인연으로 좁은 땅, 좁은 생각에 매달려 있을 하등의 이유도 없다. 새로운 해외 독립선언을 하며 해외 동포의 노래를 부르며 새 천지를 살아가야 한다. 묵은 정치, 묵은 생각을 떨쳐 버리고 새 역사, 새 시대를 바라볼 새 이민 집단의 탄생을 노래하고 싶다. 오라, 새 밀레니엄이어! 미주 동포인 나도 새 천 년과 함께 변하고 있다.

호모 하이어라키쿠스

인간을 정의하는 여러 가지 말이 만들어졌다. 호모 사피엔스(Homo Sapiens)와 호모 파베르(Homo Faber)는 교과서에 오를 정도로 잘 알려져 있다. 인간만이 생각을 할 수 있고 인간만이 도구를 제작, 사용할 능력을 갖고 있다는 정의이다. 이는 동물과는 달리 인간을 '인간이게끔' 하는 필요 불가결의 능력들이다.

요즈음 이런 정의에 힘입어 호모 루덴스(Homo Ludens)라는 새 정의도 나타났다. 유희하는 인간을 말한다. 인간만이 놀이를 할 수 있는 능력을 갖추고 있다고 보며 문명사를 하나의 놀이사로 풀어 간다. 이런 정의에 모두 동감하리라고 생각하지는 않는다. 그러나 인간이 지니는 여러 면모 가운데 어느 한 능력을 특징적으로 드러내고 있다는 점에서는 공감할 수밖에 없는 주장들이다. 인간의 복합적 성격과 시공을 통해 확장되고 있는 인간의 다양한 활동은 이러한 정의들을 정당한 것으로 만들 것 같다.

호모 하이어라키쿠스(Homo Hierachicus)라는 새로운 정의를 한 사회인류학자가 제안했다. 인간을 위계질서의 존재로 규정한 것이다. 상하의 위상을 갖는, 소위 '사람 위에 사람이 있게 하는' 존재가 인간의 특징이라는 것이다. 수긍할 수밖에 없는 또 하나의 인간의 면모이며 우리 사회가 보여주는 모습이다. 그러나 위계질서를 갖는 것은 인간의 특징이기보다 동물의 특징이 아닌가 하는 생각을 한다.

개미나 꿀벌의 집단 세계, 코끼리나 사자의 힘의 세계, TV의 〈Wild Life〉의 어느 한 부분만 보아도 위계질서란 인간만의 특징이 아니라는 것을 곧 알게 된다. 먹이를 잡는 방법과 먹이를 나누는 방법, 자식을 보살피는 순서, 심지어 죽음을 준비하는 단계 등 모든 것이 질서 정연하다. 오히려 인간은 항시 위계를 무시하고 질서를 파괴하는 존재이지 위계의 존재는 아닌 것 같다.

노예가 왕을 살해하고, 왕은 다른 왕을 노예로 삼았던 한 가닥의 역사는 질서 파괴의 표본일 수도 있다. 그러나 역설적으로 자연적인 순리를 따른 질서가 아니라 수단·방법을 가리지 않고 새로운 위계를 만들어 가는 것이 인간의 특징이라는 아이러니가 바로 호모 하이어라키쿠스의 주장이다.

이민자로서 여러 행태의 차별을 의식하며 인간의 숙명적 위계질서를 생각하지 않을 수 없게 된다. 이런 하이어라키쿠스는 어떻게 만들어졌을까? 어느 종족, 가족, 어느 지역 또는 어떤 모양의 사람이냐가 일차적 분류 기준이 된다. 다음 재산·지적 능력 등 소유의 형태가 또 다른 분류 기준이 될 것 같다. 과거에는 어느 부류에 태어났느냐가 그런 질서 속에 위치를 정했지만, 지금은 내가 어느 부류이기를 지향하느냐가 관건이 되었다. 이제 우리는 가령 유대인처럼 돈만 벌고, 영화 〈대부(The Godfather)〉에 나타난 초기 이탈리아 이민자처럼 폭력도 마다하지 않는 자리매김을 할 수는 없을 것 같다.

어느 재담가의 말처럼 한국 이민은 '교회 세우기' 이민이라는 것도 우리의 모습일 수는 없다. 우리의 부정적 모습을 자꾸 나열할 필요는 없으나 분명 우리의 이민 역사는 이제부터 열려 있는 장이니, 신세계에서 새 위치를 맞을 수 있는 절호의 기회이기도 하다. 그리고 나의 자리매김이 태생적인 것이나 다른 사람의 시선에 달려 있지 않고 나의 손에 달려 있는 것이며 내 행위에서 나올 수밖에 없다는 책임감 때문에 인간 정의를 이렇게 다시 생각해 본다.

한국 방문기

  돌아오는 비행기 안에서 내내 어느 일본인이 '맞아 죽을 각오로 쓴' 한국에 대한 글을 읽었다. 낮밤 시차를 맞추기 위해 약 14시간의 비행시간의 절반을 끊어 7시간을 곧장 잠을 자 두고, 후반 7시간을 깨어 있어야만 한다. 그동안 이 무모한 용기(?)를 낸 일본인의 한국 평을 읽었다. 내 결점을 꼬집는 글이어서 졸린 7시간을 후딱 보낼 수 있었다. 누구나 아는 일이지만 미국행 후반 7시간을 깨어 있는 사람은 얼마 안 된다. 따라서 친절한 스튜어디스의 눈에 금방 띄게 마련이고 각별한 서비스를 받을 수밖에 없다.

  독서를 위해서는 이보다 더 쾌적한 분위기를 찾을 수 없을 것 같다. 내 집사람도 이토록 나의 독서를 위해 서비스해 주진 않는다. 그러니 처음부터 끝까지 충실히 읽으면서 글의 내용을 알아채는 일만이 내가 한 일이었으니 완전한 독서를 했다고 할 수 있다. 독후의 느낌을 정리하려 하는데 책 뒤에 어느 공감자의 우정 어린 독후감이 딸려 있어 나의 독후감을 석권해 버리고 말았다. 말하자면 완전 범죄나 되듯 완전 독서를 한 셈이다. 끔찍한 범죄 현장만 고스란히 드러나 있는 것처럼 책 내용의 현장이 선명하게 부각될 뿐 저자와 독자를 배제하는 느낌이 들었다. 더욱이 한국과 일본이라는 오묘한 관계를 고백적으로 실토하여 한국의 허실을 여실히 드러내고 끝에 가서 나를 '때려죽이십시오' 하고 목을 길게 늘이고 있으니 할 말이 없었다. 적어도 내 느낌에는 그러했다는 것이다.

대단한 내용이 아닐지 모른다. 우리의 '빨리빨리 주의', 한국 여성의 일률적인 화장술, 누구나 아는 부실 공사의 명백한 이유 등 몇 항목만 들어도 이미 그 내용은 우리가 잘 알고 있는 명백한 현실이다. 감추어져 있어 미처 못 보았다거나, 다른 현상에 이끌려 눈에 띄지 않고 스쳐 지난 사건들이라면 오히려 우리는 위로받을 수 있다. 문제는 이 일본인이 지적한 항목들이 매일매일 우리 눈앞에 펼쳐지고 있는 너무도 자명한 사실들이라는 것이다.

이 글을 쓰게 한 나의 반론적 느낌은 바로 여기에서 출발했다. 그런데 그 저술에 대한 다른 반론을 보스턴으로 귀향한 후 하버드대학에 와 있는 몇몇 한국 교수들에게서 들을 수 있었다. 이 일본인 저자(이케하라)에 대한 이상심리 상태의 분석에서부터 시작하여, 그러한 한국 비판의 사고방식은 형태를 달리한 신제국주의의 발상이라거나, 지난 세기의 무거운 이데올로기를 벗어 던진 포스트모더니즘적 자유방임의 무분별한 비판일 수 있다는 점들이 지적됐다.

책 내용의 솔직성에 공감한 필자로서는 적잖이 당황할 수밖에 없었고, 내심 나의 나이브(naive)한 독서 태도를 탓할 수밖에 없었다. 한 작가의 심리 상태 분석은 고도의 지적 훈련을 요구하니 어쩔 수 없으나 '빨리빨리 주의', 획일적 화장술, 날림 공사의 현장에 대한 지적이 신제국주의의 발상이고 자유방임한 신자유주의의 피력이라고 하니, 금후 이 관계 책을 읽고 내 이해의 폭을 넓혀야겠다고 자성했다. 그리고 한 민족의 일상적 행태에 대한 평가는 애국심·애족심을 자극하는 예민한 이슈이니 섣불리 나서서 비평할 수 없다는 충고도 그 자리에서 얻었다. 어쨌든 나의 반론적 느낌은 전혀 다른 곳에 있음을 고백할 수밖에 없다.

이웃 '삼돌이' 아저씨가 나의 '빨리빨리 주의'를 지적해 주었을 때, 아니면 아랫마을 갑돌이 총각이 한국 처녀들의 한심한 화장술을 불평했을 때, 일본인 이케하라 씨가 지적해 준 것처럼 괴로움을 느끼며 흔쾌히 받아들였던가? 한 걸음 더 나아가 그의 지적이 너무 정확하니 온 국민이 필독하기를 바란다는 총리의 논평까지 있고 보면 무엇인가 다시 생각할 필요가 있다. 재미 동포들이 모처럼 모국을 방문하면 이런저런 자리에서 달리 보이고, 달리 느껴지는 현상에 대해 두서없이 말하는 경우가 비일비재하다. 아마 지난 20년 간 이케하라 씨의 책 분량의 열 배를 넘길 수 있을 만큼 그리 했을 것이다.

내 조국을 보는 사랑과 미움이 얽힌 말이 어찌 단 200쪽 안팎으로 제한되랴. 수천 쪽에 달하는 말들이 결국 '으스대며' 빠져나간 재미 동포의 물정 모르는 촌평으로 전락하고 말았다. 그러나 용감하게 맞아 죽을 각오로 쓴 일본인을 통할 때는 나의 허(虛)와 실(實)을 볼 수 있다. 내 조국의 또 하나의 변형된 외국 선호 면모를 쓸쓸히 쳐다볼 수밖에 없었다. 외국인이 쓴 것은 모두 대원군의 방침을 따라 포스트모더니즘적인 신제국주의, 신자유주의의 어휘를 구사한 것이라 치부하며 철저한 봉쇄 정책을 쓸 수밖에 없는 것일까? 내 조국의 듣는 기능의 마비와 변형된 외국 선호의 행태에 대한 인식이 나의 비뚤어진 심리 상태의 표출이기를 간절히 바랄 뿐이다.

잔디 깎기

    화창한 여름날이다. 이 지역의 일기와는 걸맞지 않게 연일 더운 열기를 뿜어 대고 있다. 엘니뇨 현상 때문이라고 한다. 다 벗어젖히고 물 한 바가지라도 뒤집어쓰고 싶은 충동은 이 여름만이 갖는 개방성이고 솔직함이리라. 무엇을 가리겠으며 무슨 짓인들 못하랴. 더위를 피해 산그늘로 물가로 모두 내닫는 것 같다. 적어도 마음은 이미 나무 그늘에 가 앉아 있고 물속에 잠겨 있다.

    그러나 잠깐! 집 앞 잔디와 뒷마당 잡초들이 거리낌 없이 마구 자라고 있는 것이 아닌가. 내버려 두자. 밝은 태양 아래 한여름 마음껏 자라라고 하자. 앞집 John 아저씨의 까다로운 시선도 모른 척해 버리고 옆집 Mary 부인의 동네 반장 같은 잔소리도 잊어버리자. 이렇게 대범하게 마음을 먹고 있지만, 자꾸 마음에 와 걸리는 것을 어떻게 하랴. 저 푸른 잔디의 평화스러운 모습이 왜 이렇게 내 마음을 답답하게 할까? 동네 청년들에게 몇십 불 주고 잔디를 깎아 달라 할까? 아니면 한나절 희생하며 내가 깎아 버릴까? 그러면 모처럼 마음먹은 '무위자연'(無爲自然)으로 돌아가자던 은퇴 계획의 예행 연습은 초장부터 풍비박산이 날 것이 아닌가.

아, 그런데 이게 웬 하늘의 계시 같은 말인가!《보스턴 글로브》지에 내 마음에 꼭 와닿는 '잔디 무용론', 아니 '잔디 폐지론'이 실린 것이다. (7월 13일자 판; Greener pastures now come in earth tone)

이제 잔디와의 로맨스를 끝내고 이 땅 본연의 모습으로 돌아가자고 한다. 잔디는 이 땅의 토산종이 아니고 토머스 제퍼슨(Thomas Jefferson, 1743-1826)이 영국 방문 때 우리의 문익점처럼 그 씨를 가져와 (1806) 자기 집에서 가꾸기 시작한 것이 발단이란다. 영국의 잘 정리된 자연이 준 느낌은 신대륙의 다듬지 않은 거친 자연과는 다른 정감을 주었을 터이고 그래서 개척하고 정착하는 고을마다 잔디를 심기 시작했다. 아마 정복된 땅의 표지로 삼기 시작했음직하다.

그러나 백년 남짓 이 '소박한 정감'과 '정복의 표지'가 축낸 국고의 규모가 우리의 상상을 초월하게 되었다. 습기 찬 영국 토종인 잔디를 햇볕 쨍쨍한 미국 땅에서 키우는 데 쓰는 물 사용액은 연간 250억 달러에 달하고, 물 소비량은 동부 지역 물소비량의 30%에 이르고 있다. 잔디밭이 차지하는 면적은 펜실베이니아주의 2배에 이른다. 요즈음 같은 한발 때는 마을에서 야경까지 세워 어느 집에서 잔디에 물을 주는지 감시하고 있다. 언제는 잔디를 깎지 않는 것이 도덕 규약을 깬 것으로 간주되다가, 이제 밤에 잔디에 물을 주면 이기적인 추악한 성격을 드러낸 고약한 사람으로 취급받게 되었다.

이 모든 모순이 결국 토머스 제퍼슨이 쓸데없이 영국 취향을 본받은 데서 비롯되었으니 이제 다시 생각할 필요가 있다는 것이다. 내 생각과 똑같이 자연으로 돌아가 있는 그대로 자라게 하자는 것이다. 이 땅의 정신이 무엇인가. 소로(Henry David Thoreau, 1817-1862)가 렉싱턴 근처 월든 연못 가에 오두막집을 짓고 자연을 예찬하는 생활을 했고, 에머슨(Ralph Waldo Emerson, 1803-1882)은 자연에 기초한 초월주의를 표방하지 않았는가. 그러나 어쩌랴. 잔디를 깎지 않으면 잠을 이룰 수 없는 '잔디 중독증'에 걸린 어느 분은 이렇게 항변한다. 잔디에는 실리적인 아무것도 없고 장식적인 기능밖에 없으니 분명히 비합리적인 것을 인정한다. 사실 우리의 대부분의 행위는 비합리적이다. 사랑하는 행위가 어디 합리적이라고 사랑을 하느냐.

두 번째 잔디 공포증에 걸린 인사는 이렇게 말한다. 내가 잔디를 깎느냐 안 깎느냐 하는 것은 자유에 속한다. 마치 미국 헌법 1조인 언론·표현의 자유와 같은 것이다. 그러나 마을 법정에서는 이렇게 말한다. 잔디는 말을 하지 않는다. 잔디는 아무것도 내세우지 않는다. 잔디는 아무것도 상징하지 않는다. 따라서 잔디는 마을 공동의 선택을 따라야 하며 모든 마을 사람이 공감하는 선에서 취급되어야 한다. 이런 결정 끝에 헌법 제1조의 언론·표현의 자유=잔디 권리를 들고 나온 이분의 앞마당이 한여름 아침 마을에서 파견된 일군의 '잔디 토벌꾼'에 의해 무참히 '깎기움'을 당하고 말았다.

아, 이 더운 여름날 다시 셰익스피어의 독백을 되풀이할 수밖에 없다. '깎을 것인가, 안 깎을 것인가, 그것이 문제로다.' '한여름 밤의 꿈' 속으로 빠져 들어가며 내일 다시 생각하기로 보류한다.

후기

이 책의 발간 기획은 4년 전에 시작되었다. 2019년 한국종교문화연구소는 범재 이민용 선생의 팔순을 기념하기 위하여 기념문집 편찬위원회를 구성하고 3년의 준비 작업 끝에 『불교와 함께한 종교연구』(모시는사람들, 2022)를 발간하였다. 한국종교문화연구소 연구원들을 주축으로 다수의 필진이 참여하여 논문집 형태의 단행본을 출간한 것이다. 그런데 기념문집을 준비하는 과정에서 범재 선생을 위한 책만이 아니라 범재 선생 자신의 글을 모아 별도의 단행본으로 펴내자는 의견이 개진되었다. 모두가 적극 찬동하여 소위원회를 구성하였고, 그동안 여러 곳에 기고했던 글과 수면 상태로 있던 범재 선생의 원고를 수합하기 시작하였다. 처음에는 한 권으로 펴낼 생각이었으나 원고의 분량이 적지 않고 형식이 다양하여 에세이집과 논문집으로 나누어 펴내기로 하였다.

이 에세이집은 범재 선생이 30여 년에 걸쳐 쓴 글 중 66편을 선정하여 수록한 것이다. 미주 교포신문에 연재한 칼럼, 한국종교문화연구소의 뉴스레터, 스승의 죽음을 기념하는 조사(弔辭)와 평전, 특별기고문, 강연, 그리고 미발표 원고에 이르기까지 매우 다양한 형태로 되어 있다. 이처럼 글의 형식이 다양하고 발표된 시기도 서로 다르지만 이 글들에는 일관된 태도와 문제의식이 관통하고 있다. 우리가 당연한 것으로 받아들이는 일상의 사고를 되풀이하거나 부연하기보다는 기존의 사고방식에 이의를 제기하고 처음부터 다시 묻는 비판적 성찰의 마음가짐과 태도가 그것이다. 촌철살인의 정신과 전복적 지혜로 가득 찬 일종의 에세이 숲이라고 할 만하다.

이 책에 실린 글들은 서로 긴밀한 관련성을 지니고 있지만 편의상 크게 네 부분으로 나누어 편집하였다. 먼저 책의 길잡이 역할을 하는 1부는 범재 선생이 자신의 학문 세계와 삶의 여정을 굵직한 삶의 마디들을 중심으로 회상하는 에세이들로 채웠다. 범재 선생은 파란만장한 인생 항로를 진솔함과 익살스러움이 결합된 특유의 필치로 서술하고 있을 뿐만 아니라, 한국불교학의 토대를 놓은 인물들과 교류하는 과정에서 겪은 생생한 이야기도 함께 전하고 있다. 따라서 1부는 한국 불교학사의 이면을 읽을 수 있는 귀한 통로가 될 수 있다.

불교에 관한 이야기들은 2부에서 본격적으로 다루고 있다. 범재 선생은 불교학 전공자로서의 면모를 살려 한국 불교계의 구조적 문제, 불교국가 미얀마에서의 소수민족 탄압, 티베트 불교의 허상과 현실, 서구인의 수입불교와 이주민의 수하물불교에 이르기까지 불교계 안팎에서 등장하는 다양한 현상에 대한 전방위적 비평을 수행하고 있다. 이러한 비평 작업은 불교 현장을 넘어 불교학 자체에까지 확장되고 있다. 서구불교학과 한국불교학에 만연한 문헌학 중심의 연구 풍토의 문제점을 날카롭게 지적하고 현장성에 근거한 불교 연구의 중요성을 피력하고 있는 것은 대표적인 예다.

범재의 문화비평은 불교와 불교학의 경계를 넘어 다른 종교와 사상, 문화로까지 이어지고 있다. 동서양 사상을 넘나든 간디와 함석헌에 대한 재조명, 신비주의 연구에서 경계해야 할 사항, 한국의 전통문화에 대한 재평가, 그리고 북한의 '가짜종교' 논쟁에 대한 예리한 지적들로 이루어진 3부가 이러한 작업에 해당한다. 3부의 글들을 읽고 있노라면 본질주의의 폐해를 극복하기 위해 최근 학계에서 대안으로 등장한 '구성주의'나 '혼종성' 등의 개념이 떠오른다.

4부의 글들은 미주 신문에 연재한 칼럼들로서 주된 독자가 미주 한인 공동체다. 따라서 국내에서는 접하기 어려운 다소 생소한 내용인데 그 때문에 오히려 흥미롭게 읽힌다. 이민자라고 하는 범재 선생의 실존적 삶의 조건이 투영된 이 글들은 주류사회의 미국인이나 국내 거주 한국인은 감지하기 어려운 지점을 잘 드러내고 있다. 경계선상의 존재만이 포착할 수 있는 문제의식들이기 때문이다. 4부의 글들을 포함하여 이 책 전체는 우리에게 '낯익은 것은 낯설게, 낯선 것은 낯익게'라는 말의 의미를 다시 한번 상기시키고 있다.

이 책의 기획에서부터 편집, 교정에 이르는 작업은 장석만을 비롯하여 송현주, 김태연, 민순의, 이진구가 분업을 통한 협업의 방식으로 진행하였고, 마지막 교열 작업에서 박규태가 큰 도움을 주었다. 이번에도 출판사 모시는사람들의 친절과 배려가 큰 힘이 되었기에 감사드린다. 부디 이 책이 널리 읽히기를 기대한다.

이진구 _ 한국종교문화연구소